# 新歳時記

春

ポケット版

平井照敏 編

河出書房新社

# 凡例

一、季を春・夏・秋・冬の四季に新年を加えて五つに区分し、春・夏・秋・冬・新年の五分冊とした。

一、歳時記においては、春は立春の日より立夏の前日まで、夏は立夏の日より立秋の前日まで、秋は立秋の日より立冬の前日まで、冬は立冬の日より立春の前日までとするのが通例であり、本歳時記もそれにしたがう。この四季の区分は、陰暦の月では、大略、春＝一月・二月・三月、夏＝四月・五月・六月、秋＝七月・八月・九月、冬＝十月・十一月・十二月ということになり、陽暦の月では、大略、春＝二月・三月・四月、夏＝五月・六月・七月、秋＝八月・九月・十月、冬＝十一月・十二月・一月ということになる。以上はきわめてまぎらわしいが、明確に解説するよう努めた。

一、新年は、正月に関係のある季題をあつめた部分だが、一月はじめという正月の位置のために、冬または春とまぎらわしい季題が生じた。これらはその都度、配置に最善を尽した。また、旧正月は陽暦の二月にあたり春と考えられるものだが、正月とのつながりを考えて新年に含めた。

一、各項目は、季題名、読み方、傍題名、季題解説、本意《ほい》、例句の順序で書かれている。本歳時記の特色となるのが「本意《ほい》」の項で、その季題の歴史の上でもっとも中心的なものとされてきた意味を示し、古典句の代表例をあげている。

一、例句は近代俳句・現代俳句の中からひろく採集したが、例句中、季題の特徴をもっともよくあらわしていると思われる一句に＊を付した。これも本歳時記の特色である。

一、各巻の巻末には五十音順索引を付した。なお新年の部の巻末には、行事・忌日一覧表、二十四節気七十二候表、総索引を加えた。

# 目次

生活

行事

## 動物

### 植物

本文カット　立花志津子

# 新歳時記（春）

# 時候

## 春《はる》　青陽《せいやう》　青春　芳春　陽春　発春《はっしゅん》　春べ　東帝《とうてい》　東君　佐保姫　三春　九春

俳句では立春（二月四日ごろ）から立夏（五月六日ごろ）の前日までをいう。ほぼ陽暦の二月から四月までにあたるが、実際の感じでも気象的にも三、四、五月が春らしい。春は寒暑の移りかわりの時期で、二月は寒く、三月に入って寒暖をくりかえしながら、次第にあたたかくなって、四月に暖かさが定まる。草木が芽ぐみ、花が咲き出す、待望の季節である。異称が多い。春べは春のころということ。三春は初春・仲春・晩春のこと。九春は春九旬（九十日間）のこと。春のシンボルである佐保姫は秋の竜田姫と対になる。春の人、春の旅などと使い、春たのし、春うれしなどとも使う。〈本意〉晴る、あるいは張る、発《は》るが語源というが、万物発生の明るい季節である。希望、喜び、開放感にみちる。

腸に春滴るや粥の味　夏目　漱石
蟇ないて唐招提寺春いづこ　水原秋桜子
麗しき春の七曜またはじまる　山口　誓子
＊バスを待ち大路の春をうたがはず　石田　波郷
春動く低きに流れ信濃川　森　澄雄
春ひとり槍投げて槍に歩み寄る　能村登四郎
胡麻黒き津軽せんべい春短か　八木林之助
やつと春机の端に日がさして　菖蒲　あや

茶畑の風に押されて春の人　大峯あきら

佐保姫の鈴鳴る水の斑雪山　山上樹実雄

## 立春《りつしゆん》　春立つ　春来る　春さる　春になる　春に入る　春迎ふ

二十四気の一つ。二月四日か五日にあたる。暦の上ではこの日から春になるが、地方によってはまだ完全な冬である。しかしこの頃から平均気温は上りはじめ、春がうごきはじめるわけで、春の気持が用意されてゆく。今朝の春、今日の春などは新年の季題。春さるは春が来るの意味。禅宗寺院では立春大吉の札を入口に貼る。〈本意〉『山の井』に「よろづのびらかに豊かなる心を仕立つ」とあるように、春の到来をよろこぶ気持がうまれる頃である。「春立つや愚の上に又愚にかへる　一茶」。

雨の中に立春大吉の光りあり　高浜　虚子

人中に春立つ金髪乙女ゆき　野沢　節子

立春のどこも動かず仔鹿立つ　秋元不死男

立春の鶏絵馬堂に歩み入る　佐野　美智

*立春の米こぼれをり葛西橋　石田　波郷

立春のぶつかり合ひて水急ぐ　会田　保

立春の雪のふかさよ手鞠唄　石橋　秀野

畳目の大きく見えて春立つ日　八田　和子

## 初春《しよしゆん》　孟春　上春《じやうしゆん》　春の初め

春を初、仲、晩と三分した時の初めの春のことで、ほぼ二月にあたる。この時は音読したい。「はつはる」と読むときは新年を指す。旧暦を使ったり、月おくれで正月を迎えるところでは一致することになる。そのためもあって混同されやすいが、春浅き頃をいう。〈本意〉まだ寒いがどことなく明るく春の息吹きが感じられる季節である。

＊枯枝に初春の雨の玉円か　高浜　虚子
雪山に春のはじめの滝こだま　大野　林火
孟春や鳥影須臾もとゞまらず　光岡朶青子
屑籠の網に日の透く春はじめ　矢野　緑詩

## 寒明《かんあけ》　寒の明け　寒明ける　寒過ぐ　寒過ぎる　寒終る

寒の三十日間が終るのが寒明で、立春と同じだが、寒明がさむかった寒の終りを喜ぶのにたいし、立春はこれからの春を期待するわけで、気持はことなる。寒明は暦の上のことで寒さはまだまだ続く。〈本意〉小寒、大寒のきびしさをしのび、寒の明けたのをよろこぶ。

＊川波の手がひら〳〵と寒明くる　飯田　蛇笏
寒明ける甲斐の疾風のなかに佇つ　福田甲子雄
われら一夜大いに飲めば寒明けぬ　石田　波郷
水といふものを身近かに寒の明け　村松ひろし
寒明や横に坐りて妻の膝　草間　時彦
竹の声晶々と寒明くるべし　上田五千石

## 旧正月《きうしやうぐわつ》　旧正《きうしやう》

陰暦でおこなう正月のこと。明治五年に太陽暦が採用されたが、農村、漁村では太陰暦を捨てかねるところが多く、旧正月あるいは月遅れの正月をしている。都会ではみな太陽暦なので地方色がつよい。旧正は略称。〈本意〉地方の古風な風習という印象があり、それがなつかしい感じである。

街路樹に旧正月の鸚鵡館　飯田　蛇笏
＊道ばたに旧正月の人立てる　中村草田男
ふるさとや旧正月の雪籠り　名和三幹竹
隣りより旧正月の餅くれぬ　石橋　秀野

**早春**《さうしゆん》　春早し　春さき

立春以後、二月末頃までが早春。一年でもっとも寒い時ともいえる。氷も張り雪も降る。それでいて、どことなく春の気配がのぞきそめる。春浅しよりやや寒さがつよく、短い期間をさす。暦の上で春になり、その気分がさぐり出す春という感じである。〈本意〉春のあらわれを予感するような、冬のなかの気持の春。

*早春や道の左右に潮満ちて　石田　波郷　　早春の山笹にある日の粗らさ　細見　綾子
早春の鶴の背にある光の輪　富沢赤黄男　　楽器函ほど早春の水車小屋　鷹羽　狩行
早春の湾パスカルの青き眸よ　多田　裕計　　早春の喪より帰りて時あます　青柳志解樹

**春浅し**《はるあさし》　浅き春　浅春《せんしゅん》　春淡し

早春とほぼ同じで、春立ってまだ日が浅い頃である。まだ天地に春色ととのわず、木の芽、草の芽も伸びださぬ頃。〈本意〉早春というよりやわらかく情緒的に述べている。

*春浅く火酒したたらす紅茶かな　杉田　久女　　春浅し白兎地をとぶ夢の中　飯田　龍太
春浅し相見て癒えし同病者　石田　波郷　　春浅し日向薬師の藪の径　星野麦丘人

**冴返る**《さえかへる》　凍返る《いてかへる》　しみ返る　寒返る　寒戻る　寒の戻り

暖かくなりかけて寒さのぶり返すこと。余寒のことだが、暖かさのあとの寒さが返るによって表現されている。早春には、寒暖が交互につづいて、だんだんに春らしさが加わる。冴返るには、暖気がひきしまり、すんで光るようなきびしさがある。〈本意〉ゆるんだ心がひきしまるような、光る寒気の戻り。「三か月はそるぞ寒さは冴え返る　一茶」。

人に死し鶴に生れて冴え返る　夏目　漱石
瑠璃色にして冴返る御所の空　阿波野青畝
冴え返る面魂は誰にありや　中村草田男
*冴えかへるもののひとつに夜の鼻　加藤　楸邨
父と子は母と子よりも冴え返る　野見山朱鳥
いくたびか死におくれし身冴返る　野沢　節子

## 余寒《よかん》　残寒　残る寒さ　余寒きびし　余寒空　余寒雲　余寒風

立春以後、まだのこる寒さのこと。冴返るほどきびしい感じはないが、春に重点をおく春寒と比べると、重点はのこる寒さの方にある。〈本意〉まだ冬が抜けきれぬ感じで、身がちぢこまっている印象がある。「水に落ちし椿の氷る余寒かな　几董」。

*鎌倉を驚かしたる余寒あり　高浜　虚子
ひなどりの羽根ととのはぬ余寒かな　室生　犀星
いそまきのしのびわさびの余寒かな　久保田万太郎
鯉こくや夜はまだ寒《さむ》千曲川　森　澄雄
通夜余寒火葬許可証ふところに　田中　鬼骨
余寒晴卵を割つて濁りなし　青柳　青々

## 春寒《はるさむ》　春寒し　寒き春　春寒《しゅんかん》　春の寒さ　料峭《れうせう》

春が立ってからやってくる寒さである。余寒と同じことだが、余寒は寒さの方に中心があり、春寒は春の方に中心がある。料峭は、春の風が肌につめたく感ぜられることをいう。〈本意〉まだ寒くはあるが、春の気持はたしかに感ぜられる、ほのかな明るさ。

＊春寒し水田の上の根なし雲　河東碧梧桐
春寒やぶつかり歩く盲犬　村上　鬼城
春寒や竹の中なるかぐや姫　日野　草城
春寒く海女にもの問ふ渚かな　加藤　楸邨
春寒のくちびる紅き屍かな　中川　宋淵
山国の春の寒さのガラス市　星野　石雀

## 春めく《はるめく》　春動く　春きざす

春めくは、寒気がやわらいで、暖かくなったという実感をあらわす。まだ寒さが戻ることはあっても、ふと木の芽のふくらみに気付いたり、天地のたたずまいに動き出す春の気配を感じたりして、大自然の活動を知る。春動くは、その活動の息吹きをとらえたもの。春きざすは、春の芽ぶきから出たことばで、春めくよりも具体的である。〈本意〉春の到来の喜びが胸おどるようである。「春めくや藪ありて雪ありて雪　一茶」。

空も星もさみどり月夜春めきぬ　渡辺　水巴
春めきてものの果てなる空の色　飯田　蛇笏
春めきし箒の先を土ころげ　星野　立子
春めかぬ日が春めかぬ日に続く　相生垣瓜人
片手ぶくろ失ひしより春めくや　及川　貞
＊春めくと雲に舞ふ陽に旅つげり　飯田　龍太
三日に一度春うごくいろありにけり　川戸　飛鴻
午後からの春めく山の匂ひかな　田口　冬生

## 二月《にぐわつ》　二ン月　二月畑　二月雪　二月の日　二月尽《にぐわつじん》　二月果つ

立春が月の初めにある。三春の中の初春にあたる月。寒気はまだきびしく、季節風が強く吹き、太平洋側では大雪が降ることが多い。東京辺では鶯が鳴いたり、やがて雲雀がうたいはじめるが、東北、北海道ではまだ雪の中である。春の気配が見えだし、梅が咲きはじめる。俗に二ン月というが、好ましくない。二月のおわりを二月尽という。〈本意〉春のはじめの月を冷静に客観視した言い方である。今日的でもある。

面体をつゝめど二月役者かな　前田　普羅
母思ふ二月の空に頰杖し　長谷川かな女
うすじろくのべたる小田の二月雪　松村　蒼石
詩に痩せて二月渚をゆくはわたし　三橋　鷹女
*竹林の月の奥より二月来る　飯田　龍太
跳ばず教ふ二月障りのバレリーナ　田川飛旅子
雪原の靄に日が溶け二月尽　相馬　遷子
枯れ伏せるもののひかりの二月かな　遠藤　悠紀
くつぬぎに小鳥籠おく二月かな　高橋　潤
二ン月の風や白紙を繰るごとし　竹田　琅玕
山彦にも毀れるひかり二月の樹　速水　直子
二月果つ虚空に鳩の銀の渦　塚原　岬

## 仲春《ちゆうしゆん》　春半ば　春さ中

春を初・仲・晩の三つに分けたそのまん中で、陽暦三月にあたる。陰暦では二月。仲秋ほどは使われていない。北国ではやっと早春がはじまる頃だが、他の地方では春らしさが満ち、雨も暖かい。時々寒さがもどるが、暖かさは確実に増してくる。〈本意〉春のまさかりであり、よい気候だが、それほど熟したことばではない。

*冴え返り冴え返りつつ春なかば　西山　泊雲
仲春の少女がこぼす壺の水　岡本　正敏
仲春のものうき髪を束ねけり　秋丘子
仲春や子は薔薇色の頰もてり　島田とし子

## 三月《さんぐわつ》

「三月」というと陽暦の三月を考えるのが普通である。仲春、如月《きさらぎ》がほぼこの月にあたる。伝統的な語感の如月より、ずっと直截に今日の季節感を示して、からっと明るい。「暑さ寒さも彼岸まで」というが、三月は寒暖の交替期にあたり、寒暖を交互にくりかえしながら、すこしずつ暖かさを加えてゆく。日本は南北に長くのびているので、三月の気候は各地でちがう。北国はまだ冬で雪も降るが、南国では燕も戻り、蝶が菜の花をめぐり飛び、桃の花も咲く。けれども北国でも木の芽がふくらみはじめて、暖かい季節の到来の近いことを知らせる。〈本意〉冬の寒さから解放された喜びと希望の月。「三月と文にかくのも名残りかな　去来」。

三月の鳩や栗羽を先づ翔ばす　石田　波郷
三月やモナリザを売るいしだたみ　秋元不死男
三月の飛雪見てをり税務署にて　相馬　遷子
＊いきいきと三月生る雲の奥　飯田　龍太
妻の荷を解く三月の雪の中　林　徹
三月やレモン嚙み来し妻の唇　草間　時彦

## 如月《きさらぎ》

衣《き》更着《さらぎ》　梅見月　初花月　雪解《ゆきげ》月《づき》　小《を》草生《くさおひ》月《づき》

陰暦二月のこと。陽暦の二月末から三月末にあたり、春のさなかである。衣更着の字をあてるのは、寒さがもどって、衣を更に着るからで、きぬさらぎをきさらぎと誤ったのだという。したがって、余寒のあることを頭において使うべきである。小草が生え、木の芽が出る月の意味であるともいう。〈本意〉梅見、初花の季節だが、なお余寒がある気持が本意である。

＊如月や最も枯るゝ山の萱　野村　喜舟
如月の大雲の押す月夜かな　飯田　蛇笏
如月の日向をありく教師哉　前田　普羅
如月の雲は榛より低く凝る　富安　風生

きさらぎの雲崖なして晴れにけり　高橋　馬相
きさらぎのひとを迎へし野のひかり　八幡城太郎
きさらぎは薄闇を去る眼のごとし　飯田　龍太
きさらぎやうしほのごとき街の音　青木　建
如月の水にひとひら金閣寺　川崎　展宏
きさらぎや水より淡き花活けて　朝倉　和江

### 啓蟄《けいちつ》

二十四気の一つ。陽暦の三月六日頃にあたる。啓はひらく、蟄は巣ごもりのこと。土中に冬眠していた虫が、この頃になると、冬眠から覚め、地上に姿をあらわしはじめる。この季節の様子や地虫そのものを指す語。啓蟄をさらに具体的に言ったことばに、地虫穴を出づ、蛇穴を出づ、蜥蜴穴を出づ、蟻穴を出づなどがある。鷹化して鳩となるも啓蟄を指す俗信のことば。この頃鳴る雷を、虫出しの雷とも言う。〈本意〉天地が春の躍動を示しはじめた喜びと活気をあらわし、開放感がこめられている。

啓蟄の土洞然と開きけり　阿波野青畝
啓蟄を啣へて雀飛びにけり　川端　茅舎
啓蟄の大地月下となりしかな　大野　林火
啓蟄や庭とも畠ともつかず　安住　敦
啓蟄や解《ほぐ》すものなく縫ふものなく　石川　桂郎
＊水あふれゐて啓蟄の最上川　森　澄雄

### 春分《しゅんぶん》　中日《ちゅうにち》　お中日　時正《じしゃう》　春分の日　時正の日

二十四節気の一つで陽暦三月二十一日頃にあたる。太陽は春分点に達し、真東から昇り真西に沈む。昼夜の長さが同じで、彼岸の中日である。昔の春季皇霊祭の日で今は春分の日という。法事などの仏事に選ばれることが多い。この頃から気候は完全に春として定まる。〈本意〉作句上彼岸の方が多く使われるが、最近やや使われはじめた語。ドライな語感だ。

雨着透く春分の日の船の旅　秋元不死男
春分のおどけ雀と目覚めけり　星野麦丘人
春分の滑り台より眼鏡の子　桜井　博道
春分の湯にすぐ沈む白タオル　飯田　龍太
＊春分の日をやはらかくひとりかな　山田みづえ
春分の時報は島の塔に鳴る　北沢　瑞史

## 彼岸《ひがん》

春分の日とその前三日、後三日の七日間を彼岸（お彼岸）と言う。春分の日は中日《ちゅうにち》である。俳句で彼岸と言う場合は春の彼岸を指し、秋の彼岸はそのまま秋の彼岸、または後の彼岸と呼ぶ。したがって彼岸は三月十八日から二十四日までである。彼岸の入りを彼岸太郎、さき彼岸、初手《そて》彼岸、彼岸の終りを終《しま》い彼岸、彼岸ばらいとも言う。彼岸とは梵語の波羅のことで、迷いの世界である現世を此岸《しがん》と言うのにたいし、悟りの世界、来世をあらわすのが本来の意味だが、今日では祖先の墓に参り、御供養に家族で食事をする年中行事の一つになっている。これを彼岸会と言う。暑さ寒さも彼岸までと言われ、あたたかい芽吹きの頃で、昼と夜の長さが同じの、気持よい時候である。〈本意〉寒さの終る区切り目で、快い季節のはじまりである。故人をしのぶこころがこもる。「彼岸前寒さも一夜二夜かな　路通」。

母の詞自ら句になりて
＊毎年よ彼岸の入に寒いのは　正岡　子規
浮葉見えてさゞ波ひろき彼岸かな　渡辺　水巴
藁屋根のあをぞらかぶる彼岸かな　久保田万太郎
山寺の扉に雲あそぶ彼岸かな　飯田　蛇笏
蝌蚪生れて未だ覚めざる彼岸かな　松本たかし
兄弟の相睦みけり彼岸過　石田　波郷
お彼岸のきれいな顔の雀かな　勝又　一透

## 晩春《ばんしゆん》　季春《きしゆん》　末の春　春尽く　春終る　おそ春

春を初・仲・晩に三分した最後の時期で、陽暦の四月にあたる。春もまっさかりというよりもっとさかりを過ぎて夏に近い感じで、けだるいほどである。常緑樹の葉がおちて芽が出、蓮などが芽をのばしはじめる。〈本意〉近代になって使われはじめた季語。爛熟した春のさなかにあることをいう。

春尽きて山みな甲斐に走りけり　前田　普羅
晩春のけづり細めし畦を行く　木村　蕪城
おそ春の雀のあたま焦げにけり　室生　犀星
晩春のとろりと海や母郷見ゆ　有働　亨
*晩春の瀬瀬のしろきをあはれとす　山口　誓子
晩春の一日母が奈良の旅　河合佳代子

## 春社《しゆんしや》　社日《しやにち》　御社日様　社日詣《まうで》　社日参　七社詣り　社日潮斎《しほい》

春の社日を春社、秋の社日を秋社というが、社日とは、春分または秋分の前後のもっとも近い戊《つちのえ》の日のことである。社日というと春社の方を指すことが多い。中国から渡ってきた風俗で、社（土地の守護神、部族の守護神、またその祭祀をいう）を祭る日である。祖霊の憑《よ》るところで、后土《こうど》神《しん》ともいわれ、収穫のゆたかなことを祈った。この信仰が日本の民間信仰と結合して、地方独特の風習となった。信州では御社日様といい、春山からおり秋山に帰る田の神のことで、餅をつく。阿波では御地神様といい、畑土にふれず餅をつく。甲州では社日詣といって、石の鳥居を七つくぐって中風よけをする。七社詣りである。筑前では社日潮斎といい、海から清い潮水をくんできて家の内外をきよめる。中国ではこの日かならず雨が降るといい、社翁の雨という。春秋の社日は燕の来る日去る日といい、社燕の語があり、この日の酒は聾をなおすとして治聾酒《じろうしゅ》をのむ風習がある。〈本意〉古い風俗であまり使われぬ季語だが、地方の古い血にふれるような印象がある。ゆたかな秋への祈り。

藍がめの機嫌も祝ふ社日かな　塩原　井月
＊天井から卸す社日の古き膳　岡本癖三酔
門畑に牛羊あそぶ社日かな　飯田　蛇笏
髪染めて社日の老婆誘い合う　大中　祥生

**四月**《しぐわつ》　四月来る　四月冷ゆ　四月寒《さ》む　四月始まる

桜をはじめとして、さまざまの花が咲き、鳥が鳴き、行楽に気持よい、生き生きした月である。新入生、新入社員などの、新しい生活のはじまる月でもある。花曇りの日が多く、南風が吹き雨が多く、農作業も忙しくなりはじめる。〈本意〉ドライな客観的な言い方だが、何となく活気ある、あわただしい月。

爪剪るも四神に畏れ病四月　島村　元
四月には魚も愚かになると云ふ　相生垣瓜人
＊妹の嫁ぎて四月永かりき　中村草田男
眠り児の眉美しき四月かな　大嶽　青児
老農に浅蜊水吐く四月かな　秋元不死男
眼を病みて四月裏道のみ歩く　中川須美子

**弥生**《やよひ》　花見月　桜月　花咲月　春惜月　夢見月　姑《こ》洗《せん》　季春　竹秋《ちくしう》

陰暦三月の異称。三月末から四月末の頃である。「風雨あらたまりて、草木いよいよ生ふるゆゐに、いやおひ月といふをあやまれり」と『奥儀抄』にいう。〈本意〉晩春の草木繁茂を原義とするが、語感がやわらかく、昔にひろがる思いがある。

花咲くといふ静かさの弥生かな　小杉　余子
椎ばかり風冴ゆる弥生夕べかな　富田　木歩
ネクタイの弥生の色を撰みけり　野村　喜舟
愛は地に満てり弥生の軒すゞめ　石塚　友二
海も山も弥生を待つてゐたりけり　阿部みどり女
＊母を焼く空は明治の弥生かな　清水　基吉
臈たけて紅の菓子あり弥生尽　水原秋桜子
揚げ餅に塩の白さの弥生かな　堀川　良枝

## 春暁《しゅんげう》　春あかつき　春の暁　春の曙　春夜明　春曙　春の朝明《あさけ》

東の空がしらみかける頃の春の夜明けである。『枕草子』の冒頭に「春は曙」とあり、秋の暮とともに、日本の自然美を代表するものとなった。暁は曙より早い時間を指し、春の朝はもっとおそい時間である。〈本意〉暁も春が上につくと、ゆたかな春の情感にあふれる。暑からず寒からず、明るくにおいでるような時である。

＊春暁や人こそ知らね木々の雨　日野　草城
大阪城ベッドの脚にある春暁　石田　波郷
春暁や音もたてずに牡丹雪　川端　茅舎
春暁をまだ胎内の眠たさに　野沢　節子
ふるさとの春暁にある厠かな　中村草田男
春暁のあまたの瀬音村を出づ　飯田　龍太
長き長き春暁の貨車なつかしき　加藤　楸邨
春暁をことりと老母さみしきか　中村　明子

## 春の朝《はるのあさ》　春朝　春あした

春暁がすぎてすっかり朝があける。それが春の朝で、春暁より一般的に、午前の明るいさわやかな時を指す。〈本意〉春の午前をいうのでやや漠然とした時間である。だが新鮮な生き生きしたたのしい語感である。

*白粥に梅干おとす春のあさ　伊東　月草
庭見んとし給ひし母や春の朝　長谷川かな女
老の寝の浅かりけるが春の朝　富安　風生
鳩時計母亡き春の朝を告ぐ　伊東ふじを

## 春昼《しゆんちう》　春の昼　春の昼間　春真昼

夏の炎昼にたいし、春の昼間をいう。明るくあたたかくのどかでねむたげな昼。初春にはいわず、晩春の感じである。〈本意〉春たけなわの飽和した空気がある。

春昼や廊下に暗き大鏡　高浜　虚子
春昼や魔法のきかぬ魔法壜　安住　敦
*妻抱かな春昼の砂利踏みて帰る　中村草田男
春昼の指とどまれば琴もやむ　野沢　節子
黒松の永き春昼了ったり　加藤　楸邨
春昼や子が笛鳴らす遺族席　福田甲子雄
春昼や腑分して来したゞの顔　平畑　静塔
春昼の時計鳴りしや鳴らざりしや　辻田　克巳

## 春の夕《はるのゆふべ》　春夕べ　春夕《しゆんせき》　春の夕《ゆふ》

春の夕暮れのこと。類題に春の暮、春の宵などがある。秋の夕ぐれが清少納言によってたたえられたが、後鳥羽院は春の夕ぐれも趣きがあるとした。蕪村が好んで詠んだ季題。〈本意〉なまめかしい情感ゆたかな季題。おぼろなうっとりした雰囲気がただよう。「春の夕たへなむとする香をつぐ　蕪村」。

*ふる雨のおのづから春夕かな　久保田万太郎
春ゆふべあまたのびつこ跳ねゆけり　西東　三鬼
春夕べ兄も一壺に納まれり　相生垣瓜人
鳴くと言へば蟇また鳴けり春の夕　及川　貞

## 春の暮《はるのくれ》　春暮　春薄暮

春の夕暮れのこと。時間的には春の夕と変りがないが、語感にはやや違いがある。春の暮は春の夕より暗みが濃いような感じである。はじめは春の終りの意味だったが、だんだん春の夕暮れと混用され、ついに春の夕暮れに定着した。春の終りは暮の春という。〈本意〉あたたかい春の一日の終るけだるいような感じ。春の宵ほど艶な感じはない。「春の暮家路に遠き人斗《ばかり》　蕪村」。

春の暮鴉は両翼垂らしとぶ　山口　誓子
*いづかたも水行く途中春の暮　永田　耕衣
春のくれ夫なき家に帰りくる　桂　信子
鈴に入る玉こそよけれ春のくれ　三橋　敏雄

## 春の宵《はるのよひ》　春宵《しゆんせう》　宵の春　千金の夜

夕暮れてから夜の更けぬ間の春の夜である。蘇東坡の「春宵一刻価千金」という詩句にあるように、甘美な心地よい時である。〈本意〉蕪村が好んだ時だが、夢のような楽しい雰囲気のある語感がある。「筋違《すじかひ》にふとん敷きたり宵の春　蕪村」。

目つむれば若き我あり春の宵　高浜　虚子
春宵や客より綺羅の熱帯魚　水原秋桜子
春の宵妻のゆあみの音きこゆ　日野　草城
*春宵やセロリを削る細身の刃　石田　波郷
妹が読む伊勢物語宵の春　池上浩山人
春の宵このままパリに住みたしや　山本　歩禅
春の宵身より紅紐乱れ落つ　三好　潤子
春宵の皆殺されし沙翁劇　下田　明子

## 春の夜《はるのよ》　春の夜《よる》　春夜　夜半の春

春の宵がふけると春の夜であり、夜半の春はさらにふけた感じである。春の夜はおぼろにかすむことが多く、空気も気持よい。〈本意〉しずかなうるおいのある夜で、どことなく艶な気分がただよう。

耳といふものたのし春の夜の幽か　渡辺　水巴
春の夜や子をあゆまする古畳　長谷川春草
*春の夜のねむさ押へて髪梳けり　杉田　久女
春夜浴泉翼のごとく腕ひろげ　山口　青邨
春の夜や女に飲ます陀羅尼助　川端　茅舎
春の夜の子を踏むまじく疲れけり　石田　波郷
春の夜の暗黒列車子がまたたく　西東　三鬼
まだ起きてゐたし春夜の夫のそば　山口波津女
春の夜の船のポストを尋《と》めあてぬ　横山　白虹
身を疲らせて春夜を眠る術おぼえ　大野　林火

## 暖か《あたたか》　ぬくし　ぬくとし　春暖　あたたかし　あたたけし　暖雨

春の気持よい程よい温度のこと。彼岸をすぎると春らしい気温に定まるが、「梅一輪一輪ほどの暖さ」（嵐雪）のように、梅の咲く頃から暖かさが少しずつ戻って、寒暖をくりかえしながら、春の寒くも暑くもない気温になる。〈本意〉春のもっともよい特徴で、いのちがよみがえる活気ある状態。

あたたかき雨がふるなり枯葎　正岡　子規
石蹴りの筋引いてやる暖かき　臼田　亜浪
*暖かや飴の中から桃太郎　川端　茅舎
暖かし若き叔母なる口ひげも　永井　龍男
あたたかや鳩の中なる乳母車　野見山朱鳥
あたたかな緋鯉集ひぬ一と餌に　原子　公平

風ぬくし旅半ばより亡き子見ゆ　飯田　龍太
縁ぬくしひとりの刻はよそほはず　草村　素子

### 麗か《うららか》　うらら　うららけし　うららかに　うらうら　麗日

麗かは視覚的な春の感じで、身体で感ずる暖かとちがう。明るい空のもと、天地万物が輝く様子である。〈本意〉百花咲き乱れ、万物色めき、春をかざる、なごやかな美しさ。

うららかにきのふはとほきむかしかな　久保田万太郎
*うらゝかに何不安なき日の如し　石塚　友二
吊革にぶらさがりてもうららかや　山口　青邨
うらゝかやけふのひと日は家に居む　及川　貞
うらゝかやうすよごれして足の裏　日野　草城
波うららひかりの侏儒《こびと》跳ねあそび　林田　柴古

### 長閑《のどか》　のどけし　のどやか　のどらか　のどろか　のどに　駘蕩

村のどか、浜のどかなどとも使う。麗かは華麗の印象を与えるが、長閑はこころがゆったりとのびやかな感じである。暖かく、うるおいがあり、しずかで、くつろいだ春の日の気持である。〈本意〉「三月三日はうらうらとのどかに照りたる」(『枕草子』)とあるが、のどかは心理的な気分がつよい。「長閑さや浅間のけぶり昼の月　一茶」。

のどかさや杖ついて庭を徘徊す　正岡　子規
*長閑なるものに又なき命かな　久保田万太郎
のどかさや内海川の如くなり　同
のどけさや雛子《ひよこ》の中の馬の顔　中川　宋淵
のどかさに寝てしまひけり草の上　松根東洋城
長閑さや雲の上なる雲動き　川瀬　一貫

### 日永《ひなが》　永日《えいじつ》　永き日　日の永さ　沼日永　橋日永　日永人　日永鶏

春分をすぎると、昼の時間が長くなる。そして夏至のころ、もっとも長くなるが、冬の昼の短かさとの関係で、日が永くなったと特に感ずるのは春である。〈本意〉冬が去った喜びとともに、のどかなうららかな春の日の光への喜びがある。「一村はかたりともせぬ日永かな　一茶」。

永き日や欠伸うつして別れ行く　夏目　漱石
永き日や寝てばかりゐる盲犬　村上　鬼城
*永き日のにはとり柵を越えにけり　芝　不器男
永き日の餓ゑさへも生《せい》いくさなすな　中村草田男
僧訪うて午前終へたり午後永し　大野　林火
赤土山に竹のぞろりと日の永き　細見　綾子

### 遅日《ちじつ》　遅き日　暮遅し　永き昼　暮れなづむ　暮れがたし　夕長し

日永のことだが、日の暮れのおそくなったところに焦点をおいている。夕方の感じがある。〈本意〉一日のおわる名残りおしさと春たけなわの喜びとがこもる。やや心理的な気持がただよう。「遅き日のつもりて遠き昔哉　蕪村」。

*この庭の遅日の石のいつまでも　高浜　虚子
軽雷のあとの遅日をもてあます　水原秋桜子
立仕事坐仕事や浜遅日　松本たかし
遅日寧《やす》し豆腐料理に腹満たし　大野　林火
濃き薔薇が大輪となる遅日かな　及川　貞
巻き固きレタスほぐして夕長し　岡本　眸

### 花冷え《はなびえ》　花の冷え　花冷ゆる

四月には寒さのぶりかえしはほとんどなくなるが、下旬まで、ときおり急に冷えこむことがある。桜の花が咲いている頃なので、花冷えという。京都の花冷えはよく知られている。〈本意〉花が咲いていなくとも四月頃の冷えを花冷えというが、花の頃の気候を鋭くうつくしくとらえた季題である。

花冷の藍大島を着たりけり　久米　三汀
花冷えの城の石崖手で叩く　西東　三鬼
花冷や明日へ急がんこころもなく　中村草田男
＊花冷えのおのづと消えてゐしたばこ　大野　林火
花冷のわが運ばるゝ電車かな　星野　立子
花冷や掃いて女の塵すこし　稲垣きくの
花の冷えと花の重たさの下をゆく　篠原　梵
花冷えのたゝみの芯におよびけり　高橋　潤

## 木の芽時《このめどき》　芽立時　芽立前　木の芽雨　木の芽晴　木の芽山

木《こ》の芽は山椒の芽のことだが、この場合は春になってどの木も芽をふき出す時をいう。三月から四月の頃である。〈本意〉さまざまの芽のとりどりの色、形が、春の新しいいのちをあらわす。生き生きした時期。

檜山の窪に蝌蚪生ふ木の芽季　水原秋桜子
＊木の芽どき横顔かくも照るものか　山崎　為人
鷹の巣のひとり高しや芽立前　石田　波郷
古傷がおのれ苛む木の芽どき　稲垣きくの

## 花時《はなどき》　桜時　花のころ　花過ぎ　花支度

桜の花の咲く四月の頃だが、他の花も咲きはじめて、はなやかな春の気分になる。日本は南北に長いので、三月から五月に時期はずれるが、春の感じが最高潮となる。〈本意〉古来の花を重んずる気持がみたされる時で、はなやかな、春のさかりである。

花時の博物館をのぞきけり　青木　月斗
＊硝子器を清潔にしてさくら時　細見　綾子
花時も天上天下唯我咳く　野見山朱鳥
桜どき汽車谷底に折れまがる　林　徹

## 蛙の目借り時《かはづのめかりどき》　めかり時　めかる蛙

晩春のころのねむくてならぬ時のことをいうが、夜にもいう。語源に三説あり。ねむいのは、蛙が人の目を借りるためという説がその一つで、俗説。媾《め》離《か》り、即ち、蛙が交尾産卵してからもう一度土中や蔭にかくれて初夏まで出て来ないことというのが山本健吉説で、定説になっている。妻《め》狩《か》り、即ち蛙が異性を呼んで鳴く時という説もある。〈本意〉民話的なたのしい季題で、定説より俗説に従って作られた句が多い。

落葉松に峡田のすきて目借時　飯田　蛇笏
＊煙草吸ふや夜のやはらかき目借時　森　澄雄
目借時蒟蒻ちぎる爪をたて　石川　桂郎
目借どきいよよまろさの宋の壺　中戸川朝人

## 苗代時《なはしろどき》　苗代寒

苗代は二月につくり、田植えは六月におわる。その間の四、五か月が苗代時であり、寒気の戻りが苗代寒である。〈本意〉大切な農事のはじまりで、生活の張りがうまれる。

市中や苗代時の鱠売　正岡　子規
頬冠りとれば苗代寒の顔　名見崎　新
この里の苗代寒むといへる頃　高浜　虚子
梟がほうと苗代寒の宵　野田　歌生
＊ひと見えぬ苗代寒の鍬ひとつ　山上樹実雄
火の国は苗代寒と云はれけり　青木八重子

## 春深し《はるふかし》　春闌《はるたけなは》　春闌《はるたく》　春更《ふ》く　闌春　春深む

花も散り、緑の葉が多く、どことなく春の盛りがすぎたと思われる頃で、初夏の感じに近くなってくる。〈本意〉どこか詠嘆の気持があり、時のうつろいの速さを思うところがある。

春更けて諸鳥啼くや雲の上　前田　普羅
うつしゑの眼とじつと逢ふ春深し　富安　風生
板橋や春もふけゆく水あかり　芝　不器男
美しき人は化粧はず春深し　星野　立子
＊春深し妻と愁ひを異にして　安住　敦
熊野川筏をとゞめ春深し　相馬　遷子
まぶた重き仏を見たり深き春　細見　綾子
春深き月光触るる椅子にあり　中島　斌雄

## 八十八夜《はちじふはちや》

立春から八十八日目の日で、五月二、三日頃にあたる。この頃まで晩霜の被害を受けることがあるが、「八十八夜の別れ霜」といって、この日以後は降らなくなるという。種蒔、養蚕、茶摘など、農事が忙しくなる。「夏も近づく八十八夜」の歌は茶摘をうたうもの。〈本意〉気候の変り目とともに、生活の変り目にもなる、初夏近い日である。

＊鮭の子の下る八十八夜とか　高野　素十
夕虹のくきと八十八夜かな　石塚　友二
ゴッホの星八十八夜の木々の間に　相馬　遷子
すごく青い八十八夜妻病めり　佐藤　鬼房
犬猫に八十八夜の道濡れて　岸田　稚魚
塩利かせ八十八夜の飯むすぶ　山本　馬句

## 春暑し《はるあつし》　春の暑さ　暑き春　春の汗

晩春、ときに身体が汗ばみ、初夏のようなむしあつい時がある。暖かすぎる感じで、ほんとうの暑さではないが、春がおわりに近い気持にさせられる。〈本意〉季節のうつろいを感じさせる季題で、家々の窓があき、電車が緑の風を入れる。開放的な気持である。

遺作展春の暑さに耐へざりき　石田　波郷　　春の汗して男神ある峠越　森　澄雄
＊黒服の春暑き列上野出づ　飯田　龍太　　春暑し我も持ちたる写楽の鼻　小坂　文之

## 暮の春《くれのはる》　暮春　春終る　末の春　春暮るる　春の暮れゆく　春の果

春の終りのこと。陰暦三月二十日頃よりあとにあたる。春の夕暮れのことではない。〈本意〉春の過ぎゆく惜春の情がこもる。ただそれを客観的静的に淡々とあらわす。「いとはるる身を恨み寝やくれの春　蕪村」。

天竜に椿流れよ暮の春　松根東洋城　　春暮るる雉子《きぎす》の頰の真紅　福田　蓼汀
干潟遠く雲の光れる暮春かな　臼田　亜浪　　淋しさの雲までつづく暮春かな　原　コウ子
人入つて門のこりたる暮春かな　芝　不器男　　春暮れて生簀のなかも白き波　田中　灯京
子のために暮春の汽車の旅少し　中村　汀女　　眼帯の義母妻に似る暮春かな　中戸川朝人
＊春暮るゝ花なき庭の落花かな　池内たけし　　揺り椅子に暮春のこころなしとせず　岩崎　照子

## 行く春《ゆくはる》　春の名残　春のかたみ　春の行方　春の別れ　春の限り

春の終りで、暮の春と同じだが、行くに詠嘆がこもる。美しい明るい春への惜別の気持がある。〈本意〉春が来り去りゆくという動的なとらえ方で、暮の春より主観的である。「行く春や鳥啼き魚の目は泪　芭蕉」。

行春やうしろ向けても京人形　渡辺　水巴　　烏賊に触るる指先や春行くこころ　中塚一碧楼

＊春尽きて山みな甲斐に走りけり　前田　普羅　　わが肌に触れざりし春過ぎゆくも　相馬　遷子
行春や版木にのこる手毬唄　室生　犀星　　行く春や指の先なる弥次郎兵衛　荻野忠治郎
逝く春や粥に養ふ身のほそり　中川　宋淵　　ゆく春の片羽のこすチューリップ　川辺きぬ子

## 夏近し《なつちかし》　近き夏　夏隣る　夏隣　五月近し　夏を待つ

春の終り頃だが、夏近しと感ずるのは、少し前からである。何となく空の様子、日の光、樹木のたたずまいに、夏がすぐそこにあると感ずる。〈本意〉惜春の気持より、夏にこころを寄せた気持がつよい。

夏近き吊手拭のそよぎかな　内藤　鳴雪　　夏近し夢の切れ目が生き活きと　河野　南畦
＊夏近し荵《しのぶ》に水をやりしより　高浜　虚子　　夏近し雲取山に雲湧けば　轡田　進
夏ちかし髪膚の寝汗拭《のご》ひ得ず　石橋　秀野　　夏めくと坐せば畳の匂ふなり　田中　茗児
葡萄作りは皆若者よ夏近し　滝　春一　　茶畑の月夜にはかに夏隣　小巻　豆城

## 春惜しむ《はるをしむ》　惜春　春を惜しむ

行く春を惜しむこころで、さびしい気持である。〈本意〉さまざまな感慨の湧く、主情的な季題である。春に寄せる気持は明るい楽しいものだけでなく、つらさ、苦しさもあろう。その春の去る感慨である。

春惜む思ひ屈する如くにも　高浜　虚子　　汝と我相寄らずとも春惜む　阿波野青畝
春惜しむ人にしきりに訪はれけり　夏目　漱石　　春惜む深大寺蕎麦一すゝり　皆吉　爽雨
惜春の座に一人の狂言師　高野　素十　　春惜しむおんすがたこそとこしなへ　水原秋桜子

あんぱんの葡萄の臍や春惜しむ　三好　達治　＊春惜しむすなはち命惜しむなり　石塚　友二
春惜む食卓をもて机とし　安住　敦　春惜しみつつ地球儀をまはしけり　長谷川双魚

## 三月尽《さんぐわつじん》　弥生尽　弥生尽く　三月終る　四月尽　翌《あす》なき春

陰暦三月（弥生）の尽きる日のことで、春がおわるという気持がこもる。したがって、翌なき春などという凝った言い方もある。現在は陽暦なので、三月、弥生に春が尽きる思いはなく、四月尽と言いかえて、感じがわかる。〈本意〉三月尽は陰暦の表現なので、古い時代や自然の趣きがつよい。四月尽は現代の生活に対応するので、生活的、社会的な感じが加わる。

塩鰤も弥生尽なる片身かな　野村　喜舟　四月尽兄妹門にあそびけり　安住　敦
こけし買ふ数の恋しく四月尽　石田　波郷　クレオンの顔まんまるや弥生尽　村上　麓人
あまき音のチェロが壁越し四月尽　秋元不死男　＊白雲へ杉まつすぐに四月尽　寺井　治

# 天文

## 春の日《はるのひ》　春日《はるひ》　春日《はるび》　春日《しゅんじつ》　春の陽　春陽　春日影　春の影

二つの用法がある。春の一日のこと、および春の日の光のことである。〈本意〉二用法は互いに関連するが、どちらかに中心を置いて使われる。春のうららかな明るい光の日中が基盤になっている。

春日を鉄骨のなかに見て帰る　山口　誓子
*大いなる春日の翼垂れてあり　鈴木　花蓑
もの皆の縁かがやきて春日落つ　松本たかし
みちのくや玉よりまろき春夕日　原　コウ子
泣き寄る子喉の奥まで春日さす　加藤　楸邨
熟れて落つ春日や稼ぐ原稿紙　秋元不死男
三鬼の死春日が海に遁走す　角川　源義
赤犬を呼ぶ春日の第一声　細見　綾子
春の日や薬師如来のくびれ胴　手塚　七木
春日さすその水位にて金魚死せり　橋本美代子

## 春光《しゅんくわう》　春の色　春色　春望　春の光　春の匂　春景色　春容

春の風光、景色をいうが、春の陽の光のそそぐさまを意識においている。春の色、春色、春の匂、春望、春景色など、春めいた感じをあらわすのに使われ、早春の感じである。〈本意〉めぐ

りきた春の明るい光の中の景色をよろこび眺める気持がある。

春来れば路傍の石も光あり　高浜　虚子
春光に齢かくさず眠りけり　川端　京子
＊磔像の全身春の光あり　阿波野青畝
春光やふくらみ渡る阿蘇の雲　斉子堅一郎
濠の水松をうつして春の色　島田　青峰
春光や掌にのるほどの仏彫る　伊藤　美喜

## 春の空《はるのそら》　春空《はるぞら》　春天　春の天

春には移動性高気圧が西から東にはやく移動するが、この高気圧におおわれると、晴れ上り、のどかな天気になる。だが白くかすんでいるのが特徴。すぐ天気は変り、雨になりやすい。〈本意〉晴れた空をイメージするわけである。のどかな空で、春の雲が浮んでいたりする。

大屋根に春空青くそひ下る　高浜　虚子
＊春空に露びつしりとあるごとし　中川　宋淵
春空に身一つ容るゝだけの塔　中村草田男
今日はしも匂ふがごとき春の空　福田　蓼汀
春空に鞠とゞまるは落つるとき　橋本多佳子
死は春の空の渚に游ぶべし　石原　八束

## 春の雲《はるのくも》　春雲　春の綿雲

春の雲は、空一面うすくひろがることが多く、またふわりと白く浮んでいることもある。〈本意〉前者には淡い感じがあり、春愁をさそうこともあり、白い綿雲には、春ののどかさが感じられる。

宝石の大塊のごと春の雲　高浜　虚子
庭松に一つの春の雲久し　田村　木国
＊春の雲ほうつと白く過去遠く　富安　風生
電柱が今建ち春の雲集ふ　西東　三鬼

いちめんの白雲となる春の坂　大野　林火　浅間山どの春雲も動くかな　森　澄雄

### 春の月《はるのつき》　春月《しゅんげつ》　春月夜　春満月　春三日月　月は春

春の月は朧月に代表されるが、初春には冴えた感じがのこり、仲春にはあたたかい感じになり、晩春にはおぼろになる。その何れも春らしい感じの月である。〈本意〉黄色い月、おぼろな月、春らしい、情感のある月である。秋の澄んだ月と対照的である。「春の月さはらば雫たりぬべし　一茶」。

芝居出て舞台に似たり春の月　松根東洋城　春月や切ればわが家にレモンの香　中島　斌雄
春月の海ある方へ犬走る　山口　誓子　砂の上に波ひろがりぬ春の月　橋本　鶏二
蛤を買うて重たや春の月　松本たかし　紺絣春月重く出でしかな　飯田　龍太
幾十の切株の上春の月　大野　林火　土曜日はたのし出てゐる春の月　大島　三平
*外《と》にも出よ触るるばかりに春の月　中村　汀女　浄土とは春月ほどの明るさか　井上　哲王

### 朧月《おぼろづき》　月朧《つきおぼろ》　月影朧　淡月《たんげつ》　朧夜　朧月夜　夜の朧

春は水蒸気が多く、朧で、春の月もぼんやりとかすんで見える。南方からあたたかい湿気の多い空気がやってきて、夜、地面附近の空気が冷え、上空がそれより高い温度だと、気温の逆転層が出来て、その下に霧があらわれ、月がおぼろにかすむ。朧夜と朧月夜は同じものである。〈本意〉蕪村をはじめ古典時代の俳人に好まれた季題で、春の雰囲気をたたえた優雅な世界である。「大原や蝶の出て舞ふ朧月　丈草」「瀟湘の鴈《かり》のなみだやおぼろ月　蕪村」。

くもりたる古鏡の如し朧月　高浜　虚子　＊朧三日月吾子の夜髪ぞ潤へる　中村草田男
竜燈鬼　おぼろ夜の雪ふる夜にさも似たり　久保田万太郎
おぼろ夜の潮騒つくるものぞこれ　水原秋桜子　いとぐるま母が鳴らして朧月　福島　小蕾
浄瑠璃の阿波の鳴門の朧月　富安　風生　おぼろ月狐の檻に狐の尾　黒谷　忠

## 朧《おぼろ》　草朧　岩朧　谷朧　灯朧　鏡朧　村朧　山朧　町朧　朧雲

月だけでなく、春の夜の万物がおぼろにかすむことをいう。物だけでなく、鐘の音、灯影などにもいう。朧雲は高層雲のことで、縞や筋のある灰色の雲のヴェールである。〈本意〉春の夜の情緒のある季題で、その景物の中心になるものが朧月になる。昼は霞、夜は朧。水蒸気の多い春の優艶な季題。「辛崎の松は花より朧にて　芭蕉」「白魚のどつと生るるおぼろかな　一茶」。

泣いて行くウエルテルに逢ふ朧哉　尾崎　紅葉　門川の夜々のおぼろとなりにけり　安住　敦
ぬかるみに夜風ひろごる朧かな　渡辺　水巴　＊貝こきとかめば朧の安房の国　飯田　龍太
朧にて落つるハンマー音おくれ　加藤　楸邨　谷ごとに仏のおはす朧かな　飴山　実
引いてやる子の手のぬくき朧かな　中村　汀女　鯉おぼろあたまを水に打たせをり　宇佐美魚目
星はらむ水のおぼろとなりにけり　中川　宋淵　父と子の離れて眠る朧かな　広瀬　直人

## 春の星《はるのほし》　春星　星朧ろ

うるむような春の夜の星である。〈本意〉冬の星はつめたくきつく、夏の星はかっと燃えるようで、その間で、やわらかい、しっとりした、情緒ある輝きをしている。

春星や女性浅間は夜も寝ねず　前田　普羅
＊名ある星春星としてみなうるむ　山口　誓子
乗鞍のかなた春星かぎりなし　同
春の星雲逝くごとにふえにけり　中川　宋淵
綺羅星の中にわが星春の星　富安　風生
童女走り春星のみな走りゐる　橋本多佳子

## 春の闇《はるのやみ》　春闇

月の出ていない春の夜の闇をいう。〈本意〉夏闇のような真の闇ではなく、うるんだ、しろじろとした光のあるような闇である。木々のにおい、水のにおい、花のかおり、それらのこもる情感のある夜である。

大濤が動かしゐるや春の闇　青木　月斗
一頭の牛が近づく春の闇　高室　呉龍
＊春の闇渚も音をおさめけり　田村　木国
枕辺の櫛をさぐりぬ春の闇　今井つる女
をみなとはかゝるものかも春の闇　日野　草城
春の闇息づくものを八方に　園　一夢
春の闇癒えゆく肋触らるる　加藤　楸邨
火炉の天真紅に染みぬ春の闇　樋口玉蹊子

## 春風《はるかぜ》　春の風　春風《しゅんぷう》　春大風

春の軟風をいう。冷たくなく、のどかな、やわらかい風である。〈本意〉春風駘蕩ということばがあるように、おだやかな日の風で、春の季節の代表的な景物である。

春風に尾をひろげたる孔雀かな　正岡　子規
春風に海知らぬ国の空碧し　島田　青峰
春風や闘志いだきて丘に立つ　高浜　虚子
古稀といふ春風にをる齢かな　富安　風生

春風に駝鳥の耳はありとのみ　五十嵐播水　＊春風が消えにはとりも暗くなる　飯田　龍太
春風となる焼あとの子どもたち　中川　宋淵　夕焼に染まる春風とぞ思ふ　目迫　秩父

## 東風《こち》　こち風　朝東風　夕東風　強《つよ》東風　あゆの風　雲雀東風

冬の季節風である北風や西風がやむと、東風が吹くようになる。それが春の訪れを感じさせる。ただし、暖かい風とはいえず、まだ寒さの抜けきれぬ感じがある。海岸地方にはさまざまな異名がある。みな東風だが、瀬戸内海では、雲雀東風、なまってへばるごち、へばりごち、小倉では、あめごち、志摩白木では、いなだごち、岡山県では、鰆ごち、梅ごち、桜ごちなどという。漁期、花期前の東風である。万葉集ではあゆの風と呼んだ。いろいろの用法がある。〈本意〉菅原道真が「東風吹かば匂ひおこせよ梅の花主なしとて春を忘るな」と詠み、東風は春を告げる風と考えられたが、海岸各地では、漁民の生活にかかわる風だったことを忘れてはならない。

東風吹くや耳現はるゝうなゐ髪　杉田　久女　＊荒東風の濤は没日にかぶさり落つ　加藤　楸邨
東風の陽の吹かれゆがみて見ゆるかな　飯田　蛇笏　樹に馳せて垂氷のごとし東風の猿　角川　源義
夕東風や海の船ゐる隅田川　水原秋桜子　強東風に襁褓よろこぶ日本海　秋沢　猛
われもまた人にすなほに東風の街　中村　汀女　東風の鶴逆毛たてて静なり　山高　雨声

## 涅槃西風《ねはんにし》　彼岸西風　涅槃吹《ぶき》　涅槃吹く

涅槃会の頃吹く西風。涅槃会は陰暦二月十五日だから、ほぼ彼岸にあたり、彼岸西風ともいう。もとは伊豆、鳥羽などの漁師、船乗りのことば。浄土から現世に吹く迎え風とされた。愛知県では涅槃吹という。〈本意〉冬の季節風のなごりの風で、寒気がもどる。この風の吹く頃が雪の降りじまいで、涅槃雪と呼んだ。季節の推移と生活暦との結合したもの。

かく吹くを涅槃西風とは笑止なり　森川　暁水
髪を引く涅槃西風なり当麻道　井沢　正江
*空曲げて旗をひろげる涅槃西風　秋元不死男
涅槃西風昔語りの母と居り　古賀まり子
彼岸西風炎のごとく塔登る　宮武　寒々
彼岸西風山越えて来し樒売　渡辺　大円

## 貝寄風《かひよせ》　貝寄　貝寄潮

大阪四天王寺の聖霊会《しょうりょうえ》では、供華《くげ》の曼珠沙華（筒花）に貝をつけて舞台の四隅に立て舞楽を奏する。この貝は陰暦二月十九日に住吉の浦で取り、二十二日の聖霊会（現在は五月二十二日）に用いた。その頃、この浦に西風が吹き、浜辺に貝殻が寄せられるところから、風を貝寄風、潮を貝寄潮と言う。浄土の方向から貝殻を吹き寄せる風とも、竜神が聖徳太子に貝殻を捧げるために吹く風とも言われるが、実際は季節風の名残りの風で、半日か一日で吹きやみ、春らしいおだやかな日となる。このことばは各地にある。鹿児島の川辺十島で節分前後におこる暴風雨、長崎県野母で春の雪が降る頃に吹く強風、鳥羽や伊豆の船乗りがおそれる西風がみな貝寄風とよばれる。〈本意〉四天王寺の仏事と結びつき、美しい幻想をそそる春先の風である。

貝寄風や難波の芦も葭も角　山口　青邨
貝寄風のまこと寄せ来し貝ならめ　三田　青里
貝寄風の風に色あり光あり　松本たかし
貝寄風や巫女の手籠に若布垂れ　福本　鯨洋
*貝寄風に乗りて帰郷の船迅し　中村草田男
貝寄風や吹きとんでゆく芸者たち　岸田　稚魚
雲のがれ貝寄風の岸鯨波《とき》あぐる　角川　源義
貝寄風や馬鹿貝とてもみづみづし　石井　雀子

## 春一番《はるいちばん》　春一《はるいち》　春二番　春三番　春四番

二月末か三月初め頃、はじめて吹く強い南風。壱岐の漁師のことばだった。今日では天気予報や新聞にも使われ一般化している。木の芽がこの風でほころぶ。日本海低気圧による風だが、春さきの災害のもとにもなる。桜の咲く前に吹く南風が春二番で、桜の花がひらきはじめる。〈本意〉激しい風だが、春の訪れの目安になる風である。春嵐の一つだがとくに別の名前が与えられている。

胸ぐらに母受けとむる春一番　岸田　稚魚
春二番一番よりも激しかり　牧野　寥々
＊春一番柩ぐらりとかつぎ出す　宮下　翠舟
春一番島に神父のおくれ着く　中尾　杏子
春一番どすんと屋根にぶつかりぬ　滝沢伊代次
春一番プール底より鴉たつ　藤野　基一

## 風光る《かぜひかる》　光風　光る風　光風裡　風かがやく　風眩し

春、だんだん日ざしが強くなると、晴れた明るい景色の中、吹く風が光るように感ぜられる。光風ともいう。〈本意〉夏は風薫るという。光る風は春風だが、駘蕩とした春風の気分とはちがうとらえ方で、日光の動くような明るさを見ている。

装束をつけて端居や風光る　高浜　虚子
＊生れて十日生命が赤し風がまぶし　中村草田男
風光る閃めきのふと鋭どけれ　池内友次郎
三月風ひと日ひかりてはたと寒し　森　澄雄
人形の首を干しけり風光る　久保田九品太
風光るこころの端の千利休　平井　照敏

**春嵐**《はるあらし》　春疾風《はやて》　春荒《あれ》　春はやち　春のはやて　春北風　春颷　春強風

春の強風である。突風を春疾風という。どちらも雨を伴わないが、暴風雨になると春荒という。移動性高気圧と低気圧が交互に西から東へ進むのが春の気象だが、低気圧が日本海を通るとき春嵐がおこりやすい。寒冷前線が南下すると、突風が吹くことがあり、これが春疾風である。〈本意〉春の不安定な気象の代表的なもので、雨をまじえたり、砂ぼこりを立てたり、火災をおこしたりする。不安な、おちつかぬ気持をそそる。

春嵐奈翁は華奢な手なりしとか　中村草田男
＊春嵐屍は敢て出でゆくも　石田　波郷
春あらし兄いもとしてまろびけり　安住　敦
春疾風木々は根を緊めおのれ鳴らす　楠本　憲吉
春嵐に帽子ころびて聖母訪ふ　平畑　静塔
瞼の裏朱一色に春疾風　杉本　寛

**春塵**《しゅんじん》　春埃　黄塵　馬糞風　馬糞埃　春の塵　春の埃

春、雪解けや霜解けがすんで乾いた土が風で砂ぼこりとなって飛ぶ。関東ローム層の春塵はとりわけすごい。春埃、黄塵という。北国では一冬の馬糞が雪どけとともにあらわれて風に舞う。これを馬糞風、馬糞埃という。〈本意〉春が来た喜びの裏側にある不快なものだが、感慨のこもるものである。

春塵の鏡はうつす人もなく　山口　青邨
＊春塵の衢落第を告げに行く　大野　林火
春塵や観世音寺の観世音　高野　素十
春塵や病めば後るゝことばかり　泉　春花
黄塵の野面の隅に雪の富士　水原秋桜子
春塵のいづこに住居もつべしや　高橋　沐石
春塵の没日音なし卓を拭き　加藤　楸邨
春塵の一本松よ眸あぐるたび　永井よしい

## 霾る　つちふる　霾《ばい》　霾晦《よなぐもり》　霾晦《ばいくわい》　黄沙　黄塵　よなぼこり　よなぐもり　よな降る

中国北部やモンゴルの砂塵が強風に吹き上げられて空をおおい、日本にまで運ばれてくることがある。空は黄褐色になり、日光もさえぎられる。三、四月頃の現象である。雨や雪にまじることもある。よなぼこり、よなぐもり、よな降るは、火山灰《よな》の吹き上げられたものが空をおおい、降りてくるもの。〈本意〉気象用語で黄砂という現象で、暖かくなった頃のうっとうしい空模様である。ほこりの多い春のざらつく気分を代表する季語。

青麦にオイルスタンド霾る中　富安　風生
幻の黒き人馬に霾降れり　小松崎爽青
喪の列や娶りの列や霾る街　大橋越央子
驢馬の市つちふるまゝに立ちにけり　三篠　羽村
*真円き夕日霾なかに落つ　中村　汀女
霾ぐもり大鉄橋は中空に　山崎　星童
つちふりしきのふのけふを吹雪くなり　大橋桜坡子
黄塵のくらき空より鳩の列　鈴木　元

## 春雨　はるさめ　膏雨《かうう》　春の雨、春霖《しゆんりん》　春雨傘

『三冊子』に、「春雨は小止みなく、いつまでも降り続くやうにする、三月をいふ。二月末よりも用ふるなり。正月・二月初めを春の雨となり」とある。静かにしとしと降り続く晩春の雨が春雨である。したがって、草木の芽を育て、花の蕾をふくらます雨で、独特の優艶なおもむきをもつ。温暖前線が接近すると、まず一面に巻層雲や高層雲がひろがり、やがて前線の近づくにつれて雲がたれこめ、地雨性の雨が降る、これが春雨であると、気象学者は説明する。春霖は長く降

りつづくもの、春雨傘はなまめかしい。〈本意〉静かで優艶な、芽や蕾をふくらませる、希望感のこもる雨。「春雨や蜂の巣つたふ屋根の漏り　芭蕉」。

*春雨のかくまで暗くなるものか　高浜　虚子
春雨にすこし濡れ来て火桶かな　松本たかし
春雨の雲より鹿や三笠山　皆吉　爽雨
春雨の上りし土を掃いてをり　星野　立子
春雨に重き簑笠北陸線　沢木　欣一
春雨が鼻つたひ貧しくたくましき　細見　綾子
春雨や光るものから児が描き初む　加藤知世子
師の家辞す春雨頰を打たば打て　森田　峠

## 春時雨《はるしぐれ》

春の時雨　春の村雨　春驟雨　春の驟雨

春に降る時雨である。時雨は断続して降る雨で、降るかと思うと晴れるもの。冬に多い。やや冷たい感じだが、春時雨は明るい印象である。春驟雨は、春のにわか雨で、晩春のもの。春雷をともなったりすることもある。この方が春時雨より強い降りである。〈本意〉春時雨は冬に近く、春驟雨は夏に近い。どちらも春の字をかぶせて、春独特の明るい印象を与える。

蝦夷富士は春しぐれする蝶の冷え　飯田　蛇笏
*いつ濡れし松の根方ぞ春しぐれ　久保田万太郎
春驟雨木馬小暗く廻り出す　石田　波郷
孟宗に春の驟雨の美しき　星野　立子
春の驟雨たまたま妻と町にあれば　安住　敦
風少し出て春時雨花舗にやむ　三宅　一鳴
香に満ちて花の荷つくる春時雨　平松弥栄子
手かざせば炉火に手の影春しぐれ　野沢　節子

## 花の雨《はなのあめ》

花時の雨

花どきに降る冷え冷えとした雨のこと。〈本意〉桜の花に降る雨と考えてもよいし、桜の花の咲いている頃の、桜が眼前にない雨でもよい。意識の中に桜の花が浮んでいるのである。花が落ちてしまううらみもある。

花の雨竹にけぶれば真青なり　水原秋桜子
雨に重き花のいのちを保ちけり　八幡城太郎
人来ねば鼓打ちけり花の雨　松本たかし
誰も来ず昼が夜となる花の雨　那須　乙郎
*花の雨買ひ来し魚の名は知らず　安住　敦
花の雨やがて音たてそめにけり　成瀬桜桃子

## 菜種梅雨《なたねづゆ》　春の長雨

菜の花の咲く頃に雨風が多いのをいう。雨が降らなくとも、曇天が続くことがある。春の長雨とほとんど同じで、春の梅雨という印象がある。〈本意〉春の暗い一面を代表する季題で、うんざりするような長雨、または曇天つづきである。暗い句が多い。

唄はねば夜なべさびしや菜種梅雨　森川　暁水
死へつづく病と思ふ菜種梅雨　古賀まり子
菜種梅雨負け犬去りてわれ佇ちぬ　岸田　稚魚
庖丁を研ぎにほはせて菜種梅雨　長谷川浪々子
*菜種梅雨子の大足が家歩む　宮本由太加
山の端のうす明りして菜種梅雨　山根　貞子

## 春の雪《はるのゆき》　春雪《しゅんせつ》

二月頃から三月にかけて、関東地方から九州までの地域に雪が降ることがある。この春の雪は淡雪で、解けやすい。春雨になるはずの水滴が、気温が少し低いために雪になったものである。時には大きな牡丹雪となって舞いおりることがある。気温が高目なので湿っていて結晶がくっつきやすいのである。春の雪を春雪ともいう。この頃の日本海側の雪は冬型の気圧配置になった時のものだから、冬の雪と変りない。〈本意〉淡く明るく春を呼ぶ雪である。「古郷や餅につき込む春の雪　一茶」。

玻璃窓に来て大きさや春の雪　高浜　虚子
＊春雪三日祭の如く過ぎにけり　石田　波郷
弥陀ヶ原漾ふばかり春の雪　前田　普羅
春雪や兄妹《きょうだい》部屋を異にして　安住　敦
春の雪波の如くに塀をこゆ　高野　素十
人思へば春雪のみなわれに来る　山上樹実雄

## 斑雪《はだれ》　斑雪《はだれゆき》　はだら　はだれ野

まだらに降りつもった雪をいう。北陸ではほろほろ降る雪をはだれ雪と呼ぶが、普通、積った雪のまだらな状態を指す。〈本意〉春の積雪なので、冬の間ほど多く積らず、土が見えている。また、消えかけて、消えのこっているのである。やはり春らしい様子で、冬の名残りの印象がある。

安達太良は夜雲被きぬ斑雪村　石田　波郷
日がさしてくるはさびしや斑雪山　清崎　敏郎
愛鷹の斑雪は消つつ吾子生れぬ　渡辺　白泉
括り桑ざんばら桑も斑雪かな　八木林之助
＊斑雪山月夜は滝のこだま浴び　飯田　龍太
翔つものの影のすばやき斑雪村　山上樹実雄
深夜訪へど終に会へざりはだれ雪　松崎鉄之介
斑雪山目の前に来て懸巣鳴く　和公　梵字

## 春の霙《はるのみぞれ》　春霙

春に降る霙のことである。冬の季題である霙は、雪と雨がまじり降るものだが、春の霙は雪がすくなく、雨にちかい。牡丹雪から霙にかわることがある。〈本意〉つめたい日ではあるが、やはり春で、冬の霙とちがう。ずっと濡れていて、雨になりやすい。

もろ〳〵の木に降る春の霙かな　原　石鼎
能を観て春の霙に濡れにけり　植田八重子
*限りなく何か喪ふ春みぞれ　山田みづえ
春みぞれ逢へばかなしきことばかり　井上　春美

## 春の霰《はるのあられ》　春霰《はるあられ》　春霰《しゅんさん》　春の霰降る

春に降るあられ。春のあられは氷あられで、かたい。夏に降る雹の小さなものである。芽や苗をいためることがある。〈本意〉積乱雲から降るが、暗い感じというより、活気ある句が多い。

春霰たばしる馬酔木花垂りぬ　西島　麦南
春霰のあとたつぷりと入日かな　波多野爽波
暗し暗し墓うつて跳ぶ春霰　小林　康治
青空がありて転がる春霰　菅野てい子
*石の上春の霰の鮮しき　草間　時彦
掌に受けて春の霰のみないびつ　志水　圭志

## 春の霜《はるのしも》　春霜《はるしも》　春霜《しゅんさう》

春になってから降る霜のこと。一般に八十八夜の五月二日頃以後にはほとんど降ることがなくなるが、北国は例外である。農作物に被害をあたえる。〈本意〉寒気がもどって降る霜だが、冬のさかりの頃とちがって、やはり名残りの寒さという印象がつよい。春の暖かさの中の寒気のもどりだからである。

つかの間の春の霜置き浅間燃ゆ　前田　普羅
先見ゆるいのちなりけり春の霜　石塚　友二
指ふれて加賀の春霜厚かりし　高野　素十
暁の色映りけり春の霜　鳥飼　宵衣
バスの胴歪み走れり春の霜　原田　種茅
枸杞の芽の傷みて黒し春の霜　高橋　春灯
*春霜に美しう老いておはすらむ　中川　宋淵
春の霜睡魔のごとき田一枚　白井　友山

### 別れ霜《わかれじも》　忘れ霜　霜の名残　晩霜　遅霜　終霜　名残の霜　霜害

「八十八夜の別れ霜」といい、五月三日頃におりる霜が、降霜のおわりとされている。だが地方によってその時期はかなりちがい、南国では三月、北国では五月まで、ばらばらで、だいたい京都のあたりが八十八夜頃にあたる。野菜や桑、茶にあたえる被害が大きい。〈本意〉立春より八十八夜の日かならず霜あり、その後霜なしと『年浪草』以後まとめられ、日本人の季節感覚のあり方を示す。実際の降霜とは別の、生活リズムの区切り方である。「別れ」「忘れ」の表現に、寒気の去る喜びや開放感が示されている。「鶯も元気を直せ忘れ霜　一茶」。

*桑園に風船とべり別れ霜　石原　舟月
晩霜の気配に澄めり星の空　石塚　友二
頬の痩せ肋の痩せや別れ霜　赤城さかえ
朝風に雀流るる別れ霜　絵馬　寿

### 雪の果《ゆきのはて》　名残の雪　雪涅槃　忘れ雪　雪の名残　終雪

雪の降りじまいで、涅槃会の前後である。そのため雪涅槃という。旧暦二月十五日前後だが、まだ後に降ることもある。雪の終りの平均日は鹿児島で二月二十四日、東京で三月二十一日、札幌で四月二十三日である。〈本意〉日本の北と南で二か月もちがう雪の果だが、どことなく愛惜の気持と開放の喜びがこもっている。その頃には余寒も去り、春らしい陽気が定まるのである。

雪の果泣くだけ泣きし女帰す　大野　林火
雀らの藪に入りこむ忘れ雪　飴山　実
松に鳴る風音堅し雪の果　石塚　友二
わすれ雪学費待ちつつ学びをり　福永　耕二
みちのくの古き教会雪の果　福田　蓼汀
わが職をうばふ一言雪の果　天野　松峨
＊終の雪ひとひら亀にのりにけり　宇佐美魚目
雪の果眉濃き人と思ひ見し　新谷ひろし

## 春の虹《はるのにじ》　初虹

虹は夏のものだが、はじめて春あらわれる虹をいう。初虹ともいう。〈本意〉清明第三候に「虹始めて見ゆ」とあり、四月中旬頃とされている。夏ほどあざやかではないが、あたたかくなったシンボルのように、喜びをあたえる。あわく消えやすい虹である。

うすかりし春の虹なり消えにけり　五十嵐播水
＊春の虹消ゆまでを子と並び立つ　大野　林火
春の虹とゞろく滝に澄みのぼる　中川　宋淵
落書にいさゝかの毒春の虹　飴山　実
乳房やああ身をそらす春の虹　富沢赤黄男
吾子は早やわれを恃まず春の虹　八木　芳

## 初雷《はつらい》　虫出しの雷　虫出し　初神鳴

立春後はじめて鳴る雷をいう。啓蟄の頃に鳴ることが多いので、虫出しの雷、虫出しともいう。〈本意〉雷は夏のものなので、季節の移りを予告する音である。雷鳴と虫の活動を結びつける虫出しの雷の名称はユーモラスな感じである。強い雷ではない。

初雷のごろ〳〵と二度鳴りしかな　河東碧梧桐
初雷の鳴り足す如く間遠なり　高田　蝶衣

初雷やはたと風なき紺屋町　安斎桜磈子　山荘に鯛を料れば初雷す　赤星水竹居
＊初雷の一くらがりや遊園地　松本たかし　虫出しの雷とひびきて浅間噴く　新井　盛治

## 春雷《しゅんらい》　春の雷

雷は夏のものとされているが、立春が過ぎた頃から立夏までの間にも時折鳴ることがある。春になると冬の気象がくずれる。シベリヤの高気圧がくずれ、移動性の高気圧と低気圧が交互に日本を通りすぎるようになる。この低気圧は不連続線をそなえていることが多く、寒冷前線の通過の際、積乱雲が発達して雷をおこす。時にはひょうを降らせ、農家に被害を与える。春雷は一つ二つ鳴って終ることが多く、まだそれほど激しくない。〈本意〉春らしい明るいあたたかいひびきがある。

下町は雨になりけり春の雷　正岡　子規　春雷や三代にして業は成る　中村草田男
比良一帯の大雪となり春の雷　大須賀乙字　＊あえかなる薔薇撰りをれば春の雷　石田　波郷
春雷や暗き厨の桜鯛　水原秋桜子　春の雷焦土しづかにめざめたり　加藤　楸邨
春雷やぽたりぽたりと落椿　松本たかし　春雷が鳴りをり薄き耳朶の裏　三好　潤子

## 霞《かすみ》　しまひね　白玉ひめ　春のほだし　薄霞　遠霞　八重霞　一と霞　棚霞　横霞
叢《むら》霞　有明霞　朝霞　昼霞　夕霞　晩霞《ばんか》　春霞　霞敷く

霞という気象用語はないが、詩歌によくうたわれている春の代表的景物。春に多い水蒸気のために、遠くがおぼろげに見え、帯のようなうすい雲が見えるのである。炊煙もスモッグも含め、棚引くうすい雲を総称して霞というのである。〈本意〉秋に霧というが、そのうすいもので、「ひさかたの天の香具山この夕べ霞たなびく春立つらしも」（『万葉集』）のように、古くから春の風情をあらわすものとして、多くうたわれている。「鐘霞む」などとも使う。「春なれや名もなき山の薄霞　芭蕉」。

髯剃るや上野の鐘の霞む日に　正岡　子規
石上も冷たからずよ春霞　高浜　虚子
*大木の枝下ろし居る霞かな　喜谷　六花
釣人は草に霞んでゆきにけり　五十崎古郷
犬の子に蹤かれて霞みゐたりけり　加藤　楸邨
海の奥かすみのひかるところ隠岐　篠原　梵
霞む日を戻りてものを言はざりし　細見　綾子
美作は法然の国かすみ立つ　今川　凍光

## 陽炎《かげろふ》　野馬《やば》　糸遊《いといふ》　遊糸　糸子《いとし》　かげろひ

春のよく晴れたのどかな日、湿地や湿った野原などから蒸気がのぼって、空気がゆらぎ風景がもやもやとしているのが見られることがある。これが陽炎である。柿本人麻呂の「ひむがしの野にかげろひの立つ見えてかへり見すれば月かたぶきぬ」以来、詩歌の歴史の中に多く題材として用いられた。古く「かぎろひ」といい、「陽炎燃ゆる」「陽炎へる」「陽炎ひて」「陽炎立つ」「陽炎揺る」と使い、言いかえが多い。〈本意〉のどかな春の感じをあらわすにふさわしい。艶奇明暗、さまざまな配合ができる。「かれ芝やややかげろふの一二寸　芭蕉」「かげろふや墓より外に住《すむ》ばかり　丈草」。

ちら〳〵と陽炎立ちぬ猫の塚　夏目　漱石
*かげろふと字にかくやうにかげろへる　富安　風生
こんこんと陽炎高し国府台　川端　茅舎
海女あがり来るかげろふがとびつけり　橋本多佳子

かげろふに消防車解体中も赤　西東　三鬼　　神を説く一語一語も陽炎へる　石田　濁水

## 春陰《しゆんいん》

春の曇り空のことをいい、花曇と似ているが、それよりもひろく使われ、くらい感じである。〈本意〉ものかげのことでなく、春のくらい感じの曇り空のことである。

春陰や大濤の表裏となる　山口　青邨　　*春陰の深き廂の中にあり　川本　臥風
春陰の国旗の中を妻帰る　中村草田男　　春陰や独り身罪に似たるかに　佐野　美智

## 花曇《はなぐもり》　養花天

桜の頃に多い曇天のこと。巻層雲、高層雲が出て、うすく曇り、太陽や月にかさが見られる。そのあと雨になることが多い。花を養う曇天と考えて養花天という。〈本意〉半晴半陰の感じのうすぐもりで、情趣のある、明るい曇りである。

夜に入れば月明かや花曇　高浜　虚子　　度はづれのわが寒がりや養花天　米谷　静二
*ゆで玉子むけばかがやく花曇　中村　汀女　　しんかんと山伐られをり花曇　吉田　鴻司
此処よりのセーヌの眺め花曇　星野　立子　　海の上まで大阪の花曇　辻田　克巳
若く死す手相の上の花ぐもり　野見山朱鳥　　レグホンの白が混みあふ花曇　福永　耕二

## 鳥曇《とりぐもり》　鳥雲《とりくも》　鳥風《とりかぜ》

春、渡り鳥が北方へ帰る頃の曇天のこと。そのときの雲が鳥雲。鳥風は、鳥の羽音が風のように聞こえるものと感じていうことば。〈本意〉春の曇天と帰る鳥とが結びついて出来た味のある季語で、元禄にはすでに使われていた。一種の哀愁がこもる感じがある。

海に沿ふ一筋町や鳥曇り　高浜　虚子

影過ぎて近江の空や鳥ぐもり　山上樹実雄

*毎日の鞄小脇に鳥曇　富安　風生

まばたきてはかる疲れや鳥曇　中戸川朝人

また職をさがさねばならず鳥ぐもり　安住　敦

噴煙のけふ高からず鳥曇り　吉井敬天子

## 春の夕焼《はるのゆふやけ》　春夕焼　春夕映　春茜

夕焼は夏の季語だが、それよりもやわらかく空全体をいろどる夕焼が春の夕焼である。〈本意〉夏とはちがう独特のやさしい夕焼であり、情緒をそそる美しさをもつ。

想ふこと春夕焼より美しく　富安　風生

*雪山に春の夕焼滝をなす　飯田　龍太

春夕焼へ遠き鶴嘴そろひ落つ　加藤　楸邨

春夕焼真珠筏を染めにけり　小山　南史

地に子供春の夕焼母のごとし　三谷　昭

春の夕焼魚焼き終るまでありぬ　角野　正輝

## 蜃気楼《しんきろう》　蜃楼　海市　山市　蜃市　かひやぐら　きつねだな

光の異常屈折のため、見えるはずのないものが海上や砂漠で空中に浮んで見える現象。船、風景、人物などが見える。春夏の午後一時二時頃に多い。富山湾やオホーツク海沿岸のものが日本では多い。天気よく風の弱い日に見える。〈本意〉昔は、水中の蜃という大蛤が吐く気によると考えられてこの名がうまれた。幻影と考えられたため、さまざまな異名がつけられている。逃水も同類のもの。

蜃気楼たつてふ海に不思議なし　福田　蓼汀

＊太刀魚をさげて見てゐる蜃気楼　新田　了葉

唾でくり呑ます話術に蜃気楼　関本　夜畔

蜃気楼詩の行間に立つごとし　中村　清志

# 地理

## 春の山《はるのやま》　春山　春嶺　弥生山　春山辺

山笑ふ、笑ふ山、焼山などの類題もある。山笑ふは中国の『山水訓』の「春山淡冶《たんや》にして笑ふがごとし」から来ているが、そのような明るく朗らかな笑うような感じの山である。雪解けの山、草を焼いてくろぐろとした山、木々芽ぶき草が萌え出す山、桜の咲き出した山、霞がたなびく山など地域によっておもむきは異るが、明るく生気をたかぶらせはじめた山である。富士山についても、春の富士と言う。雪はあっても春色の光りはじめた富士である。〈本意〉やさしく開放感のある、親しみのこもる山である。「片兀《かたはげ》に日の色淡し春の山　太祇」。

春の山屍を埋めて空しかり　高浜　虚子
春山を妻と見てをりなべてぬくし　大野　林火
*春嶺を重ねて四万といふ名あり　富安　風生
神々の座とし春嶺なほ威あり　福田　蓼汀
春山にかの襞は斯くありしかな　中村草田男
雪の峯しづかに春ののぼりゆく　飯田　龍太

## 山笑ふ《やまわらふ》　笑ふ山

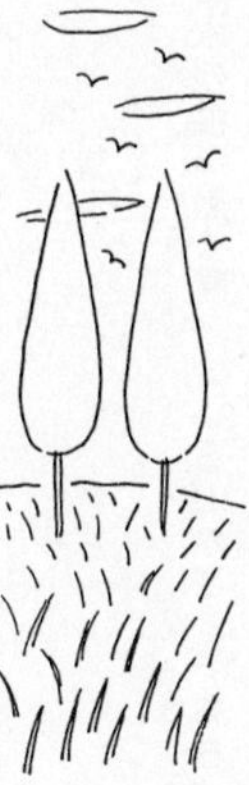

中国宋代の郭熙の「春山淡冶にして笑ふがごとし」ということばから出て、早春の山の明るい色づきのさまをあらわす。〈本意〉『臥遊録』にも、「春山淡冶《たんや》にして笑ふがごとし。夏山は蒼翠にして滴るがごとし。秋山は明浄にして粧ふがごとし。冬山は惨淡として眠るがごとし」とあり、四季の山の様子が対比されている。春の山はうっすらと艶なおもむきがあるのである。

故郷やどちらを見ても山笑ふ　正岡　子規
古き山古き仏と微笑めり　相生垣瓜人
＊山笑ひ大きな月をあげにけり　内藤双柿庵
太陽を必ず画く子山笑ふ　高田風人子

## 春の野《はるのの》　春野　はるぬ　弥生野　春郊　春の野辺　春の野良

春の野原のことだが、初春、仲春、晩春でそれぞれにおもむきがことなる。雪解の野、枯草を焼いた焼野、下萌の野、げんげやすみれの咲く野、雲雀の鳴く野など、希望にあふれ、明るくたのしい。〈本意〉「君がため春の野にいでて若菜つむわが衣手に雪はふりつつ」（『古今集』）「春の野にすみれ摘みにと来しわれそ野をなつかしみ一夜寝にける」（『万葉集』）など、古くから春の野は、開放感のある、明るく楽しい場所だった。

我を越えてはるか春野を指し居る人　中村草田男
野を穴と思ひ跳ぶ春純老人　永田　耕衣
電灯をあるだけ灯す春野来て　柴崎左田男
＊春の野を持《も》上《た》げて伯耆大山を　森　澄雄

## 焼山《やけやま》

枯木や枯草を焼いている山、または、焼いたあと、草木の根が黒く残っている山のことである。

むかしは、焼畑農業があり、草刈山があったから、多く見られたが、今は三笠山の山焼のような、宗教的、観光的行事として残っているだけである。〈本意〉今日では懐古的な行事、風景となったが、火煙の立つ山や黒い焼け跡は、心にしみるつよい印象をのこすものである。草木、穀物の生育を招く祈りの気持もこめられていた。

焼山の夕暮淋し知らぬ鳥　高浜　虚子
焼山を襲ふごと過ぐ雲の影　青野　爽
＊焼山の闇濡らす雨駅を籠め　宮津　昭彦
昨日焼きし山の匂ひや橋の上　土橋　朴人

## 焼野《やけの》　焼原　焼野原　末黒野《すぐろの》　末黒

春先、野火で焼いた野原。現に焼きつつある野原のこともある。くろぐろとしている。野の茨や芒が枝先を焼いて残っている野原が末黒野である。〈本意〉黒い色の印象ぶかい野原だが、下には萌え草があらわれはじめている。害虫も死に、草が萌えやすくなるのである。

＊月いよ〳〵大空わたる焼野かな　飯田　蛇笏
松風や末黒野にある水溜り　沢木　欣一
赤き雲焼野のはてにあらはれぬ　阪本四方太
のど渇く子と末黒野をよぎりたる　細見　綾子
末黒野を踏み来てうまき夕日の水　佐々木有風
末黒野に透明の水湧きゐたり　辻田　克巳

## 春の水《はるのみづ》　春水　水の春

「春水四沢に満つ」といい、春には水がゆたかである。雪解けの水、多くなる雨量のためで、春の日射しの中で明るく、勢いがある。〈本意〉冬涸れのあとの春の水で、あたたかく活気がある。ゆたかな、春のうるおいがある。「春の水山なき国を流れけり　蕪村」。

春の水梭を出でたる如くなり　高浜　虚子
腰太く腕太く春の水をのむ　桂　信子
＊春水のただただ寄せぬかへすなき　中村　汀女
さゞめきてこそ春水といふべけれ　高橋　潤
戻れば春水の心あともどり　星野　立子
春水のおもむろに堰あふれけり　長倉　閑山

## 水温む《みづぬるむ》　温む水

水温みけり、温む池、温む沼、温む川、井水温むなどとも使う。気候がゆるみ、過しやすくなってきた頃には、主婦の使う水も、池や沼や川の水も、つめたさが消えて、あたたかい感じになる。水辺に出てみると、水の様子もどことなくあたたかげに濁り、のどかに喜々と流れていたりする。〈本意〉生き生きと活気づく、喜びに浮きたつような思いがある。希望と開放の気持である。「水ぬるむ頃や女のわたし守　蕪村」「紅絹《もみ》裏のうつればぬるむ水田哉　蓼太」。

高商卒業生諸君を送る
＊これよりは恋や事業や水温む　高浜　虚子
後鳥羽院御火葬塚
水温むとも動くものなかるべし　加藤　楸邨
水底に映れる影もぬるむなり　杉田　久女
黒くしづかに墓洗ふ水温みたり　石田　波郷
水温む如くに我意得つゝあり　星野　立子
しなやかな子の蒙古痣《あざ》水温む　佐藤　鬼房

## 春の川《はるのかは》　春川《はるかは》　春江《しゅんかう》

春の水の流れる川で、雪解けの水や多くなった雨量をあつめ、水かさを増し勢いよく流れる。明るく活気のある感じである。桜の花が散って浮かび流れるのも春の川らしい。春江というと大河のようだ。木流しをしたり、遊船も出る。岸辺の緑も多くなり、のどかな感じがふかまる。水面にあわい靄がたちこめていることが多い。〈本意〉花が散りうかぶ体《てい》、雪がきえて水かさがふえている体が古来からの春の川である。活気ある若々しさ、明るさがうかび出る。「ちる花の外は流《ながれ》ずはるの川　桃隣」。

*一桶の藍流しけり春の川　正岡　子規
春川の源へ行きたかりけり　京極　杞陽
牛曳きて春川に飲《みづか》ひにけり　高浜　虚子
春の川水が水押し流れゆく　古屋　秀雄
海に入ることを急がず春の川　富安　風生
寮生の出て覗きけり春の川　川崎　展宏
雲ふかく十津川春を濁るなり　水原秋桜子
娶る灯へ春の川波ひた押しに　大坪　重治

## 春の海《はるのうみ》　春の湖《うみ》

春の海は風もやわらぎ、おだやかに、明るくひろがる海である。春には突風があり、春一番、春二番などの激しい風も吹き、海も荒れることがあるが、何よりもおだやかな、青い海がイメージされる。春の渚、春の浜とも使える。〈本意〉霞たなびきのどかな様子の海である。青々としてきて、魚介をそだて、船の行き来も活潑になる海である。「春の海終日《ひねもす》のたりのたりかな　蕪村」。

春の浜大いなる輪が画いてある　高浜　虚子
春の沖へ叫ぶ根のある巌に立ち　西東　三鬼
雛盛入水の春の海なりけり　尾崎　迷堂
*春の海けぶるは未来あるごとし　長谷川浪々子
春の海渡らばそこに何がある　野田別天楼
春の海珊瑚の枝は伸びつつあり　福田　蓼汀

### 春の波《はるのなみ》　春濤《しゅんたう》　春の浪　春の川波

海にも川にも使うが、春らしい感じの、のどかな波である。春濤というと大きな波で、岸に大きく打ちあたるが、明るく、春の気分がみなぎる。川波ものどかである。〈本意〉冬の頃のけわしさが消えて、光満ちた、のんびりした、あたたかい感じの波。

＊ひらかなの柔かさもて春の波　富安　風生
春濤をのぞく絶壁に誘《いざな》はれ　秋元不死男
春濤の一線あまる小漁港　大野　林火
春の濤寄せたるあとはささやけり　加倉井秋を
虚子逝けり春濤沖に炎えそろふ　石原　次郎
おもはざるところに春の波がしら　林　翔

### 春潮《しゅんてう》　春の潮

春の海のあたたかい水の流れをいう。いかにも海の生物をはぐくむ感じがある。潮の色も明るく、藍色になり、澄んで見える。潮の干満の差が大きくなり、干潟では潮干狩がおこなわれる。海女のてんぐさとり、あわびとりも始まる。三月はじめの頃の潮を節句潮、彼岸の頃の潮を彼岸潮という。彼岸潮が一番の大潮であり、観潮がおこなわれる。三月半ば頃から、プランクトンの繁殖のため、黄緑色、赤褐色、暗紫色などに変色するのが赤潮である。〈本意〉あたたかい藍色の海の水。たのしくゆたかな、喜びの思いがある。

春潮といへば必ず門司を思ふ　高浜　虚子
春潮のかけのぼらんとする崖に　山口　青邨
＊春潮の彼処に怒り此処に笑む　松本たかし
紀の国の渚は長し春の潮　高浜　年尾
花店の十歩にしぶく春の潮　飯田　龍太
思ひあまるごと春潮のふくれ来る　菖蒲　あや

春潮に巌は浮沈を愉しめり　上田五千石
爪置いて逃げたる蟹や春の潮　鈴木真砂女

## 春田《はるた》　春の田　げんげ田　花田

稲を刈ったあと何も作らず、そのままで春を迎えた田のことで、げんげが咲いていることもあり、さざ波の立つ水の田であることもある。都会で何もせぬ場合や、湿田、深田などの一毛作の田が、春田になる。春田犂、春田打などと言う。「はるた」という音はいかにもあたたかい感じで、父祖の地という印象を与えられる。げんげ咲く田も、子どもの頃のげんげ摘みを思わせ、なつかしい気持を誘う。げんげ田を花田という地方がある。〈本意〉春のうごきはじめた故郷の田を思わせ、親しみとなつかしさをそそる。「打かへす土黒みふく春田哉　闌更」。

*みちのくの伊達の郡の春田かな　富安風生
野の虹と春田の虹と空に合ふ　水原秋桜子
東京の中の葛西の春田かな　久保田万太郎
葛城の神の鏡の春田かな　松本たかし
子牛蹤きゆく春田の牛の鞭うたれ　加藤楸邨
新妻に追はれどほしの春田牛　石川桂郎
雲の洞に遠き空ある春田かな　石原舟月
げんげ田に恋猫がゐて神宿る　三谷昭
能登の海春田昃れば照りにけり　清崎敏郎
舟で来て春田一枚鋤きゆけり　岩崎健一

## 苗代《なはしろ》　苗田　親田　苗代田　代田　のしろ　なしろ　苗代水

種籾を八十八夜の頃、短冊形に仕切った苗代田に播き、稲の苗をそだてる。苗代田をこしらえることが苗代じめ、苗代ごしらえ。苗代田のことを親田、代田、のしろ、なしろなどという。田の神に餅をついたり粥をつくったりして供える地方がある。苗代でそだった苗を田に移植するのが田植である。〈本意〉日本古来の稲の栽培方法で、近年は新しい方法（岡苗代など）に変っているが、稲作を神聖なものと考え大切にする心の中心である。あおあおと伸びる苗代は美しく、希望がある。

苗代の青や近江は真っ平ら　吉川　英治
苗代や逆さに吊りし鴉の羽　長谷川かな女
苗代にひた〱飲むや烏猫　村上　鬼城
*苗代に落ち一塊の畦の土　高野　素十
稀に書く本名優し苗代田　中村草田男
苗代田光るは月のくもりたり　市村究一郎
苗代や一杆先に艦浮ぶ　秋元不死男
苗代の月夜ははんの木にけむる　長谷川素逝
苗代の足跡苗代ある限り　北　山河
苗代に深く大きく足跡澄む　伊丹三樹彦

## 春泥《しゆんでい》　春の泥

凍解・雪解・多雨などのため、春の土はぬかるみになることが多い。近年は舗装された道路が多いが、細道でぬかるみに足をとられて悩むことがある。〈本意〉春らしい悩みの一つ。春の楽しい気分から、いつまでも残るようなものではない。今では古いむかしの思い出の感じである。

鴨の嘴《はし》よりたらたらと春の泥　高浜　虚子
春泥に子等のちんぽこならびけり　川端　茅舎
春泥になほ降る雨のつばくらめ　西島　麦南
*春泥や石と思ひし雀とび　佐野　良太
乳母車の車輪がつけて行く春泥　細見　綾子
娶る日の春泥に藁惜しみなく　竹本　白飛
村中の鏡が光り春の泥　黛　執
春泥や一学童の松葉杖　河野　静雲

## 凍返る《いてかへる》　冱《いて》返る　凍戻る

あたたかくなってからまた寒さがぶりかえして、大地の凍てがまた元へ戻ることである。冴返るは時候について、凍返るは土などの凍りつくことに用いる。〈本意〉とけた凍て、氷がまたふたたび結び返ることをいうわけで、冬のしぶとさ、春の待ち遠しさをあらわす。

凍て返る水をうしろに夜の耳　三宅　一鳴
＊凍返る星ほろ〳〵と吾子生る　佐藤　賢一

## 残雪《ざんせつ》　残る雪　雪残る　雪の名残　日陰雪　陰《かげ》雪　去年《こぞ》の雪

春に残っている雪のことである。日なたはとけるのが早いが、ものかげや家裏などには消えのこる雪がいつまでもある。それが日陰雪、陰雪である。〈本意〉残雪と残る雪とでは同じ消えのこる雪でも少しニュアンスがちがう。残雪にはやや山に残る雪の感じがあり、庭先などには残る雪を使う方がふさわしい。季節感も、残る雪は春なかば、残雪は晩春という印象がある。ただし絶対的な区別ではない。「木枕のあかや伊吹に残る雪　丈草」。

雪残る頂一つ国境　正岡　子規
傷のごと山の額に残る雪　松本たかし
残雪を掴み羽搏つは鷹ならむ　水原秋桜子
片《かた》畝《うね》の残雪の道別るべし　古沢　太穂
けもの臥すごとく汚れて残る雪　大橋桜坡子
残雪の汚れなきより融けはじむ　浅井　周策
＊一枚の餅のごとくに雪残る　川端　茅舎
残雪や老杉雷に焼けて立つ　野村　親二

## 雪間《ゆきま》　雪のひま　雪の絶間　雪間草

冬に積った雪が春にとけはじめ、ところどころ雪の間から土がのぞきだす。その雪のすきまが雪間である。そこに萌え出した草が雪間草。〈本意〉雪国での、希望にみちた、春の情景である。土をふむ嬉しさ、萌える草を見るよろこび、雪国の春の象徴といえる。

紫と雪間の土を見ることも　高浜　虚子
たもとほる万葉の野の雪間かな　富安　風生
湖のほとりの雪間ひろびろと　高野　素十
*雉子立てりきらきらと一雪間　大野　林火
長靴につくづく倦みぬ雪間草　福永　耕二
安倍川の走りそめたる雪間かな　望月たかし

## 雪解《ゆきどけ》　雪解《ゆきげ》　雪消《ゆきげ》　雪解くる　雪解水　雪解川　山雪解　雪解田

雪国や山々で多く使われるが、春、積雪が解けることである。いろいろの語と結びつけて使われる。雪解雫、雪雫は、雪どけの水のしたたりのこと。軒や木の枝から、きらきらと水がしたたる。〈本意〉一年の半分を雪の下に暮らす地方は雪がとけて土が現れるのを喜ぶ。その歓喜がきこえるような季語。ゆたかな水にうるおう自然が春の光にみずみずしく輝く。「雪とけてくりくりしたる月夜かな　一茶」。

雪解川名山けづる響かな　前田　普羅
雪解けぬ跫音どこへ出向くにも　飯田　蛇笏
犬橇かへる雪解の道の夕凝りに　山口　誓子
*雪解田に空より青き空のあり　篠原　梵
鍵《キー》盤拭いて音かきまはす雪解風　秋元不死男
雪解川ゆたかに深夜作業の灯　柴田白葉女
切株の生きて紅さす雪解風　岸田　稚魚
妻も小さく歌をうたえり雪解の日　細谷　源二
鶏鳴の芯の紅らむ雪解空　飯田　龍太
雪解けの雫が無数ピアノ初歩　堀内　薫
雪解田のしどろもどろを鋤きおこす　青木　綾子
水底の石うつくしき雪解かな　成毛　亀満

## 雪崩《なだれ》　雪なだれ　雪くづれ　なだれ雪　底雪崩　地こすり　風雪崩

山に冬の間つもった雪が、春になって下からとけはじめ、山腹をすべり落ちるもので、場所や規模によっては大きな被害を与える。底雪崩または地こすりという雪崩は大規模ですさまじい響きをたてる。根雪の上の新雪を強風が吹きおとすのが風雪崩である。〈本意〉山国の春のはじまりの音であり、光景だが、壮絶な印象で、高揚した句の世界を作ることが多い。

天懸る雪崩の跡や永平寺　皆吉　爽雨
雪崩れ跡ずきんずきんと月昇る　秋葉　美い
洗面の水の痛さの遠雪崩　石川　桂郎
雪崩です沈みゆく白い軍艦です　田中　芥子
*青天に音を消したる雪崩かな　京極　杞陽
雪崩あと兎真白く死にゐたり　田原　玉乃
青天へ木菟がとび出し雪崩かな　佐野　良太
雉子翔てり雪崩が懸けし虹の中　須賀川東声

## 雪代《ゆきしろ》　雪汁　雪濁り　雪しろ水

春、雪がとけて、海や川、野原や田へあふれるのが雪代で、氷塊などがまじり、水がにごる。雪汁、雪濁りである。川に雪どけの水が多量に流れこみ、あふれると春出水となって、災害をおこす。〈本意〉雪国の人にとって、雪代は春の到来のあかしで、春出水にならぬことが切に念じられている。春の勢い、ゆたかさを示すイメージである。

かうかうと雪代が目に眠られず　加藤　楸邨
*雪しろのひかりあまさず昏るるなり　岸田　稚魚
雪しろの溢るるごとく去りにけり　沢木　欣一
かわかわと鴉にゆるぶ雪濁り　角川　源義

雪しろやまだもの言はぬ葡萄の木　佐野　美智　　雪代の軒あたたかき雪飛べり　氏家　夕方

## 凍解《いてどけ》　凍解くる　凍ゆるむ

早春の現象で、凍っていた地面が、あたたかくなってとけて、土の感触をもどすことをいう。ぬかるみになることが多いが、いかにも春の感触である。〈本意〉太陽で凍てがとけ、また夜凍る大地だが、春の到来が目のあたりにわかり、喜びをあたえる。

凍解や戸口にしけるさん俵　正岡　子規　　凍て解のはじまる土のにぎやかに　長谷川素逝
*凍解や子の手をひいて父やさし　富安　風生　　磐石のどの深さまで凍ゆるむ　谷野　予志
凍滝の寂莫たりし解けはじむ　松本たかし　　凍解のふたたび凍てて相つぐ死　加藤かけい
凍てゆるむどの道もいま帰る人　大野　林火　　凍ゆるむ燈にほしいまま玩具の色　宮津　昭彦

## 氷解く《こほりとく》　氷解《こほりどけ》　解氷　浮《うき》氷　氷消ゆ

春に川や湖、沼などの氷がとけだすこと。解氷というと、北海道などの海まで凍る地方の大規模な、海や河の氷のとけるのを思わせる。とけのこる氷が残る氷で、水に浮んでいるものが浮氷である。〈本意〉『古今集』に「谷風にとくる氷のひまごとに打ちいづる波や春の初花」とあるが、春らしい、なごむこころが感ぜられる季題。「氷とくる水はびいどろながしかな　貞徳」。

氷解くる此池の魚の数知れず　石井　露月　　氷解くる音たててより沼うとまし　橋本多佳子
薔薇色の暈して日あり浮氷　鈴木　花蓑　　*ねむたくて池の氷のとけはじむ　関　成美

## 薄氷《うすらひ》　薄氷《うすごほり》　春の氷

春、ふと寒気がもどって、氷がうすく張ることがある。近代になって、春の季題になった。それまでは冬のもの。〈本意〉去りがたい冬の名残りで、春の優位を知らせる。明るくなった日射しに薄い氷の光るのはうつくしい。

せゝらぎに流れもあへず薄氷　高浜　虚子
＊せりせりと薄氷杖のなすままに　山口　誓子
薄氷の裏を舐めては金魚沈む　西東　三鬼
薄氷や魚も焼かずに誕生日　石橋　秀野
薄氷をさらさらと風走るかな　草間　時彦
薄氷の上を厨の水はしる　近藤馬込子
薄氷の裏に夕焼こもりけり　吉野　義子
藁しべを引くや着ききし春氷　岡井　省二

## 流氷《りうひよう》　氷流るる　流氷期　流氷盤

大河や海に氷塊が群れなして流れることだが、日本では普通、北海道のオホーツク海沿岸の流氷をイメージする。二月半ばから三月にかけてもっとも多く見られ、四月下旬には氷塊は見られなくなるが、この間の流氷の流れは壮観である。漁船は浜にひきあげる。船の出港や航行も危険なほどである。〈本意〉酷寒の北海道の現象で、解氷の一種にはちがいないが、はるかに巨大で力感のあるものである。春の到来を流氷の動きが壮大な規模で如実に示す。

流氷や宗谷の門波《となみ》荒れやまず　山口　誓子
海に出むとして氷塊の蒼ざめぬ　山田麗眺子
流氷の張りつめてくる空の飢ゑ　石原　八束
流氷のうちあふこだま宙に消え　高田　高
沖をゆく流氷窓に卒業歌　伊藤　彩雪
＊流氷や旅びとだけに美しき　今　鷗昇

**春園**《しゅんゑん》　春の庭　春の園　春苑

春の庭である。公園を考えてもよい。春の気がみち、木の芽がもえ、その匂い、息吹きがたちこめている庭園。〈本意〉春光があふれ、草や木がもえたち、花にあふれた園である。

＊春園のホースむく〱水通る　西東　三鬼
春苑に拾ひし鞭を鳴らしけり　結城　一雄

**春の土**《はるのつち》　土恋し　土現る　土匂ふ　土乾く

春の土はなつかしい。あたたかくなると、ひとりでに土いじりがしたくなる。冬の凍て土がやわらかにあたたまると、外へ出てみたくなり、草の芽をみつけるのがたのしい。雪国の人にはこの心は格別である。〈本意〉春らしく土もぬくみ、そこにおりたくなるほど親しみの湧く土である。

鉛筆を落せば立ちぬ春の土　高浜　虚子
縄飛びの縄がたたくよ春の土　富田　直治
みごもりて春土は吾に乾きゆく　細見　綾子
春の土尊きもののごとく踏む　坂田　文子
＊春の土祖のごとくに牛立てり　林　徹
ほがらかに鍬に砕けて春の土　皿井　旭川

**堅雪**《かたゆき》　雪垢　雪泥

春になり積雪が昼間とけ、夜になってかたく凍りつくさま。上を歩けるようになる。雪垢、雪泥はよごれた堅雪のこと。〈本意〉日中とけていた雪が夜また凍って堅くなるものをいう。

＊堅雪の明るみに入り子を呼ぶ母　成田　千空
堅雪や木を出す音の近くなりぬ　佐々木雪層

# 生　活

## 渡り漁夫《わたりぎょふ》　雇　雇売る　漁夫募る　漁夫来る　ヤンシュ来る

北海道で鰊の漁期になると、渡ってくる漁夫のことで、多くは東北地方の漁夫や農民である。網元が募集に来るのは一月で、各地方の船頭が支配人の役をする。漁夫の契約を雇売るという。三月に、船頭が引率して漁場に出かけるが、ふとんや着換えをうすべりに入れ麻縄でしばったものをかついで、漁夫たちは北海道に渡る。この漁夫をヤンシュともいう。出身の地方によって津軽ヤンシュ、秋田ヤンシュなどという。最近では鰊が不漁だが、かわりにいか漁、ほっけ漁などに従事している。〈本意〉早春の出稼ぎの代表的なものの一つ。ローカルな性格の季語なので、昭和の新季題として採用された。

*渡り漁夫汽車乗り換の駅に遊ぶ　松原地蔵尊
漁夫渡りゆけり突堤子が跳ねて　村上しゆら
大荒れの連絡船に鰊漁夫　西本一都
雪充ちて荷ぐるみ黒く渡り漁夫　成田千空

## 柳祭《やなぎまつり》

東京の銀座通りは柳の並木で有名だが、柳の緑のうつくしい四月に、柳をシンボルとしておこなわれる商店街の催しである。「昔恋しい銀座の柳」の歌は、大正十二年の大震災で焼けた柳をなつかしむ歌。昭和五年に復興したが、昭和二十年戦災で再び焼失、戦後にまた復興して今日にいたっている。〈本意〉商店街の客寄せ行事だが、日本全国の商業祭の代表となって、春の楽しい行事の一つとなっている。銀ブラの楽しみの焦点となり、葉の伸びはじめた柳が印象的である。

柳かぶりて柳祭りの卓にあり　長谷川かな女　＊柳まつり銀座はいつも乾いた街　小坂　順子
柳祭衿ゑん早も灯りけり　小池　一覚　柳祭枝垂るゝ色に翳もなし　大矢　東篁

## 試験《しけん》　卒業試験　及第　落第　大《だい》試験　小試験　受験　入社試験

むかしは、学期試験を小試験、学年試験や進級試験や卒業試験を大試験と呼んでいた。そうした時代に育った人には、大試験はもっとも気持のあらわれたことばであろう。このことばは俳句でのみ使われて、実際に学校では使われなくなった。このほか、卒業学年の生徒には入学試験があり、こちらの方が大試験の感じだが、そう言わない。卒業して就職する者には入社試験もある。二月から三月にかけて試験が次々にあって大変だが、陽春を前にしての試験勉強には、苦しいなかにも希望と明るい気持がひそむ。及第する者、落第する者、学校暦の大きな節目である。〈本意〉学校生活の節目になる大切なもの。苦しみのはての悲喜が忘れがたい思い出となる。

＊大試験山の如くに控へたり　高浜　虚子　山の手の旗雲一つ試験すむ　久米　三汀
穂積憲法最も苦手大試験　富安　風生　珈琲濃しけふ落第の少女子に　石田　波郷
大試験茫々過去の中に去りぬ　山口　青邨　落第を議しつつ梢夕映ゆる　中島　斌雄

教師へは流水の私語大試験　香西　照雄

机低過ぎ高過ぎて大試験　森田　峠

大空へ帽投げて果つ大試験　那須　乙郎

大試験一礼ふかく絵馬納む　藤原　三余

## 春闘《しゅんたう》　春季闘争

総評傘下の労働組合が三、四月頃におこなう賃銀値上げ闘争である。国鉄労組や全逓の順法闘争、私鉄ストなどが毎年おこなわれ、国民の生活とかかわりの深い労働争議となっている。〈本意〉戦後季語にとりこまれたもので、社会、生活とかかわりのあるもの。美的な語ではないが、社会性俳句運動とともに、社会的観点が俳句にとり入れられ、新しい領域がひらかれたが、その代表的なもの。

＊春闘妥結トランペットに吹き込む息　中島　斌雄

一点を見つめ鉄切る春闘経て　増田　達治

春闘敗北ストビラ剝げば樹の皮むけ　中野　弘一

春闘や工区の空の赤き月　鋤柄　定義

## 卒業《そつげふ》　卒業生　卒業式　卒業期　卒業証書　卒業歌

三月末にそれぞれの学校の卒業式がある。小学校、中学校、高校、短大、大学、専門学校などの卒業式があり、その中には、キリスト教主義の学校、仏教の学校などの宗教的な学校や、盲学校などの特殊学校の独特な卒業式もある。進学する卒業もあり、就職につながる卒業もある。そのそれぞれに異なる感慨があろうが、所定の学業を学び了えた喜びと母校を去る淋しさは、何れにもひとしく伴なう。卒業式にうたわれる歌も、「仰げば尊し」「蛍の光」のほか、讃美歌のこともあり、ひとしく涙をさそう。男女共学校、男子校、女子校によって、また別の雰囲気がある。
〈本意〉学校生活の区切れの時で、過去をしのび、春たけなわの明日を夢みる感慨深い時である。

一を知って二を知らぬなり卒業す　高浜　虚子
卒業の暁といふことばかな　京極　杞陽
*校塔に鳩多き日や卒業す　中村草田男
黒き瞳の乙女幾列卒業す　中島　斌雄
卒業す片恋少女鮮烈に　加藤　楸邨
卒業の酔歌を許し眼鏡ふく　桂　樟蹊子
垂れ髪に雪をちりばめ卒業す　西東　三鬼
教室に海鳴りが満つ卒業後　今瀬　剛一
卒業のひとり横向く写真かな　大橋桜坡子
一コリント十三章読み卒業す　大山　多吉

## 入学《にふがく》　入学式　新入生　入学児　一年生　進学　新教師

入学式は四月上旬におこなわれる。小学校から大学まで、さまざまで、幼稚園では入園式がこれにあたる。一番印象的なのは、やはり、小学校入学であろう。〈本意〉親の立場で入学をうたうと、小学校への入学が、もっとも感銘ぶかい。わが子の成長の大きな節目で、喜びと期待と不安の入りまじった、複雑な気持である。

入学児に鼻紙折りて持たせけり　杉田　久女
新入生肩組み合うて捩ぢ合うて　堀内　薫
一樹なき小学校に吾子を入れぬ　石田　波郷
*入学の子をうしろよりはげまし行く　近藤　一鴻
入学の吾子人前に押し出だす　石川　桂郎
入学の子に見えてゐて遠き母　福永　耕二
一年坊主道草を食ふこと知らず　栗生　純夫
小さき唇結びなほして入学す　藤田　千代

## 種痘《しゆとう》　植疱瘡《うゑばうさう》

天然痘の予防接種のこと。弱い牛痘を皮膚にうえる。生後二―十二か月、小学校卒業前に強制的におこなわれる。臨時に流行時におこなわれることがある。春、二月から三月におこなわれるので春の季語となっている。〈本意〉昔は四―六か所にうえ、種痘の痕が腕にのこったが、最近は一か所になった。列を作って待つ不安、かさぶたがかゆくなってとれる記憶など、独特の思い出となる。

種痘する児のいとしさや抱き上げて　島田　青峰
種痘の児讃歌のごと泣きいでぬ　石田　波郷
いとけなき腕に種痘の華四つ　福田　蓼汀
種痘の日まだ少女めく母もゐし　車谷　弘
＊泣き声のつぎつぎ雪の種痘室　福田甲子雄
種痘の児泣きつつ我をにらみけり　中田　品女

## 遠足　ゑんそく

春、秋によく行われるが、野遊、踏青などとの関連で、春の季語となっている。学校、会社、工場、官庁など、さまざまのグループの遠足があり、団体で、景色のよいところ、史跡、遊園地などに行き、遊び、弁当を食べてくる。多くは一日のもので、二日以上の場合は旅行になる。家族だけの遠足もあり、ハイキング、ピクニックなども似たものである。〈本意〉明治以後の季語である。むかしはその名の通り、全部を徒歩で歩き通したりした。最近はバスがよく使われるが、自然にふれて弁当を食べて帰るのは、いかにも春らしい楽しい行事である。

遠足ややつれし顔が真赤な師　中村草田男
＊遠足の女教師の手に触れたがる　山口　誓子
太陽が遠足の子にかくれてしまふ　山口波津女
太陽を探しに遠足坂また丘　野沢　節子
遠足の列大丸の中とおる　田川飛旅子
遠足の馬鹿はしやぎ落第候補生　林　翔

## 春の服《はるのふく》　春服《しゅんぷく》　春装

春の着物、スプリング・コート、スプリング・ウエア、春帽子なども含まれるが、春の明るく、かろやかな服装のこと。男女、和装・洋装、何れをもさすが、どちらかといえば女性、洋装がイメージされよう。〈本意〉あたたかくなったことが身につけるもので喜ばしくあらわされるわけで、明るく、たのしい。「春着」というと新年に用いられ、「春の服」は春季に用いられる。

人形の春服人の前に立つ　阿波野青畝
ネクタイに在る思ひ出や春の服　牧野　寥々
春帽子母に向って冠り来る　中村　汀女
待ち人を得しか春服椅子を立つ　山中　達三
春服や親達にのみ故郷あり　中村草田男
事務服にかくるる春の服を縫ふ　岩瀬　典子
*人皆の春服のわれ見るごとし　篠原　梵
春服も耳輪の石もうすみどり　江川　三昧

## 花衣《はなごろも》　花見衣　花見小袖

花見に行くときの女の晴れ着をいう。花見小袖もその一つ。古くは桜襲《かさね》のことで、表が白、裏が葡萄《えび》染めのものを言った。今は特定のものを指して言わず、美しい着物のことを言う。〈本意〉連歌、俳諧の正花に数えられ、花やかな着物である。散りかかる花びらの下の美しい着物で、いかにも花時にふさわしいことばである。

*花衣ぬぐやまつはる紐いろ／＼　杉田　久女
ぬぎ捨てて一夜明けにき花衣　山口波津女
花衣脱ぎもかへずに芝居かな　高浜　虚子
をとこ見る目も中年の花ごろも　植村　通草
ぬぎ捨てし人のぬくみや花ごろも　飯田　蛇笏
花衣ぬぐやみだるゝ恋に似て　千原　叡子

## 春袷《はるあはせ》

春に着る袷。かるく、柄もはなやいでうすい色となる。〈本意〉袷は本来夏の季題だが、生活様式がかわり、夏に着ず、他の季節で着るようになった。春の袷が、一番袷にふさわしいものになった。冬着を脱いで春の袷に着かえるときの身体とこころが感ずる季感はまことに喜ばしいものである。

春袷人中に眼を偸《ぬす》み見る　飯田　蛇笏　＊行きずりの私語も柔らか春袷　大津　信子
彌《ミ》撒《サ》の花白き手にあり春袷　佐々木有風　咳去つて身体軽しや春袷　水内　鬼灯

## 春ショール《はるショール》

春にかける女の肩掛けで、防寒用というよりはアクセサリーである。かるく明るくうすい色である。レース、絹、ナイロン、ウールの薄地のものなどが使われる。〈本意〉防寒用ではないので、女のアクセサリーの意味が大きい。明るく開放的な気持の表現である。

三保行や松吹く風に春ショール　富安　風生　春ショール妻晩年の子にあまく　徳本　映水
汽車の尾をなほ見送れり春ショール　日野　草城　＊春ショール夜は濃き靄となりにけり　坂間　晴子
春ショールして汒々と歩むなり　柴田白葉女　春ショール忘れしことも気づかずに　高木美紗子
行先をひとにあかさず春ショール　荻野忠治郎

## 春日傘《はるひがさ》

春も夏に近づくと日ざしも強くなり、日傘をさす女性が多い。夏の日傘と区別して春日傘といわれるが、幾分夏のものより色の淡いものが使われるようである。パラソルの形のものである。〈本意〉晩春になった感じをあらわすもので、夏の近いことを示す。

くたびれて来てたたみたる春日傘　久保田万太郎　春日傘たたむ小さき眩暈かな　岡本　眸
*春日傘まはすてふこと妻になほ　加倉井秋を　春日傘心にいくさあることも　金田　初子

## 花菜漬《はななづけ》　菜の花漬　花菜摘

京都名産の漬けもの。菜の花（あぶらな）をつぼみのうちに摘み、葉や茎と一緒に浅く塩漬けや味噌漬けにしたもの。梅白酢などを入れ、かおりよく、色どりもよい。料理の付合わせ、お茶づけ、酒のさかななどによい。〈本意〉菜の花畑（花菜畑）の明るい春の季節感がよく生かされた漬けもので、どこか郷愁をさそう、雰囲気と味わいをもっている。

花菜漬はさみし麺麭をこぼれけり　石田　波郷　貧しさはすがしきものよ花菜漬　細木芒角星
花菜漬遠忌の箸にあはあはし　大野　林火　*人の世をやさしと思ふ花菜漬　後藤比奈夫
花菜漬酔ひて夜の箸あやまつも　小林　康治　花菜漬きざみこぼれの美しき　土山　紫牛

## 桜漬《さくらづけ》　花漬　塩桜　桜湯

八重桜の半びらきの花を塩づけにしたもので、梅白酢を入れる。茶をさける席で飲む祝いもの。

茶碗にとって湯を注ぐと、花がひらく。香りもよい。〈本意〉花をめで、春をよろこぶこころの具体化のような漬けもの。あんパンのへそに入れられているのもなつかしい。

桜湯を含めばとほる山がらす　飯田　龍太
さくら湯に空のかがやき野のかがやき　北　さとり
止みさうな雨あがらずよ桜漬　岸田　稚魚
＊さくら湯や言葉選びて疲れけり　肥田埜恵子

## 木の芽漬《きのめづけ》

きのめというとさんしょうの芽のことだが、この場合はあけびの若葉のことで、これを摘みとって塩漬けにする。京都鞍馬のもので、忍冬の葉、またたびの葉をあわせて漬ける。東北地方では、似た種類のものを塩漬けにして、冬の食料にする。〈本意〉冬にそなえる食料だが、ゆでこぼすと、緑の色がよみがえり、味もほろにがく、独特のおもむきをもつ。ローカルだが、郷愁をそそる。

木芽漬貴船の禰宜が句をそへて　藤井　紫影
＊庭隅のさみどりを摘み木の芽漬　関　科子
木の芽漬愛でて今宵を京泊り　宇佐美末女
木の芽漬嫩芽の色香たちもどり　南川　青洋

## 木の芽和《きのめあへ》　山椒和　このめあへ

「きのめあへ」と言うと必ず山椒を使い、「このめあへ」と言えば楤、枸杞など他の木の芽を使うものとされている。山椒の若芽を木《き》の芽と言うからだが、今日では混同されている。「きのめあへ」は春の香りを味わう料理で、みそに山椒の若葉を刻みこんで砂糖とともにすりつぶし、酒と煮出し汁でゆるくした木の芽みそに、たけのこやゆでた野菜、こんにゃく、いかなどをからませてあえたものである。〈本意〉春先のまだ定まらぬ季節感をあらわす季題で、山椒の香りが幼い春を伝える。母の思い出、妻のこころ、女性的なものが配合されることが多い。

雨雲のからむを摘みて木の芽和　山口　青邨　木の芽和田園雨の濃き日かな　徳永山冬子
*木の芽和に雨意ひえびえと到りけり　島田　青峰　飛石の雨の短し木の芽あへ　小池　文子
木の芽和へ女たのしむ事多き　及川　貞　木の芽和この頃朝の食すゝむ　上村　占魚
塗椀の重くて母の木の芽和え　桂　信子　木の芽和女人高野は谿へだて　近本　雪枝

## 木の芽田楽《きのめでんがく》　田楽　田楽豆腐　田楽焼　田楽刺

平ぐしに豆腐をさして焼き、さんしょう味噌をつけたものが木の芽田楽で、田楽の代表として賞味される。特別の重箱に入れた。さんしょう味噌をやまめ、いわな、にじます、ひめますなどにかけたものを魚田という。普通は、こんにゃくや、さといも、なすなどが材料になる。〈本意〉さんしょう味噌の香気が季節感のある味覚をつくる。庶民的な、親しみのある春の食べもの。

田楽の串の長きが嬉しけれ　本田あふひ　歓談のかくも田楽食べし串　皆吉　爽雨
田楽に舌焼く宵のシュトラウス　石田　波郷　田楽と書かれる頃となりにけり　橋本　之宏
*豆腐得て田楽となすにためらふな　同　田楽の竹の串とは熱きもの　佐藤　一村

## 蕗味噌《ふきみそ》

若い蕗の薹を摘み、みじん切りにし、よくすりつぶし、味噌、みりん、砂糖を入れて、火にかける。〈本意〉かおりよく、ほろにがい味がなつかしい、季節感ゆたかな食べものである。

蕗味噌にまづ箸をつけ親しみぬ　勝又　一透
蕗味噌に夜もざんざんと山の雨　鷲谷七菜子
＊蕗味噌の舌にのりたる快癒かな　中西　舗土
蕗味噌や先焦がしたる竹の箸　松岡　一郎

## 青饅《あをぬた》

ぬたの一種。ほうれんそう、だいこんの葉、葱、分葱《わけぎ》、浅葱《あさつき》など、春さきの青野菜をゆでて、貝のむき身、たけのこ、いか、まぐろなどと、酢みそ、あるいはからし酢みそであえたもの。からしのかわりにさんしょうの芽を用いることもある。〈本意〉江戸時代から季題とされている。春さきの青野菜の色と、あわせる魚介の色とが、香りよく調和して季節感をひきたてる。春の気分を食べる料理。

月うるむ青饅これを忘るまじ　石田　波郷
青ぬたやかためにたきし昼の飯　片山鶏頭子
青饅や夫婦の夫の誕生日　石川　桂郎
青ぬたや生涯ひとの意を意とし　大石　白夢
青饅や貧交了るいつの日ぞ　山口　草堂
＊青饅やいとけなかりし母の酔　山田みづえ
青饅や怒りの中の気弱言　能村登四郎
青饅や母の譲りの青九谷　吉井　莫生

## 蜆汁《しじみじる》

蜆は四、五月頃が一番うまく、味噌汁のなかに入れるのがもっとも喜ばれる。土用蜆、寒蜆もよいが、春が代表とされる。寝汗をとり、黄疸の薬とされる。利根川の蜆が有名だが、瀬田川のものが最高。庶民的な味である。〈本意〉庶民的な親しみやすい味なので、日常の哀歓とむすびつく郷愁をそそる汁である。一つ一つ肉をたべる面倒な感じも、なつかしい。

ほんの少し家賃下りぬ蜆汁　渡辺　水巴　喪のあけてまた喪に入るや蜆汁　川上　梨屋
わが作のラジオ洩る夜の蜆汁　石川　桂郎　癇性の母でありしよ蜆汁　清水　基吉
快々と熱に昏めり蜆汁　目迫　秩父　日曜やひとりに余す蜆汁　山田みづえ
＊世のつねの浮き沈みとや蜆汁　鈴木真砂女　七十の母の煮炊の蜆汁　柳沢　洸洋

**蒸鰈《むしがれひ》**　やなぎむし　柳むしがれひ

鰈を塩水でむして陰干しにしたものをいう。火であぶって食べるが、白い肉がきれいにとれる。若狭湾のやなぎがれいがとくに上等のもので、子持ちがれいは中でも好まれる。酒のさかなに珍重される。〈本意〉江戸時代から季題となっており、春月に賞すとされる。淡泊な味であぶらのかるい鰈をおいしく食べられるよう工夫したもので、若狭辺の春の季感を伝えてくれる。「桃の日や下部《しもべ》酒もる蒸鰈　白雄」。

蒸し鰈子にむしる花過ぎにけり　渡辺　水巴　箸とれば梅が香もして蒸鰈　岡野　知十
若狭には仏多くて蒸鰈　森　澄雄　病後とて子にむしりやる蒸鰈　藤田　知子
＊むし鰈焼かるるまでの骨透けり　草間　時彦

**干鰈《ほしがれひ》**　たたき鰈

鰈の内臓を抜いてすきとおるまで干したもの。風のつよいところで干す。上等品は瀬戸内海でとれるデビラという小さい鰈を干したもの。焼いてかるくたたき、肉をとって、おかずに食べたり、お茶づけにしたりする。酒のさかなにもよい。〈本意〉あぶらのよわい鰈なので、あわく上品な味が好まれる。風に干すところ、あぶって食べるところが、句の材料になる。仲春の頃のもの。

山の向うは雪が降りゐて干鰈　長谷川かな女
直送の縄鮮しき干鰈　川崎　展宏
鰈干す風に小米花《こごめ》の咲きにけり　西島　麦南
薄幸に似て青空の干鰈　しかい良通
*干鰈はららご共に焼けてけり　石塚　友二
若狭曇り薄身をさらす干鰈　本宮　鼎三

## 目刺《めざし》　頰ざし

江戸時代には、白魚の目を竹の串でつらぬき、数匹つらねたものを言ったが、今日ではもっぱら、まいわし、うるめいわし、かたくちいわしなどを五、六匹、竹串か藁で通して干したものを言う。うすく塩をふってあるので、火にあぶって食べると、庶民的な味で栄養もある。目を刺したものが目刺、えらから口を刺したものが頰ざしである。まいわしの目刺はほそくすっきりしており、うるめいわしやかたくちいわしの目刺はまるまるしている。こべらという小さい目刺はとくに酒のつまみに愛好される。目刺のしゅんは冬から春先である。〈本意〉庶民的な食物なので、つつましい生活の味である。にがみが目刺のうまみで、感慨の焦点になる。

*失せてゆく目刺のにがみ酒ふくむ　高浜　虚子
みつつかなし目刺の同じ目の青さ　加藤　楸邨
雪となりて火のうるはしさ目刺焼く　渡辺　水巴
日がさしてまぶしさもなき目刺並ぶ　藤田　湘子
一聯の目刺に瓦斯の炎かな　川端　茅舎
目刺あり花菜漬あり他は要らず　下村　梅子
目刺の色弟が去りし鉄路の色　中村草田男
寄る辺なき校僕一人目刺焼く　松野鶏巣子
目刺一連療養いよよ永からむ　石田　波郷
分けあうて兄妹病める目刺かな　石野　兌

**干鱈**《ひだら》　乾《ほし》鱈　棒鱈　芋棒　鱈田夫　打鱈

鱈（すけそうだら）をひらいて薄塩にして干したものをいう。あぶってむしり、ほぐして食べる。お茶づけや酒のさかなによい。棒鱈は、まだら（真鱈）の頭や背骨をとって、かたく日に干したもので、京都ではえび芋とやわらかくあまく煮て食べる。これを芋棒という。鱈の田夫《でんぶ》にすることもある。打鱈は干鱈をあぶり、むしって布巾につつみ、石において打ち、醬油とみりんをあわせてかけ、きざんだ柚子をかけて出したもの。春の食べもの。〈本意〉春とするのは、京都、大阪に、春に多く出まわるからで、鱈は冬にとれるが、干鱈は春のものということになる。「つゝじいけて其陰に干鱈さく女　芭蕉」。

＊借財や干鱈を焙る日に三度　秋元不死男
干鱈さげて帰りは登る島の坂　谷野　予志
塩の香のまづ立つ干鱈あぶりをり　草間　時彦
棒鱈の眼を剣く貌の束ねられ　佐野　俊夫

**白子干**《しらすぼし》　白子　ちりめんじやこ　ちりめん

いわしの稚魚をゆでて干したもの。一般にちりめんじゃこ、ちりめんというが、干した様子が白ちりめんに似ているからである。じゃことは雑魚《ざこ》のなまり。しらうおなどの稚魚がまじっているからである。大根おろしを添えて醬油で食べる。〈本意〉淡泊で、栄養があり、昔から庶民的な味が親しまれてきた。春の光の中で、ゆでた白子を、わく型のスノコに干す情景は明るくのどかである。

＊暮遅し白子は白く乾し上り　松本たかし
子を抱けりちりめんざこをたべこぼし　下村　槐太
白子干す低き廂に浪荒び　福田　蓼汀
白砂光り早箸さばき白子干す　丹羽　卓

## 壺焼《つぼやき》　栄螺《さざえ》の壺焼　焼栄螺

さざえの殻を使い、さざえを火にかけて焼いたものをいう。二見が浦、江の島などの名物料理である。岩からはぎとったさざえを焚火で焼く磯焼きもあるが、普通は、身をぬいてわたをとり、刻み、みつば、たけのこ、ぎんなん、かまぼこなどともとの殻に入れ、汁をかけて炭火で焼く。〈本意〉さざえの殻を使うところに、春の磯辺の情感がこもる食物である。汁がこぼれて焼け、立てるかおりも、忘れがたい情趣をもつ。

壺焼の壺傾きて火の崩れ　内藤　鳴雪
焼かるるとさざえが細き笛を吹く　秋沢　猛
壺焼の潮の煮えて黄なりけり　小杉　余子
さざえ焼くうしろで海が夜となる　大村　龍爪
大海に遠く壺焼煮えたてり　島田　青峰
松の塵浮みて焼くる栄螺かな　阿部　歔木
＊壺焼の煮ゆるに角も炎立つ　皆吉　爽雨
壺焼のしだいに暗き味なりけり　森山　夕樹

## 鶯餅《うぐひすもち》

餡を餅でくるみ、青いきな粉をまぶした菓子で、鶯に形と色を似せてある。早春、鶯の鳴く頃に売り出される。〈本意〉つまむと、青きな粉がこぼれる、なつかしい餅菓子で、早春の季節感を持っている。江戸時代からはやったものである。

＊街の雨鶯餅がもう出たか　富安　風生　　大きうて鶯餅も鄙びたり　池内たけし
鶯餅の持重りする柔らかさ　篠原　温亭　　鶯餅神田言葉をもてつまむ　松本　澄江
鶯餅帰心うながす置時計　阿部みどり女　　うぐひすもち母早寝してゐたりけり　佐藤まさ子

## 草餅《くさもち》　蓬餅《よもぎもち》　草の餅　草団子　母子餅

よもぎをゆで、刻んで、餅につきこむのが草餅で、蓬餅ともいう。米の粉とじょうしん粉をまぜよもぎを加えてつくこともある。あんを入れたり、きな粉や砂糖をかけたりして食べる。よもぎのかわりに、ごぎょう（母子草）を使ったこともあった。三月三日に作ったもので、その頃売り出される。農家ではみなこれを作る。〈本意〉平安時代頃から作られていた餅で、青い色と、よもぎの香りが新鮮で、いかにも春らしい印象がある。幼時への郷愁をそそる、なつかしい食べもの。「両の手に桃と桜や草の餅　芭蕉」。

誰が目にも草餅供へありしこと　池内たけし　　時かけてつくりし草餅すぐ食べ終ふ　山口波津女
＊草餅の濃きも淡きも母つくる　山口　青邨　　草餅といふは母ゐし四十代　石川　桂郎
草餅を子と食ひ弱くなりしかな　石田　波郷　　蓬餅母といふもの妻にはなし　安住　敦
虚子死して草餅のかぐはしあをし　秋元不死男　　大いなる草餅いどむごとく食ふ　塩尻　青茄

## 蕨餅《わらびもち》

わらびの根の澱粉にもち米の粉を加えてつきかためたもの。きな粉と蜜をかけて食べる。くず餅と似ている。色は紫色で、きんつばの形。山の茶店などで見かける。〈本意〉わらびの根は秋に掘るが、蕨餅はわらびのもえ出る春を待ち、訪れる春をよろこぶ気持をあらわすもの。土のにおいのするなつかしい食べもの。

腹減るとにはあらねども蕨餅　長谷川零余子
わらび餅口中のこの寂寥よ　堀井春一郎
かたはらに鹿の来てゐるわらび餅　日野　草城
奈良坂の割箸しろし蕨餅　田島　和生
*山麓は麻播く日なり蕨餅　田中　冬二

## 桜餅《さくらもち》

小麦粉や白玉粉を用いて薄い皮をつくり、あずきあんか白あんを包んだ餅で、桜の葉を巻いたもの。皮は桜色と白の二種あり、かおりをつけているが、桜の葉のかおりがとくに好ましい。桜の葉は、苗木の新葉を塩づけにしたもの。享保年間、長命寺門番の山本新六が創案、流行したものとされている。長命寺の桜餅には桜の葉が二、三枚使われ、竹の手かごに入れて売られる。他に道明寺の桜餅も有名。こちらはもち米のつぶを見せ、蒸したり炊いたりしたものである。〈本意〉柏餅の変種だが、桜の葉のかおりと餅のいろが、花どきの気分をよく出して、情趣のあるもので、創られたとき大評判になった理由もうなずける。春の花どきをめずる心をそのままにうつし出した菓子である。

三つ食へば葉三片や桜餅　高浜　虚子
散らばりし筆紙の中の桜餅　松本たかし
*とりわくるときの香もこそ桜餅　久保田万太郎
桜餅裸の如く葉を去れり　篠原　温亭
三人にとどく一籠さくら餅　長谷川かな女
桜餅われうつくしき友をもち　山口　青邨

諦めのしづかに剝がすさくら餅　佐藤　半三　みちのくの雪降る街の桜餅　長内万吟子

## 椿《つばき》餅《もち》

道明寺糒《ほしい》（以前はじょうしん粉）を用い、むした餅にあんを入れ、塩水で洗った椿の葉二枚の表を外にして上下に当てたもの。〈本意〉『源氏物語』の頃からあった餅菓子で、上品なものである。椿の葉の色と餅の白が映発してうつくしく、春の季感がにおう。この種の餅では一番おそく売り出される。

妻在らず盗むに似たる椿餅　石田　波郷　＊いささかの香をなつかしみ椿餅　中田　余瓶
観音の乳房はりきり椿餅　萩原　麦草　花もはや散りがてにして椿餅　宮下　萠人

## 五加木《うこぎ》飯《めし》

うこぎの新芽を、塩味の飯にたきこみ、すこし酒をふりかけたもの。香りがよく、山菜独特のにがみがある。〈本意〉うこぎはとくに東北地方に多く、垣根代りに植えられているが、その新芽、若葉を利用した飯である。春の山菜の風味のある、地方色のある食べもの。強壮薬でもあるうこぎの季節的な食生活への利用である。「西行に御宿申さんうこぎ飯　一茶」。

＊うこぎ飯念仏すみたる草家かな　角田　竹冷

## 菜飯《なめし》

菜《な》飯《はん》　菜飯茶屋　菜飯もどき

あぶらな、からしな、みずななどを塩でもみ細かく刻み、熱湯でゆがき水気を切る。塩味をうすくつけた釜の飯がたきあがり、水をひくころ、これをふりこんでむらしてから飯器にうつすと、美しいみどりの菜飯となる。塩もみと熱湯のゆがきを手抜きすると青くさくてまずい。ほうれん草のようなやわらかくなるものは不適当である。東北地方には、かて飯というものがあり、うすい塩味で炊いた飯に、漬けておいた大根の葉を刻み、しその実の塩づけと一緒に入れてむらし、飯にまぜて食べた。米の節約のためだったが、しその香りがよく、食べすぎるほどだったと言う。菜飯の一種である。遠江の菊川、近江の目川の宿の菜飯は名物だった。菜飯田楽と言い、菜飯は田楽と一緒に食べたものと言う。菜飯もどきは、新わかめをあぶって飯にもみこんだもの。〈本意〉幼時や母を思い出させるなつかしい食べもの。貧しい生活の象徴。「春雨や菜めしにさます蝶の夢　蕪村」。

さみどりの菜飯が出来てかぐはしや　高浜　虚子
菜飯上手ほかにとりえのなき妻の　上村　占魚
*菜飯噴く昔々の昔かな　高野　素十
菜飯とて揃の椀も柿右衛門　村田　黒潮
睦み合ふも明日を恃みの青菜飯　山口　草堂
風雨止んで夕べ明るき菜飯かな　渡辺　桂子

## 数の子作る《かずのこつくる》　数の子干す　新数の子

三月頃、とれたにしんの腹を裂いて卵巣をとり、塩水にひたし、水を何度もかえて、四、五日おく。それを洗ってむしろにほす。よくかえしてかわききったものを貯蔵する。これが数の子作るである。塩水にひたすのは、卵巣をかため、色を出すためである。北海道の特産品であったが、最近はにしんが回游してこなくなり、数の子は貴重品となった。外国からの輸入品が多い。数の子抜く、数の子製すなどともいう。〈本意〉江戸時代からの季語だが、北海道、とくに江差地方の地方性をよくあらわすものだった。近年の不漁から、さびれてきた感じがある。

数の子を抜く手抜く手が朝焼けて　斎田　史郎

＊櫂をもて干し数の子をひろげけり　石田雨圃子

## 春燈《しゅんとう》　春の燈《ひ》　春燈《ともし》　春の燭

春の夜の電燈は、あかるく、はなやかに、室内をてらす。この頃は蛍光燈が多く使われて、以前の電球とは感じがことなるが、気持のあかるさとよく呼応した印象をあたえる。〈本意〉冬の燈、夏の燈、秋の燈と、それぞれに感じがちがう。召波の「春の燈油盛りたる宵の儘」から季題にとりあげられたものらしい。あかるい、のびやかな感じが、この季題の本意である。

春の燈や女は持たぬのどぼとけ　日野　草城

誰よりも春の燈にふさはしき　京極　杞陽

春の燈やわれのともせばかく暗く　木下　夕爾

＊春燈の見上ぐるたびに光り増す　大野　林火

春燈にひとりの奈落ありて坐す　野沢　節子

上海にあり春灯の下に在り　三宅清三郎

春燈のもと愕然と孤独なる　桂　信子

春燈に抜き糸の中の紅を選る　金子　篤子

春燈や息あるごとき夜の受話機　渡辺千枝子

明日嫁ぐ子に家ぢゅうの春灯　堀　曜子

## 春炬燵《はるごたつ》

炬燵は冬のものだが、春が来てもまだ寒さのぶりかえす時があるので、しまわずに使っている。

炬燵はこの頃では電気炬燵になり、赤外線を使ったり、自動的に温度調節をしたりして、便利な手軽な煖房である。炬燵は、九州では年間百日、北海道では百四十日以上使うという。東京では、二月の平均気温が四度くらいで一年でもっとも寒く、三月一杯は寒暖が交互に来るので、炬燵がしまえない。炬燵は食卓や机の代りにも使われているので、片付けにくく、花の頃、花過ぎ頃に姿を消すが、これが炬燵塞ぐである。寒い土地では掘炬燵なので、畳を入れて炬燵をふさぎ、普通の居間に戻す。〈本意〉無用のものになりかけた炬燵だが、まだ入りたいこころも残り、その感じが春らしい。春の定まるのを待つこころで、ほほえましい雰囲気を持つ。

＊書を置いて開かずにあり春炬燵　高浜　虚子　　潮鳴や妻子に遠き春炬燵　加藤　楸邨
妻老いぬ春の炬燵に額伏せ　富安　風生　　春炬燵眠き吾子の目われに似る　相馬　遷子
誰をかも待つ身の如し春炬燵　松本たかし　　春炬燵あまたの恩を来し方に　及川　貞
春炬燵鸚鵡の真似をする人間　中村草田男　　春炬燵四人はものの分け易く　大橋こと枝

## 春煖炉《はるだんろ》

近ごろは「春暖炉」の文字が使われる。春になって、昼間など所在なげに消えている煖炉である。朝夕などは使われることもあるが、とかく忘れられがちになり、ほこりっぽくなった煖炉である。煖炉というと、洋間の壁面に作りつけられているものだが、近年は煖房設備もかなり変化しているので、電気やガスのストーブ、ダルマ・ストーブ、石油ストーブなどをさすこともある。エアー・コンディショナー、セントラル・ヒーティングなどになると、イメージがちがってくる。

〈本意〉北海道や東北地方ではすこしちがう気候条件で、煖炉は夏近くまで使われるが、春炬燵などと同じく、使ったり使わなくなったりして忘れられがちな煖炉のことである。いつの間にか身体が春になじんでいるわけで、ふと冷えたりするとき、煖炉に火をたくことを思い出したりする。

春暖炉名画の女犬を抱く　富安　風生
ひととゐて春の煖炉に言つつしむ　桂　信子
*春暖炉わが患者らは癒えゆくも　相馬　遷子
ゴムの葉に春の煖炉のうす埃　松尾　冬柏

## 春火鉢《はるひばち》　春火桶

この頃ではあまり火鉢は使われないが、むかしは、春になっても、朝晩は火鉢がほしく、冬の習慣ものこって、火鉢に手をかざしたものである。昼などには、火もなくなり、灰だけの忘れられた火鉢だが、冷えのもどる日などには、また火を入れる火鉢でもある。〈本意〉忘れられかけては必要となる机辺や居間の火鉢で、どことなくあわれななつかしい生活の友である。これも春らしさの一つ。

姉妹思ひ同じく春火鉢　中村　汀女
春火鉢隔てゝ心通はしむ　石塚　友二
わりなしや春の火桶の火をせゝり　大橋桜坡子
春火桶諳《そら》んずる句は前田普羅　星野麦丘人
*平らかにくづれて火あり春火桶　皆吉　爽雨
母の手のしわに触れたり春火桶　北村　留蔵
春火鉢うすあかりしてほむらあり　石原　舟月
かざす手の病めば白さよ春火桶　野田きみ代

## 炉塞《ろふさぎ》　炉を塞ぐ　炉の名残　春の炉

あたたかくなってきて、炉をふさぎ、畳を入れたり、炉蓋をしたりすることである。むかしは三月晦日《みそか》（陰暦）の行事だったが、今日では気候にしたがい、三、四月頃にする。茶道ではこのあとは風炉《ふろ》を用いるが、炉塞の前に、炉の名残の茶会をおこなう。俳句ではかならずしも茶道の炉をささず、いろりやこたつをも含めていうことが多い。〈本意〉冬と別れる行事で、名残りおしさと同時に春の到来の喜びもある。部屋がひろくなる感じがあって、情感のこもる、一年の節目の行事である。

この身炉に任せしものを塞ぎけり　高浜　虚子
炉塞いで目に立つ柱暦かな　島田　青峰
*炉を塞ぐ名残の榾を燃しけり　大川いちじ
やすめゐる自在の力炉の名残　皆吉　爽雨
塞がむと思ひてはまた炉につどふ　馬場移公子
空あをく遠母も炉を塞ぐらむ　細川　加賀

## 炬燵塞ぐ《こたつふさぐ》　炬燵の名残

あたたかくなって、炬燵をかたづけることである。切りごたつ、掘りごたつは、ふさいで畳を敷いてしまう。置きごたつはしまわれてしまう。ときどき冷える日が戻ると、なつかしい炬燵のあたたかさを思い出す。〈本意〉今は電気炬燵が多いが、簡便でもっとも日常的な煖房である。日本の冬を象徴するともいえる。それが片づけられるさびしさ、春になったよろこび、その二重の思いがある。

誤ちもなかりし火燵塞ぎけり　小沢　碧童
手焙りや炬燵塞ぎて二三日　小杉　余子
炬燵今日なき珈琲の熱さかな　久米　正雄
*ささやかに生き来し炬燵塞ぐなり　亀谷　麗水

飯すめばすぐ入る火燵なかりけり　篠原句瑠璃　　麻痺のわがよりどの炬燵塞がれし　日比野美風

**煖炉納む**《だんろをさむ》　煖炉外す　ストーブ除く

冬の間用いた煖炉を掃除して片づけること。部屋が明るく広くなった感じがして、春の到来が実感できる。北国では、煖炉のかわりに炉や火鉢を用いることになるが、一年中煖炉を片づけぬところもある。〈本意〉春の明るいよろこびと、冬のなつかしい生活の友の見えぬさびしさとがまじりあっている気持である。

＊日曜日煖炉納めて庭に出づ　中谷　朔風　　煖炉納めて今日が暮れにけり　木村　協子

**釣釜**《つりがま》

茶道で、三月、花見どきが近づく頃から、炉の中の五徳をとりのぞき、天井の蛭釘から釜をつりさげるのをいう。広い部屋では鎖で、狭い部屋では自在でつる。火や高さを加減して調節する。四月半ばには透木《すけぎ》という小さな木片を使い、釜を直接炉にかける。〈本意〉江戸中期からこの方式に定まったようで、炉の名残をあらわす形である。火をはなし、明るくたぎる釜の湯に、春の姿を見ようとする工夫である。

＊つり釜や茶の香立つとき春の雷　及川　貞　　釣釜や佐保姫という萠黄菓子　森田　金峰

**雪割**《ゆきわり》　雪切《ゆききり》　雪割人夫

雪国では三、四月ごろでも積雪が層をなしてかたく凍りついて残っている。道のはしや家の周田のそのかたい雪を割ったり切ったりして、海や川に捨てるのが雪割である。のこぎりやまさかり、ブルドーザーまでが動員される。〈本意〉春仕度の一つ。多数の人夫が動員され、あわただしく春を掘りおこすのである。地面があらわれ、濡れて、春の日に光る。海や川の流れにぶつかり漂う雪塊にも、独特の情感がある。

雪割の雪燦爛と町さびし　岸田　稚魚
雪割の雪黒く積む店の前　法師浜桜白
*雪割ると仄めくみどり鳩の胸　成田　千空
雪切りの雪ぞろぞろと流しけり　斎藤　草村
少しづつ少しづつ雪割りて住む　近藤　惇
雪切りの始って町の明るさよ　永沢　紅陽

### 厩出し《うまやだし》　まや出し　牧開き

雪深い地方では、冬の間、風や雪のため、牛や馬は厩に入れておくが、二、三月ごろから野外に出し、日光浴をさせ、蹄をかためさせる。その間に厩の汚れた敷きわらをとりかえるのである。この敷きわらはよい肥料になる。山の牧場などでは牧開きという。〈本意〉春、雪が消える頃の活気ある情景である。野山に若草も萌え、光も明るい中で、牛馬も生き生きと躍動している。

頂につらなる雪に厩出し　前田　普羅
日が照って厩出し前の草のいろ　鷲谷七菜子
厩出しや皆穏かなちぎれ雲　高野　素十
朝霧に寄り添ふ牛や牧びらき　相馬　遷子
厩出しの馬かもあらび山路来る　皆吉　爽雨
乗り回し乗り回しして厩出し　小原　弘幹
厩出し一握の塩ふるまはれ　新谷ひろし
厩出す途端一ト荒れ荒るゝかな　小笠原樹々
*嚙み減りし木戸をはづしぬ厩出し　米田　一穂
地平線一引く蝦夷の牧びらき　阿部　慧月
厩出し牛に雪嶺蜜のごと　森　澄雄
牧びらき牛の谺のために嶺　太田　土男

## 目貼《めばり》剝ぐ《はぐ》

北国では、すきま風や吹雪の吹きこむのを防ぐために、家や作業場、家畜小屋などの窓、羽目板、壁などの隙間に、和紙などで目貼りをするが、春これをはがして、あたたかくなった外気を室内に通すのである。〈本意〉目貼をすることで外気をたち切り、まったく閉鎖的にくらしていたわけで、その目貼を剝ぎ窓もひらき、開放的な生活がはじまる。その喜びのあらわれの一つである。

ながらへて恥ある目貼はがしけり　竜岡　晋
目貼剝ぐ空のひろさに歌ふ子よ　豊山　千蔭
*目貼はぐや故里の川鳴りをらむ　村越　化石
手応えもなく剝されし目貼かな　松田弟花郎
目貼剝ぐや四月第一日曜日　二唐　空々
目貼はぐ海原に藍もどりしと　成田智世子

## 北窓《きたまど》開く《ひらく》

冬の間防寒のためにしめきっていた北側の窓を、あたたかくなったので、ひらくことである。〈本意〉外気が通り、外の光が反射して、明るくなり、冬のうっとうしさが流れ去るようである。北窓は冬の寒さの集中してそそがれるところ、ここをひらくことは、ほんとうに春らしくあたたかくなったことで、冬のくらさを家の中から一掃する気持の、開放的な仕事である。

*北窓を開け父の顔母の顔　阿波野青畝
北窓を開くや山は生きてをり　楠部　南崖
北窓をけふ開きたり友を待つ　相馬　遷子
北窓を開く嘗ての祖母の部屋　草間　時彦

北窓を開けば竹の美しき　橋本　鶏二
北窓を開くは白き理髪師ぞ　宮田　藤仔

## 雪囲とる《ゆきがこひとる》　雪囲解く　雪垣解く　雪除とる　冬構解く　霜除とる

雪の深くつもる北国では、冬、家の外側に丸太を渡してむしろをかけたり、農作物・庭木・草花などのまわりに藁囲いをつくったりするが、春になって、雪がとけてくると、それらをとりのぞく。〈本意〉雪囲などは防雪、防寒のためだが、目かくしのようで、うっとうしいものである。それをとりのぞくのはすがすがしく、目がひらけ、明るくのびやかになる。家に直接日光があたり、ひろびろと風景が見えるのは開放感がある。

霜除をとりし牡丹のうひ〱し　高浜　虚子
*雪囲除れし仏間に日本海　木村　蕪城
風除解かれ大きく焚かれ婚の夜　村越　化石
雪囲解き家らしく人らしく　三上　一寒
雪垣解きし家のまる見え祭来る　谷内　茂
雪囲ひとれば微笑の女人仏　秋沢　猛
雪囲解いて明るき目覚かな　石井　蕾児
雪垣をとりし鳥海久し振り　多田　菜花

## 橇しまふ《そりしまふ》　捨橇　スキーしまふ

橇を春に納屋などにしまうこと。馬橇などは納屋のひさしのかげに、ころをかませておく。スキーや子供の遊び道具の雪舟なども、物置やもののかげにしまわれる。〈本意〉橇は雪上で使うものだから、地はだが見える頃になると無用になる。冬の別れと春のよろこびの交錯する片づけである。

＊橇納ひ遠い音のせ芽吹く空　新谷ひろし
しまひ橇して大吹雪また来る　二唐　空々
軒深く納めし橇の今年傷　立川きよし
叱られてスキーしまふ子うとみをり　深尾　正夫

## 車組む《くるまくむ》　車出す

橇が使えなくなる春には、かわって車が使われることになる。橇をしまうとき、解体して納屋にしまってあった荷車を出してきて組み立てるのである。車の台と、はずしてあった車輪が組み合わされ、雪の解けた地面で活躍しはじめる。〈本意〉橇しまうが、冬の道具の片づけであるのにたいし、これは、雪のない間の道具の取り出しである。寒くない季節の労働へののびやかなよろこびがある。

車組む怒濤の音に螺子緊めて　加藤知世子
車組む娶りの灯とて早や点り　村上しゆら
＊組む荷車空のまろみの生れをり　新谷ひろし
車組む道が乾けば道に出て　草間　時彦
風渡る蝦夷松の下車組む　工藤　蘇虹
車組む鶏遊ぶ庭の先　平尾　一葉

## 垣繕ふ《かきつくろふ》　垣手入れ

主として北国の情景で、風雪にいたんだ垣根を春先に修理することである。垣手入れともいう。竹垣、いけ垣、柴垣などを、新しい杭や縄で結いなおすのである。〈本意〉雪が消えた頃の、雪にいたんだ家の修理の一つで、雪国の春のしきたりである。家をきちんと整え、明るく春をよろこび迎えるこころである。

古竹に添へて青竹垣繕ふ　高浜　虚子　　そこら中煙らせて垣繕へり　今井つる女

*小鳥来ぬ日はさびしくて垣繕ふ　法師浜桜白　　垣繕ふ父にはだしの母あちこち　清原　枴童

亡き父の結ひたる垣を繕ひぬ　轡田　進　　垣結うてまた掛けておくさねかづら　粟津松彩子

## 屋根替《やねがへ》　葺替《ふきかへ》　屋根葺く　屋根繕ふ

地方の農家にまだ多いかや屋根を、春の農繁期前にふきかえる。雪国では、積雪や雪降ろしのため屋根がいたむので、春にふきかえをすることが多い。普通、部落全体が手伝って、年に一戸か二戸を順にふきかえてゆく。かやぶきの屋根は三、四十年もつので、部落を三、四十年かけて、順にふきかえてゆく。かやや縄、竿などをみなで持って集まり、かや刈りや古屋根のめくりなどを分担、共同で作業する。かやは共有の山や個人の山から刈るが一定量は無料。多量のかやが必要なので、屋根の一部をふきかえたり、挿茅《さしかや》といい、新しいかやをおぎなったりしてすます。防火のためもあり、トタン屋根、トタン包みの屋根にかえたり、瓦にする家もふえてきた。かや不足で、麦わらの屋根、板屋根に石をおいた家も多い。〈本意〉冬の荒れをなおし、気分一新した生活をはじめるための大仕事である。「屋根ふきは下からふくぞ星下り　支考」。

*屋根替へてほつそりとせし草の家　高浜　虚子　　父の家を祖父屋根直し祖母仰ぐ　中村草田男

屋根替の一人下りきて庭通る　高野　素十　　屋根替へし橙色に峡の雨　滝　春一

屋根替へて雨だれそろひ落つる朝　阿波野青畝　　葺替へて張り出し窓に灯の満ちて　香西　照雄

## 麦踏《むぎふみ》　麦を踏む

春先におこなう農作業で、二つの効果がある。霜柱のため浮きあがる根をおさえ地に根づかせる効果と、芽がのびすぎるのをおさえ根をつよくして株をたくさん出させるようにする効果とである。雪嶺が見え、北風の吹く中を、後手をして麦踏みをする光景は、いかにも早春らしい。〈本意〉まだ寒さの残る麦畑を人影が黙々と踏んでいるのは、のどかとも見え、さびしくもある。麦を踏む人にとっては物思うことの多い孤独な作業でもある。暗示力のある季語である。

風の日の麦踏遂にをらずなりぬ　高浜　虚子
歩み来し人麦踏をはじめけり　高野　素十
幼な顔ときどきに上げ麦踏めり　後藤　夜半
＊麦を踏む子のかなしみを父は知らず　加藤　楸邨
麦踏みのひとり手を挙ぐ詩友なり　能村登四郎
麦踏の遠き背後をわが通る　鈴木六林男
麦踏みの後ろ手解けば了るなり　田川飛旅子
神官の足袋はかぬ日は麦を踏む　後藤　智子
麦踏みは夕陽の宙をゆくごとし　飯野　燦雨
ユダの不信吾にもありや麦を踏む　後藤　一朗

## 山焼く《やまやく》　山焼《やまやき》　山火

早春、村里に近い山を焼く。木や草の芽ぶく前に枯木、枯草を焼きはらって、その灰を草や木の養分とし、発育を助長し、また害虫を駆除するためである。よい草刈り場を作るのに必要な作業である。これを山焼という。山の急な斜面の草木を伐採し、あとを焼き、そこへそば、あわ、ひえ、豆などを播いて、三、四年で場所をかえる農法は焼畑とよばれる。山火事のないよう注意がはらわれる。〈本意〉春、夏によい山になるようにおこなう原始的だが利点の多い作業である。山火はなかなか壮観で、夜も昼も炎々と燃えつづける。「山焼くや夜はうつくしきしなの川　一茶」。

山焼の煙の上の根なし雲　高浜虚子
蝦夷に渡る蝦夷山も亦た焼くる夜に　河東碧梧桐
山焼いて雨欲すれば雨のあり　喜谷六花
*山火燃ゆ乾坤の闇ゆるぎなく　竹下しづの女
山焼きや賽の河原へ火のびたり　山口誓子
みちのくの闇ふかみかも遠山火　山口青邨
遠き世の山火ぞ映ゆる埴輪の眼　福田蓼汀
山焼く火かなしきまでに乙女の瞳　星野麦丘人
山火あり大胆不敵なるごとし　加藤かけい
山焼の炎に叫び翔ちゆくもの　黒谷忠

## 野焼く《のやく》　野焼　野火　堤焼く

春先に野や堤の枯草を焼く。草萌えをよくし、害虫を駆除するためである。またその灰は肥料のはたらきをし、わらび、ぜんまいなどの発育をたすける。〈本意〉古今集の頃から歌によまれているもので、草の発育をさかんにするための年中行事である。野焼の煙、焼いたあとの黒々とした焼野など、早春の風情あるものである。

*古き世の火の色うごく野焼かな　飯田蛇笏
野を焼くやぽつん〳〵と雨到る　村上鬼城
野を焼けば焔一枚立ちすすむ　山口青邨
いたづらの河童の野火の見えにけり　阿波野青畝
わびしさに堪へず野を焼く男かな　日野草城
師への道野焼の跡のなまなまし　石田波郷
野焼く煙太陽もまた一火焔　田中灯京
夕野火を越すものの翅みな強し　中野茂
野火消ゆる如くに想ひ熄む日あり　稲垣きくの
野火が野火追うて越後の大き闇　中川美亀
野火走り神をおそれし日に似たり　渡辺千枝子
吾が髪もかく燃ゆるべし野火熾ん　長谷川秋子

## 畦焼く《あぜやく》　畦焼　畦火　畑焼く　畑焼　やいばた　やけばた

畑や田畑のあぜなどの枯草を焼くこと。早春におこなわれる。枯草とともに、作物の枯れ残りやわらなどをも焼いて、清掃し、また害虫の駆除をはかる。その灰は肥料になる。〈本意〉耕《たがやし》がはじまる前の畑や田の手入れの作業である。虫の卵や幼虫を殺し、肥料にもする大切な準備の仕事である。

此村を出でばやと思ふ畦を焼く　高浜　虚子
揚がる火に見えて畦焼く人々よ　水原秋桜子
三輪山を隠さうべしや畦を焼く　阿波野青畝
足もとに消え沈みたる畦火かな　高野　素十
枯笹にたけりうつりの畦火かな　富安　風生
*はしりきて二つの畦火相搏てる　加藤　楸邨
畦火走せあめつちひそと従へり　大野　林火
暮れて行く畦火の色をもどり見む　及川　貞
畦焼きしあとにいくたび俄か雪　渡辺　大年
満月の中宮寺裏畦焼けり　山田　孝子

## 芝焼く《しばやく》　芝焼　芝火　草焼く

早春、山野、庭園などの芝の枯れ葉を焼くこと。害虫の駆除にもなり、灰は肥料のはたらきをする。〈本意〉焼くことが芝の生育を助けることになるが、野生の芝は頑強なので、除くのに手を焼き、焼きはらうのである。江戸時代から使われている季題。

芝焼く火見つつ心の定まらず　高野　素十
柔かき草柔かき炎上げ　同
草焼かむ隠岐の荒海よせかへせ　加藤　楸邨
*芝を焼く美しき火の燐寸かな　中村　汀女
焼けてゆく芝火時には琥珀色　星野　立子
わが思ふところより芝焼きはじむ　山口波津女
草焼いて谺とあそぶ山童　伊藤　凍魚
草焼くや眼前の風火となりぬ　菅　裸馬
芝焼いて曇日紅き火に仕ふ　野沢　節子
風なき日芝焼き尽すゴルフ場　平田　想白
芝焼いて夫と遊べるごとくなり　石田あき子
わが性のさみし〳〵と草を焼く　植田　浜子

## 耕《たがやし》　たがへし　春耕《しゅんかう》　耕人　耕馬　耕牛　馬耕

稲、穀物、野菜などの種まきや苗植えの前に、田畑の土を鋤きかえし、土の状態をよくして、根が伸びやすいようにするのが耕で、春に多い。俳句では春耕を耕としている。稲の場合、一毛作では、春、雪解のあとに行なわれるが、二毛作では、麦を刈りとったあとと、麦蒔の前に行なわれる。したがって一毛作の耕がこの季題にあたる。むかしは、牛や馬を使って耕し、人が耕したりしたが、今日では機械で耕すことが多い。技術が進歩して、稲や穀物、野菜の作づけが複雑になっているので、耕は随時行なわれるが、伝統的には耕は春の仕事のはじまりとして、活動の季節をひらくものであった。〈本意〉春のおとずれと共に始まる人間の活動の代表的なものとして、清新な春の印象をつよめる。「耕すやむかし右京の土の艶　太祇」「耕すや鳥さへ啼かぬ山かげに　蕪村」。

千年の昔のごとく耕せり　富安　風生
春耕の田や少年も個の数に　飯田　龍太
耕せばうごき憩へばしづかな土　中村草田男
泥田十重八十重耕牛尾で遊ぶ　野沢　節子
*耕牛やどこかかならず日本海　加藤　楸邨
耕人の遠くをりさらに遠くをり　不破　博
朝ひらき人と耕馬の髪みどり　秋元不死男
うすけむり吐き不機嫌の耕耘機　辻田　克巳

## 馬耕《ばかう》

現在では機械による耕《たがやし》が多いが、北海道では春、二頭曳き、三頭曳きなどの犂《からすき》をつかって畑を耕していた。耕馬とはちがうニュアンスの北海道ならではの季語。〈本意〉春の耕だが、大陸的な風景で、北海道のローカルな季語である。

＊赤い日へ馬耕の土が噴きあがる　中島　斌雄
奥蝦夷にこだます馬耕日和かな　千葉　仁
馬耕追うひとり草木に風の渦　成田　千空
馬耕衆うららかなれば唄はずむ　金野芦影子
馬耕する女は若き顔包む　法師浜桜白
馬耕すむ馬と山鳩ききながら　太田緋吐子

## 田打《たうち》　春田打　田を返す　田返し　田を鋤く　田起し　田搔

春さき、田を耕すこと。いまは機械でおこなうのがほとんどだが、むかしは人力で、または牛馬の力で打ちかえした。備中ぐわで男たちが並んで打ちかえしていた風景は、春さきの顕著な農村風景だった。牛馬には犂《からすき》をつけて打ちおこした。以上は一毛作の場合だが、二毛作の場合には、麦蒔の前（初冬）と麦を刈ったあととの二回になる。春田打は湿田をおこすことで、乾田では堅田打ち、裏作をつくった田をおこすことを表田打ちと北陸では言った。〈本意〉貞門時代からの古い季題。今は人の手であまりおこなわず、イメージがかわったが、日本人のこころに焼きついてのこる春の代表的農作業であろう。

＊生きかはり死にかはりして打つ田かな　村上　鬼城
流さるるやも知れぬ春田を打ちゐたり　大野　林火
肩ぬぎぬそれより田打鍬高く　阿波野青畝
澱《とろ》む光を一日まとひ深田打ち　森　澄雄
鳥来る田打弁当置きしあと　高野　素十
田打女のあらはの腿にどきりとす　清崎　敏郎
大和また新たなる国田を鋤けば　山口　誓子
高原のいづこより来て打つ田かも　大島　民郎
鋤牛の糞は切なしすぐ鋤かる　加藤　楸邨
掌に拳一と打ち田起しへ　成田　千空

## 畑打《はたうち》 畑打つ 畑鋤く 畑返す

春先、種まきの用意に、放ってあった畑を打ちかえすことである。農作業のはじまりである。〈本意〉連歌時代からの季題である。今は機械の利用が多くなったが、鋤を光らせながら一人黙々と畑を打つのは、いかにも春の訪れにふさわしい労働風景である。「動くとも見えで畑打つ男かな 去来」。

能登の畑打つ運命《さだめ》にや生れけん　高浜 虚子
＊畑打つて酔へるがごとき疲れかな　竹下しづの女
天近く畑打つ人や奥吉野　山口 青邨
負へる子を振り落さずや畑打　岡田 耿陽

## 畦塗《あぜぬり》 畔《あぜ》塗り 塗畦

田打がすむと、田に水を入れて代《しろ》かきの作業に入るが、水がもれ、肥料が流れ出るのを防ぐため、畦を田の泥土で塗りかためるのである。〈本意〉泥まみれで畦塗がおこなわれるが、田もきちんとし、畦もてらてらと光って、印象ぶかいものがある。田にいた動物や草などがぬりこめられていることもある。春の特色ある農作業である。

畦塗るや首をかしげて懇に　高浜 虚子
畦塗に天くれなゐを流したる　相馬 遷子
わが影に畦を塗りつけ塗りつけて　高野 素十
畦を塗る心になりて見てをりぬ　清崎 敏郎
＊畦塗の深田踏みぬく音ひびく　大野 林火
塗りあげし畦の掌型へ夕日澄む　吉田 鴻司
畦塗るを鴉感心して眺む　西東 三鬼
畦塗つてしだいに妻へ近づきぬ　市村 蘇風

## 種物《たねもの》　物種　花種　種売　種袋　種物屋

稲をのぞく穀類、野菜、草花の種のこと。厳密にいえば、作物栽培のもとになるものはすべて種物である。普通には種子のことだが、芽、枝、茎、根なども使われる。果樹や桑では枝が、甘蔗では茎が、甘藷では根が種物である。菊では葉による繁殖がおこなわれる。これらは親のからだの一部が用いられるので、優秀な性質が確実に伝わって有利である。季題でいう種物は、とくに春蒔きの種子をさしている。多く種物屋（種苗商）から買ってくるが、自分の家でとった種子のこともある。草花の種子などを乾燥して、紙袋、布袋、木箱、瓢箪などに入れ、一冬天井につるしたりして貯える。種とうもろこしは軒先につるす。花の種子（花種）は花屋などの店先にきれいな紙袋に入れて並べられていて、たのしい気分にさそわれる。〈本意〉あたらしい開花や収穫のもとになる種子は一陽来復の春の希望の象徴だろう。種子にひしめくいのち。種子袋のざわめくような期待。

狭き町の両側に在り種物屋　高浜　虚子
春蒔の人参の種子揉めば匂ふ　岩崎釣水子
*ものの種にぎればいのちひしめける　日野　草城
種袋大切に置く畦まぶし　金子星零子
種売のとり出す種の多からず　中村　汀女
種袋蒔く前夜まで書に挾む　桜井　博道
花種買ふ運河かがよひをりしかば　石田　波郷
種袋母のひらがなおもしろし　井出　寒子
種袋負ひ絶壁の下をゆく　飯田　龍太
抽出の奥より去年の種袋　松井　百枝

## 種選《たねえらび》　種選《たねより》

「たねえらみ」ともいう。彼岸前後の仕事で、苗代にまく種もみをえり分けることである。俵からもみを出し、塩水にひたし、浮いたもみをとりのぞく。その後、水にひたして吸水させる。もみだけでなく、大豆や小豆など、一般に種物をえりわけることにもこういう。〈本意〉春の農作業開始の序章である。何か活気がめざめてくるような、多忙な作業への身がまえの緊張感が感ぜられるような仕事。

＊種選るや野を吹き覚ます風の音　西村　信男　　種選ぶ百姓の肌眼となりて　林　利子
種選ぶ働くことの好きな掌よ　佐藤南山寺　　うしろより風が耳吹く種撰み　飴山　実
太陽も土もまちをり種を選る　国弘　賢治　　水に富む美《うま》しくにかも種を選る　佐野　美智

## 種案山子《たねかがし》

種もみをまいた苗代にたてる案山子である。秋の案山子とちがい、簡単なものであることが多い。ビニールや銀紙、布などを張っただけのものも多い。〈本意〉案山子は秋のものである。苗代はせまく期間もみじかいので、簡単にすませたものが種案山子。種もみを鳥についばまれるのを防ぐためのものである。

＊種案山子短かき影を落しけり　山田みづえ　　十字架の影負ひにけり種案山子　中尾　花声
一点の眼を入るるなり種案山子　瀬川　芹子　　翡翠を肩にとめをり種案山子　鈴木　柿城

## 種浸し《たねひたし》

種かし　種ふて　種つける　種ふせる　籾つける　種井《たねゐ》

彼岸ごろ、もみ種を、俵やかますに入れて、種井につけておくこと。二、三週間たって引きあげ、四、五日干しておくと芽ばえして、苗代にまけるようになる。種井には、池や井戸、川などが使われ、風呂桶のぬるま湯につける方法が新しい。この桶を種桶という。もみを入れてひたす俵を種俵、すじ俵という。この時期を種時という。〈本意〉種浸の日にかゆをたき神前に供える地方があるが、農作業の本格的なはじまりで、その一年の幸を祈る気持がある。

月影に種井ひまなくながれけり　飯田　蛇笏
種浸けし夜は短かきものを読む　本多　静江
*大いなる種井まはりて人来る　高野　素十
金魚田に沈めてありし種俵　広瀬　峰雄
小流れも利根のうちなり種浸す　小杉　余子
種籾を浸せりむかし産湯桶　青柳志解樹
種浸すありけるわざをいまになほ　上村　占魚
籾浸す底までピアノ音ひびき　神原　栄二
種池の映せしは亡き人ばかり　佐野　美智
白山の雪解水てふ籾ひたす　山　たけし

## 種蒔《たねまき》　種降《たねおろ》し　すぢまき　籾蒔く　籾おろす　播種《はしゅ》　物種播く

ふつう種もみを苗代にまくのが種蒔で、他の蔬菜・草花の種をまくのは「物種播く」というが、その名を入れて「瓜蒔く」「朝顔蒔く」などという。だが混用されて種もみにも他の種の場合にも種蒔が使われることが多い。種蒔は八十八夜前後におこなわれるが、最近は四月上旬が多くなった。地方により、種蒔の時を自然現象に結びつけてきめることがあり、たとえば「種蒔おっこ」は、種蒔のころ青森県八甲田山の残雪が老爺の種蒔の姿に似ていることからいい、栗駒山の「種蒔ぼうず」、木曾駒ヶ岳の「稗蒔じさ」「稗蒔ばばさ」も同様で、種蒔のめやすになった。種蒔桜は東北地方のこぶしの花のことで、種蒔の頃に咲く。〈本意〉種蒔は大切な農事で、田の神に粥を供えたり、休息日をとったり、おはぎを作ったりして、各地の農民たちはこれに心をこめた。よい収穫を祈る気持のあらわれであり、句にもそれがにじみ出ている。

手をこぼれて土に達するまでの種　高浜　虚子
種蒔いて明日さへ知らず遠きをや　水原秋桜子
*種蒔ける者の足あと洽《あまね》しや　中村草田男
きら／＼と輝く種を蒔きにけり　星野　立子
種まきし上にこまかな夜気が乗る　平畑　静塔
種蒔に大乳房揺れて人の母　中山　純子

種子おろす朝の水皺ひかりけり　糠間　ふみ
身のうちに水のひびきの種下ろし　山上樹実雄
ひたすら種を播き続けをり種見えず　大串　章
種蒔くや土ぬくしとも重しとも　成田智世子
傾斜畑海へ種蒔くごとく蒔く　一ノ渡登志子
花言葉一途に信じ種蒔くも　藤内　しづ

## 苗床《なへどこ》　種床　苗圃　温床　冷床　フレーム　苗障子

苗や苗木を保護するため、家の近くに特別にしつらえた床で、苗代はその代表的なもの。日当りと風通しのよいところがえらばれる。冷床と温床がある。冷床は肥料だけをほどこした床で、温床には醸温の工夫がほどこされている。厩の下藁や堆肥などで、苗障子が張ってある。電熱を利用し、硝子を張ることもある。今日ではビニール温床が多い。〈本意〉幼い苗や苗木を大切にそだてるための工夫である。いかにも春にふさわしい、期待と希望にあふれたいとしいいのちである。

苗床にをる子にどこの子かときく　高野　素十
まだ油ひかぬ真白き苗障子　中田みづほ
*苗床に正直な土入れにけり　只野　柯舟

苗障子のぞけば苗の世界かな　田中憲二郎
苗床の大き足跡あかねさす　福田甲子雄
温度計さしこみて苗何々ぞ　柴田　豊子

## 苗売《なへうり》

むかしは春になると、瓜、茄子、冬瓜、とうもろこしや草花などの苗を売り歩く声が町にきかれた。今はそれらの苗は、花屋や種物屋の店で売られている。〈本意〉町できかれた苗売の声は春の風物詩としてよろこばれたものである。家々に庭のある暮らしもあった。明るい春の呼び声であった。

＊苗売によき夕方の来りけり　星野　立子　　苗売が聖母讃歌の窓を過ぐ　谷野　予志
苗売の結飯《むすび》とり出し食ひにけり　阿波野青畝　　駅前に茄子苗売りのこぼせし土　田川飛旅子

## 苗木《なへぎ》市《いち》　苗市　植木市

三月から四月頃、神社寺院の縁日や夜店で、庭木や果樹の苗木が売られる。ちょうどよい植え頃なのである。今は花屋にもおかれ、また植木の市でも売られている。〈本意〉花の咲く木を植えたい、秋のための果樹を植えたいと、春には人のこころがうごく。それにこたえて売られる苗木で、春うごくこころであろう。明るく希望をはらむこころである。

＊苗木市春の粉雪となりにけり　西島　麦南　　灯を入れてまた値のかはる苗木市　岡本まち子
はくれんの咲ける花ある苗木かな　中村　汀女　　鉄線花買ふは老妓や植木市　松本　秩陵
苗木市熊本言葉荒々し　高野　素十　　足長の金髪少女苗木撰る　北市都黄男
門川に浸す苗木も市の前　塩谷はつ枝　　夫と歩くたのしさ植木市でよし　中山　長寿

## 苗札《なへふだ》

種をまいたり、苗をうえかえたりしたとき、その名前や月日などを小短冊形の木札に記して立てておくのが苗札。小学校の花壇の苗札、庭の花壇の苗札など、たのしく、おもむきがある。〈本意〉もともと目安になる札だが、苗がその札に招かれるように萌え出してくるわけで、期待と発育の象徴でもあり、未来像にもなる。

*苗札に従ふ如く萌え出でぬ　門田蘇青子
苗札の幽霊草の嫌はるる　後藤比奈夫
苗札に遠くかたまり芽立つあり　米沢吾亦紅
苗札にややこしき名を書きにけり　細川　加賀
苗札を十あまり挿す夜も白し　八木林之助
苗札のやや傾くは父の癖　藤原　嶺人

## 花種蒔く《はなだねまく》

秋に咲く花の種子を蒔くことで、春蒔きの花の種子のことである。蒔く時期は春の彼岸の頃で、もう寒さも遠ざかり、芽生えする幼い草花にも被害をおよぼすことがなくなる。苗床に蒔くこともあるが、家庭では、庭の土をほぐし、鉢や箱などを利用して蒔く。肥料は油かすなど。袋の花の絵などが想像をかきたてたのしい期待でみたす。種蒔というと、籾を蒔くことを主とした言い方である。〈本意〉秋庭をいろどる花を蒔くという夢、期待にあふれたたのしい季題である。

あさがほを蒔く日神より賜ひし日　久保田万太郎
子に蒔かせたる花種の名を忘れ　安住　敦
花の種土のうすさにはや見えね　中村　汀女
死なば入る大地に罌粟を蒔きにけり　野見山朱鳥

花の種まきたれしばらくは昏れず　西山　誠
＊種子を蒔く猫の甘言裾に巻き　飯田　龍太
花種を蒔いて見つめるただの土　桂　信子
風よりもかろき花種蒔きにけり　若林　一童

## 胡瓜蒔く《きうりまく》　胡瓜植う

胡瓜の種は二月頃に温床にまく。苗は八十八夜頃畑に移しうえられる。直接畑にまかれるのは露路蒔といい、五月初旬頃まかれる。這い胡瓜が多い。胡瓜の苗も、夜店や花屋で売っている。〈本意〉「物種蒔く」の一つだが、夏の味覚が食卓に欠かせぬものなので、春蒔く種物の代表的なものの一つ。

与太郎が来て居り胡瓜蒔きつらん　高浜　虚子
植ゑし胡瓜に一日雨が降つてゐる　福山　啓水
まるき葉のいちまいづつの胡瓜苗　橋本　鶏二
＊たちのぼる地靄に胡瓜蒔きゐたり　三田杉五樹

## 南瓜蒔く《かぼちやまく》　南瓜植う

南瓜は「たうなす」ともいうが、これは現在は作られない。いま南瓜というのは「ぼうぶら」のこと。三月上旬に温床にまく。四月下旬、五、六葉が出、つるの先が横にまがるころ、畑に定植する。じかまきは五月上旬。〈本意〉戦中戦後は、主食のかわりになった食べ物で、なつかしい。どことなくひょうきんな植物で、熱帯アメリカが原産である。

南瓜蒔く書斎の窓はここに開く　山口　青邨
＊ついでゆゑおかめ南瓜も蒔きにけり　阿部　歔水
先生に南瓜の記あり南瓜蒔く　木村　蕪城
雨雲にかくるゝ富士や南瓜蒔く　古川　芋蔓

## 西瓜蒔く《すいくわまく》

四月上旬、畑に土ごしらえをしておき、桃の花の満開の頃に蒔く。移植はむずかしく、根がのびにくい。土は盛り土をし、待ち肥を施して蒔くが、種の上に砂をかぶせ、うりばえを防ぐために紙テントを作っておおう。忌地性なので、長い間隔が必要となる。〈本意〉物種蒔くの一つ。夏の収穫のための準備だが、蒔く前の畑の準備が大変である。それだけに収穫の期待の大きいものである。

＊弧を描いて天日めぐり西瓜蒔く　安住　敦
西瓜植ぅ剣立山雪光り　菊名　泰二
西瓜蒔くや雑木拓きし土あらく　小高　青圃
早けれど西瓜を蒔きて旅に発つ　松浦　真青
海鳴る丘三浦西瓜を植ゑ急ぐ　深尾　正夫

## 糸瓜蒔く《へちままく》

糸瓜は四月中旬頃から蒔く。屋根まではいあがらせて日よけにしたり、糸瓜水をとるために栽培したりする。鹿児島では野菜として栽培し、静岡では繊維をとるために育てる。〈本意〉物種蒔くの一つ。あたたかくなって活動的になり、夏の頃の糸瓜の葉かげや秋の糸瓜を求めてその支度にとりかかるわけである。明るい心おどりのする仕事。

＊年々や子規忌のための糸瓜蒔く　山本　村家
糸瓜蒔く頃と思ひて糸瓜蒔く　吉川　千代
この秋は旅と思へど糸瓜蒔く　北川　左人
癒ゆる日の身をうたがはず糸瓜蒔く　辻　輝城子

## 朝顔蒔く《あさがほまく》　夕顔蒔く

朝顔は八十八夜の頃が播種に最適とされる。底のあさい箱に、腐蝕土、砂、鹿沼土を入れて蒔き、新聞紙でおおっておく。鉢や垣根わきに直接蒔いてもよい。夕顔は三月下旬、温床に蒔き、五、六枚葉が出る五月上旬に、植えつける。〈本意〉物種蒔く、花種蒔くの一つで、夏の開花の涼しさを期待して蒔く。朝顔は庶民的な花なので、とりわけ、たのしく身近かな思いの播種である。

生えずともよき朝顔を蒔きにけり　高浜　虚子
＊あさがほを蒔く日神より賜ひし日　久保田万太郎
朝顔を黙つて蒔いてをりしかな　安住　敦
朝顔を蒔けば大地の孕みけり　上野　泰
風強くなりぬあさがほ蒔きをれば　三宅　応人
あす旅に出るあさがほを蒔きにけり　高橋　潤
稽古衣のまゝ朝顔の種を播く　奥園　克巳
あこがるる夕顔白花種子の冷え　きくちつねこ

## 牛蒡蒔く《ごばうまく》

牛蒡は畑に直接蒔く。春蒔きと秋蒔きがあって、春蒔きは秋冬にとれ、秋蒔きは翌年の夏にとれて大型。春蒔きは二月から三月にかけて蒔くが、七月以降食膳にのぼる。東京辺の滝野川牛蒡、京都辺の堀川牛蒡が有名である。〈本意〉牛蒡は泥くさい味だが、いろいろの料理に欠かせぬものので、それを蒔くのである。期待のこもる農作業である。

深き芝根ぬきつくさずも牛蒡蒔く　高田　蝶衣
＊風の尾のかぎろふ午や牛蒡蒔く　小松崎爽青
牛蒡蒔く土を真新しく砕き　門脇　浩太
戦が農婦にしてしまい牛蒡蒔く　市谷美代子

男甲斐性なし牛蒡蒔きに出る　岡崎北巣子
一巾の眠りさまして牛蒡蒔く　務台　喜楽

## 藍蒔く《あゐまく》　藍植う

藍は葉から藍（染料）をとるために栽培する植物で、蓼科の蓼藍が主たるもの。化学染料隆盛のため今日では衰微したが、昔ながらの染めものを守る人々が僅かに四国吉野川流域で栽培している。民芸的染めものである。二月頃堆肥などを入れた温床に筋まきし、砂をかけて踏む。四月、十数センチに伸びたところで畑にうつす。藍植うである。〈本意〉古来の染料を採る植物を保存する気持に支えられた藍蒔くであり、藍の色への愛着がこめられている。伝統のにおいのつよい春の行事である。

*塵取にはこびて藍を植ゑにけり　岡安　迷子
も一と雨あてて藍苗植うことに　豊川　湘風
藍植うや孀《やもめ》ながらも一長者　吉岡禅寺洞
明日植うる藍の宵水たつぷりと　同
藍を植ゑ広瀬絣の染場守る　西本　一都
藍を植ゑつゞけし人の藍文庫　宮崎　寒水

## 茄子蒔く《なす（なすび）まく》　茄子植う　茄子床

床播と直播がある。どちらも二月頃に種を蒔く。床播では、温床を茄子床として、苗を育て、二回仮植して、五月上旬ごろ一番花の蕾が出た頃に植えかえす。直播では、畑を十分耕し肥料を与え、三十センチの間隔に種をまいて砂をかぶせる。〈本意〉茄子は美しい色で夏の食卓に欠かせぬものなので、その支度に春蒔くわけである。たのしい期待感がある。

老農は茄子の心も知りて植う　高浜　虚子
ひと夜さにあがりし雨や茄子植うる　上村　占魚
＊茄子植うやうらわかき日の雨合羽　石田　波郷
茄子を植う屋根の亜鉛の斑らな斑　島崎　千秋
良き父とほめられ茄子を植ゑにけり　八塚　青磁
茄子植ゑて寒暖さだめなき日かな　甲田鐘一路

## 蓮植う《はす（はちす）うう》

日当りのよい深い泥田や浅い溜池を蓮田として、肥料を鋤きこみ、よく代掻きをしておいて、四、五月頃に、節をつけて横切りにした種蓮（蓮根）を縦に向け、二十センチぐらいの深さに植える。〈本意〉蓮はインド原産の植物で、蓮根は食卓に欠かせないものである。泥の中を植える作業で、大変な仕事だが、春の地方的な風景である。

蓮植うやぼろ〳〵廃つ浮御堂　飯田　蛇笏
蓮植ゑる舟とも見ゆる沼田かな　池内たけし
＊白鷺や蓮うゑし田のさざなみに　木津　柳芽
縄飛びの丘の下なる蓮を植う　加倉井秋を
蓮植うる田上は葛西囃子の夜　遠山　壺中
風波の畦越す日なり蓮植う　宇津木未曾二
蓮植うる田を見はるかす駅に下車　中村　若沙

## 麻蒔く《あさまく》

三、四月頃に蒔く。前年秋、冬に畑を深く耕し、肥料を入れておき、春に筋まきにする。蒔いたあと、肥料をまぜた土をかける。夏草と秋草があり、夏草は衣料に、秋草は食料や油料になる。〈本意〉麻（大麻）は万葉集にもうたわれ、衣料の重要な原料になった。家の前畑に蒔いて祝い事をしたり、苧《お》坪《つぼ》、苧《お》畑《ばた》、糸畑を家の前に作り、女だけで麻を蒔き収穫まで男手をかりずおこなう風習があったりする。麻は織物になるので、女の仕事の象徴なのである。今日では、衣料はすたれ、麻縄、漁網、畳糸、鼻緒のしんなどに使われるだけになった。「早まきは二月下旬から三月上旬に雨があったら蒔け、おそまきは麦の黄いろいときに蒔け、麻の黄いろいときには麦をまけ」とか、「麻蒔く頃はいつごろか、三月土用の中の頃、麻刈る頃はいつごろか、六月土用の中の頃」とか昔から言われ、古くから大切な農作業であったことがわかる。麻畑は苗代田と同様に尊重され、地味も最上の畑であった。

＊油売麻蒔き居れば来るなり　松瀬　青々　　麻蒔くや手慣れてかろき木鍬なる　鳥越すみこ

陽炎の中にちらすや麻の種　栗田　樗堂　　山路なるこゝら辺りも麻植うる　脇坂　満穂

## 芋植う《いもうう》　種芋　芋の芽

里芋、八頭《やつがしら》、唐《とう》の芋など、里芋の種類の芋を三、四月頃に植えること。湿気を好むので、日陰の水もちのよい土地に植える。畝の中央に、種芋を、芽を上にして植える。〈本意〉芋は里芋の類に使われ、じゃがいも、さつまいもは藷という。だが、この頃では、この区別がなくなってきている。昔から八頭などは頭《かみ》ととなえ、祝語を用いて尊重された。多子を意味するためである。春の物種蒔くの一つ。

芋植ゑて円かなる月を掛けにけり　高浜　虚子　　役人になるが嫌ひで芋植うる　佐藤　紅緑

＊芋植うるあなうら土を愉しめり　大沢きよし　　語らふは生きることのみ芋を植う　薩摩ちづ女

教職を去りて芋植ゑ第一歩　亀多　桃牛　　芋植うと妊り牛を伴へり　北原　民子

## 球根植う《きうこんうう》

四月頃、ダリヤ、カンナ、グラジオラスなどの球根を花壇などに植える。球根は、春咲きの花では夏に、秋咲きの花では花がおわり葉が黄ばんだ頃に掘り出して、乾いた所に囲っておき、春、大小を整理して植える。秋に植える球根も多い。〈本意〉「球根を埋む秘密を埋むごと」（後藤綾子）という句のように、期待感のつよい、たのしい春の仕事である。

＊手にふれし芽を上むきにダリヤ植う　西垣　脩　　百合植うるうしろに妻が灯をかざす　五所平之助
百合植ゑて土かけ過ぎし思いかな　安田　蚊杖　　球根植う毛に蔽はれし神父の手　町垣　鳴海

## 馬鈴薯植う《ばれいしょ（じやがいも）うう》

二月から三月頃、霜がおわると、じゃがいもを畑に植える。前年収穫した薯の中の大きいものを風通しのよいところに保存しておき、それを種薯として、幾つかに切り、切口に木灰を塗って、病菌を予防した上で、畑におき土をかける。種おろしという。関西では水田で作ることが多い。北海道で大規模な栽培がおこなわれている。〈本意〉馬鈴薯は茄子科の植物で、低温地帯の作物である。丸い薯がころころ土の中から掘り出される光景が目にうかぶような期待のある作業である。

種薯のこのあえかなる芽を信じ　山口　青邨　　＊馬鈴薯を植う汝が生れし日の如く　石田　波郷

海鳴る丘掴みて重き薯植ゑゆく　加藤知世子
切株の累々薯を植うるなり　相馬　遷子
烈風に薯種負うて来て植うる　早崎　明
馬鈴薯植う頭上鶸ゆき雲がゆく　須並　一衛

## 甘藷植う《かんしようう》　甘藷《いも》苗作る　甘藷《かんしょ》苗

甘藷（さつまいも）を三月中旬頃苗床に伏せこむこと。前年とれた甘藷を保存し、大きく丈夫なものを種藷にする。一週間で発芽。二週間で芽がそろい、つるが伸びはじめる。二、三十センチ伸びたところでつるを切り、苗として、畑へ挿して植える。これは五、六月頃の作業で、夏季となる。したがって、種藷を伏せこむのは、「甘藷苗作る」という方が正確であろう。〈本意〉秋のとりいれを期待する作業で、つるの生育が明るくゆたかに眺められる。

＊甘藷植ゑて肥担ふこととためらはず　神野三巴女
雨雲に鶏なくや藷植うる　宮林　釜村

## 木の実植う《このみうう》

前年、拾っておいた、さまざまな木の実を、春先に苗床にまくことである。木の実の場合にはまくといわず、植うというが、杉の種子、松の実のような小さいものの場合は、蒔くという。〈本意〉山中、あるいは山近くの作業だが、大きくなる木の実なので、感慨のこもる作業である。

湖心透る空緑なり木の実植う　河東碧梧桐
あの中に日のある雲や木の実植う　小杉　余子
植うるもの葉広柏の木の実かな　高浜　虚子
我山に我れ木の実植う他を知らず　西山　泊雲
人を恋ふ椢の実なれば植ゑにけり　橋本　鶏二
木の実植う高きところに電車着き　加倉井秋を
木の実植う山中に得て名を知らず　後藤　梅子
＊わが生きし証の木の実植ゑにけり　中村　春逸

## 苗木植う《なへぎうう》　苗木市　苗売　植林

具体的には、果樹植う、桑植うなどという。苗木の生産地では、苗床の苗木を本畑へ植えかえ、これを代出しというが、その季節がほぼ三月にあたる。植林する杉、檜、松などの苗木は、二、三月から四月はじめ頃に植える。葡萄、梨、林檎、桃などの果樹の苗木は晩秋か早春が植えどきだが、蜜柑は三月はじめが定植の時期になる。庭木の苗木も三月前後が植えどきだが、針葉樹や落葉樹は早春に、常緑樹は晩春に植えるものだという。そのため、三月頃、苗木市、植木市が方々でひらかれる。むかしは苗売が出て、独特の呼び声で苗を売り歩いたが、最近はなくなり、花屋や種物屋で売るようになった。〈本意〉苗木に春の季感があふれるばかりか、それを植える、期待にあふれた、明るくたのしい季題である。

苗売の濃き眉ぞ見せ笠のうち　原　石鼎
山町の一と日賑ふ苗木市　石原清華女
桃植うや晩婚の子の汝が為に　杉山　岳陽
師の恩のふかき苗木を植ゑにけり　近藤彦三郎
苗木植ゑ指折る子の年夫の年　武田みさ子
植林のあと月光が見回りに　青柳志解樹
*夕の鐘苗木市場の裏手より　飯田　龍太
八方に陽をひろげゐる苗木売　福田甲子雄

## 果樹植う《かじゅうう》

四月はじめの雨の多い時期に果樹の苗木を植える。この頃に苗木は根を張り芽をふくので、日当りのよいところに植える。果樹園での移植、植木市で買ってきた苗の庭への移植、いろいろの場合がある。〈本意〉食べられる実のなる木の苗を植えるのはたのしい。こころがゆたかになるような期待がある。

ぶだう苗寸土に植ゑて子とゐる日　古沢　太穂
果樹植うや庭隅の土耕して　遠藤ちづる
*桃植うや晩婚の子の汝が為に　杉山　岳陽
富士見ゆる丘のなぞへに果樹植うる　藤田　知子
整然たる桃の植穴明日は晴れむ　張替　総史

## 桑植う《くはうう》

三月頃、桑の苗木を植えて桑畑を作る。苗は接木、取り木、さし木で作るが、農協や農事試験所から供給される。みぞを深く掘り、堆肥をあたえ、苗をおいて土をかぶせる。根を切りそろえて植えるが、これを根ごしらえという。〈本意〉養蚕にかかせぬ桑を育てる作業で、労苦の多い仕事だが、整然と植えととのえられた桑畑には、養蚕地帯独特のなつかしい姿がある。

*のばせどもちぢむ細根や桑植うる　桜井　土音
配られし桑の苗木をひっさげて　津村　直則
桑植うる人のしたしく道を問ふ　小堀　素洞
赤城根にちらばる家や桑植うる　古川　芋蔓

## 接木《つぎき》　砧木《だいぎ》　接穂《つぎほ》　接木苗

二月から四月頃、芽のついた枝を切りとり、近縁の植物の木の幹につぎあわせて、繁殖と品種改良をはかること。幹の木を砧木、つがれる枝を接穂という。親のよい性質を伝える方法で、実をまくよりよい。つなぐ両者の接着面を平らに削ってよく合わせ、土をかぶせ、藁やビニールでおおう。切接、剝接、挿接、合接、割接、呼接、芽接、根接などの方法がある。〈本意〉古くから主として果樹に用いられた方法で、渋柿に甘柿、李に桃、柚・枳殻に蜜柑をつぐ。芽の活動のはじまらぬうちの作業で、品種改良、保善の智慧の一つである。よい収穫への期待があふれる。「垣越しにものうちかたる接木かな　蕪村」。

山は山で鳥鳴くよ接木しにくれば　西村白雲郷
椿つなぐ子に父問へばウム死んだ　渡辺　水巴
湖の夕日さしゐる接木かな　山口　青邨
*黄塵の町のこなたに接木する　中村　汀女
柿接ぎし女人高野の深空あり　大峯あきら
交番でばらの接木をしてゐるよ　川端　豊子

## 剪定《せんてい》

三月はじめ頃、果樹の枝の一部を切って形をととのえること。通風や日あたりがよくなって結実もよくなり、毎年みのらせることもできる。芽が出る前がよい。庭木や街路樹などでもおこない、同様に生育をたすける。夏の手入れは刈込といわれる。〈本意〉果樹などの生育をたすけるための手入れの一つで、木の形もととのい、風通し、日当りがよくなってさわやかな感じである。気持も明るくなる。

*剪定の桃を夕焼の癒すなり　大野　林火
剪定の遠きひとりに靄かかる　木村　蕪城
剪定の腰手拭や一日晴　村越　化石
筋太き手山椒無惨に剪定す　横山　蘆石
剪定の枝落ち猫の走りけり　岩田　鮎太
剪定の済めば日輪力あり　森田　峠
剪定の青空拡む長梯子　後藤　一朗
白雲に肩入れ剪定の男あり　天野　武雄

## 挿木《さしき》

彼岸から八十八夜の間に、枝などを切って土や砂にさし、根を出させて苗木をつくることをいう。さすものが挿穂である。柳、茨、葡萄、茶などがつきやすい。ほかに挿芽、挿葉（葉挿）があり、挿芽はトマト、馬鈴薯、挿葉は菊、べんけい草などに用いられる。甘藷では蔓の挿植がおこなわれる。柳などは庭の土にさしておくだけでよいが、赤土で挿床を作って挿すのが普通である。〈本意〉植物の繁殖の利用法の一つで、性質をうまく利用している。水気を多くし、日をさけて育てる。根づいてくるのを見る喜びがある。「石角に蠟燭立ててさし木かな　一茶」。

*一枝の葉の凜として挿木かな　高浜　虚子
暁の色に葉活きしさし木かな　原　月舟
さし木すや八百万神見そなはす　前田　普羅
挿木せしゆゑ日に一度ここに来る　山口波津女
草に埋れて挿木全く育ちけり　西山　泊雲
小包は木槿の挿木枝ばかり　飴山　実

## 根分《ねわけ》

株分けともいい、春先に、菊、萩、花菖蒲、桜草などの株を分けて、移植することである。これらの多年草は、冬、葉や枝が枯れても生きていて、春先に古株から芽が出てくる。そのままでは根が張りすぎ、衰え、枯れてゆくので、芽のついた株を分けて若返らせるのである。菊根分、萩根分、菖蒲根分が代表的なもの。〈本意〉根分は、植物をふやし、かつまた若返らせるもので、花つくりの楽しみでもあり、人に与えて喜ばれたりする。春の楽しい園芸である。

シャベルごと花の根分つ垣越しに　松波陽光城
垣根より雨ぬれ初むる根分かな　矢島　沙木
＊横むきの太き芽のある根分かな　中田みづほ
根分けして日のあはあはとひとりかな　中井多恵子

## 菊根分《きくねわけ》　菊分つ　菊植う　菊の苗

菊は挿木か根分によってふやす。菊の根分は春、芽が出てきた株を分けるが、株を抜きとり、土をふるい、株をほぐし、太い親根から芽のついた細根を切り離して苗床にうえるのである。「菊植う」というのは、菊の苗を苗床か鉢に植えることで、肥料を十分に与えねばならない。〈本意〉秋の花をゆめみながらするこまかい作業だが、楽しく時を忘れるものである。いかにも春らしい趣味のもの。

こゝろよき土のぬくみや菊根分　高橋淡路女
菊根分して虻の輪の中にあり　岡本　湯雨
植ゑ終へて菊見えぬまで暮れにけり　長谷川零余子
指先にたゆたふ日影菊根分　寺元　岑詩
＊菊根分働くに似て遊ぶなり　石塚　友二
我が影は亡き父の影菊根分　三沢　笑児

## 萩根分《はぎねわけ》　萩植う

春根元から芽がぞくぞくと出てきたら、古株を掘りかえして、根分けをして植えかえす。古株のままだと枯れてしまうことがある。根分けをすると、木の勢いを強め、増殖させることができる。〈本意〉昭和に入ってから例句が見える季語で、早春のたのしい作業である。秋の開花への期待がある。

土深き芽にぞ鍬とめ萩根分　皆吉　爽雨

死者の瞼閉ぢ来し手なり萩根分　池月一陽子

萩植ゑてふとしもひとを恋ふるかな　安住　敦

*萩根分この紅は誰白は彼に　同

萩根分して小机に戻りけり　村山　古郷

夕餉後の明るさにあり萩根分　大江　梅

## 菖蒲根分《しやうぶねわけ》

春、枯れた茎の根元から新しい芽がたくさん出る。その頃芽のついた根を分けて、池や菖蒲田に植えかえる。菖蒲鉢に植えて、池にひたひたに沈めることもある。〈本意〉夏の開花への期待のこもるたのしい作業である。

古園や根分菖蒲に日高し　吉岡禅寺洞

*菖蒲根分水をやさしう使ひけり　草間　時彦

## 羊の毛刈る《ひつじのけかる》

羊剪毛《ひつじせんもう》　剪毛期　山羊の毛刈る

緬羊の毛を刈ることで、あたたかくなった四月から五月の頃におこなわれる。大規模なときには電力剪毛機が、普通には剪毛ばさみが使われる。一枚続きに刈られる。一頭から四キログラムほどとれ、大体洋服一着分くらいである。山羊もこの頃に刈られる。〈本意〉毛糸、毛織物の原料にするための作業だが、毛を刈られて小さくなり、傷に薬をぬられた羊がいじらしくかわいい。明るい晩春の季語である。

*毛を刈る間羊に言葉かけとほす　橋本多佳子

剪り終へし脂じめりの毛を秤る　青山　秀豊

毛を刈りし羊の背の傷だらけ　久米　幸叢

毛剪りたる羊放たれおろ〳〵と　志賀　青柳

落葉松の芽を被《かづ》きてぞ羊刈る　山本　嵯迷
毛を刈りし山羊つまづきつ馳せて行く　江川　三昧
刈られたる毛に埋れし羊かな　佐藤青水草
羊の毛剪りたる後の飼葉飼ふ　石　昌子

## 桑解く《くはとく》　桑ほどく

養蚕のあと、桑は藁などでくくっておくが、雪や霜の害を防ぎ、施肥や手入れに便利であるからである。それを春にときはなち、新芽の発育を助けるのである。〈本意〉春の光の中自由に芽をのばしはじめる桑畑の情景はいかにも春らしく、明るい。潑剌とした生気があふれはじめる。

*桑解けば雪嶺春をかゞやかす　西島　麦南
海上に朝の道あり桑解かれ　桜井　博道
天城嶺に雲わく桑を解きにけり　安住　敦
そのかみの標野《しめの》の桑をほどきけり　市川天神居
道ばたに蚕の神や桑を解く　西本　一都
桑の芽のこぼれやすさよ括り解く　佐坂　鳴渦
桑解くや光こぼして山の鳥　相馬　遷子
桑解きて夕星匂ふばかりなり　古賀まり子
鳶低く風に乗りくる桑を解く　隈　治人
春ひらくごとくに桑を解きにけり　椎橋　清翠

## 霜くすべ《しもくすべ》

晩春、おそ霜の降ることがあると、かなりのびた桑の茎や葉が被害を受けることになる。その結果、桑の葉が与えられなくなって、稚い蚕が全滅することも生ずる。この被害を防ぐために、気温がさがると、籾殻、松葉、青柴などに火をつけ、煙を立てて、畑を覆う。焚火に濡れ藁をかぶせて、蒸気をつくり、畑の上に雲を這わせる方法もある。霜を防ぐための方法である。〈本意〉山中などでおこなわれる晩霜対策で、夜の仕事になる。今は少なくなったが、養蚕地方では、なつかしい風景であった。蚕を守るための真剣な仕事。

霜燻べ河港はひたにしづまりて　飯田　蛇笏

桑園に真夜の月あり霜くすべ　佐藤　水子

*暗がりに人声のする霜くすべ　町田　勝彦

霜くすべ這うて鈴鹿にひとつ星　甲斐　虎童

霜くすべ三里かなたに信濃口　飯田　龍太

霜くすべ終へたる父の朝寝かな　皆川　盤水

## 蚕飼《こがひ》

養蚕　蚕卵紙　種紙　蚕紙　催青　毛蚕　蟻蚕　掃立て　蚕座　眠蚕　蚕の眠り　いおき　いぶり　蚕時　蚕ざかり　飼屋《かひや》　蚕屋《こや》

蚕を飼うことが蚕飼。絹糸をとるための貴重な虫である蚕は、むかしから大切に扱われてきた。四月上旬催青される。催青とは、蚕卵紙（種紙）に付着した蚕種から蚕を発生させることである。催青したばかりの蚕は、毛蚕（蟻蚕《ぎさん》）と呼ばれ、毛の密生した黒い虫である。毛蚕を蚕座《こざ》に移すため掃きとることを掃立てという。毛蚕は桑の葉を食べて大きくなり、脱皮すると白い色になり、毛もなくなる。脱皮する前には、一日食物をとらずじっとしているが、これが蚕の眠りで、蚕を眠蚕《いこ》という。起きることがいおき、眠りに入ろうとする様子がいぶりである。四眠四起して五センチほどになり、透明な蒼白色となって繭をつくる。一眠ごとに一齢が加わり、五齢期が食べざかりである。成熟するにつれて、若い葉からだんだんかたい葉にかえてゆくが、五齢期の桑を食う音は時雨のようにきこえる。蚕時雨という人もあり、十日ほどつききりで忙しく世話をする。五月上旬頃のことである。掃立てから二十九日で上簇する。上簇は、まぶし藁などを束ねた蚕のすだれに上がらせて繭を作らせることである。飼屋を蚕屋とも言い、飼う棚を蚕棚、用いる籠が蚕籠である。病気の蚕は、捨蚕、またはこぶしといって捨てる。蚕は年に数回飼われるが、四月掃立てのものを春蚕といい、ほかに夏蚕、秋蚕もある。〈本意〉お蚕さまといわれて、古くから養蚕がおこなわれ、大切にされてきた。明治以降大規模になったが、最近は化繊におされて、ふるわなくなってきた。だが、古くから蚕には特別な信仰があり、不浄をきらい、大切にする気持がのこっている。

大乳房たぷたぷ垂れて蚕飼かな　飯田　蛇笏
高嶺星蚕飼の村は寝しづまり　水原秋桜子
焼岳の鳴りいでし夜の蚕飼かな　同
飼屋の灯母屋の闇と更けにけり　芝　不器男
むしばめる音のはげしき飼屋かな　阿波野青畝
飼屋のぞけば女房顔を恐うしぬ　松本たかし
*籠の桑のその清浄の蚕飼かな　星野　石木
蚕飼女のまどろみおちし添乳かな　西島　麦南
くらがりに子守あそべり蚕《こ》は忙し　木村　蕪城
燈明の神々しくも蚕屋深く　安田　蚊杖

## 桑摘《くはつみ》

桑摘女　桑摘唄　桑籠　桑車　桑売　夜桑摘む

蚕に与える桑の葉を摘むことである。女の仕事で、桑摘女が桑摘唄をうたいながら摘んでいた。毛蚕の頃にはやわらかい若葉を摘み、蚕の成長につれて大きな葉になり、最後には枝ごと切って与える。桑の木をよわらせぬため、枝先の葉を数枚のこす。指に特殊な爪をはめて摘む。蚕ざかりの時には夜にも、雨の中でも摘む。桑売は、桑園のあまった桑の葉を売る人のこと。〈本意〉桑は蚕に欠かせぬもので、最盛期には、大変な仕事である。大切な蚕のための桑摘は、風景としては、春から夏の活気ある田園風景である。

毎日の同じ時刻の桑摘女　高野　素十
刃あらためて桑鎌さしぬみの下　山脇雲桂楼
夜葬通りしあとの桑を摘む　大橋桜坡子
＊つむ桑も硬しとおもふとつがずに　安田千鶴女
墳ならむ夜桑摘みゐるこの丘も　富山　青沂
底破れせる桑籠に桑満つる　久米　乙菜

## 春挽糸《はるひきいと》

寒い地方では、一、二月の頃には製糸の作業ができず、三月に仕事をはじめたが、新繭の出まわる六、七月までは、前年の繭を利用して糸を作った。これを春挽糸という。新繭で作る夏挽糸より品質がおちるという。今日では作業がオートメーション化され、年間操業もおこなわれて、品質も一定化されている。〈本意〉時代とともに廃れてゆく季語の一つだが、語感がうつくしい。質のおちる糸とはいえ、女工哀史を背景にもつ、うつくしく哀感のあることばである。

しごき検《み》る春挽生糸の細さ太さ　栗栖　浩誉
＊嫗の唄春挽糸の糸車　宇佐美末女

## 茶摘《ちやつみ》

一番茶　二番茶　三番茶　四番茶　茶摘時　茶摘女《め》　茶摘唄　茶山

茶の芽を摘みはじめるのは四月上旬からのことで、八十八夜が中心になる。八十八夜から二、三週間が最盛期である。茶の芽が葉を五、六枚つけた頃に、心芽とその下三葉をつけて摘みとる。高級な茶では二葉までしか摘まない。摘みはじめの十五日間（四月下旬頃）に摘んだものが一番茶で、もっとも良質である。六月下旬頃二番茶を、八月頃三番茶を摘み、四番茶ぐらいまで摘む。一番茶の中でも、八十八夜に摘んだものは不老長寿の妙薬として尊重される。二番茶以下では晩茶で、質がおちる。したがって茶摘時は一番茶を摘むときのことである。宇治の茶摘女は、赤襷、赤前垂をし、紅白染分け手拭をかぶり、赤紐で茶摘籠を首にかけ、茶摘唄をうたいながら茶を摘んだ。最近は機械を使い、床屋のように茶を摘みとっている。宇治、静岡、信楽、狭山などが茶の名産地であるが、川霧の立つところがよいと言われている。摘みはじめを手始といい、晩霜、余寒をさけるため茶の木を覆うのが茶覆である。〈本意〉茶は中国から輸入されたものだが、日本人の生活になくてはならぬものとなっている。贈答品としても好ましい。それで茶摘は晩春の重要な作業ともなり、夏近き風物詩にもなってきたが、機械摘みになって味気ないものとなった。ショー化された茶摘女の姿は、しかし、郷愁をそそるものである。

竹林に透く日となりし茶山かな　飯田　蛇笏
むさし野もはてなる丘の茶摘かな　水原秋桜子
青空へふくれあがりて茶山なる　富安　風生
＊つく／＼と茶を摘む音のしてゐたり　山口　青邨
近道を行くや茶摘の唄遠し　島田　青峰
見る人のありて茶摘の静かなり　大島　三平
濃みどりの茶摘の三時唄も出ず　平畑　静塔
話し声すれども茶摘唄はなし　辰巳　秋冬
摘みし茶の匂ひあふるる籠を抱く　杉浦すゞ子
茶摘唄木蔭は深くなりにけり　外川　飼虎

## 利茶《ききちゃ》　聞茶　嗅茶《かぎちゃ》　茶の試み

製茶したあと、その香りや風味をたしかめて種別することで、これがすんでから市場に出すのである。江戸時代には、はしりの茶を大名や貴人、茶人に見本として贈り、それを試飲する会を「茶の試み」と言った。茶道でも、碾茶《ひきちゃ》の香りを賞するため、製茶の季節に味わうことがある。

ただし、香りはよいが、味は熟してはいない。普通、碾茶は壺に入れておき、秋か冬に新茶として味わう。〈本意〉利き酒のように、新茶の香りや味をためすことである。香りがやはりよく、季節感が濃い行事である。茶を飲みわけ、銘をあてる闘茶（茶香服）も利茶というが、こちらには季がない。

茶を嗅ぐや耳に黄鐘調をなす　高浜　虚子
茶を利くやじつと障子の桟を見て　巌谷　小波
絵襖の古き牡丹に利茶かな　同
＊束の間を濁世に遠く茶を利けり　佐野　美智

## 製茶《せいちゃ》　茶つくり　茶揉み　焙炉《ほいろ》　焙炉場　焙炉師　茶の葉選《えり》

摘んだ茶の葉はあつめられ、蒸籠《せいろう》で蒸し、焙炉の上の助炭の中で、焙炉師が丹念に乾かし揉んで、その日のうちに仕上ったものが荒茶である。その荒茶をえり分けるのが茶の葉選である。ひき茶の場合には、茶園の芽をつんで、蒸し、もまずに干す。それを石臼でひいたものが抹茶である。今日では、山間などのほかは機械化されていて、すくない人数で大量の茶をつくり出している。製茶の頃には、あたりに芳香がたちこめて、なかなかに風趣がある。〈本意〉茶摘と一連の作業で忙しいものだが、よい香りが晩春、夏の季節感をたかめる。俳句では手揉みの趣きが愛されて、ほとんどがその方法の製茶の句になっている。

焙炉唄書斎に来る来らざる　川島　奇北
茶つくりの今日をはじめの火のきよさ　水原秋桜子
焙炉場の人数をききに婢来る　高野　素十
＊懐柔を事とするなる製茶かな　相生垣瓜人
思ひかねものぐさき日の葉撰かな　松瀬　青々
蜘蛛の囲も緑色なる製茶場　鈴木　かづ
もみあげて針の如くに玉露かな　水内　鬼灯
茶を製しゐる香の中へ招ぜらる　松下　康雨

## 蜆取《しじみとり》　蜆掻き　蜆掘　蜆舟　蜆川

蜆は四、五月頃に味がよいという。浅い川などでは、笊網などですくうが、深い湖では小舟にのり、長いさおの先に鉄爬と網をつけたもので、水底の泥を掻いてすくいとる。〈本意〉蜆は一年中とれるが、味がよい季節ということで、春になっている。川や湖での、はたから見ればのどやかな景である。

砂川の松こまやかや蜆取　河東碧梧桐
蜆掘煙雨の中に動きけり　小笠原洋々
蜆舟石山の鐘鳴りわたる　川端　茅舎
あさあさと潮の満干や蜆川　西島　麦南
蜆舟弓張るごとくいそしめり　阿波野青畝
瀬水まだつめたき蜆掘りにけり　石原　映水
*この野川蜆掻く子の濁し去る　武笠美人蕉

## 魞挿す《えりさす》　魞場　魞簀

河川、湖沼などの浅瀬に用いる定置漁具が魞で、二月上旬から三月中旬にこれを設けるのである。潮の干満の様子や地形などを考え、魚の泳ぐ道を利用して、魞場をきめ、杭を立て、竹簀や網を張る。曲折を作り、渦形にして、先端を袋状に大きくし、ここに魚をさそいこむ。入ると魚は出られなくなる構造である。この先端部に舟を入れ、網を打って魚をとるのである。琵琶湖の魞がもっとも有名で大規模である。〈本意〉古くからある漁法で歌にも詠まれてきた。早春の情趣ゆたかな作業で、とくに琵琶湖の魞は、周囲の景や歴史、美しい形などと関連して、俳人の愛好する季題となっている。

打よする連銭波や魞を挿す　西山　泊雲
熱きもの食べて魞挿しすぐ湖へ　山口波津女
＊魞を挿す力のかひな見ゆるかな　高浜　年尾
魞の簀に逃げ腰の鳰波を生む　伊藤白楊子
眺めやる魞挿す舟とわかるまで　池内たけし
無明より無明へ漕げる魞場かな　宮武　寒々
魞挿すや陸《くが》の雪景日に穢れ　西島　麦南
伊吹山射るかに魞は矢のかたち　上村　占魚
挿す魞に比良はすそ野をしづめ立つ　皆吉　爽雨
湖の待ちをる魞を挿しはじむ　後藤比奈夫

## 春鮒釣《はるぶなつり》

鮒は冬の間、川の深みなどで冬眠しているが、三月頃になると小川や浅瀬へ産卵のために移動する。これを乗込《のっこ》みといい、この乗込鮒を釣ることである。乗込みの道をおさえて釣るわけだが、この頃の鮒は食欲がさかんで釣りやすい。〈本意〉鮒は釣るのにもっとも大衆的な魚で釣り方もやさしい。あたりのよい時期でもあり、気軽な釣りであるといえる。寒鮒釣とちがい、のどかで、たのしい。

＊乗込むや畦抜駈の鮒釣師　水原秋桜子
春鮒釣り硝子戸のある家に帰る　加倉井秋を

## 鮎汲《あゆくみ》　汲鮎　小鮎汲

冬、海（近海、湾内）で育った稚《わか》鮎は、春になって川をさかのぼる。その川の堰などでのぼれずに群れをなしているのを網ですくいとることをいう。今日では初夏まで鮎は禁漁なので、汲みとった鮎は上流に移す。〈本意〉むかしは木杓などですくいとり、楽しみとしたようで、鮎汲、汲鮎のほか、鮎子汲むというような季題にもなった。味覚だけでなく、むしろ春の遊びだったのであろう。今日ではこのことが禁じられて、小鮎の成育をたすける仕事となった。

鮎汲みや桶に挿める岩つつじ　松瀬　青々
比良かくす雨いくたびや小鮎汲　笹井　武志
鮎汲や糧を忘れし巌高き　飯田　蛇笏
*鮎汲みにみぞるる波のうちやまず　角田　拾翠
薄絹の水のおぼろや小鮎汲　西山　泊雲
岩打って滝となる瀬や小鮎汲む　杉下　青蛙

## 上り簗《のぼりやな》

簗は、木や石などで川に堰をつくり、一か所だけあけておいて、そこに簀や網をしかけて魚をとる仕掛である。春、川をさかのぼる習性のある魚をとらえるための簗が上り簗で、若鮎などがとれる。秋にはさけ、ますなどがかかる。下り簗は秋、夏には単に魚簗《やな》という。〈本意〉古くから用いられた仕掛で、春には元気のよい鮎などが、簀にはねているのは清新な印象がある。

上り簗花に夕日の残りけり　長谷川零余子
山吹の散るまであるや上り簗　原　月舟
上り簗雨の篁うちかぶり　水原秋桜子
淀川や舟みちよけて上り簗　田中　王城
*花屑に潜む小魚や上り簗　川村　黄雨
杭の鷺飛ばす疾風や上り簗　内山　亜川

## 磯竈《いそかまど》　磯焚火

三重県志摩の漁村で、若布刈の海女があたる焚火の囲いのこと。早春の頃のものをいう。岩かげなど、風のこぬ場所に、笹竹などで三メートルぐらいの高さにまるく囲いをつくり、東側に小さい入り口を作る。その中で焚火をするのである。磯焚火ともいい、男は入ることができない。〈本意〉大正頃からの季題である。海女だけの入れる焚火で、ローカルな早春の漁村風景だが、俳人には珍らしい関心をそそる季題である。

磯竈より大勢の眼に見らる　山口波津女
*磯かまど岩つたひきし海女ほそく　楠井　不二
磯かまど女ばかりの笑ひ声　渋沢　渋亭
妹背とて男は入れず磯焚火　長谷川虚水
覗き合ふ小さき鏡や磯かまど　青柳　与志
立膝の海女の囲める磯焚火　佐藤　露草
崖下に見えて細き火磯かまど　今村　泗水
中学を卒へて海女たり磯焚火　逸見吉茄子

## 木流し《きながし》　管《くだ》流し　堰流し　修羅落　鉄砲堰　流木　初筏

冬の間に伐った木は乾燥して、木を落すため丸太を敷いた傾斜路（修羅）をすべりおとしたりして、谷間などに集めておかれ、春、雪解水や雨によって谷川が増水すると、それを利用して下流へ流しはじめる。堰に木をためておき、切り落した水の勢いにのせて押し流すのが堰流しで、その際木をばらばらに流すのが管流しである。堰を鉄砲堰という。木は河川の中流まで流され、流れに網を張って流木をとめる網場で筏に組まれる。年の最初の筏が初筏である。〈本意〉春の増水を利用し、山から木をおろす、水中のきびしい作業で、見物する側からは春らしい豪快な明るいものに見える。初筏は木材業者には一年の吉凶を占うものでもあった。

雪しろの断崖哭かす修羅落　角川　源義
*み熊野の護符いただきて筏組む　鷹野　清子
初筏あやつる櫂の荒削り　小林　広子
暗緑光あつめ流木上下動　三谷　昭

嵯峨に出て霜解けそむる初筏　大谷　句仏
木流しや百態の岩そらんじて　阿片　瓢郎

**磯開《いそびらき》**　磯の口明《くちあけ》　浜の口明　海下《おり》　口明祭　初磯

海藻や貝類の成育を助けるため、とめ磯にして、日を決めて成長したものをとるが、漁業組合が磯を管理して、口明けの日を決め、知らせる。旗をたてたり、マイクで放送したり、サイレンで知らせたりする。とれた初ものを神に捧げて祭ることもある。磯開は三月、四月頃のことが多い。〈本意〉本来よい収穫を得るためのきまりだが、春の好季節もあって磯遊び的な楽しさも加わる。

灘の波あつまる礁や磯びらき　水原秋桜子
磯開けの海女と呼ぶには初々し　伊藤　嶺水
鳶の輪の岬外れや磯開き　石田　波郷
幾浦の鐘鳴りいづる磯びらき　山崎富美子
*磯開き海女より多く海女の子ら　吉野月桜子
庭凪ぐといふ日に会ひぬ磯開き　田中　勝二

**磯菜摘《いそなつみ》**

春の磯で食べられる海藻を採ることで、春らしい磯遊びの一種。磯菜とは野の若菜からの連想で言うのであろう。なぎさ近くに生える海藻類で、青い色のものが多い。それを水中に入りながらとるのである。むかしは海松《みる》を指したようだが、あおさなどのたぐいである。〈本意〉海辺の若菜というイメージで、古代から春になるとおこなわれた実用的な遊びである。ぬるむ海水に足をひたして青い海藻をとるたのしい明るさ。

防人の歌誦して摘む磯菜かな　西島　麦南
淡島の巫女が出て摘む磯菜かな　野村　泊月

夕映天使の鷗舞ふ間ぞ荒磯菜摘む　加藤知世子

あわあわと妻姙れり磯菜摘　柳下良尾

＊磯菜摘む波は寄せつつ限りなし　清崎敏郎

磯菜摘む人の中なる少女妻　柳　青華

## 海女《あま》　磯人《いそと》　磯海女　沖海女　かづき　もぐり　磯なげき　海女の笛

海にもぐり、あわび、さざえ、てんぐさなどを採る女。四月から九月が作業期だが、磯開きで姿が見えるようになる春を俳句では季節としている。陸から入り浅い海でもぐる磯海女と、船で沖に出て深い海にもぐる沖海女がある。磯海女を陸人《かちと》、桶海女、沖海女を船人《ふねと》、本海女ともいう。磯海女は磯桶に綱をつけ、腰にその綱を結んでもぐり、桶にとれた貝などを入れる。桶は海女の目じるしになり、海女の呼吸をととのえる基地になる。腰にとれたものを入れる網袋をつけていることもある。沖海女は、夫と組んでいて、腰綱をつけてもぐり、船の夫が綱の端をもって呼吸をはかる。浮き上るときこれを引くので引綱、息綱という。おもりを用いて潜水速度を速めることもある。海面に出た海女は口を細めて息を吐き、哀しいひびきの口笛となる。磯なげき、海女の笛という。海女は鉄べらや鉄かぎを持ってもぐる。磯鉄、鮑起し、磯起しという。水中めがねをつけている。〈本意〉福岡の鐘ヶ崎、対馬の曲、石川の輪島、三重の志摩、千葉の安房など、海女で知られる。昔は男の仕事だったものが女性に替ったもので、古代からある仕事である。磯なげきなど哀感が女性のなりわいに重ねて強調され、あわれさが主眼となる。だが海は春色あふれ、おだやかな明るい海なのである。

海女沈む海に遊覧船浮む　高浜　虚子

陸ながくあゆみ来りて海女潜る　山口波津女

浮くたびに磯笛はげし海中暗し　西東　三鬼
輪島海女乳房に藻屑つけ哀れ　橋本　鶏二
海女潜き俄かに寒し芥子の花　角川　源義
＊伊勢海老の群恐しと海女あがる　土屋美津二

一せいに海女のしづみて蝶のこる　豊川　湘風
海女潜ぐる海の明るさ地に残し　佐川　広治
息つゞく限り延びゆき海女の綱　吉川　一竿
はや母の顔にもどりて陸の海女　青柳　照葉

## 汐干狩《しほひがり》　汐干　汐干貝　汐干籠　汐干船　汐干潟　干潟　忘れ汐

陰暦三月三日頃の大潮、あるいは陰暦四月八日頃の大潮は、潮の干満の度が大きく、遠くまで干上るので、貝を掘ったり、魚やかになどをとらえて楽しむのに利用される。これが汐干狩で、その場合には人事の部類になる。汐干は干汐のことで、地理の部類だが、汐干狩の省略した形にもなり、最近では埋立てが進んで、汐干狩ができなくなったところが多い。忘れ汐は、干潟に残った海水のことで、魚やかにがとれる。〈本意〉江戸時代から季題とされている春の行楽である。あさり、はまぐり、かになどをとらえて楽しんだたのしい思い出のある人は多い。「しほひ狩もみうら既にぬれむとす　大江丸」。

汐干潟隣の国へつづきけり　正岡　子規
昔ここ六浦《むつら》とよばれ汐干狩　高浜　虚子
貝掘るや逆光海の果てよりす　五木田告水
二三人残りて汐の満ちんとす　数藤　五城
＊汐干潟誰もひとりの影を掘る　山口　草堂

大干潟立つ人間のさびしさよ　野見山朱鳥
生きがいという語干潟に居て思う　田川飛旅子
燈台の影が日時計汐干狩　藤井　亘
安息の今日も汐干も失せつつあり　宮津　昭彦
美しき干潟の円のうまれけり　相生垣秋津

## 磯遊《いそあそび》

陰暦三月三日は春の大潮の頃で、海岸に住む人たちはその日磯に出て一日をすごす風習にしている。この風習は全国的で、磯祭、三日講、春慰みなどと呼ばれる。磯に出て貝を掘ったり、女たちが浜で草餅を食べたりし、磯に出る権利が与えられたりする。翌四日に、雛祭の後祭として磯遊びや山遊びをするところもある。裏節句、送節句、花散らしなどという。今日では汐干狩にピクニックが加わったようなもので、弁当を食べたり、とれた魚介を調理して食べたりする。雛祭（三月三日）には家にいないで磯に行楽するのがよいというふうに考えられていたのである。〈本意〉あたたかくなった一日を、海浜にすごす風習は、雛送り、あるいはお祓から出たことであろうが、春を明るく楽しみながら飲食するという気晴らしでもあったろう。健康的な風習である。汐干狩にもつながりがある。

磯遊び二つの島のつゞきをり　高浜　虚子
紅き岩みどりの礁磯あそび　富安　風生
かがやきて母の眼の圏《わ》に磯あそび　中島　斌雄
遠くなることだけをして磯遊び　加倉井秋を
海老の穴しやこの穴踏み磯あそび　甲藤　五岳
磯遊おこぜに刺され喚く子よ　桑原　志朗
＊子との距離いつも心に磯遊び　福永　耕二
波の来て色かはる藻や磯遊　福本　鯨洋
恋路ヶ浜に女ばかりの磯遊び　山本　蓉子
空を航く如く船見え磯遊　高田風人子

## 観潮《くわんてう》　渦潮　観潮船

春の彼岸の大潮の頃には干満の差が一年中でもっとも大きい。幅の狭い海峡などでは、潮流が激しい勢いで流れ、大渦をまき、すさまじい眺めになる。この渦潮を眺めに来るのが観潮である。もっとも有名なものが鳴門海峡で、観潮というと、鳴門を指すようになった。他に来島《くるしま》海峡、早鞆の瀬戸、針尾の瀬戸なども有名である。鳴門は幅が狭く、無数の岩礁がこれをさらにせばめ、鳴門の南と北の海面水位差が、この頃一メートルにもなる。そのために滝のような急流となる。普通は鳴門公園から眺めるが、観潮船も出ている。〈本意〉春秋の彼岸の頃の大潮が壮観だが、とくに春を観潮の季とするのは、やはり寒さが去り、外に出やすくなった開放感のある時だからであろう。海の自然の作り出す壮観は、春の開放感にふさわしい。

渦潮へものを投げたる掌のひらき　波多野爽波
観潮や片手漕ぎなる舟にあふ　森田　峠
渦潮に対ふこの大き寂しさは　橋本多佳子
＊観潮の太陽威力なくくもる　鈴木　達弥
渦潮の曇天にして青奈落　上野さち子
観潮の小手をかざしぬ鳴門晴　中村柘榴子
観潮や流るゝ水母岩ばしり　永谷　香波
観潮の雨に淡路の消つ現れつ　岡入万寿子
観潮やたるみ渦又ちから渦　松永　珠
渦潮の奈落仏眼ならば見ゆ　斎部　薫風

## 踏青《たふせい》　青き踏む

旧暦三月三日に野山に出て、青い萌え草を踏んで遊ぶこと。野遊のことだが、家族づれのピクニック的な遊びという感じの野遊と比べて、踏青はより詩的、感慨的な、野の散歩である。踏青は中国の古俗をとりいれたもので、名称も詩的である。中国では二月二日、三月三日、五月五日など、時代と土地によっていろいろにおこなわれた。唐代では、はなやかなピクニック的なもので、花見のような印象があり、恋の舞台ともなった。はじめは野に出てその年の吉凶を卜する信仰的な行事だったが、それがうすれ、春の行楽の一つとなった。日本の正月の小松引きなどがむしろ似た行事であった。〈本意〉春のこころはずむ行楽だが、詩的な語感が好まれている。

*踏青や古き石階あるばかり　高浜　虚子
来し方に悔なき青を踏みにけり　安住　敦
踏青や野守の鏡これかとよ　松本たかし
青き踏む円光負へるこころにて　柴田白葉女
振袖はよきかも振つて青き踏む　山口　青邨
子の葬り了へ来し人と青き踏む　赤城さかえ
青き踏む左右の手左右の子にあたへ　加藤　楸邨
こしかたに恋やいくさや青き踏む　山本　歩禅
鴉にも後れて青き踏みにけり　相生垣瓜人
青き踏む仔犬のごとき児を連れて　伊藤トキノ

## 野遊《のあそび》　山遊　山いさみ　野がけ　春遊　ピクニック

春の山野に出て、日を浴びて、青草の上で遊びたのしむことで、ピクニックのことである。旧暦三月三日、四月八日の頃の風習とするところが多い。四国剣山の麓では、四月八日に高所に登り海を見るが、これを山いさみという。〈本意〉磯遊と同様、物忌みの日として、家を出て、戸外で遊ぶ日がきめられていたのである。今日ではそれが春の遊山の意味に変っているわけである。しかし、春光を浴びて山野の自然の中で遊ぶのは楽しい。

*野遊の心たらへり雲とあり　高浜　年尾
野遊びの皆伏し彼等兵たりき　西東　三鬼
妹あわれ野遊の飯食みこぼし　三谷　昭
野遊びの昼餉の中をわが通る　八木林之助
野遊びのつづきに夜も遊びをり　山口波津女
祖母の足袋もつとも白し野遊びへ　福島　延子
野遊びの児等の一人が飛翔せり　永田　耕衣
野遊びのため一湾をよぎり来し　鷹羽　狩行

野遊びに祖先の雲の大きかな　里見　静　　野遊びの妹にして人の妻　南川　成樹

## 摘草《つみくさ》　草摘む　蓬摘む　蓬籠　土筆摘む　山菜採り

春の野遊の一つ。野原や土手で、よもぎ、よめな、つくし、せり、たんぽぽなどを摘む。昔はこれらを食用としたが、今は野の花を摘んだりする行楽の感じがつよい。ただし、東北地方では、晩春、山菜採りに出て、青物を補給するが、長い冬のあとの大切な行事である。山菜は塩づけにして一年中利用する。〈本意〉万葉集の「籠もよみ籠持ち掘串もよ」以来、明治、大正の頃まで、春の年中行事として続けられてきたもので、新鮮な春の野の香りのする心楽しい、また食生活に必要なものであった。今では春の自然に触れるための遊び、楽しみの感じがつよい。

草摘みし今日の野いたみ夜雨来る　高浜　虚子　　摘草に行きたし一人では淋し　今井つる女
残雪を噛んで草つむ山の子よ　飯田　蛇笏　　淋しさに摘む芹なれば籠に満たず　加倉井秋を
摘草の子に年問へば姉答へ　大橋桜坡子　　摘草の吾を見に来しそこらの子　嶋田摩耶子
*二人ゐてよそよそしさよ芹摘めり　松本たかし　　父が摘むあやしき草も籠の中　宮崎　草餅
流れには遂に出逢はず蓬摘む　山口波津女　　手の中へふくらんでくる蓬摘む　坂巻　純子

## 蕨狩《わらびがり》　蕨採

日当りのよい山野にもえ出た、まだ葉の渦を巻いた、にぎりこぶしのような蕨を摘みとることである。長さは二、三十センチほど。東北地方ではとりわけ多く採れる。蕨は食べるほか、塩づけにしたり乾燥させたりして冬のために貯蔵する。開放的な野外の仕事で、行楽の感じがある。

〈本意〉早蕨は食料として大切だが、春の息吹きに触れるようで、楽しくのびやかな仕事である。

蕨狩して退屈な日を送る　阿部みどり女　金色の狐はいずと蕨狩　平畑　静塔
＊ちらばりて皆が見えをりわらび狩　皆吉　爽雨　採りためて日の匂ひ満つ蕨かな　八木　絵馬
丘にきて風のうごかす蕨摘む　秋元不死男　深山に蕨採りつつ亡びるか　鈴木六林男

## 梅見《うめみ》　観梅　梅見茶屋

梅は百花にさきがけて咲く。土地によって開花期がちがい、一月から五月頃までにひろがっている。関東では二月末から三月上旬が見ごろ。まだ寒さののこるなかで、その香気と花の気品を賞する。観梅列車も出てにぎわう。水戸の偕楽園、熱海、月ヶ瀬、賀名生《あのう》の梅林などはとくに有名である。〈本意〉古くは花といえば梅をさし、観梅は風流の最たるものであった。桜より高貴で、品位があるので、梅見は花見ほど浮かれない。

青空のいつみえそめし梅見かな　久保田万太郎　＊観梅やよく日の当る谷の中　渋沢　渋亭
観梅のわれのみマント翻《か》へしゆく　岡本　圭岳　はこべらに梅見の酒をこぼしたり　河合佳代子
観梅の常陸の雪に泊《は》てにけり　西島　麦南　梅を見る風やさむきところにて　秋間樵二郎

## 花見《はなみ》　お花見　観桜　桜狩

桜の花を見にゆくことである。観桜も同じことである。梅の花を見ることから桜の花を見ることに変ったのは、平安朝の頃からで、はじめは貴族が酒肴をもって出かけ、飲食をしつつ詩歌を賦した。庶民の行楽と変るのは元禄の頃からという。花巡り、花見客、花見衆、花見船、花の茶屋、花の幕、花見酒、花見樽、花の酔、花床几、花見手拭、花見扇、花見笠、花の袖、花の袂、花見戻、花戻、花見八日など、関連する季題が数多い。桜狩というと、桜の花をたずねて野山をながめ歩くことで、花見とは語感がちがう。花見は人ごみや酒宴を思わせ、桜狩は花を賞でる花好きの俗でないこころを感じさせる。〈本意〉四季の行楽の第一に数えられるもので、気候もよく、はなやかで自由な気分の、たのしいものである。ただ群衆が出て俗なものとなるので、芭蕉も、「草枕まことの花見しても来よ」とうたっている。本来は花の美を賞する風雅第一のものであった。

*花を見し面を闇に打たせけり　前田　普羅
けふもまた花見るあはれ重ねつつ　山口　青邨
みな袖を胸にかさねし花見かな　中村草田男
業平の墓もたづねて桜狩　高野　素十
みちのくの春は短しさくら狩　山辺もん女
憂きことに耐へて花見の紅を刷く　鈴木千恵子
西行と願たがへど花を見る　徳永山冬子
勇ましき花見剣道部旗をたて　福田　蓼汀
河童達川より上り花見せり　三島　晩蟬
わが童女桜見にきて眠りけり　長谷川春草
杉山にただよふ雲や花見唄　草間　時彦
集金や桜まつりの中を行く　椎橋　清翠

## 花人《はなびと》　花見人　桜人《さくらびと》

花見の人のことで、花見人を略したもの。風流なことばだが、さらに高雅な感じでいえば、桜人となるが、古い語感がある。花の番をする人は花守。花の持主や番人を花の主《あるじ》という。〈本意〉花を賞でるものも花のように美しいとする感じ方のことばで、花見人をひときわ風流な語感に変えている。昔は桜人という語の方が多く用いられたが、今は花人の方が優勢である。「夜桃林を出でてあかつき嵯峨の桜人　蕪村」。

＊花人のかへり来る星の真下かな　前田　普羅
花人を憂しと墨烏賊うづくまる　川崎　展宏
花人の酔に与《くみ》せず汽車に在り　松本たかし
都府楼へ花人傘をさし列ね　加賀谷凡秋
花人やいつ夕月の影をひき　同
花人のながれの中の老アイヌ　秋吉　花守

## 花篝《はなかがり》　花雪洞《ぼんぼり》

夜桜の風情をひきたてるために、花の下などでたかれる篝火のこと。落花が火にはえ、時には燃えてすばらしい。京都円山公園の篝火が代表的である。ぼんぼりや提灯をつけるところが多い。
〈本意〉篝火が夜の闇に明暗のアクセントをつけ、夜桜をかがやかすさまは凄艶である。演出効果満点の夜桜見物となる。

めらめらと落花燃えけり大篝　正岡　子規
茫茫とせむしを照らす花篝　秋元不死男
たをやかに花は揺れゐて篝かな　野村　泊月
花篝宝珠のごとく燃ゆるかな　徳永山冬子
＊花篝月の出遅くなりにけり　西島　麦南
約束の花雪洞の蔭に待つ　高橋　蕉雨
赤き焔黒き焔や花篝　京極　杞陽
風下の人うごき出す花篝　星野　明世
花の雪洞風の一夜とならんとす　松原地蔵尊
花篝研ぎすまされし月かゝる　松木　猿城
花かがり水のにほひのするところ　高木　晴子
火の音を和らげて燃ゆ花篝　保坂　文虹

## 花守《はなもり》　花の主《ぬし》　花のあるじ

花の番をしている人のことで、花見客のあつまるところを巡回する係の人。むかしの園丁である。むかしは花の持主や番人を花の主、花のあるじと言った。〈本意〉本来、花を持ち、大切に守る人のことであったが、近代、公園などがうまれ、桜の木も公共のものとなったので、花の番をする係の人をいうようになった。「花守りや白きかしらをつき合はせ　去来」。

*雲に入る飛花や花守白髪に　大野　林火
花守に歇む鶏晨の風雨かな　西島　麦南

## 花疲れ《はなづかれ》

花見に行って疲れることだが、ただ単に歩き疲れたためばかりでなく、気候の関係も人混みのためもあり、さらに美しいものを見た気づかれもあろう。ものうくだるいような疲れである。〈本意〉江戸の後期からすこしずつ使われはじめた。花衣を着た女性が家に帰りついて、坐りこんだまま、帯もとかずにいる風情が思いうかぶ、俳句特有の情趣あることばである。

花疲れ眠れる人に凭り眠る　高浜　虚子
花疲泣く子の電車また動く　中村　汀女
*土手につく花見づかれの片手かな　久保より江
花疲れ帯なが〳〵とときしまゝ　足立　文女
マハ椅子に凭るがごとくに花疲　阿波野青畝
つつましき欠伸してゐる花疲れ　川端　豊子
花疲れ縁談づかれかもしれず　車谷　弘
雨だれの誘ふまどろみ花疲れ　大竹きみ江
花疲れかくしもならぬ起居かな　高浜　年尾
イヤリング外してよりの花疲　和気久良子

## ボートレース

競漕《レガッタ》　競漕会　お花見レガッタ

ボートレースは三月から十一月にかけておこなわれるが、桜の頃、四月に数多くおこなわれるので春の季題となっている。大学、会社、団体と、対抗レースがいろいろあるが、大学の対抗レースがもっとも人気がある。隅田川、琵琶湖、瀬田川などでおこなわれてきたが、隅田川は汚れたため、戸田コースでおこなわれるようになった。隅田川の向島は、我国ボートレース発祥の地である。〈本意〉ボートメンのうたう「春は春は桜咲く向島ヤッコラセー　オール持つ手に花が散る花が散る」という歌のように、お花見の頃とボートレースとの結びつきがもっとも強く、そうした雰囲気が伝えられてきた。細い艇身が、よく揃ったオールさばきで、突進するさまは、鮮烈な快感をそそる。

＊競漕や午後の風波立ちわたり　水原秋桜子
競漕の船腹ほそく岸に寄る　鷹羽狩行
競漕の雨となりけり桜餅　高野素十
競漕の水尾の二線の強さかな　徳永山冬子

## 凧《たこ》

紙鳶　いかのぼり　いか　はた　かかりたこ　切れ凧　落ちたこ　狂ひ凧　勝凧　負凧　たこの糸　たこの尾　絵だこ　字だこ　鳶だこ　洋凧

凧揚げは中国でもヨーロッパでも古くからおこなわれていた。日本には中国から渡ったようである。本来子供の遊びではなく、部落と部落の競技になっているところもあり、埼玉、静岡、新潟、長崎の大凧競技は有名である。長崎の凧《はた》合戦は四月におこなわれ、糸にガラスの粉を塗りつけ、相手の糸を切っておとす。普通、東京・大阪では正月にあげるが、浜松などは五月の節句にあげる。大凧は風のつよいときを選んであげることが多い。大体において陽春の頃の遊びということができる。凧はいかのぼりともいい、いろいろの種類があり、うなりをつけたものをうなり凧、ぶんぶん凧という。〈本意〉凧は勇ましいもので、本来は大人の合戦競技であった。空中高くあがるので、さまざまな情感をそそり、郷愁をそそることもある。「凧《いかのぼり》きのふの空のありどころ　蕪村」。

凧揚げし手の傷つきて暮天かな　渡辺　水巴
新月といふほどのもの凧のへん　阿波野青畝
旅人や泣く子に凧を揚げてやる　石島雉子郎
凧の糸のびるばかりの怖ろしや　岸　風三楼
*地に下りて凧に魂なかりけり　久保田九品太
切れ凧の残りの糸を巻きにけり　松尾　松蘿
凧の絵にルオーのキリスト描かばや　山口　青邨
廃墟浦上火の子の如く凧飛べり　野見山朱鳥
夕空や日のあたりゐる凧一つ　高野　素十
からからの天より凧が墜落す　庄中　健吉
留守に来て子に凧買つてくれしかな　安住　敦
凧《いかのぼり》越後国原照る雪に　佐野青陽人

## 風船《ふうせん》　風船売り　紙風船　ゴム風船　風船玉

紙風船とゴム風船がある。明治の中頃から紙風船が作られた。五色の紙をはりあわせ、息をふき入れてふくらませ、ついて遊ぶ。女の子の遊び。その後ゴム風船があらわれた。水素をゴムの袋状のものの中に入れ、糸をつけて空中にうかべる。笛がついていて、空気が出るとき鳴るような風船もある。ゴム風船はデパートの大売出しの時などに子供たちに与えられる。〈本意〉子供たちの春らしい玩具で、楽しいものである。明治二十三年上野公園でおこなわれたスペンサーの風船乗り以来のものという。

金の吹口虫の音籠り紙風船　中村草田男
*風船を放てばもどる手許かな　中川　宋淵
かなしびの満ちて風船舞ひあがる　三橋　鷹女
天井に風船つかえ喜劇満員　平畑　静塔

なほ願へ風船裂けて濃くなりしよ　香西 照雄
風船の中に顔あり風船屋　沼田一二三
しぼむとき鳴る風船を見て足りぬ　原子 公平
風船を巨いなる手の召されけり　阿片 瓢郎

## 風車《かざぐるま》　風車売

色紙、薄い木の皮、セルロイドなどで、花型の車輪を作り、竹や木の棒の先にとりつけて、くるくる廻るようにした玩具。手に持って走ると、風を受けて廻りたのしい。風車売は藁つとに何本もきれいな色の風車をさしていて、それが風にいっせいに廻るのは春らしい景物である。〈本意〉風車は中国から渡り中世の頃から知られていた玩具で、春のはじめに多く作られた。春風をはらみ、美しく回転する風車は、大人にも郷愁をそそるものである。

廻らぬは魂ぬけし風車　高浜 虚子
風車廻して風のうすれゆく　中丸 義一
*街角の風を売るなり風車　三好 達治
ねむくてねむくて泣く子に廻る風車　菖蒲 あや
風車とまりかすかに逆もどり　京極 杞陽
荷台ごと舞ひ立ちさうに風車　林 明子
母と子に影冷えて来し風車　石橋 秀野
海彦の声が聞ゆる風車　小林 鱒一
風車みんな廻れば屋台揺れ　矢高 矢暮
さかさ廻り思ひとどまる風車　土方 秋湖

## 石鹸玉《しやぼんだま》

石鹸水やむくろじの実の皮を溶いた液をストローなどで吹くと、美しい虹色の玉ができて飛ぶ。しずかに吹けば大玉に、つよく吹くと小玉が多くなる。子供の頃をなつかしく思い出す。春らしい景物である。江戸の頃から俳諧、双六の図、浄瑠璃などにもあらわれていて、古くからたのしまれた。「たまや」ともいうのは、江戸の売り声で、むくろじの液を玉に吹きながら、「玉や玉や玉や」と売り歩いたからである。「水圏戯」といわれたこともあった。〈本意〉春の光の中を色を変えながら飛んでゆく石鹸玉は楽しく、どこかせつなくもある。詩情のこもる遊びである。

姉ゐねばおとなしき子やしやぼん玉　杉田　久女
石鹸玉天衣無縫のヒポクリット　中村草田男
*しやぼん玉底にも小さき太陽持つ　篠原　梵
しやぼん玉独りが好きな子なりけり　成瀬桜桃子
戦前へたどる記憶のシヤボン玉　高橋　沐石
息入れて石鹸玉みな天にやる　橋本美代子
シヤボン玉いくさあるなとわれも吹く　須田佐多夫
シヤボン玉天に祭のあるごとし　木曾　晴之
河幅を渡る倖せシヤボン玉　高本　松栄
吾が吹いてしやぼんの善玉悪玉とぶ　鷹羽　狩行

## 鞦韆《しうせん》　秋千《しうせん》　ぶらんこ　ふらここ　ふらんど　ゆさはり　半仙戯

ぶらんこのことだが、音調がよいためか、鞦韆、ふらここがよく使われる。中国北方の蛮族のものが紀元前七世紀に中国に輸入されたともいい、それほど古くから中国でおこなわれていた。玄宗皇帝は、羽化登仙の感じがあるとして半仙戯の名を与えている。唐詩などにもよくうたわれた。それが日本にもたらされ、古くはゆさはりと呼ばれた。ゆさぶり、ふらここ、ぶらんこと名前を変えて今日にいたる。校庭や公園などに設けられ、また大木の枝に作られたものなどもあって、のどかな感じがある。〈本意〉あたたかくなって、戸外に出て遊ぶもので、春の情感がもっともふさわしい。大きくゆれる男の子のぶらんこ、そのきしみ、腰かけて休み話している女性や老人など、のどかである。

鞦韆《ふらここ》にこぼれて見ゆる胸乳かな　松瀬　青々
鞦韆や春の山彦ほしいまゝ　水原秋桜子

鞦韆やひとときレモンいろの空　石田　小坡
達治亡きあとはふらここ宙返り　石原　八束
*鞦韆に腰かけて読む手紙かな　星野　立子
ふらここのきりこきりこときんぽうげ　鈴木　詮子
鞦韆《ふらここ》は漕ぐべし愛は奪ふべし　三橋　鷹女
鞦韆と雲一ひらと遊ぶなり　加藤　望子
鞦韆の十勝の子等に呼ばれ過ぐ　加藤　楸邨
島の子のぶらんこ島を軋らせて　谷野　予志
ふらここを揺りものいはずいつてくれず　中村　汀女
ブランコの子に帰らうと犬が啼く　菅原　独去

## 雉笛《きじぶえ》

雉をさそい、捕えるために吹く笛で、雌笛と雄笛がある。桃の核に穴をほったもの、鉛製のものがあるが、鹿の角で作ったものがもっともよい。〈本意〉雉猟で用いるもので、多く雄をさそい出すための笛である。春の野趣に富んだものである。

*雉子笛や邑《まち》川光る雲の下　角川　源義
雉子笛に霊峰谺かへしけり　小森都之雨
雉子笛や幾谷越えて来る雉子に　金子伊昔紅
音を合せ角の雉笛吹き初むる　石　昌子

## 鶯笛《うぐひすぶえ》

青竹を切って作った笛で、指で端をおさえ開いたりとじたりして吹くと、鶯そっくりの音が出せる。鶯の形を飾りにつけてある。梅園などで売られている。〈本意〉本来は鶯の声ならしに使われたものであろうが、それが玩具化されたもの。梅を見ながら、鶯の真似をするのも春をたのしむこころである。

鶯笛うるさくなつてポケットへ　長谷川かな女
鶯笛ここより瀞へ茶店あり　佐藤　輝城

＊鶯笛嘴うごく見て一つ買ふ　野沢　節子
聾者われひとり鶯笛吹くも　羽田　貞雄
吹きつのる鶯笛や梅もどり　麻田　椎花
一生や鶯笛の遠き音も　高橋謙次郎

## 雲雀笛《ひばりぶえ》

細い竹で作り、水中で吹くと、雲雀のような音になる。雲雀を捕えるための笛でもあり、玩具にもなっている。他に類似のものとして駒《こま》鳥笛などがある。〈本意〉雲雀などののどかな鳴き声を愛で、捕獲用のものが玩具になったもので、牧歌的な感じがある。

＊雲雀笛子がひとり吹く野に来たり　竹中　古村
雲雀笛ひた吹く狂院暮れゐるも　野沢　節子

## 春の風邪《はるのかぜ》

寒暖の交互に来る春先は、朝夕冷えることが多く、風邪をひきやすい。だがそれほどおもくはなく、そのくせなおりにくい風邪である。〈本意〉冬の風邪とちがって、春の風邪はきびしくなく、どこかゆったりした感じがある。あたたかくなった日ざしの中、家で休んでいたりして、情感がある。

病にも色あらば黄や春の風邪　高浜　虚子
春風邪をひいて紫じみてゐる　細見　綾子
隆くして美しき鼻春の風邪　後藤　夜半
春の風邪素顔みせたくなきひと来　稲垣きくの
春の風邪机の果の没日かな　加藤　楸邨
春の風邪いろ美しき薬購ふ　菖蒲　あや
＊しんがりは妻が勤めぬ春の風邪　石塚　友二
春の風邪まぶたのうらに蝶無数　伊藤　凍魚

## 朝寝《あさね》

春の朝寝坊である。春は寝心地がよくて、いつまでもうつらうつらと、あたたかい寝床にくるまっていたい。ねむりたりて朝の空気の中に出るのは快いものである。〈本意〉「春眠暁を覚えず」と孟浩然はうたったが、一度目がさめてもまた眠りにさそわれてゆく。春の駘蕩とした季節の得がたいたまものである。

旅にあることも忘れて朝寝かな　高浜　虚子
朝寝して吾には吾のはかりごと　星野　立子
*朝寝して犬に鳴かるる幾たびも　臼田　亜浪
受難節天上にあり朝寝せり　百合山羽公
ものの芽のほぐれほぐるゝ朝寝かな　松本たかし
ちちははの朝寝の富士の美しく　勝又　一透
子の親のつとめをへにし朝寝かな　麻田　椎花
朝寝していま極楽にゐたりけり　片山鶏頭子

## 春眠《しゅんみん》　春睡　春の眠り　春眠し

春の眠りは快い。まさしく「春眠暁を覚えず処処啼鳥を聞く」（孟浩然）である。そして事実この詩よりとられた季題なのである。朝寝したり、うたたねをしたりする。昼寝や宵のうたたねも春眠である。〈本意〉体調もよく春ののどかな季節もあって、快い睡りにさそわれるのが春である。一陽来復の安心感もある。花疲れなどもあろう。

金の輪の春の眠りにはひりけり　高浜　虚子
*春眠のわが身をくぐる浪の音　山口　誓子
春眠をむさぼりて悔なかりけり　久保田万太郎
春眠の覚めつゝありて雨の音　星野　立子

春眠のはるかに白き馬跳て　金尾梅の門　　春眠に春眠の子を起こす声　清水　基吉
春眠の身の門を皆外し　上野　泰　　春眠の汀を誰か踏み行くよ　鷹羽　狩行
春眠や女人にかへる尼の顔　小川素風郎　　春眠へ紙のかるさで落ちてゆく　松葉夫美世

## 春の夢《はるのゆめ》

春眠の中で見る夢のこと。ただ、昔から、人の世のはかなさを、「春の夜の夢」とか、「一場の春夢」とかというので、そうしたニュアンスもひびくが、春の眠りの中でのとりとめない、時にはあやしい、艶なる夢のことである。〈本意〉春の快い眠りの中での夢のさまざまな情感をさしている。非現実的な夢も多い。

*春の夢心驚けば覚めやすし　富安　風生　　春の夢三鬼の髭に会ひにけり　島野　光生
春の夢夜つづき煌たり疲れたり　中村草田男　　春の夢聊斎志異に似て妖し　鈴木　青園
春の夢みてゐて瞼ぬれにけり　三橋　鷹女　　春の夢閻魔の前をすたすたと　杵淵　三津
春一夢かのもの言はぬ人と会ふ　畑　耕一　　古き古き恋人に逢ふ春の夢　草村　素子

## 春興《しゆんきよう》　春嬉　春遊　春愉し　春の興

春の季節をたのしむこと、春の遊びごとのたのしさのことをいう。春嬉はそれがさらに陽気になった感じ。春遊は右の意味のほか郊外に出て遊ぶ感じになる。なお江戸時代には、正月の句会の句を印刷して知友にくばったが、それを春興の句、春興といった。〈本意〉やや抽象的な語感だが、春のたのしさを思いうかべていうことばである。

春興の秘むるものあり蕗の薹　小杉　余子　＊春興や頬杖ついて海の上　岸田　稚魚

## 春意《しゅんい》　春心《はるごころ》　春融　春情　春の情

春ののどかな心持ち。春、おのずからわいてくるのどかな気分である。春心、春融も同じ。春情となると、春めいた心持ちだが、恋愛感情につながりやすい。〈本意〉漠然とした語感だが、春になって、ひとの心も春になり、春らしい気持になっていることである。季節の春らしい動きに敏感なこころである。

＊窓の枝揺るるは春意動くなり　富安　風生　春意とは山墓箒立てしまま　赤尾　兜子
犬つれて春意おのづと林ゆへ　下門　久子　枯れしもの枯れしままなる春意かな　鈴木　青園

## 春愁《しゅんしう》　春愁《はるうれひ》　春恨　春の恨み　春怨　春かなし　春思　春愁ふ

明るくうきたつ春ではあるが、ふっと哀愁をおぼえることがある。はっきりした憂鬱ではなく、あてどない物思いのような気持をいう。〈本意〉春ゆえにこころをかすめる淡いかなしい、孤独な、物思いである。はっきりした理由のない、人間のもつ本来の哀感である。

春愁のまぼろしにたつ仏かな　飯田　蛇笏　ハンケチに鏝あてゝ春愁ひかな　安住　敦
白雲を出て春愁もなかりけり　中川　宋淵　辞任願届けてよりの春愁ぞ　松崎鉄之介
春愁やくらりと海月くつがへる　加藤　楸邨　山椒魚の春愁の顔見とどむる　後藤　秋邑
春愁やせんべいを歯にあてゝゐて　大野　林火　春愁やかなめはづれし舞扇　鷲谷七菜子
＊春愁のいとまなければ無きごとし　皆吉　爽雨　春愁や夫あるうちは死ぬまじく　末広　千枝

# 行事

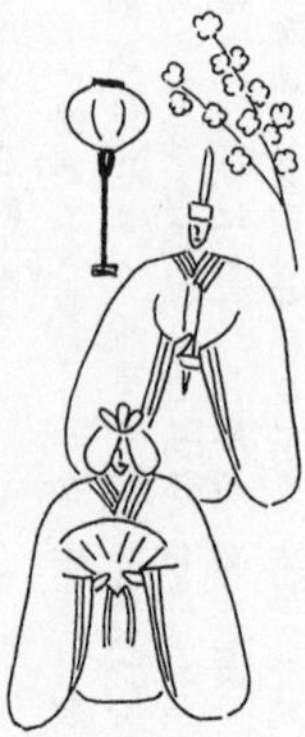

## 奈良の山焼《ならのやまやき》　お山焼　嫩草山焼　三笠の山焼

一月十五日（成人の日）に奈良嫩草山の枯草を焼く。午後六時半に点火。全山が火の海になる。花火をあげ、見物人でにぎわう。〈本意〉東大寺と興福寺との間に山の所属についての争いがあり、山を焼いて仲直りしたのが起源とされるが、嫩草山は草刈場で、よい草をはやすために、焼いたものであろう。夜の華麗な火の饗宴で、季節の節目となっている。

*山焼のはじまる闇をよぎる鹿　津川たけを　お山焼果てたる寧楽は暗き街　杉山　木川
遠くより美しかりしお山焼　山田　一女　東大寺方より火の手お山焼　岩崎　三栄

## 二月礼者《にぐわつれいしや》

正月には芝居関係、料理屋関係の人々は年始の礼にまわれないので、二月一日に回礼する風習があった。この日を一日《ひとひ》正月、二月正月、迎え朔日、初朔日といった。正月のやり直しをする日と考えるのである。〈本意〉二月朔日は厄年の人が早く年を送るため、この日を次のよい年の元日とみなし、年重ねの祝いをする日、また長寿祝いなどをする日であった。二月礼者も、元日のやり直しをする日と考えて回礼するわけである。

二月礼者見し綿虫のわづかかな　萩原　麦草　　鎌倉へはる〴〵二月礼者かな　大場白水郎
*出稽古の帰りの二月礼者かな　五所平之助　　やや地味に二月礼者の装へり　大久保橙青
道迷ひつゝ来し二月礼者かな　蒲生　院鳥　　親しさや二月礼者の郷なまり　宇田　都子

**二日灸**《ふつかきう》　ふつかやいと　やいと日　灸据え日　春の灸

陰暦二月二日と八月二日に灸をすえる風習がある。俳句ではそのうち二月二日の方をさして二日灸という。この日灸をすえると効果が倍増すると信じられている。近所の名灸をたずねたり、近所同士ですえたりする。全村休む風習のところもあり、やいと日として子供たちに灸をすえるところもある。生命に新しい力を与える呪術で、農事の前の健康を願っての風習であった。〈本意〉八月二日は後の二日灸といい、二月二日を代表とするが、病気災厄をまぬかれるおまじないであった。

死はいやぞ其きさらぎの二日灸　正岡　子規　　撫肩のさびしかりけり二日灸　日野　草城
背中より毒の煙や二日灸　高浜　虚子　　夜泣癖ある子も患者二日灸　森田　愛子
木にのぼり二日灸をいやがりぬ　広江八重桜　　二日灸乳飲子ひしと擁きぬ　石田　波郷
*老《ろう》足《そく》に足袋美しや二日灸　後藤　夜半　　二日灸若き膚を羞ぢにけり　塩崎晩紅里

**出替**《でがはり》　出代《でがはり》　新参　古参　御目見得　居重ね　居なり　重年《ちやうねん》

今はほとんどおこなわれないが、明治・大正・昭和初めまで京大阪の古い商家などに見られ、奉公人の年季が切れて郷里に帰り、新しい奉公人と入れかわることをいう。その契約の切れる日が、江戸では古くは二月二日、八月二日と定められていた。それが次第に三月、九月にかわる。大阪では三月五日、九月五日というふうに土地ごとに日がちがった。新しい奉公人は、肝煎の宿（周旋人）がさがし、得意先に三月五日に何人か連れてくる。これが御目見得で、中から気に入った者をえらび、食事を与えて試験的に働かせ、数日通いで働かせて雇い入れた。契約期間が切れてからも、続けて雇うことがあり、居重ね、居なり、重年といった。一年に二回出替があるが、二月（三月）の方をさす。秋の方を秋の出替という。〈本意〉春と秋に奉公人がかわるというところに、季節的な変化があり、よいものになりかわる願いもあったろう。農事との関係も考えられて、出替の日もきめられていた。

出代のおとなしくして哀れなり　高浜　虚子
新参のよき子我が子にせまほしく　鈴木　花蓑
出代の小銭ためたる財布かな　石井　露月
＊新参の身にあかあかと灯りけり　久保田万太郎
出代の国に著きたる葉書かな　相島　虚吼
新参のみめかわゆしと思ひけり　山口波津女
出代のからし菜辛き別れかな　野村　喜舟
一丁の庖丁を持ち出代りぬ　米田双葉子

## 針供養《はりくやう》　針祭る　針納め　納め針　供養針

二月八日に、針仕事を休み、折れた針を淡島堂に納め供養をする。豆腐やこんにゃくに古針をさし、また紙に包んで納める。淡島堂は和歌山の淡島神社が本社で各地にあり、東京では浅草寺境内の淡島神社が有名である。針供養は十二月八日にもあり、二月、十二月のどちらもおこなうところもあるが、ほぼ関東が二月、関西、九州が十二月におこなわれる。十二月八日の方が伝承多く、本来はこの日におこなわれていたらしい。二月八日、十二月八日とも、事始、事納の日であった。〈本意〉淡島信仰の対象を婆利《はり》才女といい、この名に針が付会されたものが針供養だが、本来は、事始、事納とつながりがあったのであろう。だが女たちが針を供養する姿には、独特の情感がこもる。

亡き母の尺《ものさし》古し針供養　松根東洋城
乙女らの草髪寄りて針祀る　百合山羽公
＊いつしかに失せゆく針の供養かな　松本たかし
浅草はいつも群集や針供養　高木　峡川
針供養女の齢《よはひ》くるぶしに　石川　桂郎
子を生むときめしやすらぎ針供養　本間有紀子
太き字はびつくりぜんざい針納　村上　麓人
佐助の眼突きたる針も納めしや　三好　潤子

## 建国記念日《けんこくきねんび》　建国の日　建国祭　紀元節

二月十一日で国民祝日の一つ。戦前は紀元節と呼んだ。神武天皇が橿原の宮で即位した日、紀元元年正月一日を陽暦に換算したものとされている。四方拝、天長節、明治節とともに四大節とされていたが、終戦後廃止された。建国記念日として復活したのは昭和四十一年のこと。反対する声も大きかった。〈本意〉紀元節は明治五年の制定で、旧日本帝国の国威発揚に役立てられたが、老年の者にはなつかしい祝日であった。梅の花の頃で、梅花節、梅佳節とも呼ばれた。そうした季節感もこもる日である。

紀元節今なし埴輪遠くを見る　山口　草堂
風船売建国の日の街を染め　平井　康正
建国の日なり榊の弓も見し　百合山羽公
＊着ぶくれて建国の日を肯ぜず　轡田　進
建国の日やひたむきに薬罐鳴る　松本　旭
建国の日を上棟と定めけり　永井　国之

建国日祝ふ老人ばかりにて　鈴木　無肋

神話おほかた愛の争ひ建国日　草村　素子

## 初午《はつうま》　午祭　初午詣　福参　一の午　二の午　三の午　稲荷講

二月の最初の午の日を初午といい、稲荷神社や祠の祭礼がおこなわれる。観音もうでや道陸神の祭をおこなうところもある。稲荷の縁日となったのは、伏見稲荷神社の祭神が稲荷山三ヶ峯に降臨したのが和銅四年二月十一日で初午だったからだという。稲荷信仰は古くからおこなわれ、七日間参籠し、下向の際稲荷山の杉の枝を折って帰った。これを験の杉という。今日ではこれを復興、杉の葉に四手《しで》をつけ稲荷神社で授与する。初午詣を福参ともいう。神社の境内で、土細工の稲荷人形、柚転法《ゆうてんぼう》（柚の形の器）、布袋、虫の鈴（果樹にかける。虫の害をよける）などが売られる。稲荷は稲生《いなり》の意味で農業神とされ、仏教の荼枳尼天《だきにてん》と習合し、その狐に乗る姿から、狐が稲荷の使わしめとなった。伏見稲荷のほか、豊川稲荷が有名で、江戸時代に多く稲荷社が勧請された。江戸市中ではとくにさかんだった。むかしはさいせんを投げて拝殿の御簾《みす》にとまると福があるといい、銭を請い受けて帰った。この日は仕事を休み、初午団子を作ったり、初午粉（米の粉）を神に供えたりした。初午芝居、初午狂言といい、昼の狂言がすむと揃いの衣裳をつけお千度を打ち踊り狂言をした。一の午に参詣できなかった者は二の午、三の午に参詣する。初午の早い年は火事が多いなどと言われる。〈本意〉全国にひろまるだけに稲荷信仰は親しみぶかく、にぎやかな祭となるところが多い。大きな社も小さな祠もあり、太鼓の音、赤いのぼり、夜のとうろう、あんどんなど、庶民的なにぎやかな祭である。地方では農業神信仰により結びついている。

初午の祠ともりぬ雨の中　芥川龍之介
綿菓子の人気は落ちず一の午　佐野まもる
飯の中に麦太く煮えぬ一の午　原　月舟
初午や農の奢りのまるめ餅　金子伊昔紅
初午や馬込池上犬殖えて　川端　茅舎
妻など知らず二の午の酒立ち呑むは　西谷　義雄
初午や煮つめてうまき焼豆腐　小沢　碧童
二の午の出店たじろぐ野の疾風　前田　鶴子
＊初午や坂にかゝりてみゆる海　久保田万太郎
初午や朱のなつかしき鯨尺　鷹羽　狩行
初午の土産の絵馬の二三枚　後藤　夜半
初午の太鼓ちきちきこんちきち　麻生　春雷
初午の遙かに寒き雲ばかり　百合山羽公
初午や小さくなりし願ひごと　松岡六花女

## 春分の日《しゆんぶんのひ》　春季皇霊祭

三月二十一日頃で、国民の祝日。戦前は春季皇霊祭と呼び、天皇が宮中の皇霊殿で、諸皇霊を祭る行事がおこなわれ、国家的祭日であったが、戦後その名が廃され、春分の日となった。宮中の行事は皇室の祭儀としておこなわれている。国家的には「自然をたたえ、生物をいつくしむ」日となった。春分は彼岸の中日にあたるので、墓参や先祖まつりがおこなわれる。〈本意〉自然をたたえ生物をいつくしむ日とははっきりしない趣旨だが、国をあげて祖先をしのぶ休日であるといえよう。気候も春めき、展墓もさわやかである。

春分を迎ふ花園の終夜燈　蛇笏
春分の日なり雨なり草の上　林　翔
雨着透く春分の日の船の旅　秋元不死男
春分や足跡つづく峰の寺　深野　夢路
＊春分の日をやはらかくひとりかな　山田みづえ

## 桃の節句《もものせつく》　雛祭　雛の節句　雛の日　桃の日　上巳《じやうし》　上巳《じやうみ》　重三《ちようさん》

五節句の一つ。古来三月三日には、宮中で、供え物、節宴、闘鶏、曲水の宴が行なわれた。平安時代には草餅を食べ、中世には桃花酒を飲み、中世末には白酒を飲んで祝ったが、室町時代以来雛を祭る風習がはじまり、江戸時代後期にこれがさかんになって、主たる行事となり、草餅、桃花酒、白酒などは雛祭の供え物になった。この日磯遊びをする風習が全国にあり、江戸時代より東京などではこれが潮干狩の風習となった。またこの日を花見正月と呼んで山で食事する遊びが行なわれてもいた。こうした桃の節句の行事が、室町時代から江戸時代にかけて雛祭に代表されるようになり、桃の節句といえば雛祭を思いうかべるようになった。今日では三月三日に桃の花を雛に供え、桃花酒を飲む女の子の節句として祝われる。この日を上巳《し》、上巳《み》、重三というが、中国で三月の上《かみ》の巳《み》の日を節日とし、のち三日と定められたが、なお上巳と呼び、また三月三日と三が重なるので重三と呼んだ。〈本意〉古くからある季感ゆたかな美しい季題。女の子の節句らしい情感あふれるにおやかなことばである。「桃の日や深草焼のかぐや姫　一茶」。

*桃の節句獣の舌も桃色に　加藤かけい
桃節句湯気と湯の出る魔法瓶　山畑　禄郎

## 雛市《ひないち》　雛店《みせ》　雛売場

雛祭の前に雛や調度を売る市で、江戸時代には、江戸で江戸中橋、尾張町一丁目、拾間棚（十軒店）、糀町（麹町）四丁目、人形町に二月二十七日より三月二日までこの市がたった。京都は四条、五条の東、大阪は御堂前、順慶町、名古屋は玉屋町、諸町に市がたった。のち、二月二十五日にくりあがり、江戸では、浅草茅町、池端仲町、牛込神楽坂上、芝神明前にもたつ。明治以降はデパートに売場が出来、玩具店にも二月一日頃から雛がならぶ。こちらに客をうばわれ、大路の両側に仮店がならぶ市の方は衰えてしまった。雛店、雛売場の方が今日の姿を示す。〈本意〉雛祭は女の子の将来を祝う祭で、雛にまつわる思い出や情感は女性にもまた男性にもさまざまにある。売られる雛を見れば、それぞれの思いが深い。

人の立つ後ろを通る雛の市　高浜　虚子
雛を買ふ人見てあればほほゑまし　森川　暁水
雛市やゆふべ疾風にジャズのせて　石橋　秀野
*もとめずも心足らひぬ雛の市　及川　貞
雛売場にて音消せり松葉枝　浅井　久子
雛市に帽たゞよふも一教師　石田　勝彦
雛市の残り土雛掌にぬくし　野沢　節子
雛市や幻の子を連れて見る　尾形不二子

## 雛祭《ひなまつり》

雛　ひひな　雛《ひひな》事　雛飾り　雛人形　雛道具　雛屏風　雛段　御殿　雛の膳
雛の酒　雛の盃　雛料理　雛菓子　雛の燈　雛ぼんぼり

三月三日、桃の節句に雛を飾り、女の子の節句として祝う。地方では四月三日におこなうところが多い。起源は、古くから上巳《じょうし》の日（三月の最初の巳《み》の日）におこなわれた祓《はらい》から変化したもののようである。形代《かたしろ》で身体をなでてけがれを形代に移し川に流したが、この形代のかわりに雛の人形をきれいにつくり家に飾るようになったらしい。また貴族の娘たちの遊びに雛遊びがあり、これが三月の節句の雛飾りに影響をあたえ、雛や雛道具を美しく飾る雛祭の形が整っていったらしい。室町の頃、人形技術が中国から伝わり、江戸時代には、紙雛を二、三対、雛屏風に立てかける簡単なものから、次第に内裏雛やいろいろの人形、調度を飾る立派なものになり、雛段も高くなった。調度は武家の嫁入り道具を模したものだった。飾り方はいろいろで、京、大阪では、二段ほどの雛段の上に御殿をおき、農村では粘土製の内裏雛が飾られた。女の子の祝いになったのは江戸時代の中頃からである。今日、雛段に飾る雛人形は、内裏雛（親王雛）、官女雛、五人囃、矢大臣、三人使丁で、屏風、雪灯《ぼんぼり》、左近の桜、右近の橘、菱餅、白酒、雛菓子をおき、調度に、重箱、簞笥、長持、挾箱、鏡台、針箱、駕籠、御所車などを添える。桃の花、菜の花を活け、炒り豆、胡葱膾《あさつきなます》、雛の貝（蛤、浅蜊、貽貝《いがい》などを調理したもの）を供える。雛は時代や地方によってさまざまなものがあり、今も変り雛がたくさんうまれている。平安時代から江戸初期までは雛遊とよばれ、人形とともにおままごとのように遊んだが、江戸中期からは雛祭とよばれて、立派に飾り、お祭気分となった。人形をくらべ合うのが雛合だが、今はすたれている。元禄から宝暦頃、つり台に、雛を入れ、小者の人形のかつぐ乗り物や紙雛、樽などをのせ、親類へ贈る風習があり、これを雛の使といい、つり台の上の乗り物を雛の駕籠といった。〈本意〉子供、とりわけ女の子の将来を祝う祭で、はなやかに、たのしい、またなつかしくもあるものである。とりわけ、女性には忘れがたいものであろう。「草の戸も住み替はる代ぞ雛の家　芭蕉」「箱を出る皃《かほ》わすれめや雛二対　蕪村」。

かんばせのひびのかなしき雛かな　野村　喜舟
雛飾りつゝふと命惜しきかな　星野　立子
土雛は昔流人や作りけん　渡辺　水巴
仕る手に笛もなし古雛　松本たかし
天平のをとめぞ立てる雛かな　水原秋桜子
＊雛の夜の燭にむかしのあるごとく　長谷川素逝
函を出てより添ふ雛の御契り　杉田　久女
笛吹けるおとがひほそき雛かな　篠原　鳳作

夜半の雛肋剖きても吾死なじ　石田　波郷
白き粥かがやく雛の日とおもふ　桂　信子
黒髪に戻る染め髪ひな祭　西東　三鬼
雛の日や道玄坂の黄なる空　角川　源義
厨房に貝があるくよ雛祭　秋元不死男
老ひてこそなほなつかしや雛飾る　及川　貞
遠雲は縁《へり》でかゞやく雛まつり　平畑　静塔
紙雛の胸ふくらみて居たりけり　青柳　菁々
子なきひとさびしからめと雛まつる　野見山朱鳥
三界に家なき雛を飾りけり　青木　喜久
新妻の頃のにほひす雛まつり　三島　晩蟬
老いごころ薄紙のごと雛の前　内山起美女

## 菱餅《ひしもち》　雛の餅　菱餅台

雛祭で雛段に供える菱形ののし餅で、菱餅台の上に盛る。紅、白、緑の三枚を重ね、黄色などを加えて五枚にするところもある。紅は桃の花、白は雪、緑は蓬餅でものの芽をあらわし邪気をはらう。菱の形は心臓をかたどるという。〈本意〉貞享頃からすでに供えられているもので、季節の色どりと祈りがこめられている。美しい配色で、雛祭の象徴的な供え物である。

菱餅のその色さへも鄙びたり　池内たけし
雛の餅三彩三臼に搗きをはり　村野　蓼水
菱餅の上の一枚そりかへり　川本　臥風
畦の鳥翔ちしは雛の餅搗ける　遠藤　正年
＊ひし餅のひし形は誰が思ひなる　細見　綾子
菱餅やひずみてかたき世なりけり　竹下三千代

## 白酒《しろざけ》　白酒徳利　白酒瓶　白酒売

雛祭に供える酒で白く濃い。もちごめを蒸し、こうじ、しょうちゅう、清酒を加えてかきまぜ、数日後、みりんを加えながら石臼でひいたもの。甘くて婦人、子供がのむ。瓶詰で売っている。

江戸時代には、白酒売が出て、おけを前後にかついでますで量って売り歩いた。神田鎌倉河岸の豊島屋が有名だった。歌舞伎にも白酒売が登場する。〈本意〉本来三月節句の邪気ばらいに飲まれたものだが、雛祭の供え物の一代表となっている。婦人、子供の飲む酒であるところに、この季題の味わいの眼目がある。

*白酒の紐の如くにつがれけり　高浜虚子
白酒をすこし侮りすぎにけり　後藤比奈夫
処女《をとめ》みな情《なさけ》濃かれと濃白酒　松本たかし
お白酒とろりと落ちて満ちにけり　松尾静子
白酒や姉を酔はさんはかりごと　日野草城
白酒や妻とほろ酔ひ税滞めて　岸田稚魚
滞り〳〵注ぐ濃白酒　阿波野青畝
白酒やあまりかぼそきぼんのくぼ　清水基吉

## 雛流し《ひなながし》　雛送り　流し雛　捨雛

三月三日の夕方、火をともして川辺まで行き雛を流す風習。古く祓いに用いた形代はけがれを移されたものとして川に流したが、この風習がもとになって、他の行事と結ばれ、一家の災厄をはらうものとして雛流しがおこなわれるようになったのであろう。雛は古雛のほか、焼き物の雛や安物の雛を用いたりする。厚木の雛流しは、川岸で白酒をのみ、雛をさんだわらにのせて流し、泣くまねをした。鳥取では、雛段に流し雛をも飾り、それを川に流す。赤い紙の小さな雛を十対、竹にはさんだもので、郷土玩具になっている。海の見える山上に雛を送って帰るところ、辻の祠へ古雛を送るところ、社寺で流し雛を授けるところ、池へ流すところなど、いろいろの形がある。辻の祠へ送るのを捨雛という。〈本意〉本来は厄はらいの風習だが、雛を川に流すといううつくしく哀しい行事のため、情趣の深い季題である。

流し雛渦をそれ行きたまひけり　野村　喜舟
女の雛の髪ほぐれつつ波の間に　山口　誓子
さかさまに水ごもりたまふ雛かな　阿波野青畝
日当りてさびしかりけり捨雛　山口　青邨
紀の川の水深みどり雛流す　古川　悦子
＊明るくてまだ冷たくて流し雛　森　澄雄
流し雛因幡の国は山多し　成瀬正とし
終夜潮騒雛は流されつづけゐむ　松本　明
山々の雲母《きらら》刷りなり雛流し　高橋　龍
流れても男の雛に倚りそひ給ふ　稲垣きくの

## 雛納《ひなをさめ》

雛祭の雛をしまうこと。飾りつけた日から奇数にあたる日を選ぶ。あまり長く飾っておくと縁遠くなるという。蕎麦を供え、食べてから、雛の顔をやわらかい紙（吉野紙など）でつつみ、箱に納め、しょうのうを入れる。〈本意〉雛が見えなくなるのはさびしいものである。雛の手の笏がまぎれたり、顔をつつむ紙の古びがなつかしかったりする。老いた母が静かに納めていたりする。

老妻のひゝなをさめも一人にて　山口　青邨
わが膝に立ちたまふなれ納雛　阿波野青畝
あたゝかき雨夜の雛を納めけり　西島　麦南
雛納められて横顔逆さ顔　大橋桜坡子
＊仕舞はれる顔を並べて雛かな　北　山河
風鳴るやデパート雛をしまひ急ぐ　西垣　脩
雛納めまたも鳴り継ぐ日本海　桜井　柳城
あかあかと天地の間の雛納　宇佐美魚目

## 雛あられ《ひなあられ》　豆炒《まめいり》　雛菓子

雛祭のとき供え、また食べる菓子。いり豆、いり米、あられ餅を混ぜ、砂糖でまぶしたもので、紅や緑の色をつけてあり、菱餅とともに雛祭に欠かせぬもの。〈本意〉雛祭が女の子の祭であるので、菓子もまた可憐なものである。夢とたのしさを食べるような感じで、なつかしい味がある。

雛あられ両手にうけてこぼしけり　久保田万太郎
掌の上に今出来たての雛あられ　星野　立子
雛あられ亡き人いつか忘れゐし　佐野　美智
夢色の雛のあられと膨れつつ　石塚　友二
＊雛菓子を買はざる今も立停る　殿村莵絲子
雛菓子のよそよそしくも美しや　田辺ひで女
銀の匙添へて出されし雛あられ　高木　耕人
雛あられ淋しがり屋の母に買ふ　中村　澄子

## 鶏合《とりあはせ》　闘鶏　鶏の蹴合　勝鶏　負鶏　賭鶏　闘鶏師

雄鶏は春、闘争心が強いので、蹴爪で蹴合いをさせること。闘鶏は古くからおこなわれ、平安時代から宮中でもさかんだった。諸国から鶏をあつめ、天皇や高官も見物の上、蹴合わせ、勝鶏の多い方が勝利を得た。鎌倉時代から武家でもおこなわれ、民間でも各地でおこなわれた。「鳥獣戯画」にも描かれている。賭鶏は明治頃までさかんだったが、今は禁じられ、軍鶏を闘わせることが一部でおこなわれている。室町時代から三月三日の行事となった。〈本意〉鶏合は、日本だけでなく、中国、あるいはギリシア、ローマでもおこなわれた勇壮な遊びで、起源はきわめて古い。これにより、決断し、運勢をきめることさえあった。勝鶏、負鶏、それぞれに勇ましくもあわれである。

闘鶏の眼つむれて飼はれけり　村上　鬼城
鶏合人輪もろ共移りけり　浅井　啼魚
＊闘鶏の血しぶきの宙くもれりき　森川　暁水
闘鶏のねむりても張る肩の月　加藤　楸邨
闘鶏やおのれ罪人のごとのぞく　加藤知世子
負鶏も勝鶏もまたあはれなり　高浜　年尾

蹴上げざま血に羽ばたける鶏合　福田　蓼汀
闘鶏のばつさばつさと宙鳴れり　野沢　節子
負鶏に水ふくませぬ口づから　伊藤　葦夫
勝鶏の宙をとびゆく土けむり　植田　露路

## 曲水《きよくすい》　曲水の宴　曲水《ごくすい》　流觴《りうしやう》　盃流し

めぐり水のとよのあかりともいい、三月三日、宮中でおこなわれた詩のあそびである。顕宗天皇のときから平城天皇の時までおこなわれた。曲る流れに臨んで座を設け、盃を流す。盃が前を過ぎないうちに詩を作り、その盃をとって飲むという風雅の遊びである。その詩はこの宴ののち別堂で披露された。今は京都上賀茂神社で三年に一度、四月第三日曜日に古式通りおこなうだけである。〈本意〉中国でおこなわれた行事を日本でも古くおこなったわけで、風雅の遊びだが、雛流しなどと関係のある、けがれをはらう式である。

曲水や草に置きたる小盃　高浜　虚子
はしり書する曲水の懐紙かな　松瀬　青々
盃の花押し分けて流れけり　内藤　鳴雪
曲水の遊びもありしあととのみ　阿部　小壺
*流觴の鳥ともならず行方かな　飯田　蛇笏
笏拍子うちて流觴始まりぬ　奥野　素径

## 雁風呂《がんぶろ》　雁供養《かりくやう》

嘉永四年の『栞草』に、「秋雁の渡る時、小さき木をくはへ来る。これを海上に浮かべ、その上にて羽の労れを休む。その木を、南部外ガ浜辺に落し置き、また春その木をくはへ帰るに、残れる木多くあるは、人に捕られ、または死せし雁のあればなり。ゆゑにその木を拾ひ、供養のために風呂を焚きて諸人に浴せしむといふ」とある。正徳三年の『滑稽雑談』にも同様の記事がある。「残れる木」は流木なのだろうが、いかにもあわれな、想像による民話風の話である。外が浜がどこにあるかは諸説あり、津軽外が浜がいろいろに伝えられているが、漠然と遠い北辺の浜辺と考えてもよい。海辺から木切れを拾ってきて風呂を焚き、人々に入浴させて雁供養したというのは、奥ゆかしくあわれで、俳人が好む季題になっている。〈本意〉北国の荒い自然と人の心のあたたかさの伝わる季題。渡り鳥を人のいのちの姿と見るこころがある。

*雁風呂や海荒るゝ日は焚かぬなり　高浜　虚子　　みちのくに善知鳥《うたう》姓あり雁供養　木村　杢来
雁風呂のもえぬ木をふく涙かな　高田　蝶衣　　いかならん雁か一木のもえしぶり　喜谷　六花
雁風呂や笠に衣ぬぐ旅の僧　飯田　蛇笏　　鴈供養義足をはづし湯に浸る　上田ただし
砂山にほかと月あり雁供養　永田　青嵐　　雁供養星見えぬ夜は海荒れて　成瀬桜桃子
雁風呂に母の乳房の貧しさよ　鷹匠　子朗　　雁風呂や袖もてぬぐふ火吹竹　塩崎　緑

## 日迎《ひむかへ》　日送　日の伴

彼岸の中日、あるいは彼岸のうちの一日に、兵庫県などでおこなわれる太陽崇拝の行事。午前は日迎といって東に歩き、午後は日送といって西に歩く。老女や女、子供が集団で寺に参詣したり野山を歩いたりする。行く先々で米を供え、太陽を拝む。途中、人の家に寄ってはいけないという。京都府の宮津では中日におこない、日天様のお供という。社日におこなうところもある。〈本意〉今日では地方的な行事だが、古い太陽崇拝の名残りが感じられるもの。半ばは春の野遊びで、心身ともに開放感のある春らしい旧習。

山の端に宝珠のまるき彼岸かな　阿波野青畝　　*日迎へみち蓬摘みたるあとのあり　金子　篤子

## 天皇誕生日《てんわうたんじやうび》　天皇の日　天長節

四月二十九日、天皇の誕生日を祝う祝日。太平洋戦争前は天長節といったが、戦後、その名が廃されて、天皇誕生日となった。俳句では、みじかく天皇の日ともいう。この日は二重橋が開放されて一般参賀がおこなわれ、天皇はバルコニーの上から人々に答礼される。なお皇后誕生日は三月六日。戦前は地久節といった。皇后はこの日、皇族や高官の祝賀を受け御一家の祝宴につかれる。〈本意〉天皇は日本国の象徴でこの日参賀にゆく人も多いが、多くの人はテレビや新聞で、答礼する天皇の姿を見て、気持よい春たけなわの季節の一日の休日をふりかえる。（昭和天皇は昭和六十四年一月七日崩御、皇太子明仁親王が天皇の位につかれ、元号も平成と改められた。したがって、天皇誕生日は平成元年から十二月二十三日となる。春から冬の季節にかわるわけである。四月二十九日は生物学者だった昭和天皇をしのんで、「みどりの日」という名称の祝日となることになった。）

昼酒に喉焼く天皇誕生日　石川　桂郎
目刺反る天皇の日の患者食　山田ひろむ
*天皇の日蛙小さき声たつる　角川　源義
天皇誕生日の松の花粉かな　西山　誠
天皇誕生日未明に鮨を匂はしめ　林　翔
ま青なる夜明け天皇誕生日　戸田　星綺

## ゴールデン・ウイーク　黄金週間

四月末から五月はじめにかけて、天皇誕生日、メーデー、憲法記念日、子供の日と祝日祭日がつづく。日曜日も加わり、いわゆる飛び石連休となる。季節も晩春から初夏にむかう絶好のときで、行楽をたのしむ人々が多い。〈本意〉黄金週間という名前が示すとおり人々の喜び楽しみが自然に街にかがやくときである。明るい季節も初夏につながる気持よい時期である。

ゴールデンウイーク駅頭褪せし紙の桜　石原　沙人

蕗は葉にゴールデンウイーク束の間に　二唐　空々

＊妻ふくれふくれゴールデンウイーク過ぐ　草間　時彦

子に病まれ春の連休らちもなし　今村　幸子

黄金週間何処へも行かず楢の雨　本宮銑太郎

黄金週間テレビニュースも疲れたり　五島誓太郎

## メーデー　労働祭　五月祭　メーデー歌　労働歌

五月一日、世界でいっせいにおこなわれる労働者の団結示威の集会と行進の行事。労働者は仕事を休み、集会に加わり、行進する。労働祭という感じも強く、家族連れの行進風景も見られ、プラカードや扮装などに政治批判の工夫がこらされる。〈本意〉メーデーはもともとイギリスの行事で、五月の女王を選び、五月柱のまわりを踊りめぐる春の祭だったが、一八八三年、サンフランシスコの森林労働者が五月一日にデモをしたのをはじめとして、アメリカで次第にこの日示威がおこなわれるようになり、一八八九年、パリでひらかれた国際労働者会議で一八九〇年五月一日に世界で国際的示威運動をして八時間労働制を確立するよう決議された時から、国際的な労働者の示威の日として知られるようになった。日本では大正九年五月二日上野でおこなわれはじまったが、官憲の弾圧がつよく、戦時中は中断し、戦後復活されて盛んになり、昭和二十七年には皇居前広場の大流血デモもあった。初夏に入る直前の、時には汗ばむこともある労働祭である。

＊ガスタンクが夜の目標メーデー来る　金子　兜太

金魚買って病むメーデーを豪華にす　赤城さかえ

老守衛ロあけ歌ふ労働祭　轡田　進

雨降らば降れメーデーの旗滲む　原田　種茅

メーデーがはらみ来るものを広場に待つ　榎本冬一郎
メーデーの束の風船昇天す　橋本美代子
メーデーの雨の川渦激すかな　皆川白陀
メーデーに歩幅正しく義足蹤く　稲富義明
メーデーへ全開の天風おくる　辻田克巳
メーデーまたごつごつの汝が腕と組むか　川島道太郎

## 憲法記念日《けんぱふきねんび》

五月三日、新憲法の制定施行を記念しておこなわれる国民の祝日。太平洋戦争敗戦後、旧日本帝国憲法は廃され、民主憲法、平和憲法としての新憲法が昭和二十二年五月三日に施行された。憲法に関係あるいろいろの会がおこなわれるが、一般には、ゴールデン・ウイークの一日として、行楽に利用される。〈本意〉現憲法をめぐる議論は別として、戦争放棄、民主主義、自由主義を根本とする平和憲法は画期的で、敗戦時の国民の気持に合致するものがあった。

手毬咲きぬ山村憲法記念の日　水原秋桜子
憲法記念日裏町長屋見透しに　石川桂郎
憲法記念日をひた走る快速車　楠本憲吉
*憲法記念日何はあれけふうららなり　林翔
カレー新鮮憲法記念日の卓に　木村勇一
木を植ゑるならひ憲法記念の日　崎田一志

## 伊勢参《いせまゐり》　伊勢参宮　御蔭参　抜参　坂迎《さかむかへ》　参宮講　太々講

伊勢神宮に参拝すること。伊勢参宮は一年じゅうおこなわれるが、時候のよい春がとくにさかんなので、四国遍路同様、春の季題とされる。伊勢参のためにつくられる団体が伊勢講、参宮講で、積み立てをして、春に代参、御師《おし》に導かれて参拝、太々《だいだい》神楽をあげる。そのため、太々講とも言った。代参者を講では、町や村の境まで送り、帰る時には、酒肴を用意してそこへ迎えに出た。これを坂迎と言った。御蔭参は御蔭年におこなう参宮のことで、遷宮のあとや六十年ごとの干支《えと》一巡の年が御蔭年である。御蔭は神恩のことで、御蔭年の参宮は霊験あらたかと考えられていた。抜参は、このような年に参宮熱がたかまると、主人や親に断わりなく参宮する者が続出し、伊勢参宮であれば強く叱られることがなかった。その参宮のことである。若者が多かった。〈本意〉伊勢参は江戸時代から盛んになり、一生に一度はするものとされた。ただ春の行楽、遊山気分に流れがちで、参宮をすましたあとの古市泊りは遊女をあげて遊ぶものだった。

伊勢参輪中のみちをひろひけり　阿波野青畝
くもの糸伊勢講の背に吹き流れ　宇佐美魚目
*伊勢参海の青さに驚きぬ　沢木欣一
ぬけ参り嘘のつじつまあはせけり　成瀬桜桃子

## 十三詣《じふさんまゐり》　智恵貰　智恵詣

京都の法輪寺本尊虚空蔵菩薩に参詣すること。もと陰暦三月十三日におこなわれたが、いまは四月十三日の行事。当年十三歳の男女が両親と参詣し、智恵・福徳を授かることを祈る。法輪寺は嵐山の近くにあり、桜の満開の折で、はなやかできらびやかな行事で、秋の七五三を思わせる。参詣後、渡月橋を渡り切るまで、ふりかえると智恵を失うといって、後をふりかえらない。前後の日曜日に詣でる人も多い。日本三大虚空蔵は、法輪寺のほか、福島県柳津《やないづ》の円蔵寺、茨城県村松の日光寺にある。この二寺でも十三詣がおこなわれている。〈本意〉十三歳は成年式のおこなわれる時期にあたり、それと虚空蔵の縁日の十三日が結びつけられて、おこなわれるようになった行事。桜の頃のにぎやかな参詣である。

人の子の花の十三参かな　松根東洋城
幼より絵巻好みや智恵詣　下村　槐太
＊﨟たけし母をしたがふ智恵詣　後藤　夜半
総領で智恵が遅くて智恵詣　中　火臣
眉目美しと皆に見られて智恵もらふ　高浜　年尾
智恵詣着るたのしみを覚えそむ　金子　篤子

## 水口祭《みなくちまつり》　苗代祭　苗じるし　苗みだけ　苗棒　苗尺　たなん棒

水口、みとは、田へ水をひく口のこと。苗代の種まきのとき、その口でおこなう田祭である。まき終ってするところが多い。農家が各自するが、神社でおこなうこともある。田の水口に土を盛り、柳、栗、つつじ、ふじ、うつぎなどの花や枝をさし、供え物をして田の神を祭る。この花や枝は田の神の依代である。地方によっては、小正月の粥の棒、御幣、神札、牛王宝印などをはさんだ棒を立てることもある。供え物は焼米が用いられる。種籾のまき残りを炒って作る。稲の無事な成長を祈るが、鳥の口、鳥の焼米といい、これにひかれて鳥が苗代を荒らさぬという。この焼米を子供たちに与える習慣のある地方もあり、子供たちは首から袋をさげてもらって歩く。
〈本意〉田の神に稲の成長を祈る祭だが、鳥に苗代をあらされるのを防ぐことも目的としていて、焼米がその役をする。子供に焼米を与えるのも鳥を追わせるためである。水口に鳥の足形をおいたりもする。

蛙皆うたふ水口まつりかな　正岡　子規
水口に遊ぶ田螺も祭りかな　宮川　庚子
水口をやさしう祭り去りにけり　野村　喜舟
鮒群れてのぼる水口祀りけり　田中　敦子
撒き米の白く水口祭られし　丹野　斗星
蓑ぬぎて水口祭る神事かな　佐久間法師
＊山冷えに水口祭る燧火《うちび》かな　松村　蒼石
水口を祭りし畦の塗り照らふ　金子無患子

## 河豚供養《ふぐくやう》

三月下旬、河豚の本場、下関でおこなわれる。壇の浦の料亭、魚百合に業者があつまり、大阪・東京からの参加もあっておこなわれる。僧が読経すると、小舟で沖に出、数十匹の河豚を放生する。これで河豚の季節がおわる。〈本意〉気持は放生会だが、感謝供養の気持のほか、業者たちの宣伝も加わっている。盛大な会になっている。

巡業の力士迎へぬ河豚供養　名和三幹竹
大皿にくくと鳴くあり河豚供養　赤松　蕙子
＊散華して南無河豚仏と供養する　水原秋桜子
供養河豚跳ねて読経の席和む　山口　富美
河豚供養蜆を撒いて了りけり　宮下　翠舟
河豚供養浪にとどかぬ雪ふれり　村田　黒潮

## 義士祭《ぎしさい（ぎしまつり）》

四月一日から七日間、東京、高輪、泉岳寺でおこなわれる。赤穂浪士の祭。大石良雄の念持仏（摩利支天像）の開帳、寺宝の展示、講演があり、にぎわう。ほかに切腹の日、二月四日の法要、討ち入りの日、十二月十四日の追慕祭がある。追慕祭は赤穂の大石神社でもおこなわれる。〈本意〉日本人に人気の高い赤穂義士は芝居や映画、テレビなどでたびたび演ぜられ、おとろえを知らないが、その追慕のあらわれを示す祭で、香煙がたちこめ、夜じゅう篝火がたかれる。

義士祭るその酒徒のごと酒を愛し　京極　杜藻
曇天の花重たしや義士祭　石川　桂郎
大石役者誰彼ぞ亡し義士祭　牧野　寥々
大石家よりの献花も義士祭　安川　掴雲
＊義士祭香煙帰り来ても匂ふ　石田　波郷
遺品みな夜討装束義士祭　木田　素子

## 四月馬鹿《しぐわつばか》　万愚節　エイプリル・フール

四月一日には嘘をついたりかついだりしてよいとして楽しむ風習。西洋から入った。英語でエイプリル・フール・デイ、オール・フールズ・デイといい、その訳語で、万愚節とも訳す。フランス語で、ポワソン・ダヴリル（四月の魚）というのは、だまされた人のこと。ユダヤ人にだまされつづけ、大いなる愛のため死んだキリストをしのぶのだという。東洋起源説もあり、印度の仏教徒が春分に菩薩の行をして、四月一日から凡俗の生活に戻るのを諷し、揶揄節と呼んだのがはじめだともいう。いずれにせよ、西洋の古い暦では新年がいまの三月二十五日で、春分の祭が四月一日までおこなわれた。四月一日は贈り物交換の日で、その旧習が変化して残ったものらしい。〈本意〉由来ははっきりしないが、春分の祝いのおわる日のたのしい風習のようである。若い人たちの機智あるやりとりがたのしまれ、ときに老人の思いがけないいたずらとなってよろこばれる。

四月馬鹿母より愚かなるはなし　岡本　圭岳
蕗を煮て四月一日嘘もなし　田中午次郎
万愚節半日あまし三鬼逝く　石田　波郷
*みごもりしことはまことか四月馬鹿　安住　敦
七面鳥ひねもす怒り四月馬鹿　伊丹三樹彦
乗降者とて無き停車四月馬鹿　佐野まもる
炊飯器噴き鳴りやむも四月馬鹿　石川　桂郎
大雪となりしはまこと四月馬鹿　原田　青児
わが練りし辛子に泣きて四月馬鹿　中島八重女
水呑んで身内めざむる万愚節　山中　不艸
四月馬鹿わさびが鼻に抜けてけり　斎藤　四郎
離婚すと本音も少し四月馬鹿　奥田　真弓

## 緑の週間《みどりのしうかん》　緑化週間　植樹祭　植樹式　愛林日　緑の羽根

四月一日からの一週間が、国土緑化を目的として設けられた緑の週間である。四国、九州では三月一日から、北海道では五月一日からの一週間である。緑の羽根の募金運動があり、各地で植樹祭や植樹式がおこなわれる。天皇、皇后も国土緑化大会に御出席になり、開催地ゆかりの木を植樹される。学校林コンクールなどもある。昭和二十五年からはじまった行事である。〈本意〉この週間は、戦災都市の緑化を主目的にはじめられたが、緑化の運動は古くからあり、とくに山林などの植樹はいつも心掛けられてきたことである。季節によく合った行事である。

放鳥もみどり染みたり植樹祭　中戸川朝人
緑の羽根少女に胸を貸し恥ぢらふ　吉田北舟子
かたはらに青きプールや植樹祭　大島　民郎
*祝辞みな未来のことや植樹祭　田川飛旅子
空果てしなき山稜に植樹の声　飯田　龍太
青空に声にじませて植樹祭　大串　章
緑の羽根胸に日曜看護婦たり　松山　昌子
やまびこを交してをりぬ植樹祭　小田切輝雄

## どんたく　松囃子　どんたく囃子

福岡市で五月三日から三日間おこなわれる祭礼。どんたくはオランダ語ゾンタークからきたもので、日曜日、休日を意味する。曳台や仮装行列、土地のことばで「通りもん」を異国語でしゃれて呼んだのである。もとは松囃子といい、一月十五日におこなわれた。室町時代からはじまるといい、町方が国主のもとへ祝言を述べにくりこんだ行事である。八百年前、博多の領主だった平重盛の恩義を感謝するためにはじまったという。江戸時代には黒田公の城内に参り祝詞を述べた。年賀の行事だった。のち、四月三十日、五月一日にかわり、昭和二十四年から現在の日にかわった。櫛田神社に勢ぞろいしてから、松囃子にあわせ、福禄寿、大黒、恵比寿（三福神）、稚児の練りものなどが、傘鉾とともに町をねりあるく。博多の三大行事の一つだが、今は港祭がこれに加わり、「松囃子どんたく港祭」と呼ばれて、もっともにぎやかな祭となっている。〈本意〉松囃子はもと、正月に年の神の降臨する年木を山から引きおろすはやし歌だったが、時代の流れのうちに土地特有の型が出来、博多どんたくが代表となった。杓子をたたき、尻取歌をうたう陽気な祭で、福岡の地方色ともなっている。

どんたく囃子玄海に燈を探せどなし　橋本多佳子
どんたくは囃しながらにあるくなり　橋本　鶏二
*猫の頭を撫でてどんたく遠囃子　今村　俊三
どんたくの鼓をさげてはぐれたる　井上鳥三公
寺塀に沿うてどんたく流しかな　永末喜代治
どんたくの人出の中の修道女　朽原ゆきを

## 治聾酒《ぢろうしゅ》

春の社日《しゃにち》（春社）に酒をのむとつんぼが治るといい、飲む酒で、特別の酒ではなく、ありあわせのものでよい。春分、秋分にもっとも近い前後の戊《つちのえ》の日が社日、立春から第五の戊の日が春の社日である。〈本意〉中国の豊作の神、后土神の祭が日本に入って独特の型になり、春の社日に山をおり、田を守って、収穫後山へもどる田の神となった。この春の社日に神社に参ると中風がなおり、酒をのむとつんぼがなおると信じられていた。今はほとんどおこなわれない。

*治聾酒の酔ふほどもなくさめにけり　村上　鬼城　　治聾酒に治懶の効もあるべかり　相生垣瓜人
治聾酒に酔ひかたまけて老母かな　阿波野青畝　　治聾酒の淋しき齢《とし》となりにけり　小林　康治

## 都踊《みやこをどり》

四月の間、京都祇園花見小路の歌舞練場で祇園舞妓が公演する踊りである。井上流の京舞の伝統を伝える踊りで、おっとりとして優雅である。花団扇を持った舞妓たちが、「都踊はよういやな」の掛け声で、コンコンチキチという祇園ばやしにのって両花道から登場する。毎年新しい趣向で振付けられ、背景や衣裳が豪華に工夫される。明治五年にはじまる、京都の春の代表的な踊りで鴨川踊と並び立つもの。チェリー・ダンスとして外人にも知られる。京の街は紅提灯をくし団子の形に連ねたアーチで飾り立てられる。〈本意〉春のよろこびをあらわす京都らしいはなやかで奥床しい情緒の踊りである。四季の情景のあと桜の花盛りで幕となる春の踊り。

都をどり造花のさくら庭のさくら　山口　青邨　　都をどり舞台目細の顔ばかり　及川　貞
*傘さして都をどりの篝守　後藤　夜半　　幹彦の勇の都をどりかな　富崎　梨郷
都をどりをみなの翳を重ねけり　中島　月笠　　都をどり笛を吹く妓の幼な顔　高林とよ子

## 島原太夫道中《しまばらだいふだうちゆう》　傘止太夫

四月二十一日、京都の島原遊廓で、太夫が廓内をねりあるいた行事をいう。今はショーとして残っているだけである。花車、芸妓のあとから、禿《かぶろ》をつれた太夫が、引舟という世話方の女につきそわれて、三本歯の黒塗り下駄をはいて内八文字に足をすすめる。定紋のかさがさしかけられている。これが幾組もつづいた最後に、全盛の名妓が傘どめとなって練った。豪華な打掛けをして、美しさを競ったが、傘どめ太夫は下げ髪に白地の衣裳、禿の数が多かった。二百メートルの距離を一時間もかけて進む。〈本意〉今は遊廓がなく、過去の庶民の夢の花にすぎないが、島原三百数十年のもっとも華麗な代表的行事であった。太夫は芸、教養ともにすぐれた美しい女性で、最上の女性だった。

我も亦太夫待つなる人のかげ　高浜　虚子　　道中の今や拍子木鳴らしゆく　羽柴　鏡女
*道中や角屋の前は道せばく　中田　余瓶　　かへりみてすこしもどりし禿かな　大橋　宵火
道中の桟敷貫ぬく遅ざくら　平畑　静塔　　傘止の禿もともにうつくしき　高崎　雨城

## 浪花踊《なにはをどり》

三月十五日から十日間、大阪の北新地が主催しておこなわれる大阪花街の春の行事。大正四年からはじまり、北陽演舞場、産経会館を経て毎日会館でおこなわれている。東京から形式のあたらしい歌舞音曲が来演したのに刺戟を受け、各流家元が芸妓をあつめておさらい会をしたのがはじまりで、浪花踊の名は大正に入ってから使われた。大阪新町と北新地の両廓でおこなわれ、北新地が正統。一時北新地の上演場が焼け、名称を新町に貸したことがあったが、その後新町は衰微し、北新地の踊りに戻った。大衆的でにぎやかな踊りである。〈本意〉浪花の春の喜びをにぎやかにはなやかに表現するおどりである。

浪華踊見つつはあれど旅疲れ　富安　風生　　*舞の手や浪花踊は前へ出る　藤後　左右

## 芦辺踊《あしべをどり》

四月一日から十四日まで、文楽座でおこなわれる大阪の代表的な踊りである。大阪の南花街組合が主催し、明治二十一年からおこなわれた。太平洋戦争の戦中戦後は休演したが昭和二十五年に復活した。第一回創演の「浪花風流芦辺踊」が好評で、今も踊られている。アシベ・ダンスとして外人にも知られる。大阪花街の踊は此花踊、浪花踊、芦辺踊があるが、浪花踊と芦辺踊が双璧。〈本意〉道頓堀の橋のたもとに大雪洞が立ち、紅提灯がともって、はなやかな雰囲気の中で踊られるもの。春の浪花のよろこびのあらわれの一つ。

誘ひたる芦辺踊に誘はるる　高浜　虚子
火蛾はやもあしべ踊の笛の妓に　木田　南子
*かんばせに芦辺踊のはねの雨　後藤　夜半
花疲れ芦辺踊の椅子に在り　伊東　祐翆

## 東踊《あづまをどり》

新橋の芸妓が新橋演舞場で演ずる踊り。現在のところ秋十月だけにおこなわれているが、四月、十一月の二回、二十五日間ずつおこなわれてきた。はじまりは大正十四年四月で、都踊に似たものだった。花柳、藤間の二流が担当、四月だけにおこなわれた。昭和十五年四月、戦争のため休止し、昭和二十三年三月に復活。春秋二季上演となった。この時以後花柳、西川、尾上の三流が担当、新作舞踊劇を演目に加えて、舞踊界、演劇界に刺戟を与えた。その後、春一回になり、今は秋一回になっている。〈本意〉東の花柳界の代表的な行事で、この種のものとしてももっとも組織が大きく、演舞場も周辺の街もはなやかである。現在は秋だが、発足以来、春の行事としておこなわれ、春の気分がもっともふさわしい。

遅き妓は東をどりの出番とや　高浜　虚子
殺し場も東踊にありにけり　山口　青邨
茶席より東踊の座にかへる　水原秋桜子
東をどりをどりと仮名で書きにけり　久保田万太郎
教師に一夜東踊の椅子紅し　能村登四郎
＊舞台の風花東踊の妓に髪に　楠本　憲吉
東をどり橋の上の月まどかかな　野口　里井
一人も東踊の妓を知らず　池上浩山人

## 薪能《たきぎのう》　若宮能　芝能

今日では五月十一、十二日におこなわれるようになったが、本来、陰暦二月五日から十二日まで、その後三月十四、十五日に、奈良、興福寺および春日大社でおこなわれた能である。初日にまず春日本社拝ノ屋で「呪師《しし》走りの翁」があり、午後興福寺南大門前庭（般若の芝）で能三番狂言二番を演ずる。後日には、まず春日若宮拝ノ屋で「御社上《おしゃのぼ》りの能」を、続いて、南大門前庭で能三番狂言二番を演ずる。般若の芝には敷舞台がおかれ、四方に篝火が焚かれて、金春・金剛・観世・宝生の四座が能を演ずる。このために薪能といわれる。起源は、平安時代、興福寺東西金堂で催された修二会の前行事「薪宴」であるという。これは法要に用いる薪を河上・氷室の両社から囃してくる行事で、そのとき寺の呪師たちが芸をおこない、これが猿楽の四座にかわりおこなわれたというのである。最近は鎌倉神宮などで薪を焚く野外能がおこなわれるが、古来のものではない。〈本意〉今は五月におこなわれ、夏の行事だが、もともと、興福寺の夜の法会で、寒さにたえきれず火をたいて芸をなしたといわれ、春寒の季節から生じたもので、春にふさわしいものである。観光政策によって夏にかえられているのである。夜の闇にはえる篝火の効果満点の行事である。

薪能もっとも老いし脇師かな　高浜　虚子
暮れおちし塔こそ迫り薪能　浦野　芳南
薪能小面映る片明り　河東碧梧桐
＊鬼女たちまち闇に消えけり薪能　矢田　挿雲
闇に凝る瞳の数や薪能　田中　拾夢
薪能めらめら古き闇燃ゆる　大串　章
薪能火の粉ついつい火を離る　山口　誓子
薪能大和の空は星満ちて　田代　遊子
薪能入日の中に焔燃ゆ　橋本多佳子
火が恋し薪能見て来たる夜は　古屋　秀雄

## 弥生狂言《やよひきやうげん》　三の替《かはり》　三月狂言

三月に上演される歌舞伎芝居を、江戸時代、江戸で弥生狂言、三月狂言、三月芝居と呼び、上方で三の替と呼んだ。当時、十一月が一年の興行の開始の時で、顔見世興行をおこない、新春に二回目の興行、二の替をおこなった。二月までその芝居をおこない、三月に新しい狂言にかえた。これが弥生狂言、三の替である。三月は御殿女中の宿下りの時期で、各座とも女中の喜ぶ狂言を演じた。「鏡山錦栬葉《にしきのもみじは》」「伽羅《めいぼく》先代萩」などで、市川団十郎は「助六」を三月に出すのが恒例だった。今は季節と関係なく、三度目の狂言差し替えについていう。〈本意〉江戸時代を背景にしたことばで、御殿女中の宿下りなどとつながりのある歌舞伎の興行の仕方である。ただし、今でも三月は劇場のにぎわう月である。

＊三の替泣く芝居とて隅田川　城　一枝

### 春場所《はるばしょ》　三月場所　大阪場所　浪花場所

昭和三十三年から大相撲は六場所制になり、一月（初場所）東京、三月（春場所）大阪、五月（夏場所）東京、七月（名古屋場所）名古屋、九月（秋場所）東京、十一月（九州場所）福岡と決定した。春場所は大阪府立体育館でおこなわれ、三月場所、大阪場所、浪花場所ともいわれる。第二日曜から第四日曜までの十五日間である。〈本意〉むかしは一月、春場所、五月、夏場所の二場所で、日数も各十日（幕内は九日）であった。のちしばらく初場所、春場所、夏場所、秋場所の四場所制となったのち、現在の制度となった。春場所の意味がかわったわけである。よい気候になり、また大阪という土地柄もあって、相撲気分がもりあがる。

春場所や浪花言葉の嬌声が　山田　土偶
＊春場所の太鼓に運河光るなり　渡辺　亀齢
春場所の一校書《いちかうしよ》たることありし　下田　実花
春場所のはてし埃の町暮るる　宮井　港青
春場所のテレビ畑より垣間見つ　岡田　久信

### 祈年祭《きねんさい》　年乞祭《としごひのまつり》

二月四日、宮中賢所で天皇の親祭をおこない、十七日に伊勢神宮その他へ勅使をつかわし、祈年祭の奉幣をおこなう。「年」というのは年穀のことで、風雨、旱魃、害虫の災なき豊年を祈る祭儀である。この祭儀は古くから国家的祭儀としておこなわれ、百官が神祇官の庭にあつまり、祝詞を宣《の》り、幣帛を分かって、諸国の神々のもとで祭儀をとりおこなった。中世以後、とくに応仁の乱以後は衰えほろんだが、民間では、春祭、田祭として続けられた。明治維新以後、国家行事として再興され、全国の神社で制度化もされた。皇室でも二月十七日におこなわれた。〈本意〉国の祭日ではないが、だれにでもその祈りはあるわけである。氏神の祭も古くは二月と十一月で、豊作の祈りと感謝が元になっていたのである。

＊暁の雪はうつくし祈年祭　宮田　戊子
祈年祭国原に雪敷きみちて　会田　逸平
唐櫃の菊の御紋や祈年祭　原　ひろし
うみやまの風明るさよ祈年祭　佐藤　文正

## 巳の日の祓《みのひのはらひ》　須磨の御祓《みそぎ》

三月上巳の日に、人形《ひとがた》にからだのけがれを移し、海や川に流して災厄をはらうことである。中国から入った習俗で、巳の日と三月三日の節の日と両様におこなわれ、のち一体となって、三日が巳の日でなくとも上巳と称した。中国の巳の日と日本の神道のみそぎが結びついたのであろう。天皇もこの祓《はらい》をおこなったが、『源氏物語』にも、光源氏が須磨で三月一日の巳の日に、海岸に幕をはり、陰陽師にはらいをさせ、舟に大げさな人形をのせて沖にながしたとある。鎌倉時代には三月の中巳の日に祓がおこなわれた。中巳の祓である。この祓に用いられる人形が雛人形となるのである。〈本意〉水辺で祓をして災厄を水に流す方法が中国では周の代から、日本では雄略天皇の頃からはじまったという。健康に春を迎えるまじないであったといえる。

桃ちりて人かた浮くや須磨の浦　松瀬　青々
＊小短冊巳の日の祓かき流す　岡野　知十

## 春祭《はるまつり》

春におこなわれる祭の総称である。祭というと夏祭をいい、秋祭も多いが、農業中心のわが国では、祭は農業にかかわりが深い。春祭は五穀豊穣を祈念する祭で、農業生活の予祝である。祈年祭、鎮花祭などがある。祭神を奥宮から里宮に迎えたり、災厄をはらうため人形を用いたりして祭るが、これは農神（田の神）を村里に迎えて、農事の無事を祈り、また春活動をはじめる疫病の悪霊をはらうためである。だが、今日ではこうした気持が忘れ去られて、うららかな春の祭礼を楽しむだけになっている。〈本意〉春の農事のはじめに山から田の神がくだり、その呪詞が、冬を春に変えるという信仰からはじまったものであるが、今は慰労行事のような祭礼となった。

雨となりやがて夜となる春祭　前田　普羅
桑の根のすみれの影や春祭　水原秋桜子
山下りてもんぺ鮮し春祭　石田　波郷
春祭宿の障子をあけて見る　大野　林火
白馬の雪なほゆゝし春祭　石橋辰之助
陸奥の海くらく濤たち春祭　柴田白葉女
*春祭あはれ白痴の粧ふも　馬場移公子
刃を入れしものに草の香春まつり　飯田　龍太

## 菜種御供《なたねごく》　梅花祭　梅花御供　北野御忌日　天神御忌　道真忌

二月二十五日。京都、上京区馬喰町の北野神社の祭で、祭神菅原道真の忌日にあたる。神前に、菜の花をさした盛り飯を供えるので、菜種御供と呼ばれた。菜の花がひらかないときは、菅公にちなむ梅花がさされたので、それが近年のしきたりになり、梅花祭、梅花御供といわれるようになった。この盛り飯は参拝者に与えられ、それをいただくと効験があるという。〈本意〉菅原道真信仰の生んだ祭の型で、菜種の花を神饌にさす古式はいかにも奥ゆかしい。それが梅花に代ったのはややつきすぎの気味であるが、季節の花とのかかわりもあって、今は梅花祭の名称が支配的である。

御供にも色あるけふの菜種かな　松江　維舟　　枝先へ走る蕾や梅花祭　山田ひろむ

*二上より来しと大声菜種御供　中村　若沙　　梅の幹雨に明かるむ菜種御供　畑　水明子

西陣の帯の売れゆき梅花祭　星島　野風　　雷神の深紅の破風や梅花御供　奥田　可児

## 春日祭《かすがまつり》　申祭《さるまつり》

奈良の春日大社の祭で、三月十三日におこなわれる。古くから二月上申の日、十一月上申の日におこなわれたので、申祭ともいう。春日大社は皇室の外戚であり、勢力のあった藤原氏の氏神だったので、勅使も参り、三勅祭の一つとして盛大な祭であった。今日の祭は、明治十九年に再興されたもので、大体において王朝時代の面影を古式床しく伝えている。〈本意〉古式をつたえ、春めいた頃の格調たかい祭礼である。奈良という地にふさわしい趣きがある。

春日祭鹿もつどひて賑はへり　梶原　五道　　渡御《とぎょ》先の鹿追うてゐる舎人かな　大久保橙青

*申祭三笠青みてゐたりけり　山之内　基　　春日祭粧ひし馬馬酔木嗅ぐ　清川とみ子

## 鎮花祭《はなしづめまつり》　鎮花祭《ちんくわさい》　はなしづめ

古くは陰暦三月十八日、いまは四月十八日に、大神《おおみわ》神社、狭《さ》井《い》神社でおこなわれる祭。むかし、桜の花の散るのを、疫神跳梁のきざしとみる信仰があり、花の飛散をふせぎ、疫神をしずめるために、崇神天皇の頃から、三輪山の神をまつったという。それが大神神社だが、この神社と狭井神社の祭神が鎮花祭の二座の神となった。花吹雪の中、まず大神神社で祭祀がおこなわれ、のち、狭井神社に移って同様の祭祀がある。神饌《しんせん》に白百合の根と忍冬を加えるのが古式らしい。もとは宮中で神祇官が右の二神を祭ったが、のち、両神社でおこなわれるようになった。鎮花の信仰は念仏と習合、疫神を横死した人の怨霊とみなし念仏踊りで鎮める祭事にもなった。京都紫野の今《いま》宮疫《みやえき》神社のやすらい祭、壬生寺などの鎮花法会はこの系統のもの。〈本意〉花の頃は気候もよくなり、生活に活気が出るが、古代にはそれを疫神も活動しはじめると見たのである。花の散る中でおこなわれる古式の祭だが、一方、その根には、花を稲の花と見て、その散るのを防ぐ農耕上の祈願もあったようである。

*花鎮め祭の円座新らしき　高野素十
恋の神えやみの神や鎮花祭　松瀬青々
鎮花祭我句の力短くも　岡野知十
花しづめ祭の巫女の花簪　下村梅子
荷車の消えるまで音鎮花祭　桂　信子
溜池に藻の波打てる花鎮　小田切輝雄

## 桜祭《さくらまつり》　桜花祭

京都の平野神社の祭で四月十日におこなわれる。菅原道真の恨みの御霊が鎮定され、天慶の乱が平定されたときおこなわれた祭が恒例になったもので、神官以下による騎馬行列や、時代装束をつけた風流行列があり、はなやかである。桜の頃の祭にはいろいろあり、琴平の金刀比羅宮では、同日、神官や諸調度に桜の花をつけ舞人が桜の枝を持って舞う桜花祭をおこなうし、大分県の宇佐神宮でも、枝垂桜の下に幔幕を張って、演能や角力を奉納する桜祭をおこなう。〈本意〉桜の花とともに疫神が活動をはじめることへのおはらいの儀式なのであろう。今は折しも美しい桜の花をにぎやかに楽しむ祭礼となっている。

桜さく宇佐の呉橋うちわたり　杉田　久女
*桜祭の賑はひよそに昼寝かな　稲葉　百年

## 安良居祭《やすらゐまつり》　やすらひ花　やすらひ

四月十日、京都、紫野の今宮神社境内、疫神社（玄武社）でおこなわれる鎮花祭である。太秦《うずまさ》広隆寺の牛祭とともに、「見るも阿呆、見ぬも阿呆」といわれる奇祭。上賀茂、西賀茂あたりから若衆が行列をつくり、くりだし、悪神を追って今宮神社までやってくる。大きな花傘が先頭になり、督殿《こうとの》、赤毛黒毛の鬼どもが、かね太鼓をたたき、畑や小道を通って疫神を追い出す。花傘はほこを頂きに持ち、いろいろの花でかくされていて、悪霊をしずめる力を持ち、人々はこの傘の下に入って厄をはらう。鬼たちは胸に羯鼓《かっこ》をつけ、農家の悪神をはらい、昼すぎに神社に着き、境内の小祠に悪神をおしこめる。それから桜の木の下で鬼たちは踊り、散る花々に「や、とみ草の花や ハヤシ やすらい花や」といううたをうたい、急がずゆっくりせよ、散らずに咲けという呪文をかける。〈本意〉桜の花が散る頃からの疫神跳梁を封じこめる行事が祭になったもので、芸能史上でも重要な祭である。京都の祭のはしりで、この日の天気で一年の祭の天気を占う。

囃されて安良比の花に転びけり　松瀬　青々
やすらゐの膳椀朱き祭かな　曾根けい二
安良居や花傘かへる采女村　中川　四明
安良居の落花おちつく黒き土　金子　篤子
花散るよやすらひの傘まだ来ぬに　大野　林火
初子抱き入るやすらひの花傘に　鳴戸　海峡
*安良居の鬼飛びあがり羯鼓打つ　宮下　翠舟
安良居や腹白き蝌蚪ひるがへり　金子無患子

## 花換祭《はなかへまつり》　花換

敦賀の金崎《かねがさき》宮で四月中旬、桜の花の満開のときの十日間おこなわれる祭。社の前で売る造花の桜の小枝を参拝者が買い、境内を「花換えましょう」と唱えて歩きまわり交換する。それを社前に持ってゆき、午前九時の禰宜による当選花の発表を待つ。当選者には神鏡などが与えられる。〈本意〉金崎宮の祭神は、尊良親王、恒良親王で、後醍醐天皇の皇子。若くして世を去られた二親王の霊をなぐさめるためにはじまった祭だが、今は桜のさかりの頃の余興のようなものになった。しかし風流な味わいがある替物神事である。

＊花換や古びし花を踏んまへて　原　月舟
花換へて握手してゐる異人かな　宮川　史考
花換の祭の中の渡満兵　本田　一杉
花換の花に幸あれ夜の朧　柳田三千里

## 山王祭《さんわうまつり》　日吉《ひえ》祭　申《さる》祭　午《うま》の神事　未《ひつじ》の御供《こく》　猿の神供《しんく》　榊伐

大津坂本の日吉神社の祭。四月十四日におこなわれる。古くは四月中申《なかさる》の日であった。三月一日、牛尾・三宮神社のある牛尾山上に神輿をかつぎあげる神輿揚げ、四月一日頃境内の山中から榊を切り出す榊伐がおこなわれる。三日榊に神霊をのりうつらせ、夜天孫《あびこ》神社に舟で渡御させる。これが榊取で、十四日本宮へ還幸するのが榊入である。十二日夜（もと午の日）神輿が牛尾山から本宮に渡御される。これが午の神事で、勇壮な儀式である。十三日夜、神輿入れがある。四基の神輿が本宮拝殿に渡御する。そして神輿を高くかかげて庭におとすと、かき手が受けとめて坂をかけおりる。この日は京都日吉神社から紙雛などの御供が献ぜられるが、これが未の御供。祭の十四日夕方から夜にかけて、七基の神輿の湖上渡御式がある。神輿船の競漕が壮観である。このとき粟津の里幣所からの神供が船で本宮船に献ぜられ、この神供は湖に投ぜられるが、これが猿の神供である。十五日に神前で宮司が東遊の歌を奏する酉《とり》の神事がおこなわれて祭がおわる。日吉神社は四千の末社があり、岐阜県高山市の高山祭や東京の日枝神社山王祭が有名である。高山祭は四月十四、十五日、東京山王祭は夏祭で六月十四、十五、十六日である。〈本意〉日吉山王の神への信仰はつよく、山王神が漁師の舟に乗られ、八柳浦から唐崎へ渡られた故事をもとに祭がおこなわれている。漁師は粟飯をいちごの葉に盛って捧げたといい、そうした故事が祭の形となった。山と湖を結ぶ勇壮な神事である。

＊比叡も比良も晴れて山王祭かな　高野　松月　　山王祭太鼓に湖は白みゆく　大矢　東篁

## 高山祭《たかやままつり》

飛騨高山の日枝神社の祭で、四月十四日、十五日におこなわれる。二十台の山車《だし》が出て、祭ばやしにつれて町をねりあるく。四輪車の大八車の上に三層の屋台がのり、中段に仕掛け人形が飾られていて、最近とくに有名になった。〈本意〉山王祭の一つだが、飛騨高山ゆえに注目されている。焦点は山車だが、飛騨の匠の細工がすばらしく、全国の関心をあつめている。

嶺の雪の照り合ふ高山祭かな　金尾梅の門　　＊山車囃甘甘棒は飛騨の菓子　上村　占魚
日がわたる高山祭の山車の上　三和　千秋　　雪解の飛騨は高山祭かな　和田　碧洞

見に行かな飛騨の高山春祭　島田とし子
春空へ割り込む山車を仰ぎけり　青木　綾子
飛騨格子のうちの春陰祭膳　野沢　節子
櫺子窓高山祭の灯を洩らす　関　俊雄

## 先帝祭《せんていさい》　先帝会

下関の赤間宮で四月二十三日から二十五日までおこなわれ、安徳天皇をとむらった先帝会が起源である。赤間宮は古く阿弥陀寺といい、安徳天皇をまつる。後白河法皇がその命日陰暦三月二十四日に法会を営まれ、それが阿弥陀寺の先帝会となって、同日と前日後日の三日間おこなわれた。維新後、阿弥陀寺は赤間宮となり、先帝祭として、陽暦四月二十三日から三日間におこなわれるようになった。平家の遺臣の子孫という中島組の漁夫が大紋、烏帽子の姿で参詣、ついで、上臈道中がおこなわれる。以前は遊女が上臈、官女をつとめたが、今は料亭や飲食店の従業員がおこなう。外八文字を踏みながら、天橋という仮設の橋をわたる。太夫道中の形である。〈本意〉もと、平家滅亡ののち、建礼門院に仕えた女官や平家ゆかりの女が港の遊女になりながらも、安徳天皇の御命日には、昔の装束をつけて墓参したという故事によるもので、由緒のある祭の焦点となっている。

八文字踏めば芽木への風おこる　西尾　桃支
海峡荒れ先帝祭へ人の渦　高山　幸子
春の潮先帝祭も近づきぬ　高浜　虚子
*水底に都先帝祭の雨　川本　柳城
波うれふ藻屑いろ屑先帝祭　庄司　瓦全
先導に先帝祭の烏帽子海士　山田　緑子
太夫待つ遊女ばかりの一桟敷　久保　晴
今日荒るる先帝祭の渡船かな　国友　子紅

## 靖国祭《やすくにまつり》　招魂祭

四月三十日の前後三日間、東京九段の靖国神社でおこなわれる春季大祭（秋季大祭は十月二十三日）。同社は維新の志士や戦争で没した将兵の霊をまつり、明治二年に創立せられた。はじめ招魂社といったので、祭を招魂祭ともいう。天皇または代理者の参拝、遺族の参拝があり、近年は内閣各大臣の参拝もあって、論議がある。八重桜も咲き、花火もあがり、見世物、露店が出て、にぎわう。全国各地の護国神社でも、招魂祭がおこなわれる。〈本意〉国家のために没した人々をまつる祭で、戦没者が多いため、平和憲法とからんで、大臣の参拝に批判があったりするが、戦没者のあった家庭では、思いのこもる祭であろう。

招魂祭過ぎし山の手線軌る　久米　三汀
長きほど薄き「のしいか」招魂祭　北野　民夫
こと古りし招魂祭の曲馬団　松本たかし
父と母招魂祭に旅立ちぬ　中村ルツ子
王氏歌ふ招魂祭の花火鳴れば　西東　三鬼
蕗の傘まだ稚なしや招魂祭　鳥羽とほる
*子の命《みこと》孫の命や招魂祭　宮下　翠舟
靖国のまつり宵から夜半へ雨　小橋　猟人

## 摩耶詣《まやまうで》　摩耶参　摩耶昆布

神戸の摩耶山にある忉利天上《とうりてんじょう》寺に、二月初午の日に参詣すること。この寺の本尊は空海の将来したという十一面観世音で、大化元年創設という古寺である。「まや」が馬屋と音が通ずるためか、昔は馬をひいて参詣し、馬の無事を祈り、糸を通した昆布を買って帰ったという。今は摩耶夫人をまつる堂に、安産祈願に詣でるものが多い。〈本意〉由緒のある古刹で、信仰をあつめているのである。馬に縁ありとされるのもおもしろいが、今は釈尊の母である摩耶夫人が尊崇されている。

尾をつゝむ馬古めかし摩耶参　河東碧梧桐
馬に付く昆布よ椿よ摩耶詣　安井　小酒
鞍につけて長々しさや摩耶昆布　松根東洋城
摩耶参り馬の薬も買ひにけり　寺尾守水老
摩耶詣筒の賽米鳴らしけり　吉田　冬葉
＊摩耶詣仔馬の旅をいとほしむ　矢田　挿雲

**涅槃**　ねはん　仏忌　涅槃会　お涅槃　涅槃忌　涅槃図　涅槃雪　寝釈迦　瘠せ馬

釈迦が入滅した旧暦二月十五日に各地の寺院で催される法会のこと。今は三月十五日に行なわれることが多い。この日寺院では涅槃図をかかげ、遺教経を読誦して、釈迦の遺徳をたたえる。涅槃とは寂滅（ニル・ヴァーナ）を意味し、とくに釈迦の入滅を指す。釈迦は沙羅双樹のもとで、頭北面西して臥して滅し、それを弟子たちや鳥獣、鬼畜らが見守って悲しみ、二本の沙羅双樹の葉は白変したという。涅槃図はそのさまを描いたもの。奈良県下では子どもが米を集めてまわり会食するが、涅槃講という。参詣者に粥を供する地方があり、この粥を涅槃粥という。涅槃雪は涅槃会の頃降る雪のことで、雪の降りじまいといわれる。この頃西から吹くそよ風を涅槃西風、涅槃吹きという。涅槃会には餅や団子を撒くが、関西では正月の餅をくだいて炒ったものを餅花煎、蓬草を入れた団子を釈迦の鼻糞という。瘠せ馬は北信、越後の餅で、馬の形をしていたものだが、色を染め棒状に巻いたものになった。豆餅のことをいう土地もある。〈本意〉子どものころのなつかしいたのしい行事であり、長じては、釈迦への崇敬と讃美が宿る行事となる。仏教行事の代表的なものである。「神垣やおもひもかけず涅槃像　芭蕉」。

涅槃の図白きは象の歎けるなり　山口　誓子

涅槃図にまやぶにんとぞ読まれける　後藤　夜半

葛城の山懐に寝釈迦かな　阿波野青畝

涅槃図に束の間ありし夕日かな　安住　敦

*土不踏《つちふまず》ゆたかに涅槃し給へり　川端　茅舎

近海に鯛睦み居る涅槃像　永田　耕衣

おん顔の三十路人なる寝釈迦かな　中村草田男

坐る余地まだ涅槃図の中にあり　平畑　静塔

## 常楽会《じやうらくゑ》

陰暦二月十五日は釈迦入滅の日で、寺院ではふつう涅槃会がおこなわれるが、奈良の興福寺・法隆寺、大阪の四天王寺ではこの日の法要を常楽会と称する。常楽とは、仏の証得した四徳で、常楽我浄の略。常は常住不変、楽は安楽、我は自在無碍、浄は清浄のこと。今は三月十五日である。〈本意〉涅槃会のことだが、釈迦の入滅を終りと考えず、その証得世界への参入と考えての命名なのであろう。

常楽会東国の旅に出て会へり　飯田　蛇笏

雪もよふ雲に灯し常楽会　稲垣　黄雨

遺教経マイクにかかり常楽会　富安　風生

*常楽会闇に馴れたる眼据ゑ　飯田　龍太

瓔珞の煤紐なびき常楽会　本田　一杉

常楽会比丘尼の咳をまじへけり　野沢　節子

## 二月堂の行《にぐわつだうのおこなひ》　修二会《しゆにゑ》　お松明

三月一日から十四日間、奈良東大寺二月堂でおこなわれる修二会の行法で、国家鎮護を祈願する。二月二十一日から練行衆は精進潔斎をおこない、三月一日の夜から堂に参籠、授戒、籠松明、お水取などの諸行を修し、達陀の法で行がおわり、十五日の東大寺涅槃講をむかえる。二月堂開祖実忠和尚がはじめたといわれる。十一面観世音の悔過《けか》行法を人間世界に移しおこなう苦行である。〈本意〉修二会とは二月に修するという意で、もとは陰暦二月におこなわれ、とりわけお水取が焦点となる行法である。女性の参籠は禁じられている。お水取がすまないと春にならないといわれるが、この頃めっきり冷えることがある。

修二会僧女人のわれの前通る　橋本多佳子
籠りの僧煙のごとしや走り行　堀　喬人
修二会果て鬼共僧に還る刻　鳥羽つる江
紙衣着て修二会下堂の僧若き　田中　七草
*修二会の奈良に夜来る水のごと　角川　源義
廻廊の高さ修二会の火を降らし　岩根　冬青
むささびの月夜となりて修二会終ふ　河北　斜陽
修二会の赤き雪かな火の粉かな　吉川　陽子
修二会僧の佳き貌見ゆる又も見ゆ　山田みづえ
女身われ修二会の火の粉いただくや　斎藤　芳枝

## お水取《おみづとり》　水取　若狭《わかさ》の井　柳松明　柳炬火

奈良東大寺二月堂では三月一日から十四日間修二会《しゅにえ》の行法を行なう。これを二月堂の行《おこない》ととって、二月堂の開祖実忠和尚が笠置山の竜穴で見たという十一面観世音の悔過《けか》行法を行なうのである。お水取はその行の一つで、三月十三日の午前二時頃から行なわれる。二月堂で一年間仏事に用いる聖水を、堂の近くの閼伽《あか》井で汲み、本堂に運んで五箇の壺におさめ、須弥壇の下におさめるもので、この閼伽井の水は若狭国から地下でつながっていると伝えられている。実忠和尚に若狭の遠敷《おにゅう》明神が香水を供したという伝説があり、ふだん枯れている閼伽井にかならず水が湧いているという。この水は諸病諸厄を四散させる水で、この水で牛王《こおう》の霊符を作り参詣の人々に分けるのである。以上がお水取の行法だが、この行法を拝観に人々が集まるのはその演出が壮観だからで、雅楽のひびきの中、法螺貝を吹きならし、杉の枯葉を篝火にたき、僧が大松明をふりかざして回廊を駆けのぼるのは、深夜の行であるだけに、すばらしい。「水取りや瀬々のぬるみも此日より」といわれ、お水取がおわらないと暖かくならないという。〈本意〉閼伽井の神秘に信仰心がそそがれた季題だったが、今日では演出効果への感動に焦点が移っている。暖かさのはじまる季節の節目となっている。「水とりや氷の僧の沓の音　芭蕉」。

水取や五体投地の堂谺　松瀬青々
水取や礎につきたる火屑みち　皆吉爽雨
*水取や良弁杉は天そそり　鈴鹿野風呂
お水取五体投地の僧修羅に　磯野莞人

## 嵯峨の柱炬《さがのはしらたいまつ》　嵯峨御松明　柱松明　御松明

三月十五日夜、京都、右京区嵯峨釈迦堂藤ノ木町五台山清涼寺釈迦堂でおこなわれる。陰暦二月十五日は釈迦入滅の日で涅槃会がおこなわれるが、これに火祭が結びついたものである。釈迦の茶毘を再現してその入滅をしのぶものとされる。清涼寺では涅槃図の前で念仏をおこない、夜九時頃、三基の大たいまつに火をつける。松の枯枝を藤蔓で朝顔形にしばり、松葉をつめたもので、高さ八・二五メートル、直径一・六五メートルほどもあるたいまつである。白昼のように明るく、ものすごい音をたてる。燃え方によって稲の作がらを占う。中央が晩稲、両端が早稲、中稲の作がらをあらわす。また旧嵯峨村十二区の高張提灯をたて、その高低で米相場を判じた。

〈本意〉涅槃会の一つの行事だが、火の演出が壮麗雄大で、釈迦の茶毘をしのぶのである。京都で御松明というと、嵯峨清涼寺のものをさす。

松明や頭巾も取らで参る尼　名和三幹竹
＊愛宕よりちらつく雪やお松明　茶木　三胡
山門に見張の僧やお炬火　池尾ながし
お松明の寂光さえて大伽藍　高桑　義生
お松明すみたる鐘や藪を行く　田畑　比古
御松明炎炎簷を照らしいづ　浅尾　忠治

## 嵯峨念仏《さがねんぶつ》　大念仏　融通念仏　花念仏

京都、嵯峨の清涼寺釈迦堂で三月十七日におこなわれる大念仏会。高い舞台で嵯峨狂言が演じられる。演ずるのは土地の古老で、古風な面をつけ、ことばを使わず、パントマイムで演ずる。「坊主しばり」「土蜘蛛」「愛宕まいり」などである。壬生大念仏（壬生狂言）とともに有名である。〈本意〉開祖円覚上人が聖徳太子の夢のおつげにより融通念仏を踊り誦していると群衆の中から生母が現れてめぐりあうことができたという伝説がある。この伝説にもとづく念仏で、嵯峨大念仏ともいう。

松の間の大念仏や暮遅き　高浜　虚子
八分咲く花の盛りや大念仏　大谷　句仏
からたちのほのかに白き念仏会　長田　幹彦
花の間に嵯峨念仏の舞台見え　福井　圭児
見てゐるは里人ばかり嵯峨念仏　五十嵐播水
＊嵯峨念仏また日が射して終りけり　松本　旭

## 彼岸会《ひがんゑ》　讃仏会　彼岸詣　彼岸寺　彼岸参　お中日　彼岸団子

春の彼岸（春分および前後の三日、計七日間）におこなわれる仏事。各寺院で読経法話がおこなわれる。六阿弥陀詣でや三十三所観音参りなどもおこなわれる。ほかに、川崎大師参詣、日送、日迎（兵庫）、彼岸ごもり（山に登る、阿蘇、鹿児島）、丘にのぼり、火をたき、祖霊を迎え（秋田）たりもする。彼岸だんごやおはぎを作って仏前に供えるのもひろくおこなわれている。百万遍の念仏、責念仏、彼岸市など、さまざまの行事がある。〈本意〉彼岸は梵語の波羅蜜多、すなわち到彼岸、涅槃の境に達する意味で、太陽が真西に沈む春分の日に、到彼岸の本願をとげる願いをこめて仏事をおこなうといい、また昼夜が等しい日が中道にかなうので、この日に仏事をするともいう。よい季節なので、諸寺への参詣者も多い。

手に持ちて線香売りぬ彼岸道　高浜　虚子
いろ〳〵の墓見歩くも彼岸かな　野村　喜舟
あか〳〵と彼岸微塵の仏かな　川端　茅舎
お彼岸の鐘が渡るよ水の上　林原　来井
森に入れば森の暗さに彼岸婆　加倉井秋を
＊お彼岸のきれいな顔の雀かな　勝又　一透
彼岸囃子児が飴のある口で泣き　樋口みよ子
梅林に雪積む彼岸詣でかな　浦野　栄一
山国に雪の彼岸の一会かな　金田あさ子
彼岸晴といふ好日に恵まれし　藤井　巨水

## 六阿弥陀詣《ろくあみだまうで》　六阿弥陀

春の彼岸の間、とくに彼岸の入りや中日に六か所の阿弥陀如来をめぐり拝すること。江戸時代から大正頃までさかんだった。行基の作った一木六体の阿弥陀仏が江戸の六寺に安置されている。下谷の常楽院、田端の与楽寺、西ヶ原の無量寺、豊島の西福寺、下沼田の延明院、亀戸の常光寺である。これに木あまりの弥陀（末木で作られたという）のある宮城の性翁寺を加えて、巡拝した。ほかに西方六阿弥陀、山の手六阿弥陀もあった。〈本意〉六阿弥陀詣は江戸の行事だが、彼岸や社日には、全国的に巡拝行事がおこなわれていた。宮津の日天様のお供、長野の日天願、各地の日迎え、日送りの行事がそれである。

*野の道や梅から梅へ六阿弥陀　正岡　子規
六阿弥陀とて坂多き埃路を　安岡浄机子
六阿弥陀梅見つゝ道はかどらず　佐久間龍花
亀戸は工区の香して六阿弥陀　内野　波間

## 御影供《みえいく》　みえく　御影講　空海忌　大師忌　弘法忌　正御影供

御影供とは、故人の像をかかげ供養することだが、とくに陰暦三月二十一日の弘法大師の忌日に、真言宗の寺院でおこなわれる修忌をさしていう。新旧の三月二十一日がその日だが、また四月二十一日におこなわれるところもある。高野山金剛峯寺、東寺（教王護国寺）、仁和寺、神護寺のものが有名である。高野山では新暦、旧暦で二回おこない、正御影供、旧御影供という。正御影供には新しい衣を作り奉り、御衣替という。三月十七日に、御衣井の水（宝亀院にある）で加持をし、御影供の日に廟中におさめる。これは大師が廟窟内にいまも生きているという信仰があるからである。東寺では、大師堂で法会があり、弘法市が境内でひらかれる。境内の灌頂院の東門がひらかれ、井上社の絵馬拝観がゆるされる。一昨年、昨年、今年と三枚の絵馬があり、その馬の姿で、農事をうらなう。この日、大師の霊場をめぐる風習があり、三弘法詣は、東寺、仁和寺、神光院をめぐること、御室詣は、仁和寺八十八か所を詣でることである。神護寺はこの日だけ女人禁制をとき、大師堂への参詣をゆるしたので高雄山女詣ということばがある。〈本意〉弘法大師信仰のあらわれの一つで、その忌日に遺徳をしのぶ行事である。とりわけ、東寺がにぎわい、市が有名であった。

御影供やさらぬ小寺の花も見る　松瀬　青々
師の法衣着て代参や正御影供　森　白象
＊御影供や一子を僧にせん願ひ　三星　山彦
蔀みな開かれてあり花御影供　内海　世潮
御影供や花の浄土に吾も座し　内海　弘喜
御影供やいまも亡びぬいろは歌　近藤　一鴻
夢に見えたまへるままを御影供かな　横山　蜃楼
御影供や信心深き弟子大工　片桐　梧桐
としへにいろは歌あり空海忌　兼田　英太
得度して御影供の輿を舁きにけり　田中　暁波

## 聖霊会《しやうりやうゑ》　太子会　太子忌　貝の華

聖徳太子が創建された奈良、法隆寺、大阪、四天王寺で、太子の御正忌（陰暦二月二十二日）に法会をおこなう。法隆寺では三月二十二日から二十四日まで、四天王寺では四月二十二日である。四天王寺のものがとくに有名で、太子像を安置する鳳輦をかつぐ行列と、玉輿を奉ずる行列が入堂、法要と舞楽をおこなう。舞楽の舞台には紅色の大曼珠沙華を立て、木の燕をつるす。曼珠沙華の心棒には、信貴山の苔をつけ、住の江の浜の貝がらをつける。これを貝の華と呼ぶ。京都の広隆寺でも太子の正忌に太子会の法会がおこなわれてきたが、いまは八月二十二日となった。
〈本意〉聖徳太子の遺徳をしのぶ法会で、四天王寺のものが代表的である。とりわけ、舞楽二十五番が、古式をとどめ、すぐれたものである。

花になく燕来たり貝の華　松瀬　青々
＊聖霊会あまたの亀も浮き出でて　土田　春秋
難波津の貝の白妙聖霊会　中村　子瓶
瑞鳥の餅花たるゝ聖霊会　鷹野　清子
群れ人と信に生きめや貝の華　高野和山人
内陣の供物はなやぐ聖霊会　岡本まち子

## 開帳《かいちやう》　出開帳　居開帳　開龕　開帳寺

春、三、四月頃、秘仏を直接信徒らに拝観させることである。厨子をひらくが、毎年のところもあり、七年目、三十三年目、六十年目のところもある。本所の回向院では、上方の秘仏が開帳され、開帳寺として有名であった。このように他の土地に秘仏を移して拝観させることを出開帳という。この頃ではデパートでも開帳されることがある。〈本意〉秘仏を一定の時期に信徒に拝ませるわけで、春から初夏にかけての気候のよい時が選ばれている。

*開帳や大きな頬の観世音　阿波野青畝
千手見せ給はぬ恨み御開帳　森田　峠
炎上をまぬがれたまひ出開帳　清原　枴童
開帳や港と共に古りし寺　洞外　道子
下萌のいたくふまれて御開帳　芝　不器男
出開帳衆僧綺羅をかざりけり　山口一舞子
村の子の面輪似通ふ開帳寺　大野世思子
開帳を晴れがましとて御ン目伏せ　宮下　翠舟
開帳や蒙古の廟の観喜天　三溝　沙美
開帳や秘仏の肩のうすぼこり　有馬くに女
開帳やけふの命のありがたく　同
開帳といふも閻王塵被り　園田　弥生

## 遍路《へんろ》

四国八十八か所の札所を巡礼すること。またその人をもいう。阿波に二十三、土佐に十六、伊予に二十六、讃岐に二十三あって、弘法大師が巡錫した寺である。行程は三百里あまり、四十日ほどかかる。四月を中心に三月から五月にかけてさかんである。老若男女が白装束で、納札箱をかけ、菅笠、金剛杖、数珠、鈴を身につけて徒歩でめぐる。笠には同行二人と書く。札所では本堂と大師堂に納め札をし、宝印、納経印を白衣におしてもらう。宿泊は善根宿という無料宿泊所で、米、銭などの施行を受け、茶菓の接待を受ける。南無大師遍照金剛と唱える声や御詠歌がきこえると、四国の春はたけなわになり、菜の花やげんげが咲き、青麦が目にしみる。昔は遍路の経験が嫁入りの条件にもなり、信仰の行為であったが、この頃では行楽的なお遍路もあるようである。全行程が長いので、一国だけを巡る一国巡り、小豆島などの八十八か所を巡る島四国などもおこなわれ、秩父や坂東、江戸、京都の三十三か所巡りもある。四国八十八か所の寺のうち十の寺で遍路の納めた札を高浜沖に流すのがお札流しで、陰暦三月二十八日である。四国遍路、四国巡り、お四国、遍路笠、遍路杖、遍路道、遍路宿などとも使われる。〈本意〉笠に書く「同行二人」は弘法大師と連れ立ってという意味で、大師信仰のこころから生まれた信仰行だった。死んだ肉親の菩提を祈るため、後生を祈るためなど、遍路に出る発心には胸をうたれるものがある。そうしたこころの深くひそむ春の巡礼である。

黒潮の下の径ゆく遍路かな　中島　月笠
道のべに阿波の遍路の墓あはれ　高浜　虚子
塩田を雲とへだてゝ遍路ゆく　阿波野青畝
*お遍路の美しければあはれなり　高浜　年尾
辿りゆく尾越の風の遍路かな　五十崎古郷
かなしみはしんじつ白し夕遍路　野見山朱鳥
遍路病む枕頭金剛杖一本　岡部六弥太
へんろ宿あの世の父母の宿のごと　大野　林火
病遍路大師と共に歩きをり　山口波津女
子遍路のわらぢが可憐躓くな　佐野まもる
お遍路はおぼろの国の果に寝ん　鈴木　鵬于
三界に家なきをんなへんろかな　安藤　赤舟

## 仏生会《ぶつしやうゑ》　灌仏会　降誕会　誕生会　浴仏会

釈迦の誕生日とされる四月八日に諸寺院でおこなわれる法会のことだが、とくに灌仏が代表的な行事で、灌仏会、浴仏節（浴仏会）などともいわれる。花祭ともいうが、山門内や本堂入口などに花御堂がつくられ、その中に右手で天を指し左手で地を指して童形裸身の釈迦像が立つ。この像に参拝の女や子どもたちが甘茶をかける。奈良朝の頃からさかんになり、宮中行事にもなった。釈尊降誕会、仏誕会、浴化斎、浴仏、お灌仏、誕生仏、竜華会など、さまざまな異称がある。

〈本意〉釈迦はルンビニ公園の無憂樹の花の下で、母マヤ皇后の右脇から誕生すると、七歩あるき、天地を指し、天上天下唯我独尊ととなえる。すると、天の神々が降り、釈迦を香水で洗い、また八大竜王が甘露の雨を降らしたという。これにちなんで灌仏がおこなわれるのである。

灌仏や桐咲くそらに母夫人　泉　鏡花
仏生会くぬぎは花を懸けつらね　石田　波郷
*ぬかづけばわれも善女や仏生会　杉田　久女
灌仏のうすら日喜怒の面を売る　野沢　節子
誕生仏百禽鳴いて厨子をいづ　水原秋桜子
灌仏会暮れても街に身を置きて　大島四月草
灌仏やふぐり包みて佇ちたまふ　阿波野青畝
みづうみのこまかきひかり仏生会　鷲谷七菜子
仏母たりとも女人は悲し灌仏会　橋本多佳子
仏生会鎌倉のそら人歩く　川崎　展宏

## 花祭《はなまつり》

四月八日、仏生会の日に寺院などでおこなわれる釈迦の降誕祭である。浄土宗でこの名が用いられ、それが各宗にひろまったもの。華やかな行事で、稚児行列、舞踊、合唱もある。四天王寺の花祭がとくに盛大で、仏教各派合同でおこなわれる。灌仏釈迦像や白象をめぐって群衆があつまる。太平洋戦争前には日比谷公園でもにぎやかにおこなわれた。〈本意〉仏生会を近代化したもので、釈迦の誕生を多くの人に喜んでもらうための寺院の演出といえよう。神道にもこの名があるが、別種のものである。花祭の花は、桜の頃ではあるが、桜より躑躅や卯の花などの花を指している。

*わらべらに天かゞやきて花祭　飯田　蛇笏
陸橋の没日巨きな花祭　石原　舟月
花祭薄く削がれて女の咳　楠本　憲吉
裏山へ帰る子のあり花祭　小川　鴻翔
象の綱伸びてすすめり花祭　村尾　公羽
象の鼻少し不出来や花祭　相原　雨稲
僧もする稚児の化粧や花祭　石田雨圃子
行列の巨象は白し花まつり　西田　穂村
花まつりはてし落花にさまよひぬ　百合山羽公
花まつり印度の大使ひざまづく　川越　酔山

## 花御堂《はなみだう》　花の塔　花亭

釈迦がルンビニ公園の無憂樹の花の下で、マヤ夫人の右脇から生まれたことにちなみ、公園をかたどった花御堂を仏生会のために作る。夫人が花を摘もうとしたとき釈迦が生まれたというので、四本柱の堂に、美しい花々で屋根をふく。山門や本堂の入口にこの御堂を安置し、その中に浴仏盆をおく。盆には甘茶を入れ、中央に誕生仏をまつる。誕生仏は金銅でつくり、右手が天を左手が地を指す半裸体の釈迦像で、参詣者は竹のひしゃくでこの像の頭上から甘茶を注ぐ。〈本意〉釈迦誕生の場面を再現して、遺徳をたたえる御堂で、百花の咲く時期にふさわしいものである。

雪山はうしろに聳ゆ花御堂　石井　露月
尼寺の畳の上の花御堂　松本たかし
首のなき地蔵の列果て花御堂　中村草田男
居残りて花の御堂をつくりをり　中川　宋淵
*門前にあをあをと海花御堂　高野　素十
灯ともるは海女つどふなる花御堂　長谷川久代
寺町に尼寺一つ花御堂　松本たかし
菜の花の色こそ濃けれ花御堂　松藤　夏山

## 甘茶《あまちゃ》　五香水　五色水　仏の産湯　甘茶仏　甘茶寺

四月八日、花祭に、花御堂の釈迦誕生像にひしゃくで甘茶をかける。甘茶は、木甘茶の葉と甘《かん》草《ぞう》の根をせんじたもので、すこぶる甘い。これは釈迦誕生のとき八大竜王が甘露の雨を降らせて産湯としたという故事にちなむ。甘露が甘茶に転じたわけであるが、本来は香湯であるべきで、はじめは、宮中や諸寺で、香料をたくさん用いた香湯をかけていた。鎌倉時代には五種香が用いられるようになり、五つの色の香水を鉢に入れておき灌仏した。五香水、五色水という。甘茶を飲むと功徳があるというので、青竹の筒や土瓶、徳利などを持って寺に参詣し、もらいうけてくる人も多い。〈本意〉釈尊誕生の故事から使われるようになったもの。さまざまな香料を用いた香湯のかわりのもので、どこか郷愁につながるなつかしいことばである。

和尚云ふ甘茶貰ひにまた来たか　高浜　虚子
*杓のもと小さくかなしや甘茶仏　松本たかし
ゆれ合へる甘茶の杓をとりにけり　高野　素十
甘茶仏幾世経にけむ減り給ふ　山口　青邨
地を指せる御手より甘茶おちにけり　中村草田男
甘茶仏すこしまがりて立ち給ふ　池内たけし
末法の甘茶を灌《そそ》ぎたてまつる　日野　草城
甘茶仏男のしるしをさなくて　草村　素子
甘茶仏杓にぎはしくこけたまふ　川端　茅舎
狂女の手甘茶そそぎてきりもなし　長屋秋蟬洞

# 吉野の花会式《よしののはなゑしき》

吉野の会式　花会式　鬼踊　餅配《くばり》

四月十一日、十二日におこなわれる吉野の金峯山寺の法会。桜の花を本尊にささげ、法華経千部を修する。竹林院より大衆が大名行列を組んで蔵王堂にむかい、稚児行列がつづく。花のもと蔵王堂で鬼踊がはじまる。山を開いた役の行者は鬼を済度したというが、この踊りは仏にたいする鬼の感謝の気持をあらわす。鬼はまた悪魔をはらう踊りもする。本来の法華懺法に花が加わり、花の会式となったもの。桜は蔵王権現の神木であり、桓武天皇の病気治癒の祈禱をした法塔院高算上人の功徳に、天皇が謝し、諸国に一畝一穂の寄進をゆるされたことから、桜の花を権現にささげ、寄進者を供養することになった。この花供《はなく》懺法会《せんぼうえ》に餅まきがおこなわれる。これを餅配という。もとは二月一日におこなわれたが、いまは花会式にあわせておこなわれる。大阪の源光寺でついた鏡餅を平野の大念仏寺に供え、それを吉野の神人《じにん》が吉野にもちかえり、蔵王権現に供える。この鏡餅をつきなおし、二月一日、権現はじめ吉野満山に供え、おさがりの餅を蔵王堂の前庭でまいて参詣者に配った。これが花会式にあわせておこなわれるようになったわけである。

〈本意〉本来は法会だが、役の行者の故事にちなむ鬼踊が主力になり、折から花の満開の季節であることもあって、花に踊り狂う行事のようになった。

*花会式かへりは国栖へ宿らんか　原　石鼎
ししむらの皺む鬼出づ花会式　能村登四郎
花会式村びとすこしつどひたる　水原秋桜子
花会式花散る昼夜わかたずに　金子無患子
餅ひろて桜の妻木もやしけり　松瀬　青々
花の会式の残り護摩の焔旅に暮る　野沢　節子
花会式造花にいのちありて褪せ　橋本多佳子
仏身にさだかな木目花会式　河合佳代子

## 御身拭《おみぬぐひ》

四月十九日、京都嵯峨清涼寺で本尊の栴檀瑞像釈迦牟尼仏をぬぐう法要で、香湯に浸した白布数十反を用いる。水は苔寺の清水である。住職が侍僧二名と全身をきよめ仏壇にのぼり牛の華鬘をかけて仏身をぬぐう。この間引声《いんぜい》念仏がおこなわれる。使われた白布は信者がもらい受け、経帷子や巡礼の白衣とする。本尊は釈迦三十七歳の姿を刻んだものといわれ、天竺、唐を経て渡来したものという。〈本意〉安嘉門院は母が牛にうまれかわって材木を引いているというお告げを受けて苦しんだが、その牛が三月十九日に死んだとき、本尊を拭って栴檀の香をうつした布で牛をつつみ火葬にするとたちまち浄土にうまれかわったという縁起があり、この日に御身拭をする法要がうまれた。牛の額の皮は華鬘となり、胴の皮は太鼓の皮となって、清涼寺に奉納されたが、住職はその華鬘を身につけるわけである。

この村の牛は人なり御身拭　高浜　虚子
お身拭末世の塵のかく多し　園田　二狼
*食うて寝て牛になりけり御身拭　同
御身拭跪座百僧の青つむり　大橋　宵火
御身拭春風たへに堂の内　松瀬　青々
香なびく外陣内陣御身拭　大橋とも江
うす〳〵と光らせ給ひお身拭　田中　王城
唱名の沸きたつ中に御身拭　村田　橙重

## 鞍馬の花供養《くらまのはなくやう》　花供養　鞍馬花会式　花供懺法《はなくせんぼふ》

四月十八日から二十二日まで、京都市左京区の鞍馬寺でおこなわれる花供懺法会のこと。仏前に花を供えて読経するが、山伏姿の稚児行列、稚児の練供養、信者講中の舞囃子、謡曲、狂言、茶事、生花などがおこなわれてにぎやかである。寺では造花の桜を参詣者にわかち、参詣者はそれをかざして帰る。〈本意〉謡曲「鞍馬天狗」に、「花咲かば告げんといひし山里の使は来たり馬に鞍、鞍馬の山は雲珠《うず》桜、手折栞をしるべにて」とうたわれた老桜がもと寺の本堂の前にあり、これを手折りかざして帰ったものだが、昭和二十年、本堂とともに焼失した。今は別の桜が植えられている。雲珠上人の植えた桜とも、鞦《しりがい》に立てる雲珠に花が似ている桜ともいわれた名桜だった。花どきにふさわしい法会である。

うづざくら一嵐して花供養　高浜　虚子
つきかはる鐘のひゞきや花供養　百合山羽公
雲しろむけふこのごろの花供養　飯田　蛇笏
花供養はじまる前の風雨かな　石井　泊月
*母の背の稚児山伏や花供養　内藤　十夜
たちつけの女もまじり花供養　田畑　茂

## 御忌《ぎよき》　法然忌　円光忌　御忌詣　御忌参　御忌の寺　御忌の鐘

四月十九日から二十五日まで浄土宗の寺でおこなわれる法然上人の忌日法要である。法然上人は、建暦二年一月二十五日知恩院で没した。そのため、もとは一月十九日から二十五日までおこなわれていたが、明治十年から現在の期間に改められた。中心になるのは、浄土宗総本山の京都東山知恩院で、大変なにぎわいになる。御忌とよばれるのは、「孟春の月に逢はば……一七昼夜法然上人の御忌を修す」べしという後柏原天皇の勅命が知恩院に与えられたためで、さまざまな特殊の法儀がおこなわれる。四月十八日の夜阿弥陀経をよみ行道することを経の紐解という。京都では、むかし行楽のはじめとして、弁当をもち、はでな衣裳で参詣したので、弁当始、衣裳くらべといった。これが毎年の流行をきめ、御忌小袖の名となった。知恩院が中心だが、東京芝の増上寺、鳥羽安楽寿院、粟生光明寺、永観堂禅林寺などの御忌も盛大である。〈本意〉法然上人は円光大師の諱をおくられたが、その報恩のための法要で、もと一月におこなわれていたが、四月にかわってから、季感がかわってしまった。「御忌の鐘ひびくや谷の氷まで」（蕪村）の句は、一月の季につくられた感覚である。

西山によき日沈みぬ御忌詣　高浜　虚子
百姓の木綿たふとぶ法然忌　榎本冬一郎
すなどりの手に数珠かけて御忌詣　野島無量子
御忌の僧畳に杖を運ばるゝ　田畑　比古
松風に紅裏かへせ御忌詣　松瀬　青々
燈台の仮仏壇も御忌支度　岡本無漏子
冷々と畳広さよ御忌の鐘　清原　枴童
*居睡りもよしと法然上人忌　川崎　展宏

## 壬生念仏《みぶねんぶつ》　壬生祭　壬生狂言　壬生踊　壬生の鉦　壬生の面

四月二十一日から三十日まで、京都市中京区の壬生寺でおこなわれる大念仏会で、むかしは陰暦三月十四日から十日間おこなわれた。鎮花法会である。このとき、壬生狂言という無言の仮面劇がおこなわれる。境内の大念仏堂で、「炮烙割」の狂言をはじめとして、三十番ほどの狂言が演ぜられる。炮烙割は、節分の日に厄除けのため参詣者が名前を記して奉納した炮烙を狂言堂の腰板に積み上げ、下におとして割るものである。「湯立」「棒振」の二曲のほかは狂言はすべて無言で、がんでんという単調な鰐口、締太鼓、横笛のはやしにのってのびやかに手足を動かす。〈本意〉本来は法会だが、今日では壬生狂言のほうがよく知られる。壬生寺中興の祖、円覚上人が、疫病退散の鎮花法会をおこない、大念仏を修したのがはじまりで、念仏の本意を伝えるために考案されたのが壬生狂言であった。猿楽などをとりいれ、いまは、洗練された宗教的仮面劇となっている。

舞台暫し空しくありぬ壬生念仏　高浜　虚子
壬生念仏美しき子を肩車　同
＊鬼が出て泣く子笑ふ子壬生念仏　中田　余瓶
面の下咽喉笛太し壬生念仏　鈴鹿野風呂
壬生念仏女に太きのどぼとけ　中井　大夢
壬生狂言淫らなことをちとしたり　細川　加賀
身振りをば手振りで返し壬生踊　奥野曼荼羅
壬生狂言老婆くつくと笑ひけり　八木林之助
壬生狂言笑うてあはれのこりけり　成瀬桜桃子
壬生狂言亡者抜かるる布の舌　川井　玉枝
青鬼の皺だるむ腹壬生狂言　山田みづえ
糸車見えぬ糸繰る壬生狂言　長谷川佐和

## 鐘供養《かねくやう》

晩春のころ寺でおこなわれる梵鐘供養で、鐘の苦労をなぐさめるためのもの。名高いのは、四月二十七日、二十八日の和歌山県日高郡道成寺のもの、五月五日の東京南品川品川寺《ほんせんじ》のもの。道成寺のものは、安珍、清姫の日高川伝説でしられる。品川寺のものは、明治維新のとき海外へ持ち出された鐘が、昭和五年に返されたのを記念する行事である。〈本意〉撞木でつかれ、煩悩をはらい、時を知らせる鐘の苦労をなぐさめるための供養であり、練稚児が出たり、甘酒の接待があったりする。

＊座について供養の鐘を見上げけり　高浜　虚子
灘の風夕雲みだす鐘供養　宮島　水鷲
鐘供養逃げゆく男双手上げ　成瀬桜桃子
撞きあまるはずみの鐘の鐘供養　大橋　杣男

**峰入**《みねいり》　大峰入　入峰《にふぶ》　順の峰入　順の峰

大和の大峰山にのぼり参拝する修験道の行事で、春と秋の二回おこなわれた。修験道には本山派（天台系）と当山派（真言系）があり、本山派は四月から五月にかけて、熊野から大峰山葛城に出るコースをとった。これを春峰、順の峰入、順の峰といった。当山派は、七月から八月、九月にかけて、吉野、大峰をへて熊野に出るコースをとった。逆の峰入である。今はともに吉野から入る逆の峰入のコースを用いる。当山派は六月、本山派は七月におこなうようになった。〈本意〉山岳信仰のさかんであった頃にさかんにおこなわれた修験道の行事で、今はおとろえている。回峰の順路にはたくさんの行場宿所があり、険山難所つづきで、きびしい修行であった。

峰入や顔のあたりの山かつら　正岡　子規
大阪駅大峰行者突っ走る　山口　誓子
峰入や一夜吉野の花にいねし　松根東洋城
蕨はやほどろとなりぬお峰入　楠部　南崖
*倒れ木を越す大勢や順の峰　飯田　蛇笏
峰入の仕度ととのふ夏炉宿　恒川ひさを

**バレンタイン・デー**　バレンタインの日

二月十四日。この日は西暦二七〇年、ローマの司教、聖バレンタイン（ヴァレンチノ）の殉教した日だが、アメリカの習慣が入り、夫婦や恋人間でハート型のチョコレートなどを贈ることがおこなわれるようになった。女性から恋を打明けてよい日とされ、若い人々の間では、近来チョコレートの贈物がますますさかんになってきた。この日から鳥が交《さか》りはじめるという。〈本意〉本来聖者殉教の祝日（カトリック）だが、男女相愛の日となって、チョコレートの売行きのさかんな日にかわった。

空に光沢「愛の日」を妻《め》が干竿上ぐ　磯貝碧蹄館
バレンタインデーか中年は傷だらけ　稲垣きくの
バレンタインデー片減り靴を磨きあぐ　横山左和子
愛の日やコクトーの詩とチョコレート　富崎梨郷
紅茶熱しバレンタインの日と思う　金堂淑子
*老教師菓子受くバレンタインデー　村尾香苗
老夫婦映画へバレンタインの日　景山筍吉
乳牛の黒き眼バレンタインの峡　大峯あきら

## 御告祭《おつげさい》　聖母御告祭　聖母祭　告知祭　お告げの祝日　受胎告知日

三月二十五日である。大天使ガブリエルが聖母マリアにキリストの受胎を告知した日。謙譲の徳を祈り、マリアをたたえて、教会では祈りを捧げる。〈本意〉「ルカ福音書」によると、大天使ガブリエルがマリアに受胎を告知し、イエスと名づけるように伝える。マリアは、「私は主のはしためです。あなたのおことばどおりになりますように」と答えた。このマリアのイエス受胎を祝い、謙譲の徳をたたえるのである。

陶に似て窓のアルプス聖母祭　飯田蛇笏
*羽紅き受胎告知の大天使　景山筍吉
聖母祭のプリンやはらかし妻がつくり　成瀬桜桃子
聖母祭囚徒に壁画許されつ　伊東狩袴郎

## 受難節《じゆなんせつ》　受苦節　受難日　受難週

カトリックで、灰の水曜日から復活祭前日までの六週間半（日曜日をのぞく週日）を四旬節というが、その最後の二週間で、第五の日曜日から復活祭前日までである。キリストの受難と死去をしのぶ期間である。聖堂の中の十字架や聖像は紫の布でおおいかくされて、主の受難をかなしむ。新教では棕櫚の聖日以後の一週間を受難節、受難週という。〈本意〉苦しむキリストを記念し、その死を銘記する二週間で、キリスト教における一年でとりわけ重要な時期にあたる。

＊腰《こし》架《かけ》の角《かど》ならびたり受難節　阿波野青畝
覆はれし受難のイエス雪降れり　大野林火
受難節烙印負ひて砂利車　百合山羽公
黄塵に巷消えさり受難節　井沢正江
吊されて玉葱芽吹く受難週　中尾杏子
受難節薄暮の雪となりにけり　奥野すみ江
受難節今日の夕映鮮烈に　古賀まり子
烈風の島に鳩啼く受難節　龍田杏村

## 聖金曜日《せいきんえうび》　聖金曜　受難日　グッド・フライデー　用意日の金曜

カトリックでは、復活祭直前の棕櫚の日曜日から一週間を聖週間というが、その週間の金曜日で、キリストの受難と十字架上の死を記念する。聖堂では悲しみをあらわして、祭壇にろうそくをともさず、装飾も花ものぞかれる。鐘、鈴も用いられず、十字架は紫布でおおい、祭服は黒を着る。ミサはおこなわれず、予備聖体のミサをおこなう。新教では受難日と呼び、説教、祈禱がおこなわれる。ユダヤ教典礼では、逾越祭《バスカ》の用意をする日として、用意日の金曜と呼ばれた。〈本意〉キリストは十字架上で兵士の投槍につけた海綿の酢をのみ、「すべてはなしとげられた」と言って、息絶える。午後三時頃のこと。その受難と死を人類のための愛の犠牲として記念するのである。

薔薇よりも青年匂う聖金曜日　楠本憲吉
粥栄えて聖金曜日暮れにけり　羽田貞雄
受難日の烈風蝌蚪の水昏し　小林黒石礁
＊秘そと断つ聖金曜の昼の食　景山筍吉

聖金曜日かすむ浅間の裾かぐろく　後藤　一朗

聖金曜のオルガン低し辛夷の芽　古賀まり子

## 復活祭《ふっくゎつさい》

イースター　昇天祭　聖週間　染卵　彩卵

カトリックで、キリストが死後三日目に復活昇天したことを記念する日。クリスマスと並ぶ二大祝日。移動祝日で毎年、日がかわり、春分の後の最初の満月の後の第一日曜日で、三月二十二日より四月二十五日までの間の日曜日にあたる。聖土曜日から聖霊降臨後の土曜日までを復活節という。ただし新教では復活祭後一週間をいう。もとは旧約の逾越祭にもとづくもので、神がエジプトで奴隷の境遇にあったイスラエルの人々を救われたことへの感謝の祭だった。その意義がキリストの受難、復活で成就されたものとキリスト教では考えるのである。信者にとっては最高の歓喜の日で、たえずアレルヤととなえられる。授洗日にもなっている。パン、肉、卵などが祝せられ、斎節が終った喜びをもって人手にわたる。色卵、染卵が復活の象徴として飾られる。イースター・リリーは、祭壇に飾られる白百合で、聖母をあらわす。またイースター・カードの交換もおこなわれる。〈本意〉キリストの復活は、その神性の証明であり、キリスト信仰の基盤であるので、信者たちの最高の歓喜となる日である。

心の灯点きて瞬けり染卵　原　月舟

虻をのがれず復活祭の花抱え　平畑　静塔

百穴に百の顔ありて復活祭　西東　三鬼

*素手のまづしさ復活祭の卵つかむ　同

仰向き歩みつ髪結ふ乙女復活祭　中村草田男

粧ひて婢が休み乞ふ復活祭　下村ひろし

継目なき神父のカラー復活祭　加藤かけい

復活祭手摺れ聖書に夫の文字　及川　貞

なにがなし善きこと言はな復活祭　野沢　節子　　かさなつて仔犬ねむれり復活祭　三島　隆英
三女また修女を希ひ復活祭　景山　筍吉　　受洗子の眼もみどりなる復活祭　松林　露橋

## 西行忌《さいぎやうき》　円位忌　山家忌

陰暦二月十五日。宗祇や芭蕉の敬慕した歌僧西行上人の忌日。「願はくば花の下にて春死なむそのきさらぎの望月の頃」という西行の歌は、釈迦入寂の陰暦二月十五日頃に死にたいというかれの念願をうたったものだが、建久元年二月十六日、河内の弘川寺で没したことから、西行崇敬の念が国中にひろがった。享年七十三歳であった。俵藤太や奥州の藤原氏につながる武家の名門にうまれ、佐藤義清という名前が俗名である。鳥羽上皇の北面の武士となったが、二十三歳で出家する。やんごとなき女性への恋慕のためといわれるが、妻子を捨てて、回国聖のような生活に入った。高野山に二十年暮らし、厳島、四国、陸奥などを旅した。東大寺再建の砂金勧進のため平泉に赴いたこともある。頼朝に弓馬の道を語り、引出物の銀の猫を門前の子供に与えて去るなどの逸話が多い。『千載集』に十八首、『新古今集』に九十四首の歌が採られ、中世を代表する歌人であった。家集を『山家集』といい、円位と号した。〈本意〉すぐれた歌人西行への敬慕の気持。

栞して山家集あり西行忌　高浜　虚子　　*はるかより鷗の女《め》ごゑ西行忌　森　澄雄
草の門ひらかれあるは西行忌　水原秋桜子　　花あれば西行の日とおもふべし　角川　源義
ひとりゐて軒端の雨や西行忌　山口　青邨　　西行忌日本の手紙待たずなりぬ　小池　文子
西行忌我に出家の意《こころ》なし　松本たかし　　口で紐解けば日暮や西行忌　藤田　湘子

## 利休忌《りきうき》　宗易忌　利久忌　与四郎忌

陰暦二月二十八日は千ノ宗易利休居士の忌日である。利休は通称田中与四郎といい、堺の人。紹鷗に茶を学び、茶の湯を大成して茶道とした。信長、秀吉に仕えたが、天正十九年秀吉に死を賜り、自刃した。七十歳だった。千家は表千家、裏千家とわかれ、利休の子孫がこれをつぐが、表千家家元不審庵は三月二十七日、裏千家家元今日庵が二十八日に忌を修する。場所は、利休の墓のある大徳寺聚光院で、追善の茶会がおこなわれる。その際、菜種の花がそなえられる。利休の白刃の日に菜種の花が飾られていたからだともいわれる。〈本意〉茶道を大成し、千家をおこした利休の忌日。始祖への尊崇の念のこもる茶会がある。利休は、現世の王者たる秀吉に対抗する精神の王者であった。

利休忌の山内松と侘助と　皆吉　爽雨
強情の千の利久の忌なりけり　相生垣瓜人
*利休忌の石の膚えの冷たさよ　石橋　秀野
山椿さはに見たりき利休の忌　森　澄雄

## 其角忌《きかくき》　晋子忌《しんしき》　晋翁忌

芭蕉の弟子其角の忌日。其角は宝永四年二月晦日、四十七歳で没した。陰暦二月三十日（一説に二十九日）が忌日とされる。陽暦三月三十日に修される。其角は榎本氏、のち宝井氏、晋子、渉川などと号した。江戸生まれで、延宝初年芭蕉に師事。芭蕉の最初期の弟子である。『虚栗《みなしぐり》』を編み、これは初期蕉門の代表的収穫になった。儒、医、詩、書、画、禅を学び、医を業としたが、豪放濶達、伊達風流で名高く、江戸座俳諧をおこした。芝二本榎の上行寺に葬られたが、上行寺はいまは神奈川県伊勢原市に移っている。〈本意〉伊達で豪放、才気あふれる其角への追慕のこころ。

其角忌や立並ぶべき花もなし　松瀬　青々
其角忌や燕出そめし芝の浦　増田　龍雨
其角忌やこの橋詰も靴磨き　菅　裸馬
其角忌やあらむつかしの古俳諧　加藤　霞村
其角忌の夜となれば夜の遊びかな　長谷川春草
＊其角忌や西相模野の紅梅花　石原　八束

## 梅若忌《うめわかき》　梅若祭　木母寺《もくぼじ》大念仏　梅若参　梅若の涙雨

陰暦三月十五日、今は四月十五日に、隅田川のほとりの天台宗木母寺でおこなわれる。謡曲「隅田川」で名高い梅若丸の忌である。梅若丸は京都の吉田の少将の子で、誘拐されて、奥羽にくだる途中、隅田川のほとりで病死する。翌年、同日に、梅若丸をさがして狂女となった母がこの地にやってきて、渡し守からこの話をきき、塚にいって大念仏に加わり、梅若丸の霊に会うという話である。この日降る雨を梅若の涙雨という。宮城県では、この日を梅若さま、梅若ゴトといって、コトのもちをささ竹にさし門口に立て、病気をさけるまじないとした。梅若丸は美しい稚児として、いろいろに変貌してゆく。〈本意〉あわれな梅若丸の霊をなぐさめる忌日だが、典型的な説話の発端となって、各地にさまざまな物語や風習を生んだ。

鉦たたく盲の父や梅若忌　高野　素十
＊夕空の水より淡く梅若忌　藤内　しづ
梅若忌とて渡りけり隅田川　野村　久雄
梅若忌残りし母のわれなれば　長谷川久代
よこがほの朧に過ぎし梅若忌　鷲谷七菜子
仕る子方あはれに梅若忌　中　火臣

**人麿忌**《ひとまろき》　人丸忌　人丸祭　人丸供

陰暦三月十八日とされている。人麿は『万葉集』の代表歌人柿本人麿、歌聖といわれた。かれの伝記はほとんど不明で、生没年もわからないが、『正徹物語』の説によって、この日を忌日とする。明石の柿本神社では、四月十五、十八、十九日と十二月一日に、島根県益田市鴨山の柿本神社では、四月十五日に例祭がおこなわれる。〈本意〉三月十八日は、小野小町や和泉式部の忌日でもあり、十八日は民俗的に大切な日であったらしい。春事の日でもあり観音の縁日でもあった。人麿の忌日がこの日に合わされたのである。

山の辺の赤人が好き人丸忌　高浜　虚子　　いはみのくにいまも遠しや人丸忌　山口　青邨
*人丸忌わが俳諧をもて修す　富安　風生　　人麿とつたへし像をまつりけり　水原秋桜子
人丸忌歌を読むにはあらねども　大橋越央子　　人麿忌野に立つ我もかぎろふか　大庭　雄三

**蓮如忌**《れんによき》　中宗会《ちゆうそゑ》　吉崎詣

蓮如上人の忌日で、三月二十五日。上人は浄土真宗中興の祖で（八代法主）、慧燈大師。明応八年（一四九九）同日、山科御坊で示寂。八十五歳だった。東本願寺では、三月二十四日、二十五日、西本願寺では、五月十三日、十四日に法要がいとなまれる。蓮如の布教の中心であった福井県吉崎御坊の吉崎詣が名高い。〈本意〉浄土真宗で、宗祖とならび尊崇される蓮如上人の忌日で、盛大である。

*蓮如忌やをさな覚への御文章　富安　風生　　なつかしき鐘の蓮如忌曇りかな　大谷　句仏

蓮如忌にゆく老の背を道照らす　西村　公鳳
蓮如忌や水上《みなかみ》はたゞ山ばかり　岩田　潔
蓮如忌や門徒一揆の子孫とや　成瀬　正一
御文章に沁む母の声蓮如の忌　松本　透水
蓮如忌の一枚夜空疾風なす　森　澄雄

## 茂吉忌《もきちき》

二月二十五日。歌人斎藤茂吉は昭和二十八年同日、七十歳で没した。かれは、明治十五年五月十四日、山形県南村山郡金瓶《かなかめ》村（現、上山市金瓶）に、守谷伝右衛門の子として生まれ、斎藤紀一の養子となった。青山脳病院院長となり、精神医学を専門とした。正岡子規に感銘、伊藤左千夫の弟子となり、アララギ派の中心となった。『赤光』『白き山』などの歌集がとくに知られ、歌論や万葉集研究でも知られる。文化勲章を受けた。五十六巻の全集がある。〈本意〉俳句界にも影響のあった茂吉の忌日。「実相に観入して自然自己一元の生を写す」というその写生論は、その作歌の根本態度であった。

荒金の煖炉かげろふ茂吉の死　平畑　静塔
みどり増す星や茂吉忌の前後　高橋　道人
*茂吉選にわが一首あり茂吉の忌　池上浩山人
茂吉忌の豆餅狐色に焼け　富田　直治
音立てゝ日輪燃ゆる茂吉の忌　相馬　遷子
茂吉忌や蝦夷に老いゆく吾思ふ　阿部　慧月

## 鳴雪忌《めいせつき》　老梅忌

二月二十日。内藤鳴雪は大正十五年（一九二六）同日、八十歳で没した。鳴雪は本名素行、老梅居と号した。弘化四年（一八四七）、江戸の松山藩邸で生まれ、松山で藩校明教館に学んだ松山藩士だが、維新後文部官吏になった。のち、旧松山藩主久松家の依頼で、旧藩子弟の寄宿舎常盤会の監督となるが、四十六歳のかれは舎生正岡子規の影響を受けて句作の道に入り、子規派（日本派）の重鎮となった。人格的に慕われ、慈父のように敬愛された。〈本意〉山羊髯をはやした温厚な人物像が鳴雪というと思いうかぶ。年少の子規に師事したことも鳴雪らしい。そうした人格的印象が焦点になる忌日である。

＊おほかたの故人空しや鳴雪忌　高浜　虚子
この道をふみもまどはず鳴雪忌　富安　風生
子規知らぬコカコーラ飲む鳴雪忌　秋元不死男
一握の米煮て足るや鳴雪忌　白川　京子
鳴雪忌二月一度も雪降らず　堀田　春子
恥しき貧乏髯や鳴雪忌　和佐田鈍刀

### 三鬼忌《さんきき》　三鬼の忌　西東忌

四月一日。俳人西東三鬼の忌日。三鬼の本名は斎藤敬直。明治三十三年（一九〇〇）岡山県津山市に生まれ、昭和三十七年（一九六二）同日神奈川県葉山町で死んだ。六十二歳であった。日本歯科医専卒業。シンガポールで歯科医院を開業、帰国後、昭和九年頃より新興俳句運動に参加、旗手といわれたが、昭和十五年俳句弾圧事件により検挙された。戦後山口誓子をもりたてて「天狼」を創刊。編集長として活躍。現代俳句協会、俳人協会の設立に貢献した。晩年に「断崖」を主宰。句集に『旗』『夜の桃』『今日』『変身』などがある。〈本意〉三鬼は句作のはじめから、新鮮で詩的な句を作り、次第に伝統性を消化していった。言葉の魔術師といわれ、複雑な陰翳をひそめたペーソスのある新鮮な人なつこい句風であった。

カラ〱のひとでを拾い三鬼亡し　沢木欣一
野遊びの遠い人影三鬼亡し　佐藤鬼房
＊三鬼忌のハイボール胃に鳴りて落つ　楠本憲吉
支那街に揺るる焼肉西東忌　秋元不死男
花便り聞き流す三鬼の忌なりけり　小林康治
三鬼忌のつひにしづかに吹くあらし　三橋敏雄

## 虚子忌《きよしき》　椿寿忌《ちんじゆき》

四月八日。高浜虚子の忌日。虚子は明治七年（一八七四）二月、伊予松山でうまれ、昭和三十四年（一九五九）、鎌倉で没した。八十四歳。伊予尋常中学在学中、級友の河東碧梧桐を介して正岡子規を知り、句作をはじめる。碧梧桐とならんで子規門の双璧となるが、はじめ文学に志があり、自分の後継者たれと望む子規の意に応えなかった。明治三十一年九月、松山の柳原極堂から「ホトトギス」を継承、子規没後一時は文学色を強めたが、大正二年俳壇に復帰、多くのすぐれた弟子を養成して、たちまち「ホトトギス」を日本全土に君臨する大俳誌とした。客観写生、花鳥諷詠を説いて、大正、昭和の俳壇に君臨した。昭和二十九年には文化勲章を受け、芸術院会員でもあった。小説、写生文にもすぐれた作品をのこした。〈本意〉晩年椿を愛したので椿寿忌ともいう。鎌倉寿福寺のやぐらに墓がある。近代俳句の基盤を作った巨匠で、伝統を尊重し、守旧的に、俳句の中軸を定めた。

墓前うらら弟子等高声虚子忌かな　山口青邨
葉裏葉表椿虚子忌に急ぐなり　殿村菟絲子
＊虚子忌たり椿に鵯のよく来る日　石田波郷
天に鞭すきとほりをる虚子忌かな　上野泰
冷えつゝも虚子忌とは暖かきもの　高木晴子
谷戸谷戸に残る椿や虚子忌来る　上村占魚

虚子の忌の椿はどれも虚子のもの　青葉三角草
若き頃嫌ひし虚子の忌なりけり　猪狩　哲郎

## 啄木忌《たくぼくき》

四月十三日。歌人石川啄木の忌日。啄木は本名石川一《はじめ》。明治十九年（一八八六）岩手県で生まれ、明治四十五年（一九一二）東京で没した。父は住職で、渋民村宝徳寺に移ったので、啄木はこの地で育ち、盛岡中学に学ぶ。中退して上京。病を得て帰郷し、教員、記者生活などをしながら、北海道、東京を放浪。病に苦しみながら、貧困のうちに死んだ。はじめ「明星」派の詩人として出発したが、短歌に集中、歌集『一握の砂』や『悲しき玩具』（死後刊行）を出して、愛誦された。口語的な新歌調のうちに、生活感情を新鮮素朴にうたいあげたもので、今もひろく読まれている。〈本意〉若き日に啄木のうたの幾つかに触れなかった人はいないだろう。その知的な抒情が印象にのこり、またその貧窮の生活も知られていて、訴えるところの多い忌日である。

*啄木忌いくたび職を替へてもや　安住　敦
何で癒やす疲れ啄木忌の曇天　佐藤　鬼房
靴裏に都会は固し啄木忌　秋元不死男
物書くは巣籠るに似て啄木忌　鷹羽　狩行
いつ消えしわが手のたばこ啄木忌　木下　夕爾
仇名だけ記憶の師なり啄木忌　阿片　瓢郎

## 釈奠《せきてん》

おきまつり　釈菜　孔子祭　聖廟忌

陰暦二月・八月の上の丁《ひのと》の日におこなわれた孔子とその弟子の祭である。釈も奠も置くという意味で、供物をささげ祭ることである。後漢の明帝以後おこなわれる。牛羊などの代りに植物（うきくさ、しろよもぎなど）を供えるので、釈菜ともいう。日本では文武天皇以来大学寮でおこなわれた。室町時代以後すたれ、江戸時代には、佐賀県多久市の孔子廟だけでおこなわれるにいたったが、幕府は、これに刺戟され、昌平黌でおこなうようにした。これも維新後には廃された。その後湯島聖堂でおこなわれているが盛んではない。しかし、多久の釈奠は古式を守って、四月十日、十月十四日におこなわれている。孔子と十哲の画像の前で祭文を読み、献詩を朗唱し、奏楽、礼拝をおこなう。〈本意〉孔子とその弟子を祭る古い行事で、儒教尊崇とかかわりがあるもの。今は古式伝承の行事にすぎない。

*釈奠や厳かに師の曰く　伊藤　松宇

釈奠や誰が註古りし手沢本　日野　草城

おきまつり紫衣の楽士の頰の老い　荒牧　澄子

少年等老木を攀ぢおきまつり　富安　風生

おきまつり夕日を桑の中におき　草津　平

石刷の軸多く掛けおき祭　池上浩山人

# 動物

## 春駒《はるごま》　春の馬　若駒　春の駒

春になってうまやを出て、光の中、野に遊ぶ馬は、いかにも嬉しそうである。駒は、馬の総称でもあり、若い馬や馬の子をも指すので、春にうまれた仔馬のイメージもうかぶ。雪国では、春、馬を野に出すことは、紫外線や春草の不足から弱っていた馬を回復させるために大切なことである。〈本意〉春光のもと野に遊び若草を食う馬、とりわけ若駒は、いかにも春らしく潑剌としている。

若駒の親にすがれる大き眼よ　原　石鼎

春の駒東風にあらがうごと歩む　皆川　盤水

*春駒の胸の下なる膝やすまず　中村草田男

若駒の野に出て敏き瞳となりぬ　桜庭　梵子

面あげて風の春駒磯いそぐ　岸田　稚魚

光炎に包まれすぎぬ春の馬　水内　鬼灯

## 馬の仔《うまのこ》　仔馬　馬の子生る　孕馬

馬の妊娠期間は約十一か月で、三、四月ごろに子を産む。十分に発育して生まれ、産みおとされるとまもなく立ち上って乳ぶさをもとめ、四、五時間で母馬について歩きまわる。離乳は生後

五、六か月で、この頃、うぶ毛が抜けて親と同じ毛にはえかわる。〈本意〉春、母馬について歩きまわる仔馬を見るのは楽しい。目も耳も発育していて、あどけなく、母馬に甘えたりする。

親馬は梳らるる仔馬跳び　高野素十
北の日蝕毬に仔馬に野の弾力　北　光星
二度呼べばかなしき目をす馬の子は　加藤楸邨
*いま生れて土筆のごとき馬の脚　森田　博
孕馬水の迅速音もなし　飯田龍太
いつも親のどこかに仔馬馬柵古び　渡辺　均
馬の仔に母馬が目で力貸す　木附沢麦青
乳のめる仔馬の首のよぢれをり　青葉三角草

## 春の鹿《はるのしか》

鹿の雄の角は春に落ちる。雌は秋に妊娠し五月から七月ごろに出産するので、春にはやつれ、脱毛し、きたない。雄も脱毛する上、落ちた角のあとの袋角が敏感で、何かに触れるのをいやがり離群する。〈本意〉美しい秋の鹿とくらべてきたなく哀れなものが春の鹿である。

*春鹿の眉ある如く人を見し　原　石鼎
松風に耳欹つる春の鹿　清原枴童
春鹿の眼のつやつやとみごもれる　森川暁水
杉闇に瞳光りぬ春の鹿　筒井盧仏

## 孕鹿《はらみじか》

鹿は十月から十一月、おそくは十二月に交尾する。妊娠期間は七、八か月なので、五月から七月ごろに出産する。したがって、春には妊娠しているのがわかり、脱毛期とかさなって、哀れな姿に見える。動作もにぶく、大儀そうになる。〈本意〉秋の鹿は交尾期で活潑でしきりに鳴くが、春の鹿は妊娠期にあり、哀れである。出産は普通一匹である。

孕鹿とぼ〳〵雨にぬれてゆく　高浜　虚子　　雲割れて日差すや起てる孕鹿　秋元不死男
孕み鹿小さなる顔をもちにけり　松根東洋城　＊孕鹿いたはり合へり馬酔木かげ　石井　桐陰
尾を振って追はれ歩きぬ孕鹿　原　石鼎　　孕鹿前脚投げて寝そべるも　山本　蛍村

## 落し角《おとしづの》　鹿の角落つ　忘れ角

鹿の角は四月頃に落ちる。角の落ちたあとには角座という突起がのこり、この先端が角の芽となる。血管が充満し、柔らかい毛で包まれたもので、袋角という。この成長は早く、八月ごろには完成した角となる。角は年々大きくなり枝が多くなる。角が落ちると、鹿は気力をよわらせ、群れをはなれる。〈本意〉角の落ちた雄の鹿は、敏感で、気力がなく、どこかさびしげである。

角落ちし気の衰へや鹿の顔　石井　露月　　＊片角は落ち片角はまだ落ちず　渡部　風籟
鹿の角何にかけてや落したる　村上　鬼城　　夕月や角なき鹿のうづくまる　山田　三子

## 猫の恋《ねこのこひ》　猫の妻恋　恋猫　猫のさかり　猫さかる　うかれ猫

猫の交尾期は年に四回というが、早春の頃がもっともはげしい。雌猫は発情すると、落ちつかず、歩きまわり、後足で地面を蹴り、ころげまわって鳴く。その雌猫をしたって、雄猫が集まり、独特な赤ん坊のような声で鳴いて、求愛し、雄同士で争闘したりする。数日家をあけたあと、傷つき、やつれて帰ってくる。子を孕んだ猫は大儀そうにして、けわしい態度である。〈本意〉卑俗ではあるが、鹿の恋が雅かであるのにたいして、いかにも俳諧的な季題で、芭蕉も好んでうたった。おとなしい猫の狂ったような突然の発情に、おかしみがある。

おそろしや石垣崩す猫の恋　正岡子規
藤壺の猫梨壺に通ひけり　高浜虚子
*山国の暗すさまじや猫の恋　原石鼎
鏡台に男が座り猫の恋　富安風生
眠り薬利く夜利かぬ夜猫の恋　松本たかし
恋猫と語る女は憎むべし　西東三鬼
猫の恋声まねをれば切なくなる　加藤楸邨
恋猫の皿舐めてすぐ鳴きにゆく　同
恋猫の火の玉となり失せ去んぬ　石塚友二
老残の恋猫として啼けるかな　安住敦
恋猫に大きなドアを開けもする　中村汀女
恋猫の恋する猫で押し通す　永田耕衣
恋猫が屋根にゐるピアノを叩く　加倉井秋を
恋の猫眼の月光をもて争へり　加藤知世子
吾が妻に身をする恋の猫怖ろし　しかい良通
恋ざめし猫の毛なみのざらざらす　和田不一

## 猫の子《ねこのこ》

子猫　今年猫　猫の親　親猫　孕猫　子持猫　猫の産

猫はいつでも子を産むが、春がもっとも多い。妊娠期間は約二か月で、四匹から六匹を産む。生まれた子猫は目や耳がまだ閉じていて、十日ほどでひらく。三週間ぐらいで離乳しだし遊びはじめる。じゃれたりとびかかったりして攻撃と防御をおぼえ、四か月で独立する。〈本意〉猫の子は動物の子の中でもとりわけ愛くるしい。邪気のない遊びぶりはかわいいが、道ばたで鳴く捨てられた子猫、貰われてゆく子猫などは逆に哀れでもある。

拾ひたるよりの仔猫の物語　高浜虚子
*西もひがしもわからぬ猫の子なりけり　久保田万太郎
学問の胡坐の膝の子猫かな　日野草城
猫の仔の鳴く闇しかと踏み通る　中村草田男
わが仔猫神父の黒き裾にのる　平畑静塔
泣き虫の子猫を親にもどしけり　久保より江
黒猫の子のぞろぞろと月夜かな　飯田龍太
眼があいて捨つべき子猫なかりけり　岩田幸子

## 蛇穴を出づ《へびあなをいづ》　蛇穴を出る　蛇出づ

蛇は冬の間は多く数十匹から数百匹、かたまって冬眠するが、春になると穴を出て、それぞれの棲みかに散る。啓蟄の頃である。蛇は脱皮して食物をあさりはじめる。〈本意〉蛇の穴のあたりで、日光浴をしているのを見かけるが、いかにも春らしい。蛇も活動的になる。実際にある季題だが、どこか空想的な味のあるもの。

蛇穴を出て見れば周の天下なり　高浜　虚子
蛇いでてすぐに女人に会ひにけり　橋本多佳子
*蛇穴をいでて耕す日に新た　飯田　蛇笏
穴出づる蛇プロメテの火の舌を　藤野　基一
雲を見極め蛇がするりと穴を出し　納漠の夢
穴出でし蛇も緑ぞ化粧坂　今福　心太

## 亀鳴く《かめなく》　亀の看経《かんきん》

亀には声帯、鳴管、声嚢、その他の発声器官がないので、鳴くことはありえないが、かすかな声は出すという。それはともかく、これは想像上の季題で、「河越しのみちの長路の夕闇に何ぞと聞けば亀の鳴くなる」（『夫木和歌抄』為兼卿）などの歌を元にしたものらしい。〈本意〉春の夜など、何ともしれぬ声がきこえるのを、右の古歌などから、亀の声としたもので、架空だが、春の情意をつくしている。

亀鳴くや皆愚なる村のもの　高浜　虚子
*裏がへる亀思ふべし鳴けるなり　石川　桂郎
亀鳴くを鬱ぎの虫の聞き知れり　相生垣瓜人
亀鳴くや事と違ひし志　安住　敦

あたたかに亀看経す馬の塚　角川　源義
亀鳴くや独りとなれば意地も抜け　鈴木真砂女
亀鳴くや母を愛する齢にて　岸田　稚魚
亀鳴くやこゝろのうちの善と悪　山本　蓬郎

## 蝌蚪《くわと》　おたまじゃくし　蛙の子　蛙子　蝌蚪の紐　数珠子《じゅずこ》

おたまじゃくしのこと。蝌蚪という文字は、中国の上代に、竹簡に漆の汁をつけて字を書き、その字の形が頭が大きく尾が小さい、おたまじゃくしに似ていたので、そう名付けられ、それを明治以降俳人たちが音読利用しているのである。春、産卵された寒天状のものに包まれた卵は蝌蚪の紐、数珠子というが、十日後、頭・胴・尾の区別ができ、十四日目くらいに三対のえらが出来て、被膜を破り泳ぎ出る。内えらが出来、後足、前足がはえ、尾が小さくなる。やがてえらの代りに肺が出来、蛙になる。〈本意〉池や沼、水たまりなどに、真黒にむらがる蝌蚪は、気味わるいほどだが、また、その形や泳ぎ方には愛嬌があり、子どもが捕って飼ったりする、春のなつかしい景物である。

*天日のうつりて暗し蝌蚪の水　高浜　虚子
川底に蝌蚪の大国ありにけり　村上　鬼城
蝌蚪曇りなほ三月の日のごとき　山口　誓子
蝌蚪の水山ふところにありにけり　富安　風生
友を食むおたまじやくしの腮かな　島村　元
蝌蚪見れば孤児院思ふ性を棄てよ　中村草田男
蝌蚪の上キューン〱と戦闘機　西東　三鬼
税の数字よ小学生の日の蝌蚪よ　加藤　楸邨
病みて長き指をぬらせり蝌蚪の水　石田　波郷
蝌蚪を見る病後の杖を抱きかがみ　皆吉　爽雨
蛙の子飼つて孤独の性《さが》子にも　安住　敦
蝌蚪に打つ小石天変地異となる　野見山朱鳥
蝌蚪に肢不思議な平和充満し　北　登猛
あるときはおたまじやくしが雲の中　飯田　龍太

## 蛙《かはづ》　かへる　殿様蛙《がへる》　赤蛙《がへる》　土蛙《がへる》　牛蛙《がへる》　初蛙《かはづ》　昼蛙《かはづ》　夕蛙《かはづ》　遠蛙《かはづ》

冬の間、土中や水底で冬眠していた蛙は、春になるとさめて産卵をはじめる。赤蛙は二月産卵するとまた冬眠し、初夏に出てくる。蟇は二月末から三月の産卵期にたくさん集まり互いに抱きついてはなれない。これを蛙合戦という。三月中旬から殿様蛙がたんぼなどで鳴く。雨蛙、青蛙、かじか蛙は五月ごろに姿をあらわす。古歌に井手（玉川の流れる地名）の蛙がうたわれて以来、蛙というと井手が思い出された。〈本意〉『古今集』序の「花に鳴く鶯、水に棲む蛙の声をきけば、生きとし生けるもの、いずれか歌を詠まざりける」に見られるように、蛙はその声を春の声として賞でうたうものとされてきた。芭蕉の「古池や蛙飛びこむ水の音」、一茶の「痩蛙まけるな一茶是に有り」も有名で、日本詩歌の中心的季題の一つとなってきた。焦点が、声から動作に移りはしたが、やはり、春の交尾期の蛙の声は、晴雨昼夜の折々に、情趣をそそるものである。

明日は又明日の日程夕蛙　高野　素十
遠蛙酒の器の水を呑む　石川　桂郎
*人を信じ蛙の歌を聞きゐたり　山口　青邨
昼蛙どの畦のどこ曲らうか　同
遠蛙ひとりで生くる齢なる　中村草田男
火星燃ゆ阿鼻叫喚の蛙らに　相馬　遷子
ふと鳴いて白昼やさし野の蛙　大野　林火
遠蛙眺《み》る灯は友の住むごとく　飯田　龍太
子とあれば吾いきいきと初蛙　橋本多佳子
夜蛙や夫在りし日は病まざりし　武田　嗣子

## 百千鳥《ももちどり》

古今伝授の三鳥、百千鳥、呼子鳥、稲負鳥《いなおほせ》の一つで、何の鳥をさすかについて諸説があった。

鶯をさすという説もあったが、今では、春の朝、さまざまな鳥が群れ囀っているのをいうものとされている。囀りは声に中心をおき、百千鳥は姿の数に中心をおいている。〈本意〉春の朝山すそなどでは、十数種から三、四十種の鳥が鳴くという。そのたくさんの鳥の囀りの春らしいたのしさを、鳥の数に焦点をおいていうのである。

*百千鳥もっとも鳥の声甘ゆ　中村草田男
百千鳥なかに男の子の声すなり　川崎　展宏
百千鳥柩の汝を運ぶ上　大野　林火
百千鳥母まま母もこの墓に　高木　良多
百千鳥木々躍動をつづけけり　徳永山冬子
百千鳥少女の膝を光らしむ　山下　浩

## 鶯《うぐひす》　黄鳥《うぐひす》　くわうてう　黄鸝《うぐひす》　匂鳥《にほひどり》　歌よみ鳥　経よみ鳥　花見鳥

春の訪れをつげる早春の鳥のうち、とりわけよく知られた鳥。梅に鶯というように、梅の咲く頃に人里におりてきて、梅の木にいる虫をさがす。そのとき「ほうほけきょ」と鳴くが、鳴くのは雄の方である。経よみ鳥というのは、その鳴き声からきている。「ちゃっちゃっ」という地鳴きは笹鳴き（冬）であり、谷を渡るときの「けきょー、けきょー」という大声が鶯の谷渡りである。声が珍重され、鶯笛を吹くのも、声をめでる趣味の一つ。また、正月、床の間において鳴かせることもおこなわれている、飼い方によって正月に鳴かせるよう仕立てるのである。時鳥が鶯の巣に卵をうみ、鶯に孵化させることがある。そのため鶯の近くに時鳥がいつもいて、鶯が時鳥の声と似た鳴き方をすることがある。暗緑褐色の鳥で、初冬から仲春まで平野におり、晩春から晩夏に山麓や高山に行って巣をいとなむ。糞を洗顔美容に使ったりする。〈本意〉さまざまの異名があるが、春告鳥がもっともふさわしい。その鳴き声が梅花とよく似合って春の気分を高める。

俳諧時代からよく詠まれた。

鶯や前山いよゝ雨の中　水原秋桜子
鶯や口笛吹くは女の子　宮本　公彦
鶯のあまり近ければペンを擱く　山口　青邨
一連の好語を聞けり鶯語なり　相生垣瓜人
＊鶯や明けはなれたる海の色　中川　宋淵
初音して湖北藁屋のうすあかり　鷲谷七菜子
鶯や薬を秤るものしづか　平畑　静塔
鶯や手斧削りの太柱　田宮　房子
鶯やうれしきときのなほかなし　阿部みどり女
鶯に天竜濁りながれたり　山上樹実雄

## 雉《きじ》　雉子《きじ》　きぎす　きぎし　雉のほろろ　すがね鳥　かうらい雉

桃太郎の家来として日本人に親しまれている鳥。世界で日本にしかいない固有種。日本でも本州、四国、九州にいるだけである。雄の羽はうつくしく、黒みをおびた緑色で光沢があり、尾羽は長い。雌は地味で、淡い黄褐色、黒い斑を一面にもち、尾羽も短い。一夫多妻で、「焼野の雉子、夜の鶴」ということばで、子を思う愛情があらわされるほど、子を守る鳥である。雉の声は勇ましく、「けんけん」と鳴くがこれは雄が雌を呼ぶ声で、雌は「ちょんちょん」と鳴いてこたえる。雉の声を「雉のほろろ」と昔から言う。一年中いるが、この声のため、繁殖期の春を季とする。雉は鳴声とともに羽音たかく飛び立つので、猟の的とされ、肉もうまい。〈本意〉『万葉集』に「春の野にあさる雉《きぎし》の妻恋ひに己があたりを人に知れつつ」（大伴家持）、『古今集』に「春の野のしげき草葉の妻恋ひに飛び立つ雉のほろろとぞ鳴く」（平貞文）とあるように、雉子は妻恋とその声に古くから注目されてきた。これに子をおもう鳥のイメージが加わり、日本人に親しい鳥であることは、桃太郎の話でもわかる。「父母のしきりに恋ひし雉子の声　芭蕉」。

この空を蛇ひつさげて雉子とぶと　高野　素十
雉子はいつも尾羽たひらに闘志もつ　山口　青邨
刻々と雉子歩むたゞ青の中　中村草田男
＊雉子の眸のかうかうとして売られけり　加藤　楸邨
雉啼くや胸ふかきより息一筋　橋本多佳子
雉子の声死後にも似たる朝景色　右城　暮石
雉子の尾が引きし直線土にあり　田川飛旅子
生くること何もて満たす雉子食ひつゝ　細見　綾子

## 松毟鳥《まつむしり》　まつくぐり　菊戴《きくいただき》

松の緑をよくむしるので、俗称松毟鳥というが、本当の名を菊戴という。翼の長さ六センチほどの小さな鳥で、頭に黒線にはさまれた黄色の部分があり、雄はその中心があからんで菊の花のようなので、この名がある。雌はこの部分は全部黄色である。オリーブ色の体をしている。小さな虫を食べ、鳴き声は「チー、チー」「チリチリチリ」で、細くかん高い。高地の針葉樹林に群棲し、冬は山麓におりてくる。〈本意〉高地に住み、数も多くないので、目につきにくいが、雀より小さな可憐な鳥で、古くより、時折詠まれた。虫と思われたこともあった。松や落葉松の葉をむしる習性があるので松毟鳥というが、松の芯や葉をむしる小鳥を、俳句ではみな松毟鳥と詠むことが多い。

ひとしきり落つ松のちり松毟鳥　宮岡　犀川
＊陽の果にうしほ顫へて松毟鳥　飯田　龍太
戻れば先へ〳〵と松毟鳥　沖野　翠郭
ぶらさがりぶらさがりつゝ松毟鳥　川上　麦城

## 雲雀《ひばり》　姫雛鳥　告天子　叫天子　初雲雀　揚雲雀　雲雀籠　雲雀笛

鶯とならぶ春の代表的な鳥。姫雛鳥は和名、告天子、叫天子は漢名。天鷚《ひばり》、天雀《ひばり》とも書く。

「うららに照れる春日にひばりあがり心かなしもひとりし思へば」(『万葉集』大伴家持)以来、詩歌俳句によくうたわれる。地味な色の鳥で、羽根は灰色がかった褐色、黒褐色の斑紋をもつ。頭には短い羽冠がある。囀りがいかにも春らしく、中空でうたい、一直線に地におりる。これを落ちると言う。麦畑や河原の草に巣を作るが、巣を離れておち、草かげを歩いて巣にいたるので、巣をみつけることはむずかしい。西洋の詩にも雲雀はよくうたわれ、英詩にはシェリーの名詩がある。雲雀籠は、雲雀を入れて飼う籠で、丈が高く上が網になっている。雲雀笛は、雲雀に似た音を出す笛で、雲雀を誘うもの。〈本意〉雲雀はその声を主として、春の情感にふさわしい鳥とされる。春空の声のみうららかな雲雀は想像をはるかにひろげさせる。「雲雀より空にやすらふ峠哉　芭蕉」。

*くもることわすれし空のひばりかな　久保田万太郎
わが背丈以上は空や初雲雀　中村草田男
雨の日は雨の雲雀のあがるなり　安住　敦
雨の中雲雀ぶるぶる昇天す　西東　三鬼
初ひばり胸の奥処といふ言葉　細見　綾子
オートバイ荒野の雲雀弾き出す　上田五千石

## 麦鶉《むぎうづら》　合生《あひふ》　ひひ鳴

晩春、青麦ののびる頃の鶉で、そういう種類の鶉があるわけではない。この頃の鶉の肉は雪の中の鶉とともに美味とされる。繁殖期に入るところで、雌雄よびかわして鳴く。雄は「グァックルルルル」、雌は「ヒヒ」と鳴く。雌を合生といい、鳴き声をひひ鳴という。〈本意〉晩春から夏にかけての鶉で、夏に入れられることもある。鳴き声が目のつけどころになる。子を育てる鶉でもある。

麦鶉畦をよぎりぬ庵の前　鈴木　花蓑　*麦の色して麦鶉眼がやさし　鴨居ひろ子

## 鷽《うそ》　鷽鳥　琴弾鳥　鷽の琴　鷽姫　照鷽《てりうそ》　雨鷽《あまうそ》

雀より大きく、文鳥に似たうつくしい鳥。笛を吹くようにヒューヒューと鳴き、その声をめでて籠鳥とする。鳴きながら両足を交互にあげるので琴弾鳥、鷽の琴という。頭は黒。雄は顔、喉、胸がうすあかく、それがはっきりしたものを照鷽といい、晴をまねくという。体は青灰色、腰は白、雌は喉の赤色がなく、体は褐色をおびている。雨鷽といい、雨をよぶという。鷽姫というのは、声や姿の優美なためである。禁猟鳥だが、冬鳥として大群をなし渡来し、梅や桜の蕾を食いあらすことがある。〈本意〉声と姿が愛され、とくに「うそ琴を弾く」といわれ、「うそ姫」と称されている。ただ、名前が「うそ」なので、胸のあかさと思いあわせて、偽りの恋のニュアンスもうまれている。

*屋根に来てかゞやく鷽や紙つくり　水原秋桜子　胸染めて鷽はしづかに雪解待つ　小林黒石礁
黒鷽の嫌はれつゝも飼はれをり　岡田　耿陽　鷽の群雪来し朝の峡にをり　山谷　春潮
鷽鳴くや山頂きに真昼の日　相馬　遷子　籠の鷽消え入る如く鳴きにけり　犬塚　春径

## 燕《つばめ》　乙鳥《おつとり》　玄鳥《げんちやう》　つばくら　つばくらめ　つばくろ　燕来る　初燕

春の彼岸頃南方より渡ってきて、秋の彼岸ごろに南国へ帰る。夏に日本に棲むが、それを夏燕と言い、季題としては渡来時の新鮮な印象により春の鳥とする。背が黒、腹は白、尾は燕尾服のように二つにわかれ、愛すべき姿である。鳴声から乙鳥、色から玄鳥（玄はくろのこと）と呼ぶ。その年はじめて見た燕は、春の季節感を満喫させ、燕来るなどの季題にその気持がこめられる。燕は飛ぶのが速く、人家の軒や梁に巣をつくり、子鳥の餌を求めて空中を行きつ戻りつすばやく飛ぶ。燕の子は夏の季題になる。岩燕、雨燕などの春の季題もあり、秋には燕帰ると言う。〈本意〉瀟洒な鳥でその到来の新鮮な印象が春の到来そのものとなる。生活の活気も好ましい。「蔵並ぶ裏は燕のかよひ道　凡兆」。

*藍壺に泥落したる燕哉　正岡　子規
燕やつばめ返しを徐ろに　松本　長
燕のゆるく飛び居る何の意ぞ　高浜　虚子
燕の飛びとゞまりし白さかな　松本たかし
新しき黒き頭のつばめかな　相島　虚吼
乙鳥《つばくろ》はまぶしき鳥となりにけり　中村草田男
真つすぐにあがる飛燕や嵐山　田中　王城
春すでに高嶺未婚のつばくらめ　飯田　龍太

## 岩燕《いはつばめ》

燕より小型で、尾も短く、足は指まで白い羽毛でおおわれる。渡り鳥で、三、四月ごろ渡来し、冬、南方に渡る。大群で生活し、山間の渓流に近い岩壁、洞窟や人家に巣をつくる。巣は密集してつくられる。九州では越冬するものもある。〈本意〉山間に群れて生活する小さい燕で、渓流の上などを飛んでいる。燕とちがい、山国の自然に似合わしい、野趣のある鳥である。夏に分類されることもある。

雨来るやにはかにふえし岩燕　増田手古奈
*岩燕日の澄みを飛び飛びやまず　柴田白葉女
岩燕泥濘たぎち火口なり　橋本多佳子
巌頭に日当りながら岩つばめ　青木　涼村

岩つばめ古き泉を見にゆかむ　山田みづえ
雪崩してとゞろく峰を岩燕　吉川　春藻

## 引鶴《ひきづる》　帰る鶴　鶴帰る　去る田鶴《たづ》　残る鶴

鶴はむかしは日本各地に渡ってきていたようで、地名にもその名残りが見えるが、今日では、山口県熊毛町と鹿児島県荒崎の二か所だけが、野生の鶴の渡来地となっている。熊毛町には数百羽のナベヅル、荒崎には数千羽のナベヅル、数百羽のマナヅル、一、二羽の丹頂鶴が十月の中、下旬に渡来するが、これらの鶴が三月上旬に北方へ帰るのが引鶴である。鶴は一群ずつV字型の隊形を組み、数回旋回してから去る。北海道釧路には一年中丹頂鶴がいるが、これは留鳥である。引鶴は渡り鳥の野生鶴を指し、鳥帰るの傍題とも言える。〈本意〉大型の鶴の飛翔は美しく、雄大荘厳である。その去ってゆくのを惜しみ、さびしむこころがある。「引鶴の声はるかなる朝日かな　闌更」。

引鶴や笏をかざして日を仰ぐ　高田　蝶衣
鶴ひくと山河容を正しけり　岡田　潟人
引鶴を見て来しといふ人来り　高野　素十
引鶴として天涯の瑠璃に帰す　有馬草々子
*鶴帰りそこらに遊ぶ水豊か　山口　青邨
万の鴨鶴引く声にしづまれり　辺見　京子
引鶴の雲居の声の落ち来る　大橋桜坡子
引鶴の天地を引きてゆきにけり　平井　照敏

## 春の雁《はるのかり》　残る雁

春、三月頃、北の国へ雁は帰りはじめるが、その頃の数のへりはじめた雁をいう。残る雁は、怪我したり病気だったりして、帰らずに残っている雁である。〈本意〉帰りはじめようとする雁を春の雁というのは、春の明るさと、逆に別れのかすかな寂しさをこめた、よい季題である。残る雁も、残る理由を考えると、どこかわびしさがこもる。

海を見てをれば一列春の雁　高野素十
春の雁棹だんだんに立つごとし　山口青邨
すぐ消える干潟の虹や春の雁　佐藤惣之助
春の雁傘を忘れてもどりしよ　安住　敦
天心にして脇見せり春の雁　永田耕衣
春の雁淋しき刻を渡りけり　小林康治
＊臈纈の蠟煮ゆるなり春の雁　飴山　実
逢ふことをいのちと知るや春の雁　小池文子
一生を渡り職人春の雁　安藤林虫
春の雁月下に壱岐のまぎれなし　山崎冨美子

## 帰る雁《かへるかり》　帰雁《きがん》　雁帰る　行く雁　去る雁　雁の名残　名残の雁

雁は十月上旬、日本へ渡ってきて、三月下旬、北の国へ帰る。今日では、まがん、ひしくい、さかつらがんが主なものである。湿地や池、沼、海上などに棲み、水上で眠る。あたたかくなり、鳥曇の日が多くなると、帰ってゆく。〈本意〉帰りつつある雁のことで、列（棹）をなしてゆくが、行く先を思うと、なにがなし哀れをそそる。またその鳴き声が空からきこえて、これも悲哀の情をかきたてる。

みちのくはわがふるさとよ帰る雁　山口青邨
行く雁の啼くとき宙の感ぜられ　山口誓子
大山の全き日なり雁帰る　田村木国
大学生おほかた貧し雁帰る　中村草田男
非は常に男が負ひぬ帰る雁　加藤楸邨
雁ゆくや古き映画の二本立テ　安住　敦
＊胸の上に雁行きし空残りけり　石田波郷
病室は真四角で帰る雁きこゆ　佐野良太
雁帰るまでに田の塊たたかねば　村上一葉子
うちあおぐ帰雁に何か借りがある　森黄　波子

## 春の鴨《はるのかも》　残る鴨　引残る鴨　通し鴨

春になると、鴨は北の国へ帰るが、まだ帰らずにいる鴨をいう。残る鴨ともいう。種類によっては五月ごろまで日本にいるものもあり、こがもがそれであり、残る鴨の一つである。傷をうけたりして帰ることのなくなった鴨が通し鴨である。あるいは留鳥のかるがもなども通し鴨である。
〈本意〉たくさんいた鴨が春に帰りはじめ、すくなくなっているのを見るのはさびしい。残り鴨を見ると、傷や病気が考えられ、渡り鳥の本能を失ったことがあわれである。

残る鴨記憶の端にねむりをり　篠田悌二郎　のこる鴨渦をさめし夕潮に　原　柯城
春の鴨みぎはの泥を曳きて翔つ　松村　蒼石　暗きへと少し動きぬ春の鴨　村沢　夏風
つらなれる芥の沖の残り鴨　五十嵐播水　残りしか残されゐしか春の鴨　岡本　眸
*榛の枝に水垂り翔てり春の鴨　石田　波郷　風切羽しかと子鴨の育ちけり　捧　敏郎

## 引鴨《ひきがも》　鴨帰る　帰る鴨　行く鴨

三月はじめから五月はじめ頃までに、鴨は北国の繁殖地に帰ってゆく。その帰り方は、群れをなして、一群、一群と引いてゆくのである。繁殖地は、北海道、樺太、東部シベリヤなどである。
〈本意〉引きつつある鴨の空の姿である。その飛び姿にはどこか別れゆくものの哀愁がある。

のこれるは荒波にをり鴨かへる　水原秋桜子　風除を出てかざす手に鴨引くよ　皆吉　爽雨
鴨渡る明らかにまた明らかに　高野　素十　*引鴨の海上に噴く夜の雲　角川　源義

鴨帰り俄に青し土手の草　石塚　友二
引鴨の松風ばかり残りけり　井上　唖々
雪壁の炎ゆる夜空ぞ鴨帰る　堀口　星眠
引鴨のそゝくさとまた水に落つ　渡辺七三郎
ゆく鴨のあまたや湖に触れつゝも　及川　貞
鴨引くや猫悉く屋上に　相生垣瓜人

## 鳥帰る《とりかへる》　帰る鳥　小鳥帰る　小鳥引く　鳥引く　引鳥

秋北方からやってきた鳥が春になって北方へ帰ることを言う。雁、鴨、鶴、白鳥、小鳥ではツグミ、シロハラ、アトリ、カシラダカ、クロジ、シメ、マヒワなどで、ムクドリ、ウズラなども関東以西から東北地方へ帰る。これらの小鳥類は大群で渡来するのでよく目立つが、帰る時にはばらばらで目立たない。「帰る」ことを「引く」とも言う。鳥、小鳥と集合名詞で言わず、具体的に鳥の名を出して、「引鶴」「帰る雁」「引鴨」なども言う。関連季題に「鳥雲に入る」「鳥曇」などがある。帰る鳥が曇りがちな空の雲間をゆくときの情景である。〈本意〉茫洋とした時間と空間のひろがりと移りゆくもののさびしさ、残るもののさびしさがある。配合の妙が生きる。「鳥雲に入りて草木の光りかな　闌更」。

引鳥のつぎ〳〵消ゆるうつろかな　野村　喜舟
裏日本に西日は永し小鳥引く　松村　蒼石
鳥帰る土畳の巨き椋の上　大野　林火
*鳥帰るいづこの空もさびしからむに　安住　敦
米山のはづれに海や鳥かへる　上村　占魚
鳥帰る渡り大工のわがうえを　北　光星

## 鳥雲に入る《とりくもにいる》　雲に入る鳥　鳥雲に

小さな鳥は帰るときには目立たずにぽつぽつと去ってゆくが、雁や白鳥、鶴などの大型の鳥は、群れをなして去るので、雲間に入る姿が見られる。略して「鳥雲に」と使うことが多い。〈本意〉『和漢朗詠集』の「花ハ落チテ風ニ随ヒ鳥ハ雲ニ入ル」以来、古巣に帰る鳥として、古くから詠まれてきた。帰る鳥のさびしさ、あわれさをイメージ化する、象徴的な季題である。

鳥雲に帰る国なき鴉かな　庄司　瓦全
鳥雲に忘れしことの限りなく　甲田鐘一路
鳥雲に娘はトルストイなど読めり　山口　青邨
胸の上聖書は重し鳥雲に　野見山朱鳥
＊少年の見遣るは少女鳥雲に　中村草田男
風烈し鳥雲に入る辺も吹くや　橋本　風車
鳥雲に隠岐の駄菓子のなつかしき　加藤　楸邨
わが内の何かを咥へ鳥雲に　有地　紫芳
かゝる日はひとりでゐたし鳥雲に　安住　敦
鳥雲に水うつくしき城下町　山崎　中

### 囀り《さへづり》　囀る　鳥囀る

鳥の声は、地鳴きと囀りにわけられる。地鳴きは、仲間に合図するときの鳴き声であり、囀りは、繁殖期に、雄が雌にむかって呼びかける求愛の声や、自分の縄張りを仲間に知らせるための声である。そのため、春に囀りが最高潮にたっし、多くは雄がさえずる。〈本意〉囀りは、求愛や縄張り宣言であるが、人間の耳には、春が来たよろこびの声ときこえる。日本では、囀りを賞玩する風があり、鶯・駒鳥・大瑠璃を本朝三鳥とする。

囀りの高まる時の落椿　高浜　虚子
＊紺青の乗鞍の上に囀れり　前田　普羅
囀や天地金泥に塗りつぶし　野村　喜舟
美しく生れ拙く囀るよ　富安　風生
囀りの一木が日向つくりをり　臼田　亜浪
囀の去りし大樹の暮れゆくに　山口　青邨
囀やピアノの上の薄埃　島村　元
囀を身にふりかぶる盲かな　阿波野青畝

囀やアパートをいつ棲み捨てむ　石田　波郷
空深き囀りは人忘じをり　飯田　龍太
囀りをこぼさじと抱く大樹かな　星野　立子
雪原の一樹かゞやき囀れり　相馬　遷子

### 鳥交る《とりさかる》　鳥つるむ　雀交る　鳥つがふ　鳥の妻恋　鳥の恋　鶴の舞

鳥は年に一回春に繁殖期にはいる。その前に、囀ったり、嘴をふれ合ったり、毛色がかわったりする。交尾期になると、ディスプレーという、誇示の動作がおこなわれる。雄の孔雀が雌の前で尾をひろげたり、雄の駝鳥がおどりをおどることもある。鶴の舞も、その一つで、雄が雌の前でおどる。雀などでは簡単である。〈本意〉春の繁殖期の現象で、雄が雌を誘い、雌が雄を刺戟する。交尾期のあと、孕鳥の時期に入る。

夜明より声を尽しぬ交り鳥　高田　蝶衣
祈る乙女墓原雀交み落つ　石田　波郷
夕月のかがやきいまだ鳥交る　森川　暁水
修羅落し来て交りけり谷戸の鳥　石塚　友二
肩から出し翅のその肩鶴の舞　中村草田男
交む時竹撓はせて雀らよ　同
*恋雀頭に円光をひとつづつ　橋本多佳子
鳥交るしきりと喉の渇く日ぞ　石川　桂郎
没りゆく日雀一瞬重なりて　篠田悌二郎
交りたるあと寂寞の鵙となる　百合山羽公

### 孕雀《はらみすずめ》　孕鳥　子持雀　子持鳥

雀は五、六個の卵を産む。春交尾し、孕み、巣ごもる。雄に保護されながら雌は自ら食を求め、人が近づくと騒ぎ立てる。鳥一般についていえば、孕鳥、子持鳥となる。ただし、外見からすれば、孕んだ状態は見分けがつかない。交尾期後の想像上のことばとなる。抱卵し、雛を育てている状態のときは、はっきりとこの季題が使える。〈本意〉春の繁殖期のごく自然な鳥の生態である。万物繁栄の春の気をあらわす季題である。

旅疲れ孕雀を草に見る　高浜　虚子
悪感すや孕雀を見て通る　杉山　岳陽
*孕雀行列の跡にいつまでつく　石田　波郷
孕雀となりて地の冷えにも敏し　能村登四郎
庭雀木瓜の散りしく上に孕む　皆吉　爽雨
孕雀となりしか鳴きのやさしさよ　上村　占魚

## 雀の子《すずめのこ》　黄雀　子雀　雀の雛　親雀　春の雀

雀の卵は十日ほどで孵化し、二週間ほどで巣立ちする。巣立ちしてもまだよく飛べず、親鳥がつきそって、餌を与え、餌のとり方を教え、保護する。この頃の子雀のくちばしのもとのところは黄色く、黄雀といわれる。かわいい時期である。五、六月から八、九月ごろまで子雀を見かけることがある。〈本意〉『源氏物語』若紫の巻に、紫の上が雀の子を飼う話が出ているが、雀の子のかわいいことにやはり焦点があるわけである。春の万物繁栄の一つの象徴といえる。

*親雀人を恐れて見せにけり　高浜　虚子
親雀鳥毛咥へしよろこびに　山口　誓子
雀の子早う帰りやれ燈《ひ》がともる　高田　蝶衣
仔雀や咽喉まで見せて餌を乞へる　石塚　友二
子雀はわがいそしみを見て鳴けり　山口　青邨
ふたなぬか過ぎ子雀の砂あそび　角川　源義

## 鳥の巣《とりのす》　巣籠《すごもり》　巣隠　巣鳥　巣組み　巣構へ　小鳥の巣

春の産卵期に先だち、鳥は巣を作りはじめる。ひなが活動できる状態でかえる鳥は低い地上に営巣し、親鳥にはぐくまれながら独立できるようになる鳥は、樹の上などに営巣する。地上の巣は不完全だが、高所の巣は卵やひなが落ちぬような椀の形の巣である。地面などの草や小石の巣、平たい不十分な巣、穴の中の巣、樹の枝の上の巣、他の鳥の巣を借りるものなど、鳥の種類によってさまざまな巣があるが、古巣はそのままにしてあらたに巣が作られることが多い。巣組み、巣構えという。鳥が巣にこもるのが、巣籠、巣隠である。人間が巣箱を木の枝などにかけて、巣組みをさそう情景がしばしば見られる。〈本意〉春の産卵期の典型的な鳥のいとなみで、いかにも春らしい。さまざまな鳥のさまざまな巣のありようがあるが、これはその総称である。

巣鳥はも遠くは去らず巣を見守る　水原秋桜子
鷹の巣といふあら〳〵としたるもの　高野　素十
雀の巣かの紅糸をまじへをらむ　橋本多佳子
*鷹の巣や太虚に澄める日一つ　橋本　鶏二
丹頂もさだかに鶴の巣籠れる　岡本　浩村
鷹の巣やひとり泉のゆらめける　山上樹実雄
鷺の巣や東西南北さびしきか　寺田　京子
山門に仰ぐ巣鳥の胸白き　米沢はる子

## 古巣《ふるす》

鳥は前年の巣を利用せず、あたらしく巣作りをすることが多い。捨てられた巣は荒れ乱れてあわれである。鷲、こうのとり、かささぎ、雀などのように、古巣をなおして使うものもある。〈本意〉あたらしい、活気ある鳥の巣に対比して、古巣の哀愁をいうのである。荒廃した無人の廃屋が連想され、春の季節の中でひときわうらさびしい。

鷹の巣は古巣といへど霧巻きぬ　加藤　楸邨
参道の木の間がくれに古巣見ゆ　古川　芋蔓
古巣あり風鐸に風わたりつつ　木村　蕪城
*神木に高くかゝれる古巣かな　浅原ちゝろ

鷹舞へる原生林に古巣見ゆ　斎藤　杏子　　隠れ沼《ぬ》や古巣日光透くばかり　野沢　節子
大風の軒の古巣の砂こぼるゝ　原田　種茅　　火山照り青鵐の古巣雪を出づ　堀口　星眠

## 燕の巣《つばめのす》　巣燕

燕は春、日本に渡ってくると、前年と同じ家の軒下や梁に巣をつくる。材料は泥や藁などで、椀の形である。卵は五、六個で、十五日ほどで孵化、三週間で巣立ちする。〈本意〉燕が人に愛される理由の一つに、毎年同じ家に巣をつくることがあげられよう。巣の安全のためもあろうが、人間にこれほど密接な生活をする鳥もめずらしい。

巣燕に外は鏡のごとき照り　山口　誓子　　髪高く結はれて嫁ぐ巣燕に　百合山羽公
燕の巣みどりのかげのさしゐたり　大野　林火　　巣燕の寝る時は皆寝るらしき　細見　綾子
*燕の巣長子その母を酷使せり　安住　敦　　巣燕のはみこぼすもの生きてをり　森　薫花壇

## 雀の巣《すずめのす》　巣引雀　巣藁雀

雀は年中人間の周囲にいる鳥だが、季語になるのは、その産卵期である。春から夏にかけて卵をうみひなをかえす。卵は十二、三日でかえり、半月ほど親にやしなわれて巣立ちする。巣は人家の屋根や煙突など。藁や枯草などで作る。髪の毛の乱れを雀の巣のようだというが、きちんとした巣ではない。産卵は五、六個で、年、二、三回おこなわれる。〈本意〉雀は人間の生活の近くで生活するもっともありふれた鳥で、害もあるが、親しみもある鳥である。雀の子はそのもっとも親しい側面だろう。たくましい生活力の雀のもっとも愛すべき時期である。

藁さがるけふは二筋雀の巣　高浜　虚子
雀の巣藁しべ垂れて日没す　山口　誓子
＊藁垂らす雀を愛し鉄打てり　中島　斌雄
雀の巣こゝに寓居を長くせむ　百合山羽公
巣雀の糞表札のわが名汚す　榎本冬一郎
葺き終へし瓦やすでに雀の巣　阿部ひろし

## 鴉の巣《からすのす》　烏の巣

春さきから鴉は繁殖期にはいり、森に巣を作って卵をうむ。巣は森の木の高いところに作られ、木の枝を組みあわせて大きな椀の形にしたものである。前年の単が使われる。卵は三個から五個、二十日ほどで孵化し、一か月親にやしなわれて巣立ちする。〈本意〉鴉はその鳴き声できらわれるが、親子の情が深く、一つがいがよく子育てをする。巣づくりのために馬の尾の毛を抜きにくることもあるということである。

＊巣鴉をゆさぶってをる樵夫かな　大須賀乙字
松葉掻きよせあり鴉巣を構う　長谷川かな女
巣鴉や春日に出ては翔ちもどり　芝　不器男
クローバに昼寝ポプラに鴉の巣　西本　一都
鴉の巣黄塵槻を流れ去り　市村究一郎
鴉の巣雨の大幹ぞひに見る　井沢佐江子

## 巣立鳥《すだちどり》　巣立

晩春から初夏にかけて、成長した鳥の子が巣を離れてゆく。羽がしっかりして飛べるようになったのである。独立して、自活してゆくわけである。もっとも、鳥によっては、親鳥についているよく飛べぬ若鳥もいる。〈本意〉鳥の巣立は、人間が学校をおえて社会に出るのを思わせ、感慨をおこすところがある。まだ青くさい若鳥でいじらしいが、元服後の武士のようなりりしさもある。

巣立鳥籬伝ひに去りにけり　臼田　亜浪
駒鳥のみな胸張りて巣立ちけり　島崎　秀風
巣立ちたる雀に初の雨降る日　上村　占魚
翡翠の背に藍さして巣立ちけり　同
ことごとく雀巣立ちし塔古りぬ　宮下　翠舟
*鳥巣立つ葡萄酒の透く日の中へ　福田甲子雄
岩棚に大雨たばしり鷹巣立つ　河北　斜陽
巣立鳥隠れし八瀬の紫蘇畑　肥田埜勝美

## 駒鳥　こまどり　知更《こま》鳥《どり》　こま

雀くらいの大きさの鳥で、つぐみに縁が近い。羽の色は茶色っぽく、顔と胸がくすんだ赤色、腹は白、嘴は黒褐色、足と眼が褐色である。山の渓流近くの森にすみ、岩や崖の窪みに巣を作る。晩春から夏によく囀るが、その声はひんからからからとあらわされ、馬の嘶き声、あるいはくつわの音のようなので、駒鳥といわれた。夏の鳥とも考えられる。〈本意〉鶯・大瑠璃とともに古来三啼鳥とよばれ、その啼き声がよろこばれ、飼われて愛玩されてもきた。狩猟の禁じられている鳥で、山の風光によくあう声の鳥である。

駒《こ》鳥《ま》鳴くや月照山は雲の上　大竹　孤悠
駒鳥や霧藻のいろの夜明雲　岡田　貞峰
坊近くのこる寝雪や駒鳥の声　篠原　巴石
駒鳥や空地の寺に蕎麦食へば　石塚　友二
*悉く落葉松の青さ駒鳥鳴けり　滝　春一
駒鳥の谷ふかければ我に飛ぶ　並木鏡太郎
駒鳥や霧熊笹をぬらしすぐ　原　柯城
駒鳥啼くと胸突き坂を仰ぎけり　小松崎爽青

## 桜鯛《さくらだひ》　花見鯛　乗込《のっこみ》鯛　烏賊鯛　鯛網

さくらだいという学名を持つ赤い色の小魚のことではなく、真鯛のことで、内海に産卵のために入りこんでくるものをいう。この頃の真鯛は、性ホルモンの作用で体色が赤味を帯び、婚姻色を示すので、桜鯛、花見鯛というのである。瀬戸内海に真鯛が入りこむ（乗込むという）のは、毎年四月二十日前後である。鳴門、紀淡、明石などの海峡を通って入りこむので、鳴門鯛、明石鯛などという。四月下旬、湘南地方で小烏賊がとれはじめると、これを餌にして鯛を釣るので烏賊鯛という。鞆《とも》の津では鯛網をひく。刺身、塩焼、煮付、鹿の子作り、鯛茶漬、鯛飯、鯛鮨、うしお、鯛ちり、かぶと蒸し、あら煮、鯛でんぶ、鯛味噌などにするが、浜焼が人気がある。〈本意〉春、桜桃の花が開いて、漁人多くこれを採る、ゆえに桜鯛という——と歌書などにあるが、花の時期にひっかけて、名づけられた俗名である。たくさんとれる時期だが、しゅんではない。俳人の好む季題である。

醜男ども手鉤な打ちそ桜鯛　日野　草城
渦潮にもまれし色の桜鯛　浅野　白山
＊よこたへて金ほのめくや桜鯛　阿波野青畝
苞解いて大額なり桜鯛　皆吉　爽雨
庖丁を取りて打撫で桜鯛　松本たかし
鱗見て大桜鯛なるを知る　山口波津女
桜鯛かなしき目玉くはれけり　川端　茅舎
桜鯛量らるる眼のしづかなる　那須　乙郎

## 鰊《にしん》　鰊群来《くき》　鰊曇

鯡、青魚、黄魚、春告魚とも書き、みなニシンと読む。方言では、かど、かどいわしと言い、高麗鰯とも言う。鰊はイワシ科に属し、マイワシと体形が似ているが大きく、体側に黒点がない。日本では、茨城県以北、新潟県以北の太平洋、日本海にいる。産卵は北海道西海岸あたりで、稚魚は北海道の東、金華沖まで回游し、成熟して産卵場へもどってきていた。近年ではこの回游コースが変り、北海道のあたりには鰊が見られなくなったと言う。産卵場へ大群をなしておしよせる鰊を、その時期により、走り鰊、初鰊、中鰊、後鰊と呼び、鰊群来と呼んだ。群来鰊の精液と産卵で海水は白くなるほどで、それを群来汁と言う。卵が波打際に寄せられ、丘をなしたものを寄り子と言う。鰊場で鰊漁がおこなわれ、鰊船が鰊を汲み、開いたり干したりして身欠鰊を作り、数の子を抜く。これが鰊汲む、数の子抜く、鰊干す、鰊簗《やな》、落鰊、鰊つぶしなどの特殊な季語になる。この頃の空の曇りが鰊曇、この漁のためにやってくる東北農民らを渡り漁夫と言う。〈本意〉北海の風土と生活がにおってくるような季題で、暗さの中に迫力がこもる。

*唐太の天ぞ垂れたり鰊群来　山口　誓子
鰊群来深山鴉も鰊場へ　野西　幸来
妻も吾もみちのくびとや鯡食ふ　山口　青邨
膝つゝむ古き筵や鰊割き　石田雨圃子
日毎食ふ鰊や蝦夷に住みつくか　相馬　遷子
鬚剃りて幼さもどる鰊漁夫　吉田牡蠣彦
絶壁の忍路《おしよろ》の浜の鰊小屋　国松ゆたか
夜に入りてなほ厚群来や鯡凪　小原　野花
鰊群来近し飛鷗の声艶に　外崎　喜石
鰊焼く昼の部はねし楽屋裏　金田　流星

## 鰆《さはら》　馬鮫魚《さはら》　狭腰《さごし》　いぬさはら　たいわんさはら　さごち

まぐろに似てやや細長く平たい魚で、大きいものは体長一メートルに達する。日本沿岸の各地にいる。四月から六月の産卵期に内海にも入ってくる。春、大漁があるので、春の魚と書く。瀬戸内海の鰆漁は有名。味のよいのは冬で、寒鰆という。〈本意〉鯛のように海岸を群游し、魚島をなすが、刺身がとくに賞される魚で、鯛は淡美だが、鰆は濃美であり、上等な晩春の味覚となる。

一匹の鰆を以てもてなさん　高浜　虚子
＊鰆舟瀬戸口を出て暮光負ふ　西村　公鳳
帆をかけて走るはすべて鰆舟　小山　白楢
渦潮の鰆とる舟かしぎ舞ふ　山口　草堂
鰆ぶねい照りかがよふ浪に見ゆ　佐野まもる
鰆網しぼりどよめく船に蝶　水野　淡生

## 魚島《うをじま》　魚島時

産卵期の鯛が瀬戸内海に入りこむのは四月二十日の前後で、六十日ぐらいの間だが、鯛とともに鰤、鰆、いるかなども入りこみ、群れあつまり、水面が山のようにふくれあがることもある。これが魚島である。それを漁船がとりかこみ、漁するので、豊漁になる。〈本意〉魚島ということばは、地方で多少ちがった意味に使われるようだが、魚の寄りつどう島のような群は壮観で活気がある。豊漁になり、鯛の市がひらかれる。

魚島の大鯛得たり旅路来て　水原秋桜子
魚島の鞆の波止場の床几かな　皆吉　爽雨
＊魚島の瀬戸の鷗の数しれず　森川　暁水
魚島の舟洗ふ杓あたらしき　桑原　志朗

## 鮊子《いかなご》　玉筋魚《いかなご》　こうなご　かますご　かますじやこ

体長十～二十センチの細長い魚で、銀白色、後下方に走るしわがある。日本沿岸各地ばかりか、アラスカ、カリフォルニヤにまで分布していて、幼魚は三月頃多くとれ、干魚になる。四、五月頃とくに瀬戸内海でとれ、煮干になり、天ぷらの材料にもなる。東京などで、こうなご（小女魚）と呼ぶ。鯛釣りの餌として重要で、鯛が鮊子を追うと、鮊子は群れて狂乱しこれを阿比《あび》が見つけて舞いおりてくるので、鯛の来游がわかる。〈本意〉つくだになどでよく知られた小女魚のことで、讃岐では鮊子醤油にして有名である。食事のさいのありふれた、だしやおかずの魚で、庶民的である。

いかなごにまづ箸おろし母恋し　高浜　虚子
いかなごが鳥の嘴に生きてをり　星野　立子
＊鮊子《かますご》のしの字に焼けつくの字にも　内田　暮情
いかなごの一膳めしや混みにけり　勝又　一透
掬ひ入るいかなご眼しばたたき　榊原　碧洋
磯干の鮊子くはへ雀飛ぶ　山本砂風楼

## 子持鯊《こもちはぜ》

鯊の産卵期は三、四月ごろで、腹に卵が成熟して、黄金色に透けてみえる。その頃の鯊をいうのである。この鯊を食通が賞味するのである。〈本意〉鯊、鯊釣は秋の季語だが、子持鯊は、春の孕卵の鯊で、卵の金色や味をほめるのである。春のぬるんだ水から釣ってきたよろこびも加わる。

子持鯊ちよろりと出づる芦の湖　根岸草太郎
＊子持鯊滅法釣れてあはれなり　白井　冬青
さばしりて巌濡らす水子持鯊　山崎　柿郷
子持鯊塩をふられて啼きにけり　橋本　花風

## 鱵《さより》　針嘴魚《さより》　竹魚《さより》　細魚《さより》　水針魚《さより》　針魚《はりを》　さいより　長いわし

春の産卵期に湖や川の出口に入り込んでくる海魚。体形が細長く、上あごより下あごが極端に長い。円鱗をもち、上部は青緑、下部は白、あごは紅色。その形からいろいろの表記がある。越前で「さいより」、薩摩で「長いわし」、大型のものを東京で「かんぬきざより」という。南日本に多いが、霞ヶ浦にもいるのがめずらしい。吸い物種、さしみなどにする上等の魚である。〈本意〉上等な魚だが、その形が細長く、下あごが長いところから、針、竹などのイメージで呼ばれている。体を蛇行させて泳ぐ。

桟橋の灯にうちこゞみ鱵汲む　楠目橙黄子
潮つらをへら〳〵泳ぐ鱵かな　桜木　俊晃
ちりやすくあつまりやすく鱵らは　篠原　梵
橋影に失せてはのぼる鱵かな　米沢吾亦紅
＊美貌なる鱵の吻は怖るべし　安住　敦
鱵いまよれ〳〵に見ゆ波こまか　岡田　耿陽

## 鯥五郎《むつごらう》　むつ　本むつ　むつ飛ぶ　鯥掘る　鯥掛け　鯥曳網　鯥袋網

鯥という卵巣のうまい魚とは別の魚で、これは、はぜの一種。九州の有明海、八代湾の北部、朝鮮沿岸などの泥海にいる。干潟の泥に深い穴を作ってすみ、泥の上を匍行する。腹鰭が発達しているわけで、木の上に登ることもある。危険になると穴に逃げこむ。目が大きく、とび出していて、下まぶたで目をおおうことができる。背は淡褐色、白い斑点がある。冬眠し、晩春に活動をはじめる。佐賀で蒲焼にして賞味する。〈本意〉目や生態に滑稽感があり、愛嬌があって、好まれる。「むつ」と呼ぶのはまぎらわしいが、方言である。

汐さして舟に飛びこむ鯥五郎　原　大拙
＊鯥五郎おどけ目玉をくるりんと　上村　占魚
鯥五郎くぐもる顔を日にさらす　藤山　草畝
永かりし春闘なりし鯥五郎　甲斐　虎童

## 白魚《しらうを》　しらを　しろを　膾残魚《しらうを》　王余魚《しらうを》　銀魚《しらうを》　白魚網《しらを》　白魚鍋《しらを》　白魚汲《しらを》む

体長十センチほどの小魚で、ほそ長く、半透明のからだをしている。河口にいるが、川がよごれて激減している。隅田川は白魚で有名だったが、明治ごろまでの話である。春、河口をさかのぼり産卵する。味は淡泊で上品、さまざまな料理ができる。吸い物種、卵とじなどさまざまで、干し魚としても美味。しゅんは春である。〈本意〉芭蕉の「藻にすだく白魚や取らば消えぬべき」「曙や白魚白きこと一寸」「白魚や黒き目を明く法の網」などが有名だが、その小さく、美しく、はかなげな姿が愛され、うたわれてきた。とりわけ、黒点のような眼が人の目をひきつける。

白魚や椀の中にも角田川　正岡　子規
ふるひ寄せて白魚崩れん許りなり　夏目　漱石
雨に獲し白魚の嵩哀れなり　水原秋桜子
灯りて白魚白き箱となる　佐々木有風
白魚火や国引せしといふ海に　阿波野青畝
白魚は水ともならず雪降り降る　大谷碧雲居
白魚を潟に啜りて歎かんや　西東　三鬼
外海は荒れてゐるなり白魚とり　五十嵐播水
篝火に飛び込む雪や白魚舟　松本たかし
白魚の目がみしものを思ひをり　加藤　楸邨
白魚にすゞしさの眼のありにけり　石橋　秀野
白魚汁灯ともるいまを辞しがたく　野沢　節子
＊白魚汲みたくさんの目を汲みにけり　後藤比奈夫
掬はれてたばしる白魚無慙なり　田中　妙子

## 諸子《もろこ》　諸子魚《もろこ》　諸子鮠《はえ》　初諸子　柳もろこ　柳葉魚《やなぎもろこ》　本もろこ

鯉科諸子属の淡水魚。体長七、八センチ、口に短いひげがある。背は暗灰色、腹は白、側面に淡青色の縦じまがある。うろこには光がある。南日本の河川におり、琵琶湖のものが有名。味噌焼、飴だきなどにする。柳の葉に似ているので柳もろこ、柳葉魚という。二月頃、卵を持ちはじめたときがしゅんで、脂が多く、美味である。これが諸子という理由である。本もろこが一番美味だが、たもろこ、すわもろこ、いともろこ、でめもろこ、すごもろこなどがある。〈本意〉琵琶湖および周辺の河川のものがとくに有名で、木曾義仲一族の亡魂が化したものかなどという説まであるくらいである。「この魚、おそらくは他州にあるべからず。江湖の産魚なり」などといわれている。京都の春料理の一つになる。初もろこは初春にとれたものをいう。

筏踏んで覗けば浅き諸子かな　高浜　虚子
湖に今日を惜しめば諸子の酢　森　澄雄
わがために近江の諸子魚とゞきゐる　水原秋桜子
諸子釣る近江の雨を肩にして　山下　桜童
巣放れし諸子の群れに野火走る　内藤　吐天
*秤から堅田のもろこ跳ねて落つ　飴山　実

**鱒**《ます》　あかめ　はらあか　本鱒　紅鱒　桜鱒　川鱒　背張《せっぱり》鱒　あめ鱒　姫鱒

鮭科に属す。六十センチぐらいの魚。背は淡褐色、腹は銀白色、肉は赤い。北日本の海に多いが、三、四月ごろ河口に集まり、五、六月ごろ川をさかのぼり、八、九月ごろ産卵、稚魚は秋冬に海にくだる。しゅんは、春、河口に集まった頃である。川をさかのぼる頃も産卵前は美味で、上り鱒という。三重、愛知では川鱒という。漁は留網、簗、笯、やす突きなどでおこなう。鱒は本鱒ともいうが、北海道では桜鱒ともいう。紅鱒は北日本のもの、各地の湖で養殖されている。紅という字のとおり、肉が紅く、うまい。ますのすけという種類はもっとも大きく、一メートル半にもおよぶ。日本の川にさかのぼらない。背張鱒は、駱駝鱒、樺太鱒ともいい、雄の背中がつき出している。あめ鱒は海にくだり、岩魚と同種のもの。姫鱒は淡水産の鱒。〈本意〉鱒にはいろいろの種類があり、川鱒と海鱒にわかれるが、味がよく、大切な魚である。とくに生殖期には紅色をおび、あかめ、はらあかとして賞味される。

鍋洗ふ前虹鱒の列通る　野村　泊月　　日蝕に虹鱒の歯のおそろしき　萩原　麦草
*鱒生れて斑雪ぞ汀なせりける　石田　波郷　　鱒池に小雀が落す蛾の青し　阿部ひろし
鱒の子の幾万育つ水皺かな　清水　基吉　　鱒群れて水にさからふ紅させり　山上樹実雄

## 桜鯎《さくらうぐひ》　桜石斑魚《うぐひ》　花うぐひ　赤魚《あかを》　赤っ腹　あぶらはや

うぐいは、東京ではや、ほんばや、中国、四国、九州でいだ、琵琶湖でうぐい、多摩川でまるたなどと呼ばれる鯉科の川魚で、背は暗褐色、腹は白く、鮎に似た形である。三十センチぐらいにまでなる。ありふれた魚だが、春の生殖期に腹部に赤い一縦線が出るので、桜鯎、赤腹などと呼ぶ。あぶらはやはこの一種で、春、味がよい。〈本意〉春、花咲き散るころ取るものを桜鯎と呼ぶことが古くからおこなわれてきた。婚姻線を花の時期にあわせて美しく呼ぶ名前である。

花うぐひ卵こぼして籠にほふ　水原秋桜子　　*うぐひ釣るうぐひつきばな咲く頃を　森田　峠
花うぐひ山々雨ににじみけり　百合山羽公　　花うぐひしののめ色に釣られけり　倉田　春名
花鯎とて金鱗に朱一線　福田　蓼汀　　魚籠の目に虹のひらめき花うぐひ　大竹きみ江

## 公魚《わかさぎ》　⿰魚公《わかさぎ》　鰙《わかさぎ》　若鷺　桜魚　ちか　あまさぎ　雀魚

背の色は青味をおびた淡黄色、腹は銀色、体側に淡黒色の縦線が通る。今は各地の湖に移殖され、淡水魚のようだが、本来は海の魚で、淡水にうまれ、海で育ち、また淡水にかえって産卵する。さけ、ますのような習性の魚だが、湖の公魚は陸封型のもので、生涯淡水ですごす。霞ヶ浦の公魚漁は有名で、二月から三月におこなわれる。淡泊な味でおいしい。冬、湖が結氷したとき、氷に穴をあけて釣る公魚釣りは趣きがある。北日本に多い魚で、東北、北海道でちか、松江であまさぎという。〈本意〉形のよい魚で、美味であり、春先の趣きのある味覚で好まれる。桜魚などとも呼ばれ、その名も古くから愛されてきた。吉野の桜が落ちて水中で魚となるゆえに桜魚というなどの説まである。

*公魚のよるさゞなみか降る雪に　渡辺　水巴
きりもなく釣れて公魚あはれなり　根岸　善雄
年々に公魚汲みて舟古りし　橋本　鶏二
公魚を焼く杉箸のすぐ焦げて　鳥越すみこ
公魚をさみしき顔となりて食ふ　草間　時彦
公魚のフライからりと光る湖　松本　光司

## 柳《やなぎ》鮠《はえ》　鮠　はや

特定の魚の名ではなく、総称のたぐいで、東京で「はや」「本ばや」というのは鯎《うぐい》のこと、琵琶湖で「はい」「白はえ」というのは追川《おいかわ》の雌のこと、高知で「はえ」というのは川鯥《かわむつ》のこと。他の地で「はや」「はえ」というのは追川のこと。柳鮠は、春の十センチ足らずの、柳の葉に似た魚をさし、鯎や追川などの魚がそれにあたる。ちょうど柳の葉も萌え出て、春らしい頃のすばしこい魚を味わいぶかく総称したものである。〈本意〉形、柳の葉に似たるゆえ名づく、また時の景物を賞美の詞ともいう——などといわれる。「はや」ともいわれ、すばやく、潔白愛すべき春の魚である。

柳鮠さばしる水をかちわたる　富安　風生
＊水門に少年の日の柳鮠　川端　茅舎
柳鮠蛇籠になづみはじめけり　水原秋桜子
柳鮠ひかりて芦のほぐれけり　依田由基人
鮠つるやゆらぐ筏を踏みわたり　高野　素十
散る性も集る性も柳鮠　中村　春逸

## 初鮒《はつぶな》　春の鮒

鮒は冬の間は冬眠していて、春になると活動をはじめる。産卵のため岸に近づき、たくさん釣られ、味もよい。これを初鮒という。大きなものは鮒膾《ふななます》にし、山吹膾という。山吹の花の上に鮒膾を盛りつけるからである。近江、京都の料理である。琵琶湖名産の鮒鮨も作られる。だいたい琵琶湖の鮒について言われる季題である。〈本意〉鮒は寒鮒が冬、源五郎鮒が夏の季題だが、琵琶湖の鮒がとくに有名で、初鮒も琵琶湖のものが第一とされる。四月頃の季節の味覚である。

鮒膾勢多の橋裏にさす日かな　飯田　蛇笏
春鮒を頒ち貧交十年まり　能村登四郎
＊掌に重く有明色の春の鮒　加藤　楸邨
春鮒の手のひらほどの厚みあり　八木林之助
金ほのぼの雨を釣られて春の鮒　大野　林火
春鮒の大きが草に置かれけり　皆川　盤水

## 乗込鮒《のっこみぶな》　乗込み　上り鮒　子持鮒

冬は川底で冬眠しているが、春活動をはじめ、巣離れ（巣をつくるわけではないが、それまで巣ごもりをしていると見る）をして群れをなし大きな川から枝川、細流、水田にぐんぐんのりこんでくる。産卵のためであり、上り鮒、子持鮒ともいう。食欲旺盛で、釣りのあたりもよく、釣人の豊漁の時である。〈本意〉鮒の勢いのよい活動を「のっこみ」ということばの勢いであらわしているところに注意すべきであろう。釣人の心のはやりも暗示される。

堰急雨鮒乗込むと見えにけり　水原秋桜子
＊群れのぼる鮒は見えねど川ながる　篠田悌二郎
乗込みの切にさざめく古江かな　阿波野青畝
田のいたく濁るは鮒の乗込めり　供保　保
乗込鮒生簀の外に影つづく　金子星零子
子持鮒死後に開けたる唇ならむ　加倉井秋を

## 若鮎《わかあゆ》　小鮎　鮎の子　上り鮎

秋にうまれた鮎の子は冬には海で育ち、春になると、五、六センチになって川を上ってくる。急流におどりつつさかのぼる若鮎の姿は清冽である。四月十五日、兵庫県加古川では、他の地にさきがけて漁が解禁になる。桜の花の散るところで釣ることができる。〈本意〉姿よく優美な若鮎は美しく、勢いがあって、春の活力を象徴するようである。上り鮎の活気が中心となる。

若鮎の二手になりて上りけり　正岡　子規
草の葉も入れて活けおく小鮎かな　松本　翠影
＊のぼり鮎すぎてまた来る蕗の雨　加藤　楸邨
若鮎の無数のひかり放流す　和田　祥子
若鮎のあはれひれさへととのへし　阿片　瓢郎
行くさきのあるごとし鮎のぼりつぐ　岡田　銀渓

## 飯蛸《いひだこ》　望潮魚《いひだこ》　高砂飯蛸

頭は親指ほど、鮫肌、灰紫色の蛸で、足を入れても二十四センチほどの大きさである。内海の砂の中に、口を上に、脚をひろげている。二、三月ごろ産卵するが、卵巣に米粒に似た卵がつまっているので、飯蛸という。らっきょうで釣り、小さい蛸壺や二個合わせたにしの殻、あわびの殻を沈めてとらえる。高砂の飯蛸は飯が多くて有名。〈本意〉腹内に白米飯のごときものありて充満す、味佳なり——といわれ、産卵期がしゅんの蛸である。

*飯蛸や飯のところを二つ切　野村　喜舟　　夕澄みて飯蛸泳ぐ舟のうち　堀口　星眠
飯蛸をめでたきものとして厨　高野　素十　　飯蛸や女は好きな幕の内　中　火臣
飯蛸を歯あらはにぞ召されける　清原　枴童　　放たじとあはれ飯蛸擬餌を抱く　尾崎　木星

### 花烏賊《はないか》　桜烏賊　甲烏賊　しりやけいか　真烏賊

桜の花の咲く頃にとれる烏賊のことで、桜烏賊ともいい、甲烏賊（東京では真烏賊という）やしりやけ烏賊のことである。甲烏賊は舟形の甲羅があり、もっとも普通の烏賊で、肉も厚く、味もよい。〈本意〉九州近海にはないかという烏賊がいるが、それではなく、桜の頃にとれる烏賊のことである。桜がどんなに重んぜられるかがわかる。

洗ひたる花烏賊墨をすこし吐き　高浜　虚子　　花烏賊の墨はしりたる腕かな　早野　四方
花烏賊のいでゐる息の墨の泡　阿波野青畝　　花烏賊やまばゆき魚は店になし　林　翔
*花烏賊を煮て吹き降りの夕なり　百合山羽公　　花烏賊に量り目止まる真昼かな　岩城のり子

### 蛍烏賊《ほたるいか》　まついか

胴長六センチほどの小さな烏賊で、腹脚や目の周囲に発光器をもつ。各地の深海にいるが、富山湾滑川がとくに有名。相模湾がこれに次ぐ。春の夜、海中が輝くのを掬って洗い、醤油をつけて食べる。海中を出ると光を失い死ぬ。産卵期の五、六月がしゅんである。〈本意〉海中の輝きの明滅の美しさ、水中を出ると死にやすいはかなさが眼目になる。深海が浅海に接するところにいて、春浅海に近づくのである。

螢烏賊松風陸を離れざる　金尾梅の門

＊螢烏賊ともりておのれ照らしけり　船平　晩紅

父の忌の町に出初めし螢烏賊　沢木　欣一

螢烏賊一期の灯ともしけり　大森　桐明

螢烏賊青き飛沫をふりこぼす　石黒　卜風

晩年の旅螢烏賊歯になじむ　青木よしを

## 蛤《はまぐり》　蛤鍋《はまなべ》　蒸蛤　焼蛤

潮干狩で浅蜊とともに尊重される二枚貝で、表面はなめらかで、褐色の帯状斑をもつ。身は白く、味は上品である。沿岸、内湾などにひろく存し、浅い海底の砂の中にいる。冬は深くもぐっているが、晩春頃、砂の表面近くまで出てくる。干潮時にそれを掘ってとるが、貝桁網でとることもある。蛤鍋、蒸蛤、蛤つゆなどが美味であり、鮨種や佃煮にもなる。桑名の焼蛤は名物だった。住吉の洲崎は蛤のむき身を土産物にし、また酢にあえて食べたので洲蛤、酢蛤といった。殻は貝合わせ、練り薬の容器、結婚の祝いもの、契約のしるしにつかわれ、また碁石にもなる。〈本意〉栗に形が似ているのではまぐりと名づけられたようである。味が上品で上等の食物になるが、その風趣が喜ばれ、縁起物にもなっている。

舌やいて焼蛤と申すべき　高浜　虚子

蛤を膝に鳴かせて夜の汽車　石塚　友二

＊蛤を買ひえて空の藍ゆたか　渡辺　水巴

無数の蛤無数の蕾夜の島　飯田　龍太

蛤に雀の斑あり哀れかな　村上　鬼城

蛤のかにかく重し数は知らず　林　翔

蛤や玉の如くに洗はるゝ　高田　一餅　　焼蛤一縷のけむり上げにけり　中島　月笠

## 栄螺《さざえ》　拳螺《さざえ》　栄螺子《さざえ》　つぶ

外海に面した岩礁地帯にいる巻貝で、殻は厚く、管状の突起がある。外側は暗蒼色、内側はなめらかで真珠色である。突起のないものもある。岩に吸いついているが、水中を泳いで場所をかえることもできる。海藻類を食す。舟から箱眼鏡でのぞき、銛で突いてとらえる。壺焼が有名。〈本意〉荒磯にいて、壺焼にするという野趣のある貝で、その形状にも、そうした趣きがあふれる。

*海凪げるしづかさに焼く蠑螺かな　飯田　蛇笏　　栄螺かなし神が創し手をひろげ　橋本　鶏二
どこ置いても栄螺の殻は安定す　加倉井秋を　　生さざえ噛めば潮さゐ胸に鳴る　上村　占魚
栄螺の殻つまめるやうに出来てゐる　同　　焼かるるとさざえが細き笛を吹く　秋沢　猛
栄螺採る一足毎の月光下　中西　舗土　　網の中さざえは夜を鳴き合へる　湯本　牧人

## 浅蜊《あさり》　鬼浅蜊　姫浅蜊　殻浅蜊　浅蜊売　浅蜊汁　浅蜊舟

潮干狩の主役である二枚貝。各地の浅海にもっとも普通にいる。三角形に近い卵形で、二、三センチの大きさである。殻に肋脈があり、灰白色で、灰青色の斑点がある。稚貝を内湾に移殖し、育てることがおこなわれている。干潟で浅蜊取をし、舟から採ることもある。浅蜊売は見られなくなったが、早朝の売り声がなつかしい。浅蜊汁にし、佃煮にする。〈本意〉蛤は上品な味だが、浅蜊はいかにも庶民の味で、なつかしい日常の味わいがある。日常的な町裏の生活のにおいがある。

浅蜊ほる母とほし白帆母の背に　秋元不死男　浅蜊汁朝は働く意志厚し　大塚茂敏
*石炭色の浅蜊洗つても洗つても　滝　春一　顔上げるたびの煙突浅蜊掘り　三浦汎司
夕日だるし浅蜊を量る音こぼれ　松村蒼石　雲バラ色浅蜊一皿買ふ頭上　牧野白嶺
結婚記念日厨の浅蜊舌出して　斎藤五子　新婚が祖父をもてなす浅蜊汁　伊藤トキノ

## 烏貝《からすがひ》

淡水産の二枚貝で、殻の色が黒いのでこの名がある。楕円形で二十センチほどの大きさになる。殻の内側は青白色で真珠のような光沢をもつ。湖や沼、川などの泥にいるが、潮の満ちひきのあるところを好む。肉は食用になるが、泥くさくてうまくない。淡水真珠の母貝として利用される。貝ボタン、貝細工などに用いられる。〈本意〉殻が黒くてうまくないので、重んじられていないが、フランス料理ではムール貝として、浅蜊ほどに愛用される貝である。日本では食用より、細工物や真珠作りに利用される。

埋木と共に握られぬ烏貝　高田蝶衣　烏貝殻をひらきて真珠色　米田花壺
烏貝は獲れ砂まみれ春時雨　中村汀女　烏貝おろかな舌を出してゐる　篠田吉広
子より享く細身の反りの烏貝　柳沢輝男　*くはへゐる藁一とすぢや烏貝　黒米松青子
烏貝日の没る方を巷とす　加倉井秋を　藍甕のつぶやくごとし烏貝　新村千博

## 馬刀《まて》

馬蛤貝《まてがひ》　竹蟶《まて》　馬刀貝《まてがひ》　剃刀貝　あかまて　馬蛤突《まてつき》　馬刀掘

貝殻が細長く筒状でうすい二枚貝で、長さ十二センチぐらい。浅い海の砂泥の中にいる。殻の色は青味をおびた黄褐色で光沢がある。干潮のとき、棲息孔をみつけ、三十センチぐらい砂泥をほるととれる。棲息孔は水管の跡で、ここに塩を入れると急に出てくるのをとらえ、また、針金を竿につけたものの先で、孔の中を突いてとらえることもある。味はよく、煮たり干したり罐詰にしたりする。〈本意〉形が細長く剃刀に似ているので剃刀貝といい、竹の筒のようなので竹蟶とあらわす。また、鞘をはらった刀の形に似ている馬の陰茎を思わせるところから、馬刀貝と書きあらわす。いずれにせよ、特異なその形に古くから関心のある、美味な貝。

面白や馬刀の居る穴居らぬ穴　正岡　子規　　蛤の上に一把や馬刀の貝　松瀬　青々
馬刀突きの子の上手なりたかりける　高浜　虚子　　足もとに来てゐる波や馬刀を掘る　岡田　耿陽
*馬刀貝の潮にさか立ち砂の中　秋田　蓬牛　　潮ふいて馬刀の穴にはあらざりき　宇津木未曾二

## 桜貝《さくらがひ》　花貝　紅《べに》貝　薄ざくら　五色ざくら　樺《かば》ざくら

海の砂泥にいる小さな貝で、色と形が桜の花弁のようなので、この名がある。真珠のような光沢があり、可憐な美しさがある。東京湾、伊勢湾、瀬戸内海などの浅い海に多い。いろいろの異名がある。貝細工にする。〈本意〉波に寄せられて浜辺で光る桜貝は美しく、古人も「桜の散りて地に敷くがごとし」と賞した。小さな宝物のような春の貝である。

砂も亦美しきかな桜貝　高浜　虚子　　ひく波の跡美しや桜貝　松本たかし
さびしさに桜貝舐め紅濃くす　山口　青邨　　妹が掌をこじあけたれば桜貝　小川素風郎
*桜貝二枚の羽を合せけり　阿波野青畝　　桜貝妻の歯端も透くごとく　香西　照雄

波ひきし砂金の中の桜貝　野見山朱鳥
桜貝手にのせくれしだけの事　露久志香女
掌に享けて掌と同色の桜貝　伊藤　夜鴨
女一途に産まんとするや桜貝　作間　正雄

**蜆**《しじみ》　真蜆　紫蜆　大蜆　大和蜆　瀬田蜆　業平《なりひら》蜆　蜆舟　蜆売

川、池、湖沼など、淡水の砂の多いところにいる二枚貝で、殻の色は黒褐色、内面は紫色である。真蜆が普通の蜆、近畿の紫蜆、瀬田川の瀬田蜆、諏訪湖の業平蜆など種類が多い。大和蜆は本州、四国、九州などの河口近くの潮のさす泥地にすむ。蜆汁やぬた、佃煮にする。蜆とりは、舟をうかべ、竿の先の籠で水底を掻いてすくう。産卵期やしゅんは夏だが、春からとる。夏の蜆は土用蜆といい、好まれる。〈本意〉貝の殻がちぢむようなのでしじみというなどの説があるが、浅蜊と並んで庶民に味が愛される日常的な貝である。小粒だが風味がよい。

梅多き寺島村や蜆売　正岡　子規
蜆舟少しかたぶき戻りけり　安住　敦
蜆川うす曇りして水の濃き　飯田　蛇笏
雨やどり人が買ふゆゑ買ふ蜆　米沢吾亦紅
つくろへるところの青き蜆籠　富安　風生
蜆殻捨てるさびしき音ありけり　岩田　はつ
＊一攫の蜆の暗きいのち買ふ　秋元不死男
水切ればむらさき走る蜆かな　岡田　耿陽

**蜷**《にな》　みな　河貝子《かばいし》　海蜷　川蜷　びんな　びんろうじ　蜷の道

二、三センチの竹の子状の巻貝で、淡水産の川蜷と浅海産の海蜷（磯蜷）がある。海蜷は塩分の強くない入江などの泥砂の中でとれ灰黒色、身がやわらかくてうまい。川蜷は、川や湖沼でとれ、黄褐色、赤褐色である。肺臓ジストマの中間宿主となる。蜷には別名が多く、古くはみなといい、九州南部ではびんなという。肥前、筑後ではあげまきと称した。蜷は泥に筋をつけてゆっくりと這うが、これを蜷の道という。〈本意〉蜷の道は、人生の歩みを暗示することが多く、しみじみとうたわれることが多い。蜷は美奈、すなわち水鳴とされ、水中で鳴くものとされ、古くは「蜷《みな》の腸《わた》」が黒いため、「黒き」の枕詞となった。古くから注目されてきた貝である。

＊砂川の蜷に静かな日ざしかな　村上　鬼城　　水底に蜷の這ひたる月日あり　鈴鹿野風呂
杭を上る大廻りして蜷の道　富安　風生　　水浅し蜷もせゝらぐごとくなり　軽部烏頭子
悉くこれ一日の蜷の道　高野　素十　　訃ののちもこころの中に蜷の道　宇佐美魚目

## 田螺《たにし》　丸田螺　大田螺　角田螺　姫田螺　山田螺　豆田螺　たつび

淡水産の巻貝で、蝸牛を長くしたような形である。水田や池、沼などにいる。殻に六つほどの螺層がある。青黒色で光沢があり、ゆるぬるしている。春、水底を這い、田螺の道をつくる。丸田螺、大田螺、角田螺、長田螺、姫田螺、山田螺、豆田螺など、いろいろの種類があり、丸田螺が食べられる。ゆでて、針で身をひき出して食べる。田螺和、煮物にしてもよい。魚の餌にもする。貝類だが胎生であるのがめずらしい。田螺鳴くというのは空想である。〈本意〉和名、たつひ（たつび）といい、たにしは俗語であるという。方言が多い。池や田の底を這う光景が身近かな貝であった。

静かさに堪へで田螺の移りけり　村上　鬼城　　田螺売る真間のをとめにもの問はむ　阿波野青畝

沸沸と田螺の国の静まらず　松本たかし
薮が吐く月なつかしや田螺和　石田波郷
＊悪ろき世のむきみの田螺黒かりき　森川暁水
田螺より愚かに生きて職もなし　福田蓼汀
水のなか田螺黒き身出し尽す　沢木欣一
田螺だんだん寄り合うて昼となりぬ　石井几輿子
田螺らよ汝を詠みにし茂吉死す　天野莫秋子
田螺鳴く夜を試験に落ちし子と　太田嗟

## 潮まねき《しほまねき》

望潮《しほまねき》　潮招《うしほまねき》　田打蟹　てんぽ蟹

蟹の一種で海辺にいる。一方のはさみが大きく、体長以上にある。甲羅は濃褐色、脚は赤、干潮のとき穴を出て、大きなはさみをかざし、そのさまが潮を招いているようなのでこの名がついた。紀伊半島以南にいる。異名が多い。〈本意〉蟹は夏の季語だが、潮まねきは春に目立つので春である。はさみの片方が大きいのは雄の方で、たくさんそろってはさみをふるさまは壮観である。眼も突き出している。

汐まねき風ふくことをよろこばず　渡辺大年
＊汐まねき呪文の踊りくりひろげ　野見山朱鳥
ひたすらに入日惜みて汐まねき　河野静雲
揚羽蝶渡ればやみぬ汐まねき　楠部九二緒
潮まねき潮を招きて暮れゐたり　山本甲二
汐まねき招きゐて汐遠ざかる　鈴木鶉衣

## 寄居虫《やどかり》

がうな　本やどかり　かみな　岡やどかり

えびとかにの中間の形をした、節足動物。甲殻類である。ほらがいなどの空《から》の巻貝にすみ、成長にしたがい大きな貝にすみかえるのでやどかりの名がある。貝殻は、外敵や熱、光などへの保護の役をする。帯黄色で、はさみをもち、右のはさみの方が大きい。貝を負ったまま速く浜辺をはしる。普通に見られるのは本やどかりだが、ほかにも種類が多い。がうな、かみなは古語である。子供のおもちゃに売られることがある。〈本意〉貝に宿をかりるというところに古くから関心があつまっている。春の浜辺の行楽などの点景としてたのしい。

一つ居て天涯孤独寄居虫かな　尾崎　迷堂
やどかりの瑠璃の全身出して羞づ　加倉井秋を
やどかりの又顔出して歩きけり　阿部みどり女
やどかりに色塗りて売る祭来ぬ　佐々木麦童
寄居虫や相似て知らぬ磯ばかり　山口　草堂
＊寄居虫の性かなしめば動きけり　福井　夏炉

## 磯巾着《いそぎんちゃく》　磯巾著　石牡丹《いしぼたん》

浅い海の岩などに附着して、触手をひらいている腔腸動物である。体は円筒形で、おもに緑または紅い色をしている。中央に穴があり、口盤の周囲に六の倍数の触手がある。紅、白、黄など、種類によりさまざまの色があり、菊の花のようにひらいて、餌をまつ。餌が触れると体が収縮し、口をしめる。巾着のひもをしめるようなので、この名がある。春にもっとも多い。岩に咲く牡丹、と見立てて、石牡丹ともいう。くまのみという魚は触手の毒に免疫で、触手の間で生活し、魚をさそう働きをしている。共生の魚である。〈本意〉磯にいる愛嬌のある動物で、どこか子供ごろにかえる思いのする生物である。

虫吐いて磯巾著の花ゆるゝ　今村　野蒜
砂を吐くいそぎんちゃくの昼ふかし　福本吾香彦
磯巾着潮よりもなほ柔らかに　鈴木　鵬于
いそぎんちゃくその他生きとし生けるもの　京極　杞陽
＊るいるいといそぎんちゃくの咲く孤独　土橋石楠花
鉛筆をくはへ磯巾着すぼむ　片山那智児

## 海胆《うに》　雲丹《うに》　海栗《うに》

棘皮動物の一種で、浅い海の岩の間や砂の底にいる。丸く平たい形で殻をもち、栗のような棘をはやしている。紫や青、白い色の棘で、栗のいがのようなので、海栗《うに》という。種類が多く、紫海胆、赤海胆、馬糞海胆、白鬚海胆などがあり、産卵は春から夏にかけてである。その卵巣を雲丹といい、練って塩辛にしたものが練雲丹、粒のまま塩辛にしたものが粒雲丹であり、生のままで食べる生雲丹も酒の肴に喜ばれる。たも網ですくい、やすで突く。下関が海胆の本場とされ、北陸地方の馬糞海胆も越前海胆といい知られている。〈本意〉海胆突き、海胆刺し、海胆割く、雲丹つくるなどと俳句では使うが、春の海の開放感のある漁の一つと考えてよい。生雲丹の味のよさが思いうかぶ。

*雲丹割くやおろかな日々の続きをり　角川　源義

海胆とりの口笛沖に日神鳴　本多　静江

海胆怒る漆黒の棘ざうと立ち　橋本　鶏二

うにの棘青む海底に迄夕焼　杉本　寛

海胆居りて海胆の折れ針ちらばれる　森田　峠

海胆裂けば暗たんとして針死なず　只野　柯舟

## 地虫穴を出づ《ぢむしあなをいづ》　地虫出づ　蟻穴を出づ　蟻出づ　蜥蜴出づ

地虫は狭義には、はんみょう、こがねむし、くわがたむしなどの幼虫のことで、土の中に住み、さなぎとなって羽化して春に出てくるわけだが、この題の場合には、虫一般が、春になって土中より出てくることをさす。虫は幼虫、さなぎ、成虫の状態で、冬の寒さを土中で防いでいたのである。蛇や蛙、蟻、蜥蜴などについてもいい、時候として啓蟄ともいう。〈本意〉啓蟄の頃、土上に虫を見かけるのをイメージ的に言ったもので、春気の動く喜びを虫にたくして述べているわけである。蛇や蛙は虫ではないが、昔は虫に含めて考えていた。

東山はればれとあり地虫出づ　日野　草城
穴出でむ虫のほのめきあきらかに　阿波野青畝
蟻穴を出でておどろきやすきかな　山口　誓子
木蔭より総身赤き蟻出づる　同
＊石のかどほのくれなゐに地虫いづ　百合山羽公
それぞれの影引きいづる地虫かな　八幡城太郎
抽斗に名刺が溜り地虫出づ　加倉井秋を
苦虫もふさぎの虫も穴出づや　杉山　岳陽
地に月日空に月日や地虫出づ　橋本　鶏二
愛鷹は雲の溜り場地虫出づ　菊池日呂志

## 蝶《てふ》

蝶々　かはびらこ　胡蝶　蝶生まる　初蝶　春の蝶　眠る蝶　小灰蝶《しじみ》　白蝶　黄蝶　紋白蝶　挵蝶《せせり》　蛺蝶《たては》　蛇目蝶　烏蝶　胡蝶の夢

蝶は昆虫のなかでもっとも美しく、目につきやすいもので、花の蜜を吸いにくる姿などいかにも春らしく、春の季題になっている。だが実際は年中見られ、春以外は、夏、秋、冬の名をつけて区別している。色はさまざまで、羽の鱗粉によって彩《いろど》られている。昼に飛び、とまると羽をたたむ。ぜんまい状の口をのばして花の蜜を吸う。春は白蝶、黄蝶が多く、小型である。初蝶は三月に見られる。四月には鳳蝶《あげは》が出、大型の蝶である。小灰蝶は小さくかわいい。挵蝶は色彩が渋く、蝶らしくない。蛇目蝶は花に来ず、雑木林などの日かげにいて樹脂を吸う。日本には二百二十種類以上の蝶がおり、いろいろの言い方がある。蝶は美しく優雅だが、幼虫はきゃべつ、白菜などの害虫で、作物の大敵である。胡蝶の夢は荘子から来ている故事で、夢に蝶となり、百年花に遊んだことをいう。「菜の花蝶に化す」などのおもしろい季題もある。〈本意〉遍照の「散りぬれば後はあくたになる花を思ひ知らずもまどふ蝶かな」(『古今集』)の歌のように、花に舞いあそぶ優美な姿がポイントとなる。春の代表的な季題で例句が多い。「蝶の飛ぶばかり野中の日影かな　芭蕉」「蝶とぶやあらひあげたる流しもと　白雄」。

*山国の蝶を荒しと思はずや　高浜　虚子
初蝶来何色と問ふ黄と答ふ　同
蝶二つ飛び立つさまの光かな　横光　利一
高々と蝶こゆる谷の深さかな　原　石鼎
ほそみとはかるみとは蝶生れけり　久保田万太郎
方丈の大庇より春の蝶　高野　素十
天よりもかがやくものは蝶の翅　山口　誓子
初蝶やわが本もまた街に出ぬ　山口　青邨
初蝶を見し束の間のかなしさよ　松本たかし
耕せば土に初蝶きてとまる　大野　林火
初蝶や吾三十の袖袂　石田　波郷
鳥蝶あはれ啼かねば暮れてしまふ　三橋　鷹女
貝蝶にはつしと光る渚かな　中村　汀女
蝶の空七堂伽藍さかしまに　川端　茅舎
閉ぢし翅しづかにひらき蝶死にき　篠原　梵
羽厚くなつて蝶々吾を包む　永田　耕衣
蝶々の大庇舞ふ月夜かな　中川　宋淵
てふ〳〵や今神様の毬ついて　小杉　余子
回想のうちそと蝶が舞ひはじめ　加藤　楸邨
音楽を降らしめよ夥しき蝶に　藤田　湘子

**蜂**《はち》　足長蜂　熊蜂　似我蜂《じが》　山蜂　花蜂　蜜蜂　女王蜂　黒雀蜂　雄蜂　働蜂　蜂の剣
蜂の針　蜂の子　蜂の巣

蜂は膜翅目に属する昆虫で、六足四羽、頭・胸・腹がわかれ、腰がくびれている。完全変態をし、幼虫は蛆のような形である。種類によって、独立の生活、家族の生活、寄生の生活をするが、多く、女王蜂、雄蜂、働蜂で整然とした社会生活をいとなむ。蜂の巣がそれだが、蜜蜂の巣箱がとくに知られ、蜂蜜をとるために飼育されている。蜂は尻から毒のある針を出して刺すが、蜂の針、蜂の剣という。蜂で春にふさわしいのは花蜂で、春早く花に寄る。雀蜂、また、山蜂、熊蜂は大きく狂暴である。似我蜂は単独生活をし、土中の巣に尺取虫をとらえてはこび、幼虫の食物にする。むかしは、我に似よと尺取虫を連れてくるものと言った。古くは蜂をすがると言った。腰が細い昆虫なので、すがるおとめと使われた。蜂は種類が多い。足長蜂が代表的だが、鼈甲蜂、徳利蜂、姫蜂、黄蜂などさまざまである。黒雀蜂は地蜂、穴蜂、土蜂ともいい、その蜂の子が、信濃、美濃では食用にされる。〈本意〉連俳では、穴、山、巣、さす、たるき、すがるを付合語とするが、巣を作り、人を刺し、花にあつまる腰細の昆虫というところが眼目であろう。日本だけで千種もいるほどで種類が多いが、足長蜂や蜜蜂がもっとも親しい。

熊蜂のうなり飛び去る棒のごと　高浜虚子
蜂飛んで野葡萄多き径かな　寺田寅彦
をう〳〵と蜂と戦ふや小百姓　村上鬼城
*蜂の尻ふわふわと針をさめけり　川端茅舎
指輪ぬいて蜂の毒吸ふ朱唇かな　杉田久女
蜂の巣に蜜のあふれる日のおもたさ　富沢赤黄男
蜜蜂の出で入り出で入る巣箱古り　松本たかし
てのひらに蜂を歩ませ歓喜仏　三橋鷹女
朝刊に日いっぱいや蜂あゆむ　橋本多佳子
狂ひても母乳は白し蜂光る　平畑静塔
分銅のごと熊蜂の揺れてくる　京極杞陽
花粉まみれの蜜蜂の貌きびしくて　青柳志解樹

## 虻《あぶ》　姫虻　花虻　ひらた虻　青虻　黄虻　青眼虻　塩屋虻　後架虻《こうか》　牛虻

蜂とちがい、胴が太く、うなりながら飛ぶ。羽は二枚だけである。種類はすこぶる多いが、花虻と牛虻が代表的である。花虻は花に来て花粉や蜜を食べる。牛虻は、牛や馬、ときには人をおそって血を吸う。花虻が春にふさわしい。空中にとまって羽をうごかしている。後架虻は便所に多い虻。〈本意〉虻（あぶ）という名は、その羽のうなり声から名づけられたといい、春、花のあたりを音をたてて飛ぶのは独特の雰囲気のものである。

大空に飛び据る虻の光かな　楠目橙黄子
*虻の王黒天鵞絨を纏うたり　富安　風生
虻翔けて静臥の宙を切りまくる　山口　誓子
大空に唸れる虻を探しけり　松本たかし
虻生れて晴れて教師も昼餉待つ　中村草田男
母の背に居る高さ虻の来る高さ　同
なかぞらに虻のかなしさ子の熟睡　橋本多佳子
母牛と仔牛一体虻払ふ　橋本美代子

### 春の蚊《はるのか》　春蚊　初蚊

晩春の夜など、蚊が出ることがある。成虫で越冬したものが陽気につられて出てきたもので、一匹だけ、声もよわく、やっと飛んでいる感じである。まだ刺すことはない。〈本意〉まだいかにも弱々しい感じの蚊だが、陽気がよくなってきたことを思わせ、ものういような印象である。

ともしびにうすみどりなる春蚊かな　山口　青邨
春の蚊のこゑなき肋痛むなり　石田　波郷
何か曳き春の蚊飛べり三鬼亡し　秋元不死男
春の蚊や職うしなひしことは言はず　安住　敦
独り病めば春蚊ささやく鼻の上　細川　加賀
みどり児の手を出し眠る春蚊出づ　伊東とみ子
*春蚊とてめぐるをしばし許しけり　植田　露路
夕空を昇らむために春蚊生まれ　木村　勇

### 春の蠅《はるのはへ》

春、あたたかい縁側、庭、障子の内側などに、蠅がとまっていることがある。一匹、二匹がぽつんぽつんととまっている。越冬した蝿で大きく、汚れた感じである。〈本意〉蝿は夏の季語で、春には蝿生るがあるが、それは、越冬した蝿が生むもので、春の蝿が親である。春の蝿は苦難に耐えたわびしい感じで、春の日当りを待ちかねたように浴びている。

＊冴返りて又居ずなりぬ春の蝿　高浜　虚子
酸素吸入額を去らぬ春の蝿　成川　仙火
皆違ふ寒暖計や春の蝿　島村　元
春の蝿仕事着壁に乾きゐぬ　中岡　修之
なま乾く馬糞うましや春の蝿　中島　斌雄
膝に来て影ふるはしぬ春の蝿　浜田　未知

## 蚕《かひこ》　蚕《こ》　お蚕　桑子　春蚕　毛蚕《けご》　蟻蚕《ぎさん》　病蚕　捨蚕　起蚕　透蚕《すきこ》

絹糸をとるために飼育されている昆虫で、貴重な虫だが、今は化学繊維に圧倒されている。蚕の飼育は養蚕といわれ、俳句では蚕飼といわれるが、数千年の歴史があり、日本には中国から輸入され、お蚕《かいこ》さま、お蚕《こ》と呼ばれて尊重されてきた。女性が主体となる仕事である。春蚕《はるご》のほかに夏蚕、秋蚕もあるが、蚕は春とされている。次の経過で繭をつくる。毛蚕、蟻蚕（四月下旬に蚕卵紙、種紙から孵化した幼虫で、毛が密生し黒い色をしている）、掃立て（毛蚕を蚕卵紙から蚕座に移す。掃きとる）、眠り（幼虫は桑の葉をたべて成長し、四回脱皮する。脱皮すると毛が失せ、白い色になる。脱皮の前には食物をとらないでじっとしている。眠り蚕という）、起蚕（眠りからさめた蚕のこと）、透蚕（蚕は眠るたびに一齢を加える。五齢のときがもっとも食欲旺盛で、十日ほど忙しい。蚕ざかり、蚕時である。その後食物をとらず、からだが透きとおってくる）、上簇（透蚕を藁を束ねたすだれ様の簇にうつす。ここで蚕は糸をはいて二、三日で繭を作る。繭の中で蚕はさなぎとなり、蛾となって出てくる。蚕蛾は交尾、産卵して死ぬ）。病気の蚕は病蚕といい、余分の蚕と捨てられる。捨蚕という。蚕は桑の葉を食べるので桑子という。学問的には桑子は野蚕のことで、蚕の原種のこと。〈本意〉蚕は農村の重要な産業で、昔から信仰と結んで、いろいろの禁忌があった。現代ではやや様子がちがってきたが、蚕を尊重する気持の名残りはつづいている。お蚕さまという気持と養蚕のいそがしさとが、ポイントとなろう。

逡巡として繭ごもらざる蚕かな　高浜　虚子
ねむり蚕にひとつゆらめくかうべあり　皆吉　爽雨
濡桑をさながら食はす蚕かな　坂本四方太
ともしびを毛蚕にかたむけ夕近し　木村　蕪城
雷鳴つて御蚕の眠りは始まれり　前田　普羅
捨てるといふ蚕を貰ひ養ひし　数藤　五城
*あめつちの中に青める蚕種かな　吉岡禅寺洞
見返りてかうべあげゐる捨蚕かな　田中　茗児
道の辺に捨蚕の白さ信濃去る　橋本多佳子
咆哮のさまに身を反る蚕かな　柴田　豊子

## 山繭《やままゆ》　山蚕《やまがひこ》

山繭は野外で繭をつくる蛾、あるいはその繭をさす。俳句では、やままゆが、えぞよつめ、しんじゅさん、かいこが（くわご）などの蛾やその繭のことをこう呼んでうたう。くわごは蚕に近いものだが、やままゆがは大きな蛾。幼虫は黄緑色をおびており、くぬぎ、なら、かしなどの葉をたべ、四回脱皮、繭をつくる。この繭からとった絹糸は最高級品とされる。〈本意〉野生の繭で、品質がよいというところに風趣が感じられる。ただし、やままゆがの繭が作られ、蛾が出るのは七月頃になるので、夏の季題と考えることもできる。

山繭のひとつゞゝ居て垂れさがる　阿波野青畝
山蚕らに大山祇は在します　塚原　夜潮
*山繭や樫の古葉の掃きよせに　木津　柳芽
樹々の青照るに山繭も息づける　同

松風や山繭のねむりなほ浅き　関根黄鶴亭
てのひらに山繭春の夕日透く　沢木　欣一

## 蝿生る《はへうまる》　蝿の子

春、はじめて孵化した蝿のことである。春の蝿というと、越冬した蝿だが、蝿生るといえば、その蝿が親になって生まれた蝿のことになる。まだ小さく、可憐な感じもする蝿である。〈本意〉蝿というと夏の季語で、いまわしいものの代表だが、春うまれた蝿はまだその感じはなく、かわいい感じさえある。

蝿生れて平らなるものを好み這ふ　中村草田男
生れたる蝿のやさしく飛びにけり　高橋淡路女
船室の蝿うまれたるばかりかな　久保田万太郎
身に余る羽を重ねて蝿生る　平畑　静塔
*蝿生れ早や遁走の翅使ふ　秋元不死男
蝿生る何彼と言ひて妻太る　清水　基吉

## 雪虫《ゆきむし》

早春の二月ごろ、雪国で、雪の上に黒い小さな虫がたくさんあらわれて動いていることがある。これらは、かわげら（せっけいかわげら、ふたとげくろかわげらなど）が羽化して出てきたもので、幼虫は渓流で成長する。早春に羽化し、雪上を這い交尾する。とびむしも雪上に出てくる。雪が赤紫になるほどである。ゆすりかはとまって前肢を上げ上下にゆする小さな蚊だが、早春に大発生する。高山の雪渓に雪虫が出て、雪渓虫とよばれるが、これは夏である。これらをみな雪虫という。〈本意〉雪の上をはいまわるので雪虫とよばれ、俳句に好まれる季語である。イメージ的に綿虫が雪の降るようにとぶので雪虫と呼ばれることがあるが、これはまちがいである。

雪虫が胸の高さすぐ眼の高さ　山口　誓子
壮年の兄遠ながめ雪虫くる　寺田　京子
＊雪虫に沖つ波いろ濃かりけり　佐野　俊夫
人の息かかるを待てり雪虫は　鷹羽　狩行
雪虫や牛には温きもの吷はせ　榎本冬一郎
往診にまた雪虫の頃が来し　新明　紫明

## 春蟬《はるぜみ》　春蟬《しゅんせん》　松蟬　春の蟬

もっとも早く鳴く蟬で、四月下旬ごろから温暖なところで鳴きはじめるという。赤松の林で鳴いていることが多く、鳴き出すと合唱となる。松蟬ともいう。鳴き声は、ジリジリジリ、ジーワー、ジーワーで、松風のような感じである。〈本意〉松蟬は夏の季語だが、その鳴きはじめ、聞きはじめにポイントをおいて、春の蟬という季語となる。春といっても初夏にちかい晩春のころである。

昼中の白き刻のみ春の蟬　山口　誓子
春蟬の音のひえびえとながさるる　飯田　龍太
＊春の蟬こゑ鮮《あたら》しくしては継ぎ　橋本多佳子
こころ澄む日のまれにして春の蟬　桂　信子
春蟬の鳴きては止みぬ止むは長く　加藤　楸邨
春の蟬帯のゆるみに鳴きこもる　三好　潤子
春蟬や多摩の横山ふかからず　篠田悌二郎
春蟬や墓域がわれを待つ故郷　座光寺亭人

# 植物

## 梅《うめ》

好文木　花の兄　春告草　匂草　香散見草《かざみくさ》　風待草　香栄草《かばえくさ》　初名草《はつなぐさ》　野梅　白梅
臥竜梅　青竜梅　残雪梅　残月梅

梅は桜とならんで、代表的な春の花で、百花にさきがけて咲く花の兄、春告草である。花は一個から三個集まって咲き、五弁で、丸い花弁であり、一重咲きと八重咲きがある。色も白、薄紅、紅などいろいろである。香気が高く、気品ある清楚な花の感じとあいまって、日本人に愛され、『万葉集』では花といえば梅のことだった。中国から渡米したといわれ、詩歌に多くうたわれてきた。野梅は野生の状態におかれた梅で、白い一重の花をつけて丈夫である。これがもっとも普通の梅で、臥竜梅、青竜梅、残雪梅、残月梅などの種類がある。梅雨の頃、実を摘んで梅干しにするが、実をとる種類は花はあまりきれいでない。梅の名所は水戸、熱海、月ヶ瀬、賀名生《あのう》、和歌山県南部の梅林など。名木も多く、黒駒の梅、高岡の月知梅、湯の宮の座論梅、余田の臥竜梅などは天然記念物である。飛梅、鶯宿梅、箙の梅などは伝説で知られる。鉢植えのものを盆梅、枝垂れたものを枝垂梅という。〈本意〉梅はその香気と花の姿でもっとも重んぜられた花で、桜よりその尊重の歴史が古い。中国でも尊重されるが、桜と比べて、風雅の好みが一段と濃いものと思われる。古典俳句にもたくさん作られていて、「梅が香にのつと日の出る山路かな」（芭蕉）「むめ一輪一りんほどのあたたかさ」（嵐雪）「二もとの梅に遅速を愛すかな」（蕪村）などがとくに知られる。その香気、春を告げる開花の時期に、句眼がおかれている。

＊山川のとどろく梅を手折るかな　飯田　蛇笏
梅一枝つらぬく闇に雨はげし　水原秋桜子
梅一輪踏まれて大地の紋章たり　中村草田男
勇気こそ地の塩なれや梅真白　同
悲しめば鱗のごとく梅散りしく　原　コウ子
梅も一枝死者の仰臥の正しさよ　石田　波郷
てのひらを添え白梅の蕾検る　大野　林火
梅白しまことに白く新しく　星野　立子
梅が香に襲はれもする縋られも　相生垣瓜人
梅咲けば父の忌散れば母の忌で　安住　敦
梅挿すやきのふは酒のありし壜に　石川　桂郎
いつ見ても梅寂光の中にあり　川本　臥風
梅二月ひかりは風とともにあり　西島　麦南
静けさのどこか揺れゐて梅白し　鷲谷七菜子

## 紅梅《こうばい》　未開紅　薄紅梅

梅の一種で、ふつう白梅より花どきがやや遅い。花の色が紅く、濃艶だが、樹も花もやさしい。俗という人もいるが、親しげであるともいえる。代表的なものは未開紅で、八重の花が大きく、蕾から紅い。薄紅梅は紅がうすいもの。紅梅の幹や枝の髄が紅いものがある。〈本意〉花どきのおそい紅い花色の梅で、やはり捨てがたい趣きをもつ。愛好者も多い。光琳の「紅白梅図」の紅梅、白梅の対照が思い出される。紅梅はやさしい。

＊紅梅の紅の通へる幹ならん　高浜　虚子
月光に花梅の紅触るるらし　飯田　蛇笏
うすきうすきうす紅梅によりそひぬ　池内友次郎
紅梅に雪かむさりて晴れにけり　松本　長

伊豆の海や紅梅の上に波ながれ　水原秋桜子　　厄介や紅梅の咲き満ちたるは　永田　耕衣
一本の紅梅を愛で年を経たり　山口　青邨　　紅梅や一人娘にして凜と　上野　泰
紅梅の燃えたつてをり風の中　松本たかし　　白梅のあと紅梅の深空あり　飯田　龍太
紅梅や熱はしづかに身にまとふ　中村　汀女　　紅梅の紅のただよふ中に入る　吉野　義子
梅紅し雪後の落暉きえてなほ　西島　麦南　　紅梅の天死際はひとりがよし　古賀まり子

## 盆梅《ぼんばい》　鉢の梅

盆栽にした梅のことで、木が小さいわりに花が多く、大輪でうつくしい。枝垂のものもあり、福寿草などを根元に植えて、正月床の間などに飾られたり、生花の代りに飾られたりする。江戸時代からはじまった。〈本意〉早春の気を家の中にただよわせるための趣向で、日本人らしい工夫である。満開も見事だが、梢にだけ咲いた花もうつくしい。

盆梅の影現れし障子かな　高浜　虚子　　盆梅を新刊におく書店かな　吉崎　礫川
盆梅の枝垂れし枝の数へられ　松本たかし　　盆梅の咲きそむ室に朝日満つ　伊藤　智代
*盆梅のとぼしき花を日にあてぬ　中尾　白雨　　盆梅の真青き枝の四方にたれ　広田　青陽

## 椿《つばき》　山椿　藪椿　乙女椿　白椿　赤椿　紅椿　一重椿　八重椿

山茶《つばき》と書くのが正しいという。北海道をのぞく日本各地に自生した植物で、古代から日本人に親しまれた花である。木扁に春と書くように、日本の春の代表的な花である。豊臣秀吉の椿好きが知られ、俳人でも石田波郷がこの花を好んだ。江戸時代に今日のような味のある花が作られたという。椿は常緑樹で、葉は肉厚くつやのある緑色。花は枝の先に一つずつ咲き、花弁の肉は厚い。一重咲き、八重咲きがあり、紅、白、絞りなどの色がある。花全体がぽとりと落ちるので首が落ちるときらわれるが、花どきは長い。京都の椿寺、椿の名所伊豆大島などが有名。大島では椿油を産する。『万葉集』以来詩歌にうたわれてきた。玉椿は椿の美称。つらつら椿はつらなり生えた椿で、『万葉集』に出る。〈本意〉生活の身近かに咲く親しい花。落椿の印象がよくうたわれる。「水入れて鉢に受けたる椿かな　鬼貫」「落ちなむを葉にかかへたる椿かな　召波」。

*赤い椿白い椿と落ちにけり　河東碧梧桐
落椿かかる地上に菓子のごとし　西東　三鬼
落椿投げて煖炉の火の上に　高浜　虚子
椿見て一日雨の加賀言葉　森　澄雄
御嶽の雲に真っ赤なおそ椿　飯田　蛇笏
火の独楽を回して椿瀬を流れ　野見山朱鳥
人仰ぐ我家の椿仰ぎけり　高野　素十
雪解けの底鳴り水に落椿　石原　八束

## 彼岸桜《ひがんざくら》　枝垂彼岸

桜の中でもっとも早く、彼岸のころ咲くのが彼岸桜で、高さ五メートルほど、花は一重で淡紅色。観賞用に植える。このほかに江戸彼岸という種類があり、これも彼岸桜と呼ばれている。これは巨木になる。彼岸桜の雌しべには毛がないが、江戸彼岸には毛があるのが違いである。江戸彼岸は上野公園にあるのが有名で、姥彼岸、東《あずま》彼岸、立《たち》彼岸ともいう。花どきは彼岸桜よりおそく三月下旬である。江戸彼岸の変種が枝垂桜で、糸桜、しだり桜、枝垂彼岸ともいう。〈本意〉本来の彼岸桜は桜にさきがけて咲く小柄の桜で、花も小さい。花は一重で盛りもみじかい。ややはかなげな花である。

＊尼寺や彼岸桜は散りやすき　夏目　漱石　　明るさの彼岸桜やひと恃まず　山口　草堂

## 枝垂桜《しだれざくら》　糸桜　しだり桜　紅枝垂

枝垂桜は江戸彼岸の変種で、高さ二十メートル、幹が直径一メートルにも達する大木になる。太枝が横にのび、細枝がそれより垂れる。他の点は江戸彼岸と同じだが、特異な趣きがある。社寺庭園に植えられ、祇園、醍醐寺、平安神宮など、京都に名木が多く、郷土の花にもなっている。三月下旬から四月にかけて咲く。〈本意〉糸桜、しだり桜などの別名があるように、垂れた枝に咲く花であるところが独特の雰囲気をもつ。柳のような枝に咲く花は優美である。

＊まさをなる空よりしだれざくらかな　富安　風生　　ひよどりのなが鳴くしだれざくらかな　宮下　翠舟
しだれざくら女の囲む中に垂る　大野　林火　　糸ざくら暮れて麻酔の夫眠る　藤原　緋泥
雨霧の飛ぶ山国の糸桜　高浜　年尾　　能舞台閉して枝垂桜かな　小寺　冬至
糸桜夜はみちのくの露深く　中村　汀女　　枝垂桜風やむときに紅きざす　堀　古蝶

## 初桜《はつざくら》　初花

その年の春にはじめて咲いた桜の花のことで、初花といってもよい。早く咲く桜は、種類や土地の気候によってちがいがあるが、多くは彼岸桜である。三月中旬ごろが多い。しかし北にゆくにつれておくれるので、かならずしも彼岸桜とはかぎらない。種類を厳密に考えず、はじめて見た桜の花と考えてよい。〈本意〉春を迎え、花にあうよろこびがこもる季題で、明るい気分にあふれている。「初」の文字が意味ぶかくきこえる。

明星はいつもの初星初ざくら　中村草田男
初花の水にうつらふほどもなき　日野　草城
＊初花も落葉松の芽もきのふけふ　富安　風生
初　桜　男同志も恋に似て　目迫　秩父
初花の夕べは己にほの白く　高野　素十
初花や一日青空きはまりて　中村　汀女

## 桜《さくら》

桜花《あうくわ》　桜花《さくらばな》　夢見草　若桜　老桜　桜陰《さくらかげ》　桜の浪　朝桜　夕桜　夜桜　千本桜　田桜　磯桜　嶺桜　庭桜　門《かど》桜　家桜　宮桜　桜苗　一重桜　牡丹桜　御所桜　姥桜　熊谷桜　普賢象桜　楊貴妃桜　昭君桜　虎尾《とらのを》桜　不断桜　雲珠桜

桜は日本の国花であり、四季の花を代表するものである。ばら科の落葉喬木で、植物学的には桜という名の植物はない。山桜、彼岸桜、染井吉野、里桜など、自生、栽培種をふくめて、なに桜というものの集合名詞で、俗称ということになる。俳句では、桜とだけいって種類を問わないのが普通だが、自生種だけで三十種以上、すべてを数えれば何百種の多きにのぼるという。染井吉野は明治のはじめから東京より全国にひろまったもの。古典俳句の桜には見られない種類である。桜は梅につづいて日本人に愛された花で、別称や故事も多く、名所、名木も多い。そのそれぞれに名称がつけられ、おびただしいほどである。また三、四分咲きのころ、満開のときなど、咲き方のそれぞれが好まれ、朝、夕、夜などの時間によっても、天候によっても、それぞれの景観が話題になる。〈本意〉桜の花の眼目は二つある。一つは花の盛りの美しさで、艶にはなやかなこと、二つはぱっと咲きぱっと散る、散り際のいさぎよさで、この二つが日本人に好かれる二つの要点となってきた。花といえば桜が思いうかぶほどの花の代表である。

ゆさゆさと大枝揺るる桜かな　村上　鬼城
咲き満ちて桜撓めり那智の神　水原秋桜子
一もとの姥子の宿の遅桜　富安　風生
風に落つ楊貴妃桜房のまゝ　杉田　久女
ゆふ空の暗澹たるにさくら咲き　山口　誓子
夕桜城の石崖裾濃なる　中村草田男
夜桜や梢は闇の東山　田中　王城
夜桜やうらわかき月本郷に　石田　波郷
大仏殿いでて桜にあたたまる　西東　三鬼
父となりぬ遠き桜を見てゐたり　谷野　予志
ちるさくら海青ければ海へちる　高屋　窓秋
ひらく書の第一課さくら濃かりけり　能村登四郎
大風の中に夜明けし桜かな　潮原みつる
またしても赤城に雪や朝桜　上村　占魚
夕桜折らんと白きのど見する　横山　白虹
夜のさくら小川のやうに人の声　飯田　龍太
*さきみちてさくらあをざめゐたるかな　野沢　節子
少しづつ少しづつ花老桜　吉岡　恵信
朝桜少年の声ひとり澄む　大嶽　青児

## 花《はな》

花笑ふ　花の笑み　花の笑まひ　花の紐解く　花房　花の輪　花片　花盛　花錦
徒花《むだばな》　花の陰　花の本　花の奥　花の雲

花は俳句では桜の花のことで、花とだけいえば桜の花を指す。たとえば花見は桜の花を見にゆくことである。桜の花はたんに春の花の代表であるばかりでなく、日本の花の代表でもある。以上が普通の用法だが、花は桜の花であると同時に桜の花の頃の百花咲き出づるはなやかな春の頃の花全体をもいい、そのはなやかさをめでる気持をあらわす。春の花全体のはなやかさを背景にした桜の花のうつくしさをいうとでも表現できよう。季題全体の代表ともいえ、雪月花の代表でもある花なので、無数の用法が古来おこなわれ、傍題のほかにも、花明り、花の虹、花の雪、花の淵、花の浪、花の柵《しがらみ》、花を待つ、花の名残、花朧、花埃、花の宿、花の鏡、花の粧《けはひ》、花の顔、花の唇、花の肌、花の姿、花の香、花の笠、花の跡、花の形見、花を惜しむ、風の花、月の花、花を主、花の主、花を友、花の友、花の風、花の露、花の山、花の庭、花の門、花便り、春の花、花時、花吹雪、花筏、花守、花の都、花の雨、花の色などと使われている。〈本意〉『古今集』の「久方の光のどけき春の日にしづ心なく花の散るらん」あたりから、花といえば桜をさし、桜を花の代表とするようになった。それまでは梅が花の代表であった。花は百花咲きにおう春のとりわけ桜の花のはなやかさを賞美するこころをあらわす。服部土芳の『白冊子』にも「花といふは桜の事ながら、すべて春の花を言ふ」とある。

花にゆく老の歩みの遅くとも　高浜　虚子
花の月全島死するごとくなり　飯田　蛇笏
花影婆娑と踏むべくありぬ岨の月　原　石鼎
花を見し面を闇に打たせけり　前田　普羅
病み呆けてふと死を見たり花の昼　富田　木歩
なにはやと仮名で書きたり花の雨　久保田万太郎
チチポポと鼓打たうよ花月夜　松本たかし
花透いてわが歳月のはかなさや　永井　龍男
花の雲一条の滝その上に　千原　草之
花散るや瑞々しきは出羽の国　石田　波郷
*をみな子を生ままく欲れり花のもと　三橋　鷹女
花明しわが死の際は誰がゐむ　安住　敦
船の灯の青きが花の中を航く　五十嵐播水
花あれば西行の日と思ふべし　角川　源義
花夕べ子らの蒲団のすでに敷かれ　加倉井秋を
天寒く花の遊べる真夜かな　飯田　龍太
飼へば蟹重なりあへり花の夜　村越　化石
金盥落ちし反響花の夜に　野沢　節子
ふと夜の時のとどまる花しろし　山上樹実雄
未婚の身軽し花の山花の奥　寺田　京子
花の間の空の青さを見てゐたる　古舘　曹人
湯上りの肌にとまりし花の肌　きくちつねこ

家深くゐて花時の素顔かな　長谷川双魚
花の宿父を愛せし人に逢ふ　横山　房子

## 山桜《やまざくら》

山桜は桜のなかの一種類の名前で、大山桜、大島桜、江戸彼岸、深山桜、峯桜、犬桜、豆桜などと同じに、一つの品種である。しかし俳句ではそれほど厳密な言い方でなしに、山に咲いている桜を山桜というようである。ただ、土地や場所によって桜の種類がだいたい決まっており、北日本は大山桜、伊豆は大島桜、高山は峯桜、富士山周辺には豆桜が多い。そうした桜の自然生のものを山桜とうたうわけである。『改正月令博物筌』（文化五年）に、「山中に多し。花、白色。単《ひと》弁《へ》なり。早く開く。品類多し」とある。特定種の山桜は、関東以西の山に自生し、また庭や公園に栽培されている。淡紅白色の五弁花をつけ、若葉とともに、四月上中旬に開花する。小金井や吉野が有名で、吉野桜ということもある。〈本意〉本居宣長が「敷島の大和心をひと問はば朝日に匂ふ山桜花」と詠んだ花で、日本の国花。花と若葉が同時に出て、咲き出すさまはもっとも桜らしい眺めである。また散りぎわの美しさもこの桜の白眉である。「行き〳〵て虹の根低し山桜　言水」「海手より日は照りつけて山ざくら　蕪村」。

山桜花の白さに散りやすき　高浜　虚子
*山桜青き夜空をちりゐたる　石橋辰之助
山桜白きが上の月夜かな　臼田　亜浪
五位鷺くだる一湾の藍山ざくら　石原　舟月
山桜雪嶺天に声もなし　水原秋桜子
晩年の父母あかつきの山ざくら　飯田　龍太
山桜あさくせはしく女の鍬　中村草田男
村ほろびいきいきと瀬や山ざくら　宮津　昭彦
鳥影の空はつめたし山桜　原田　種茅
曇る日も水はかがやく山桜　中尾寿美子

## 八重桜《やへざくら》　里桜　牡丹桜

八重咲きの里桜のことで山桜の変種。桜のなかでは開花がもっともおそい。満開時には枝が見えないほどの花がつく。八重桜の花びらは雄しべの変化したもので実をむすばない。だが、奈良の八重桜は、花の中に数本雌しべがあって数個の実がなる。奈良県の花となっている。〈本意〉「いにしへの奈良の都の八重桜けふ九重に匂ひぬるかな」（伊勢大輔）「奈良七重七堂伽藍八重桜」（芭蕉）などの歌や句で有名な花で、奈良を連想する花。おもくるしいほどの華麗な花で、牡丹をおもわせるゆたかさがある。

夕庭にぼたん桜のゆらぎかな　久保より江
八重桜湯へ行く人の既に潔し　中村草田男
＊満ち足らふことは美し八重桜　富安風生
八重桜太陽汗を流し居り　佐野青陽人
八重桜ちぎつて落す風に逢ふ　山口青邨
八重桜水中の水暮れ急ぐ　草津　平

## 遅桜《おそざくら》

花どきをすぎておくれて咲く桜のこと。おそく咲くのは八重桜だが、それにかぎらず、おそく咲く桜をいう。〈本意〉鬼貫が「あるは遠山桜、青葉がくれの遅桜、若葉の花、風情各一様ならず」というように、花どきの桜とはまた別の風情があり、やはり風雅のものである。ややわびしい感じだが、「青葉がくれ」の花というところが眼目。夏季とすることもある。

世に生きて青葉隠れの遅桜　高浜虚子
＊遅桜遅椿遅わらびなど　高野素十
一もとの姥子の宿の遅桜　富安風生
水打てば影いよゝ濃し遅桜　大谷碧雲居

## 落花《らくくわ》 散る桜 花吹雪 飛花 花散る 花の滝 花屑 花の塵

桜の花の散ることである。花どきには強い季節風が吹くことが多い。「花に嵐」である。満開の桜がはかなく風に散るのは残念だが、その散りぎわをいさぎよしとして、「花は桜木人は武士」などともいわれた。花の散るさまは見事で花吹雪といわれ、花の滝といわれるが、花びらの散りしく地面もまたうつくしい。「空に知られぬ雪」「落花狼藉」という形容もある。〈本意〉花の散るさまは、咲くさまの華麗豊艶とともに、日本人に愛された桜の見どころで、さびしくはかなげであると同時に、いさぎよくうつくしい。日本人の心性に呼応し、桜が国花とされるゆえんである。

土佐日記懐にあり散る桜　高浜　虚子
花ちるや耳ふつて馬のおとなしき　村上　鬼城
朝寝して鏡中落花ひかり過ぐ　水原秋桜子
空をゆく一とかたまりの花吹雪　高野　素十
一筋の落花の風の長かりし　松本たかし
息とめて赤子は落花浴びてをり　加藤　楸邨
言絶えて落花の白き胸を過ぐ　中島　斌雄
*しきりなる落花の中に幹はあり　長谷川素逝
めんどりよりをんどりかなしちるさくら　三橋　鷹女
或る落花谷へ墜ちゆくいつしんに　田川飛旅子
花吹雪いづれも広き男の胸　桂　信子
空青しなほも落花を含みゐて　天野莫秋子

## 薔薇の芽《ばらのめ》

薔薇は種類多く、野生種と観賞用に分けられる。野生種は野茨で、高さ一、二メートルに達し、落葉低木である。見事なさわやかな芽吹きをする。蔓性のなにわいばら、もっこうばらの芽もうつくしい。観賞用のせいようばらの紅みをおびた芽や若葉も、なかなかうつくしい。〈本意〉薔薇は夏の季語であるが、その開花のためのたくましいさわやかな芽吹きが眼目になる。

野いばらの芽ぐむに袖をとらへらる　水原秋桜子
袖にふれし茨に青き芽のありし　進藤　湘海
薔薇の芽へずしりずしりと階下り来　加藤　楸邨
*薔薇の芽や友みな妻の座にふるび　長田るり子
妻のみが働く如し薔薇芽立つ　石田　波郷
薔薇の芽の真紅を洗ふ雨となりぬ　岡田　日郎

## 牡丹の芽《ぼたんのめ》

牡丹は落葉低木で、枯れた枝から、早春、芽を出す。燃えるような、炎のような芽である。花は四月から六月にかけて咲く。〈本意〉牡丹の花は夏だが、春先のそのたくましい炎のような芽の勢いを賞するのである。春の勢いの象徴のようである。

*折鶴のごとくたためる牡丹の芽　山口　青邨
雲が地を圧して曲る牡丹の芽　殿村菟絲子
牡丹の芽或ひと日より伸びに伸ぶ　菅　裸馬
夜は着する菰をかたはら牡丹の芽　皆吉　爽雨
牡丹の芽萌えむとすなりひたに見む　加藤　楸邨
綺羅星の夜は賑かに牡丹の芽　遠藤　梧逸
牡丹の芽ほぐるるは刻かけて待つ　安住　敦
牡丹の芽瑠璃の影生む雪の上　馬場移公子

## 黄梅《わうばい》　迎春花

中国原産の落葉小灌木で、もくせい科に属する。早春、葉の出る前に鮮黄色の花をひらくので中国で迎春花という。花は筒の部分が長く、六弁に分かれて外にひらいている。お盆の形である。梅に花の形が似ているので、黄梅というが、関係なく、ジャスミンの仲間である。茎はややつる状で垂れ、地につくと根を出す。〈本意〉早春に花ひらき、春を迎える花といわれるところに眼目がある。

黄梅に佇ちては恃む明日の日を　三橋　鷹女
かく晴れてゐてかく寒し迎春花　河原　白朝
＊黄梅の弾ねる風下筆洗ふ　菅　裸馬
黄梅のともしびに似て吹かれけり　亀田　水炎
この門を通るたのしみ迎春花　山内　迺女
雪靄のたつ朝市の迎春花　石原　八束

## 紫荊《はなずはう》　花蘇枋　蘇枋の花

中国原産の落葉小喬木で、二メートルから四メートルの高さになる。葉に先立って花が咲くが、花は四月中旬、枝にびっしりつく。紅紫色の小さな蝶形の花で五弁である。葉は丸形の心臓形で、先がやや尖っている。紫荊が漢名で、「すおう」と呼ぶのは、花の色が蘇枋染めに似ているからである。蘇枋は熱帯産の植物でまったく別のもの。〈本意〉どことなく女性のあつまり笑いさざめいている感じがする花で、愛らしくやさしい。春の気色とよく調和した、にぎやかな明るさがある。

蘇枋咲く室生の塔の夜月夜や　森川　暁水
＊花蘇枋枝をはなるる明るさあり　太田　鴻村
惜春やすこしいやしき紫荊　松本たかし
猫や犬になつかるる妻花蘇枋　八木林之助
夕焼けて蘇枋咲くさびしさに逢へり　加藤　楸邨
紫荊不承々々に咲き出でぬ　山田みづえ
癌の恐怖忘れてゐしに蘇枋咲く　篠田悌二郎
花蘇枋わが悪筆にうらみあり　小山田抒雨

## 山茱萸の花《さんしゅゆのはな》　春黄金花　秋珊瑚

朝鮮原産の薬用植物。観賞用に植えられている。早春、葉の前に枝先に黄色の小さい花が球のようにあつまって咲く。四弁の花である。牧野博士が春黄金花と名づけたが、木全体が黄色に見えて明るい。秋に珊瑚のような赤い実をつけるので秋珊瑚ともいう。この実は強精薬となる。〈本意〉春黄金花の名のように早春の明るい花で、春の気分をひきたてる花である。

山茱萸にけぶるや雨も黄となんぬ　水原秋桜子
山茱萸や近衛家遺品寂びにけり　那須　乙郎
山茱萸の黄や町古く人親し　大野　林火
山茱萸に碓氷ふるみち曇りけり　堀口　星眠
山茱萸の花に抜きて細字読む　後藤　夜半
山茱萸に日はとどまれり休め窯　宮下　翠舟
*さんしゅゆの花のこまかさ相ふれず　長谷川素逝
山茱萸のきらめく日とは言ひ難し　古舘　曹人

## 三椏の花《みつまたのはな》　結香《むすびき》の花　黄瑞香

三椏というのは枝がかならず三つに分かれているところからこの名がある。沈丁花科の落葉灌木で、高さ二メートル程度、秋、落葉のあと、枝先に花蕾をたらし、早春、葉が出る前に開花する。花は灰黄色から黄色に色をかえ、香りがある。黄瑞香は漢名で、沈丁花（瑞香）に似ているところから来た。樹皮の繊維がつよく良質なので、和紙の原料に使われ、鳥の子紙、雁皮紙などになる。〈本意〉枝の三叉しているところが特徴で、葉のない枝先に蜂の巣のような花が咲くのは、どこか珍らしくこころをそそる。著名な和紙の原料である。

三椏や皆首垂れて花盛り　前田　普羅
三椏の花雪片の飛べる中　山口　青邨
＊三椏の花のうす黄のなかも雪　大野　林火
雨やさし三椏三つに咲くことも　安住　敦
日当りて雪の三椏花蒼き　松林　朝蒼
三椏や紙漉村は渓沿ひに　鈴木　良花
伝道はきびし三椏花明り　野見山ひふみ
三椏の扇びらきの花の数　佐野　青城

## 辛夷　こぶし　木筆《こぶし》　山木蘭《やまもくれん》　幣辛夷《しでこぶし》　やまあらぎ　こぶしはじかみ

落葉木で、高さ十メートルほどにも達する。早春、葉の出る前、小枝の先に白色大型六弁の花を咲かせる。香りもある。その美しさは高貴だが、雨風にうたれて色あせ、きたなくしおれる姿ははかない。こぶしという名は、蕾の形が赤子の拳のようだからであり、また筆の穂を連想して木筆とも書く。やまあらぎ、こぶしはじかみは古名で、秋、実の中の赤い種がかむとからいのでつけられた。きたこぶし（花がやや紅い）、しでこぶし（がくと花びらの区別なく、しめ縄のしでに似ている。別名ひめこぶしともいう）などもある。〈本意〉早春、白雲のように高く咲く花は、春のおとずれの象徴で、まことにさわやかである。俳人に驚きと喜びを与える早春の代表花。蕾の形もここちよい。

降りしきる雪をとゞめず辛夷咲く　渡辺　水巴
＊辛夷咲き善福寺川縷の如し　水原秋桜子
山越の鴉こゑなし花辛夷　石田　波郷
綟《よ》れ花の辛夷が籬城址道　石川　桂郎
満月に目をみひらいて花こぶし　飯田　龍太
辛夷咲いて我の生まるるまへの母　森　澄雄
空冷えて来し夕風の辛夷かな　草間　時彦
辛夷咲く天青し何時まで貧し　青池　秀二
風の日の記憶ばかりの花辛夷　千代田葛彦
吹降りに野中の辛夷あかるしや　川上　梨屋

## 連翹《れんげう》　いたちぐさ　いたちはぜ

中国産の落葉灌木。高さ二メートルほど。三月ごろ、葉の出る前に、黄色、筒状の四弁の花をびっしりとつける。枝は伸びて垂れ、土につくと根をおろすので、いたちぐさ、いたちはぜの俗名がある。れんぎょうは、漢名連翹を音読みしたもので、翹は伸びた枝に花のつくさまを鳥の尾にたとえたものという。果実は薬用とする。〈本意〉花盛りの連翹は明るく、いかにも春らしい。夜もはっきりと見え、おぼろ月夜にもすこぶる情趣がふかい。

連翹の一枝円を描きたり　高浜　虚子
連翹や真間の里びと垣を結はず　水原秋桜子
連翹に月のほのめく籬かな　日野　草城
連翹やかくれ住むとにあらねども　久保田万太郎
＊行き過ぎて尚連翹の花明り　中村　汀女
連翹に大空の日の漲れり　原田　浜人
連翹や歳月我にうつつなし　角川　源義
連翹満開このあかるさはただならず　五味　洒蝶

## 沈丁花《ぢんちやうげ》　ちやうじぐさ　瑞香　雲香《うんかう》　沈丁　丁字

中国原産の常緑灌木で、高さ一メートル半ぐらいまでに達する。庭や垣根に植え、丸く茂る。光る卵形の厚い葉が密生する。冬に赤い蕾をつけ四月ごろ咲く。花は紫がかった紅色で、内側は白い。きわめて香りがつよい。沈香、丁字に似る香りなので、沈丁、丁字などという。〈本意〉寒さにつよく、冬をこし、まだうすら寒い頃、雪の中などから香る沈丁花はまことに情感がある。ただその香りはくせがあり、人によってはきらうこともある。

鎌倉の月まんまるし沈丁花　高野　素十
皺多き着物の裾の沈丁花　細見　綾子
＊沈丁の香の強ければ雨やらん　松本たかし
闇濃くて腐臭に近し沈丁花　野沢　節子
沈丁や死相あらはれ死相きえ　川端　茅舎
沈丁の香のくらがりに呪詛一語　細川　加賀
雲の裏月あるべしや沈丁花　林原　耒井
沈丁にすこし開けおく夜の障子　有働　亨
沈丁やをんなにはある憂鬱日　三橋　鷹女
肌冷えて沈丁の香も嫌になりぬ　山田みづえ
沈丁の恣なる透し垣　石塚　友二
深追いの恋はすまじき沈丁花　芳村うつぎ

## 土佐水木《とさみづき》　蠟弁花《ときみづき》　しろむら　日向《ひうが》水木　みづき

土佐の山地に自生する落葉灌木。庭木として植えられる。みずきとは関係なく、まんさく科に属する。高さは二メートル弱。葉の前に開花。淡黄色の花が七、八つ穂になって垂れさがる。五弁のへら形の花びらがある。葉は楕円形で大きい。日向水木も似た植物だが、その名に反して、丹波、但馬に自生する。〈本意〉花がまことに愛くるしく、春の山野のたのしいさわやかな景物となる。

みづき挿す机の端の明るさよ　水原秋桜子
土佐みづき樫鳥の口けふ重し　堀口　星眠
＊土佐みづき山茱萸も咲きて黄をきそふ　同
土佐水木仰ぎて星の息と合ふ　古賀まり子
庭を掃く水木の花のあかるさに　宮川きしを
木曾殿にほのと水木の咲きかかり　飴山　実

## 海棠《かいだう》　ねむれる花　睡花　垂糸《はな》海棠　海紅

はなかいどうとみかいどうがある。植物学上は実のなるみかいどう（西府海棠）が本当のかいどうだが、普通ははなかいどう（垂糸海棠）をかいどうと呼ぶ。どちらも中国原産。はなかいどうはばら科の落葉木で、高さ一メートル半から四メートルにも達する。四月ごろ、長い花梗《かこう》のついた垂れさがる花をひらく。五弁の花で、ほんのりと紅く、優艶で、楊貴妃の故事で名高い。玄宗皇帝が楊貴妃に、まだ酔っているのかと尋ねる。楊貴妃は、海棠の睡りいまだ覚めずと答えたという。ねむれる花、睡花というのも、この逸話から来ているもの。観賞用名花として代表的な花。〈本意〉ほのかに紅い垂れた花はまことに優艶で、楊貴妃ならずとも、いにしえの美女、官女たちを連想させる。春の艶美を代表するところのある花である。

他にもあり雨の海棠訪ふ人は　高浜　虚子
梅老いて海棠の日となりけらし　石塚　友二
*この雨のやめば海棠散りそめん　星野　立子
蟹の瞳に似て海棠の群蕾　酒井　鱒吉
海棠のよき窓あけて人住めり　及川　貞
海棠をめぐる天平絵巻かな　平井　照敏

## 山桜桃の花《ゆすらのはな》　梅桃《ゆすらうめ》　ゆすら　莫桃《ゆすら》

中国原産の落葉灌木。三メートルほどの高さになり、観賞樹である。四月中旬、葉とともに、梅に似た白、または淡紅色の花をひらく。盛りのときは見事である。枝分れが多く若い枝に毛が生え、葉のうらや柄は毛でおおわれている。六月、実がなる。紅い実はあまずっぱくて美味。〈本意〉あまり人に知られぬが、梅に似た花がうつくしく咲く。ばら科の植物だが、そのため、ゆすら梅ともいう。

後れじとゆすらの梅も花ごろも　石塚　友二
蔵王嶺の町の明るさ花山桜桃　皆川　盤水
最上川雨気しんしんと花ゆすら　中原　露子
*吾子眠るゆすら花咲く窓しめん　長谷川毬藻

## ライラック　リラの花　紫丁香花《はしどい》

ペルシャ原産の樹木で、紫はしどいともいう。高さは五メートルほどになり、四月ごろから、総の形に小さな花をつける。花は筒の形で花びらの先が四つに裂ける。色は紫色、白だが、青、紅のものもある。芳香があり、花は香水の原料になる。リラはフランス語、ライラックはその英語の形。日本では、北海道や東北で育つ。〈本意〉フランス文学、英文学などによくあらわれる花なので、どこかヨーロッパの文学的香気の連想がうかぶ花である。香りの高い、抒情的な花である。

*舞姫はリラの花よりも濃くにほふ　山口　青邨
リラの夜のほと〳〵吾子の長電話　金田あさ子
リラ薫る黒人霊歌かなしき時　加藤知世子
リラほつほつソフイに十日ほど逢はぬ　小池　文子
われ征きて還らざる野にリラは咲き　小田　黒潮
リラの香やいく度か読む創世記　北本　極子
真昼間の夢の花かもライラック　石塚　友二
リラの花心顫ふと娘の告ぐる　井上　綾子

## 青木の花《あをきのはな》　花青木

常緑灌木で、庭木として植えられる。雌雄異株である。四月頃めだたない紫褐色の四弁の花を葉の間にひらく。冬に雌花は実をむすび、美しい赤色に熟する。枝葉が青いところから青木と名づけられている。〈本意〉花よりも実がうつくしいが、つねに葉も枝も緑で、独特の表情のある木である。庭や垣によく植えられて親しみのある木で、花におやとおどろくことがある。

女流俳人農とし老ゆる花青木　小松崎爽青
目を病めばうすうすけぶる花青木　安部まつ枝

＊青木の花のさかりも知らずあたたかき　松尾　松蘿
弾まず来る縁談一つ花青木　宮脇　白夜
父方の減る年々の花青木　藤村　克明
静かなる雨の訣れや花青木　伊藤　静代

## 馬酔木の花《あしびのはな》　あしび　あせび　あせぼ　あせみ　あしぶ　花馬酔木

『万葉集』ではあしびと呼び、今日でも一般にそう言いならわしているが、植物学的にはあせびと言うのが正しい。大和ではあしびといい、地方によっていろいろに呼ぶ。馬や鹿がこの葉を食べると苦しむので字を当てて馬酔木と書く。この毒性を利用して、葉や茎の煎じ汁を農作物の害虫駆除などに用いる。つつじ科の常緑灌木で山に多い。奈良の春日神社、箱根や富士五湖地方のあしびが有名。早春、白い壺の形の小さな花を穂のように垂れる。木の高さは一メートルから三メートルほどである。〈本意〉万葉の頃を思わせる清らかな野性的な品のある花である。鈴のような古代的なその花が愛される反面、葉をたべると馬が酔ったようになる木というところに関心が注がれてきた。

馬酔木より低き門なり浄瑠璃寺　水原秋桜子
馬酔木咲く丘は野となり丘となる　山口波津女
＊月よりもくらきともしび花馬酔木　山口　青邨
綿菓子を作る人生花あしび　西尾　採菊
馬酔木野やかしこ法相ここ華厳　阿波野青畝
木を植うるしづけさにあり花馬酔木　浅羽　緑子
花ぶさの雨となりたる馬酔木かな　大谷碧雲居
掌にのせてすこしつめたき花あしび　西川　保子

## 桜桃の花《あうたうのはな》　チェリー　スキート・チェリー　西洋実桜　支那実桜

桜に似た落葉喬木。四月ごろ葉の出る前に、白い花がかさの形にむらがり咲く。長い柄をもった小さな花だが、見映えがしない。夏に赤く熟する実がさくらんぼである。支那実桜が植物学上の名前だが、明治十年ごろ渡来したもの。今は一般に西洋実桜が、東北地方、とくに山形県に栽培されている。〈本意〉さくらんぼをとるための木で、花に魅力はすくないが、東北の春の果樹園で見る桜桃の花は、独特の情感をそそる。

繭ごもるらし桜桃の咲く盆地　市村究一郎　＊桜桃の花に奥嶺の雪ひかる　大竹　孤愁
桜桃の花満面に茂吉歌碑　皆川　盤水　桜桃の花に挿替へ子をみとる　遠入たつみ
毛越寺へ馬車の鈴鳴る花桜桃　中田　幸子　桜桃の花の静けき朝餉かな　川崎　展宏

## 満天星の花《どうだんのはな》

満天星躑躅《どうだんつつじ》　紅どうだん　更紗どうだん

つつじ科の落葉灌木。山に自生もするが、庭や垣根に植えられる。紅葉がうつくしいためである。まるく刈りこんでおくが、四月ごろ、新葉とともに白い壺型の小さな花が下向きに咲く。すずらんの花のようで可憐である。花の壺状の口は五つに裂け、雄しべ十本、雌しべ一本がある。どうだんと普通いうが、正式にはどうだんつつじという。別種に紅どうだん、更紗どうだんがあり、植物学的にどうだんとは別のもの。これらは花どきが夏にかかる。紅い花が紅どうだん、紅い筋のある淡紅色の花が更紗どうだんである。〈本意〉丸く刈りこまれた樹型で、すずらんのような花を咲かせる可憐な花である。愛すべき春のともしのような花である。

＊触れてみしどうだんの花かたきかな　星野　立子　灯ともせば満天星花をこぼしつぐ　金尾梅の門
満天星に隠りし母をいつ見むや　石田　波郷　朝森に点き満天星の豆ランプ　楠本　憲吉

どうだんの白鈴の花日に振りて　猿山　木魂

神ありやあり満天星の花あかり　大高芭瑠子

更紗どうだん咲かせ病を忘れけり　小林　秀子

満天星や谷崎の墓寂一字　肥田埜勝美

## 躑躅《つつじ》

杜鵑《つつ》花《はな》　山躑躅　羊《もち》躑躅　米《こめ》躑躅　霧島　雲仙躑躅　蓮華躑躅

つつじは普通きりしまが人家に栽培されている。これは高さ一メートルから一メートル半のもので枝が多く葉が小さい。四月ごろ枝先に赤い漏斗状の花を繖型《からかさがた》に咲かせる。花びらは先が五弁にわかれ、しべが長くつき出す。花色は種類によっていろいろで、白、紅、赤、紫、黄、絞りなど。真紅のものは燃えるようである。晩春から初夏に開花し、花どきは長い。雲仙岳、霧島山、八ヶ岳の麓、那須、赤城山、箱根などが名所である。洋種に大輪のアゼレアがある。〈本意〉山野に自生し、栽培もされて、よく知られた花で、なによりもその多様な色どりが目ざめるように美しい。とりわけ紅が燃えるようである。

盛りなる花曼陀羅の躑躅かな　高浜　虚子

日の昏れてこの家の躑躅いやあな色　三橋　鷹女

死ぬものは死にゆく躑躅燃えてをり　臼田　亜浪

白つつじこころのいたむことばかり　安住　敦

*吾子の瞳に緋躑躅宿るむらさきに　中村草田男

山つゝじ照る只中に田を墾く　飯田　龍太

花終へしつつじ野けふの虹立たす　大野　林火

夕つゝじ美しくしてひとり病む　加藤　霞村

## 山楂子の花《さんざしのはな》

中国原産の花で、江戸中期、享保の頃に日本に渡来したという。その実が薬用に用いられたが、消化を助ける薬になる。ばら科の落葉灌木。高さは一メートル半程。針のような小枝があり、葉はくさび形で、裏に毛がある。梅に似た白い花を咲かせる。小さな五弁の花で、ふさになって咲く。果実は赤、または黄の球状である。西洋種のものは、英国では、メイ・フラワーとして有名である。〈本意〉花が梅のようで、庭木、盆栽によろこばれている。晩春、四、五月の庭のしずかな点景である。

壺に挿す山査子の花は盗み来し　安住　敦
山査子の花に岨道夜明けたり　紀野自然生
一隅に山査子咲かす夕明り　東郷　清治
山査子や貧農の家に生れし身　細山　幸子
山査子の日をうつ〳〵とすごしけり　染谷　杲径
*花山査子古妻ながら夢はあり　石田あき子

## 雪柳《ゆきやなぎ》　小米花　小米桜　こめやなぎ　えくぼ花　噴雪花

早春、葉の出る前に、雪のように白い花がびっしりと咲く。小さい花だが、五弁の花で、これが集まり咲く。雪柳の名は、花の色が雪のようであることと、葉が柳に似ていることとによる。花のあと芽が出て青葉となる。小米花というのは俗称で、花が米粒に似ているからである。また、花の中央がくぼんでいるところからえくぼ花ともいう。〈本意〉ばら科の落葉灌木で、渓流の岩の上に咲くが、多くは庭木として見られる。花の色の白さが何といっても目がさめるように見事である。

一筋や走り咲きたる小米花　鈴木　花蓑
朝より夕が白し雪柳　五十嵐播水
雪やなぎ白濃き午前海が見たし　大野　林火
*雪柳ふぶくごとくに今や咳《せ》く　石田　波郷
雪やなぎ母に孤独の刻多し　田中　灯京
雪やなぎ雪のかろさに咲き充てり　上村　占魚
をさなくてただ濃き空よ雪柳　久保田　博
潮のひかりたえず届きて雪柳　旗川万鶴子

## こでまりの花　団子花

ばら科の落葉木で、高さ一メートル半ぐらいの木。花は四月末ごろ、葉とともにひらく。白色五弁で枝にまり状に二十個ほども咲く。鈴をかけたようで、すずかけという名前がむかしおこなわれた。中国産で、江戸中期ごろわが国に渡来。〈本意〉花の形が紫陽花のようで、まり状に咲くので、団子花とも言われるが、夜もしろじろと見え、明るい五月を招きよせるような感じがする。

こでまりやあるじ些か仕事呆け　石塚　友二
*こでまりの花咲き吾子が駈け戻る　大町　糺
こでまりに根風の見えて雨ちかし　高井　北杜
こでまりのかすかに揺らぐ癒えたしや　大村富美子
こでまりの花さき種痘よくつきぬ　金子伊昔紅
こでまりや耐ふるかぎりの雨ふくませ　前田しげ子

## 木蘭《もくれん》　もくれんげ　木蓮《もくれん》　紫木蓮　更沙木蘭　白木蘭《はくもくれん》　はくれん

中国原産の落葉木。三、四メートルの背の高い木である。三、四月ごろ葉よりも前に花をつける。花は紅紫色で大きく、空にむかってひらく。花弁は六弁で、長さ十センチほど。内側の色はややうすい。蓮の花に似ている。白木蘭は木蘭とは別種。中国原産の落葉喬木で、樹高五メートルほどになる。花びら六弁、がく三弁、計九弁全体が花びらに見える。純白で香気あり、咲きそめの白さは清浄。木蘭を白木蘭にたいして紫木蓮ともいう。〈本意〉木蘭は豪華であるがどことぼけた味がある。これにたいして白木蘭は清らかに美しく、まだ蕾のうちから、何百何十の白鳩のような感じを与え、咲きはじめてからも刻々に嘆賞される花の色である。ただ盛りをすぎてからの汚れが早い。

はくれむや起ち居のかろき朝来り　臼田　亜浪
木蓮に大風やまぬ日なりけり　木下　夕爾
木蓮と大きな門の記憶のみ　富安　風生
木蓮の落ちしは反古の如く古る　原子　公平
木蓮の花びら風に折れてあり　松本たかし
はくれんや風の行方の闇透きて　星野麦丘人
*白木蓮の散るべく風にさからへる　中村　汀女
夕木蓮縫ひ納む針光らせて　中川　千鶴
木蓮に漆のごとき夜空かな　三宅清三郎
白木蓮夕月の空深からず　鈴木　双峰
緋木蓮の焔なす下三輪車　森　澄雄
はくれんの昼より白き七夜かな　平井　照敏

## 藤《ふぢ》　山藤　野藤　草藤　白藤　藤浪　藤かづら　藤綱　藤棚　藤房

山野に自生し、また庭や鉢で栽培される。蔓性の落葉灌木なので、茎が何本も綱のようにからみつきながら（藤綱）他の木に巻きついて生長し、また藤棚をつくって育てる。老木になると、数メートル、時には十数メートルの高さにまで及ぶものがある。葉は萩に似ていて、羽状複葉。花は、晩春に咲き、四弁藤紫色の豆の花に似た花が総状に垂れる。花の長さは数十センチから一メートル数十センチにも達し、藤房をなし、風にゆれるさまが藤浪である。藤の名所は各地にあり、大阪の野田、関東の春日部、越中の藤波神社、奈良公園、平等院、東京の亀戸などが知られる。中でも野田が有名で、野田藤の名が知られる。春日部市牛島の藤は天然記念物に指定され、花房の長さに驚嘆させられる。藤は普通右巻きにまきつく。白の白花藤、淡紅色の赤花藤、重弁の八重藤、別名南蛮藤などがある。左巻きの別種には、山藤、別名野藤があり、小さく、花期が早い。山藤の変種に白藤がある。花が白い。〈本意〉藤はよく山野に見かけ、栽培もするので、古来多くの文献にあらわれ、『万葉集』『古今集』の頃からうたわれている。やはりその特異な花の姿が愛玩され、藤房、藤浪の幻想的な美しさが焦点になる。

藤咲いて碓氷の水の冷たさよ　臼田亜浪
寧楽山は藤咲けるなりくもれども　水原秋桜子
藤垂れてわが誕生日むらさきに　山口青邨
藤棚を透かす微光の奥も藤　長谷川かな女
*白藤や揺りやみしかばうすみどり　芝不器男
吐息めく息を眼鏡へ藤重し　秋元不死男

飢ふかき一日藤は垂れにけり　加藤楸邨
藤垂れて病室まぎれなくにほふ　飯田龍太
白藤には白きひかりの夕日射　同
重さ得て藤しづもれり昃れば　有働亨
瓦斯の火を消し藤の夜のまた深む　千代田葛彦
藤房に水の円光たえまなし　島田みつ子

## 山吹《やまぶき》　面影草　かがみ草　八重山吹　濃山吹　葉山吹　白山吹

ばら科に属し、山野に自生し、また庭にひろく植えられている。落葉灌木で、高さは一メートル半ほど。新しい葉が出たあと、四月ごろ黄色の五弁の花をひらく。一重《ひとえ》や八重《やえ》があり、一重のものが結実し、八重のものは開花がおそく結実しない。こちらを八重山吹という。八重山吹は山吹の変種である。また山吹の一種に白山吹があり、花が白色四弁、初夏に咲く。葉が対生で、互生の山吹とちがっている。葉山吹は葉込みの山吹のこと、濃山吹は八重山吹の花の色の濃いものをいう。〈本意〉山吹は日本固有の植物で、『万葉集』以来ひろくうたわれている。面影草、かがみ草とも呼ばれ、「男女のことよりこの名あり」と『産衣』はいう。黄金が連想される花の色であり、また実のならぬ花としてうたわれる。日本詩歌に親しい花の一つである。

あるじよりかな女が見たし濃山吹　原　石鼎
山吹の雨を眺めて事しげく　山口　青邨
鳶鳥闘ひ落ちぬ濃山吹　前田　普羅
＊濃山吹俄かに天のくらき時　川端　茅舎
濃山吹春の長しとおもひけり　後藤　夜半
山吹や薪割る妻の一語勢　秋元不死男
山吹の黄の鮮らしや一夜寝し　橋本多佳子
しばらくは山吹にさす入日かな　渋沢　渋亭

## 石楠花《しゃくなげ》

山野に自生する常緑木で、つつじ科の植物である。一、二メートルの高さになり、晩春から初夏に、紅紫色のつつじに似た大きな花を咲かせる。白や、ふちの紅い白の花もある。葉は緑が濃くなめらかで、裏に絨毛が密生している。山にゆくほど花期はおそくなり、初夏になる。日光中禅寺湖南岸、秩父瑞牆《みずがき》山の群落はとりわけ有名である。高山植物の、ほそば石楠花、やえ石楠花、きばな石楠花の開花は、六、七月である。〈本意〉濃艶な色彩感のある花だが、印象はむしろ上品でうつくしい。山地で見ることの多い花なので、夏咲いているのが見られることが多く、夏に分類している歳時記がほとんどである。

石楠花を隠さう雲の急にして　阿波野青畝
石楠花の瑞枝に山雨到りけり　石井　桐蔭
石楠花や水櫛あてて髪しなふ　野沢　節子
深山石楠花この世かの世の遠い空　岸　秋溪子
石楠花の頃は過ぎたり咲き残り　清崎　敏郎
石楠花や影振りすててゆく峠　鷲谷七菜子

## 梨の花《なしのはな》　梨花　花梨　梨咲く

ばら科、落葉喬木。高さは三メートルから十メートルにも達する。果実をとる梨は枝を剪定し整えて棚づくりにするので、丈は低い。葉は卵形、先がとがり、縁は鋸状である。花は四月下旬から五月に、葉とともに咲く。白色五弁花で数個あつまって咲き、白い花にうずまる。全国各地で栽培されているが、鳥取県の二十世紀梨が有名で、鳥取県の県花にもなっている。〈本意〉花は上品で、中国では果実より花を賞する。「梨花一枝春雨を帯ぶ」と詩にも詠まれて、その清楚な風姿、情趣が愛された。つま、からぶり、壺、かたえ、なる、身などが連歌などのつきあわせ語であった。

大いなる月の暈あり梨の花　高浜　虚子
＊梨棚の跳ねたる枝も花盛り　松本たかし
青天や白き五弁の梨の花　原　石鼎
梨の花わが放心の影あゆむ　山下　淳
梨の花すでに葉勝ちや遠みどり　富安　風生
わが窓のこれより梨の花月夜　樋笠　文
残雪も夜空にしろし梨の花　水原秋桜子
大山の浮びし梨の花月夜　山本　杜城
梨咲くと葛飾の野はとのぐもり　同
多摩の夜は梨の花より明けにけり　斎藤　羊圃

## 李の花《すもものはな》　李散る　李花

ばら科の落葉小喬木。三メートルほどの高さになる。白色五弁の花で、梅に似て小さい。四月下旬、桃よりおくれて咲き、梢に多く咲く。六、七月ごろ、二、三個ずつの実をつける。梅より大きい実で、紅く、紫や黄のものもある。酸味があり、美味。〈本意〉中国が原産地で、日本書紀、万葉集頃から日本の文献にあらわれる。中国では桃李と並び称されるが、日本ではそれほどではない。「わが朝《てう》にては愛少なきか」と『滑稽雑談』にある通りである。春の花々の一つということになろう。

子鴉の母呼ぶ李月夜かな　内藤　鳴雪
明け方の空澄みのこり咲くすもも　渡辺　水鶏
多摩の瀬の見ゆれば光り李咲く　山口　青邨
＊青白き李の花は霞まずに　佐野　良太
花李昨日が見えて明日が見ゆ　森　澄雄
休日の入日は速し花すもゝ　赤塚　西畔

## 杏の花《あんずのはな》　からもも の花　杏散る　花杏　杏花村

中国原産、落葉小喬木。からももと呼ばれた。杏仁《きょうじん》を漢方薬にするために輸入され、杏子の唐音からあんずの名がうまれた。ばら科の植物で、梅のあとに咲く。葉に先立って、白、または淡紅五弁の花をひらく。花は梅に似ている。あまり数多くないが、長野、愛媛などで栽培されており、雪国の春らしい花で、室生犀星の「杏よ花つけ」の詩が有名である。実は丸く、黄熟し、肉と核が離れやすい。かんづめ、乾果、ジャム、種子からは杏仁水、杏仁油をとる。〈本意〉梅に似た花で、雪国の春の感じをもりあげる花である。清楚で、どこかうらがなしい印象がある。

＊花杏受胎告知の翅音びゝ　川端　茅舎
花杏夜も真白き伊豆へ来ぬ　福田　蓼汀
一村は杏の花に眠るなり　星野　立子
花杏旅の時間は先へひらけ　森　澄雄
外厠杏の花の上に月　大野　林火
妻が言へり杏咲き満つ恋したしと　草間　時彦
花杏嬰児の欠伸つづけざま　西村　公鳳
花杏珈琲を挽く朝の刻　岩城　久治

## 木瓜の花《ぼけのはな》　緋木瓜　白木瓜　更沙木瓜　蜀木瓜　広東木瓜

ばら科の落葉灌木。中国産で、高さ二メートルほど、枝にとげがある。四月ごろ葉に先立って花がひらく。緋木瓜は深紅色、白木瓜は白、更沙木瓜は紅白まじり、蜀木瓜は朱をおびた濃紅、広東木瓜は淡紅大輪である。寒木瓜は冬に咲くのを見るために作られたもの。「もっか」と読むのはパパイヤのこと。〈本意〉中国では木瓜、あるいは報春花というが、温かみのある、なごやかな、いかにも春にふさわしい花である。

木瓜咲くや漱石拙を守るべく　夏目　漱石
*木瓜の花こぼれし如く低う咲く　大谷　句仏
木瓜を見てをれば近づきくる如し　石田　波郷
赤き木瓜揺れをはり我揺れゐたり　加藤　楸邨
口ごたへすまじと思ふ木瓜の花　星野　立子
肩を越す木瓜のまぶしき中通る　篠原　梵
木瓜燃えて真昼愁ふることもなし　相馬　遷子
旭が木瓜に紅贈るごと誕生日　野沢　節子

## 林檎の花《りんごのはな》　花林檎

西洋林檎と小林檎がある。前者はふつう寒地に栽培する林檎で、コーカサス原産。北海道、青森、山形、長野などで果樹として栽培している。葉が出る頃に、枝の先や葉のつけ根に紅い蕾が出、花ひらくと白く見える。花びらの内側が白く、紅色は褪色して紅暈となってのこる。後者は中国から渡ってきたもので、実も小さく、味もよくない。〈本意〉西洋林檎が明治はじめに移入されてからは、こちらが中心となった。高冷地の林檎園での開花は見事で、清楚である。

みちのくの山たゝなはる花林檎　山口　青邨
夢のいろのうす紅や花林檎　及川　貞
*花林檎ほとほと白し夜の床も　野沢　節子
グレゴリオ聖歌の坂の花林檎　石原　八束
花林檎貧しき旅の教師たち　飴山　実
バス傾しぎ林檎の花に風の渦　畑中余枝子
小さき手がきて肩を揉む林檎つぼみ　紫芝　緑風
花りんご家鴨の家は屋根がない　及川ちゑ女
高空は疾き風らしも花林檎　相馬　遷子
娘よりきれいな母や花りんご　清水　基吉

## 桃の花《もものはな》　三千世《みちよ》草　三千歳《みちとせ》草　白桃　緋桃　源平桃　枝垂桃

ばら科の落葉喬木で、中国原産。観賞用、果実用に栽培される。梅の花のあとに咲き、日本では三月中旬から四月中旬にかけて、南から北に咲きすすむ。雛祭の花にもなる。花は淡紅色五弁だが、濃紅の緋桃、白い白桃、紅白咲きわけの源平桃もある。単弁と重弁のものがあるが、一重のものに実がなる。花を観賞するものを花桃という。〈本意〉『古事記』『万葉集』にもあらわれる花で、原産地の中国には武陵桃源や西王母などの伝説がある。西王母伝説から、三千世草、三千歳草というが、不老長寿の果実と考えられた。邪気をはらうと信じられて、三月の上巳の節句に桃を飾り桃花酒をくむ。春らしい、はなやかで、あたたかい花である。

海女とても陸こそよけれ桃の花　高浜　虚子
朝闇にふくらむ桃の蕾かな　中川　宋淵
白桃や莟うるめる枝の反り　芥川龍之介
ペンを持ち寝るまで眠むし壺の桃　殿村菟絲子
*野に出れば人みなやさし桃の花　高野　素十
山碧し花桃風を染むばかり　飯田　龍太
葛飾や桃の籬も水田べり　水原秋桜子
もの言うて歯が美しや桃の花　森　澄雄
わが持たぬ曲線ばかり桃の花　加藤　楸邨
ひとり子に桃の花湯をあふれしむ　扇山彦星子
ゆるぎなく妻は肥りぬ桃の下　石田　波郷
蒼天に枝つきぬけて桃の花　畑井すみえ

## 夏蜜柑《なつみかん》　夏橙《だいだい》　夏柑

木の高さ三メートルほどの常緑木で、翼をもつ葉が大きく、枝はひろくひろがる。初夏に白い香気のある花をひらき、秋に結実して、翌年四月ごろから熟し、夏にかけて採られる。実は大型で皮厚く、果肉はきわめてすっぱい。市場に出るのは二月から五月ごろ。夏に分類する歳時記が多いが、晩春の果実としたほうがふさわしい。そのまま食べ、またマーマレードや果汁の材料にする。〈本意〉江戸時代中期、山口県に漂着した果実の種からひろがったものといわれ、ザボンとことうかんの雑種とされる。すっぱいが、食べたあとのさわやかな味が愛され、女性に好むものが多い果実である。

ころびたる児に遠ころげ夏蜜柑　皆吉　爽雨
滝の前深く刃入れる夏蜜柑　沢木　欣一
*うべなはず夏蜜柑より皮剝がす　篠田悌二郎
読みかけの書に夏蜜柑酸とばす　津田　清子
夏蜜柑いづこも遠く思はるゝ　永田　耕衣
爪深く立てても女夏みかん　藤田津義子

## 木の芽　このめ　芽立ち　きのめ　芽吹く　芽組む　木の芽張る　木の芽風

春の木《こ》の芽を総括して言うもので、木の種類や土地によって早い遅いはあるが、いっせいに芽ぶいて、枝を赤らめたり青く色どったりしている木の芽は、いかにも春の到来という実感をそそり、力強く若々しい気配を満喫させる。木の種類を具体的に、栃の芽、朴の芽、雑木の芽などという言い方もあり、食物にも、木の芽和《あえ》、木の芽漬、木の芽味噌などがあって、風味がよい。季節感を食べるものである。〈本意〉生気みち、潑剌と春の到来を具体化する季題。「けしきだつ谷の木の芽の曇かな　白雄」。

大砲のどろ〳〵と鳴る木の芽かな　正岡　子規
隠岐や今木の芽をかこむ怒濤かな　加藤　楸邨
大寺を包みてわめく木の芽かな　高浜　虚子
がうがうと欅芽ぶけり風の中　石田　波郷
*ひた急ぐ犬に会ひけり木の芽道　中村草田男
榛《はん》芽ぶく心は湧くにまかせたり　細見　綾子

## 若緑《わかみどり》　緑立つ　若松　初緑　松の蕊　松の緑

松の新芽のことを特に「若緑」という。ろうそくのような松の新芽は四月ごろ、花のあとに出て、蕊が長くのび、十センチから三十センチにも達する。勢いがよく、「緑立つ」というのにふさわしい。松の緑がのびすぎると松が弱るので、庭師を入れて、適宜つみとらせる。〈本意〉「緑立つとは、新しき緑の出生することとなり」と『御傘』にあるが、松の蕊のこぞって立つさまはいかにも元気さかんで、悪戯小僧のようだ。春の活力を目でたしかめる思いがある。

若松の若きみどりをたゝへけり　高浜　虚子

武蔵野の鳥来る松の芯無限　長谷川かな女

＊松の芯千万こぞり入院す　石田　波郷

朝毎の名演奏者緑立つ　同

緑立つ乱立せりと云ふ如し　相生垣瓜人

緑なす松や金欲し命欲し　石橋　秀野

父となる日を急ぎをり松の芯　杉山　岳陽

若松や果つべきもなき喀血苦　目迫　秩父

松の芯糸くづつけて立ちてみる　細見　綾子

緑立つ日々を癒えたし母のため　古賀まり子

## 蘖《ひこばえ》　ひこばゆ

木の切り株から若芽がもえ出るのが蘖である。孫生《ひこば》えということ。動詞にしてひこばゆとも用いる。夏にもある。〈本意〉木伐る跡に枝生ずるをいうと『匠材集』にあるが、生命のたくましい再生を感ずるものである。春の活力の象徴に見える。

＊蘖えし中に打込み休め斧　佐藤　念腹

切株に据し蘖に涙濺《そそ》ぐ　中村草田男

年輪の渦うつくしくひこばゆる　三宅　一鳴　　蘖や国のまづしさは吾が貧しさ　岩田　昌寿
ひこばえや山羊追ふごとく子を追ひて　石川　桂郎　　蘖の気負ひに帽を乗せてやる　松下　康雨

## 芽柳《めやなぎ》　柳の芽　芽ばり柳

芽が出て緑の点線のように見える頃の柳の風趣はよいものである。いかにも春らしい実感がある。芽が次第に大きくなってほぐれてゆくまでの変化もよい。柳の種類は非常に多いが、庭や道路に植えられているのは枝垂柳で、中国から渡ってきたもの。早春の頃新しい枝が伸び新芽があらわれる。葉が出る前に黄緑色の花が咲くが、目立たぬ花で、芽の美しさに及ばない。〈本意〉若緑の芽の美しさが花に匹敵するものとされる。春の新鮮な若々しさを象徴する。「芽柳の遊ぶ鳥まだ寒げなり　鬼貫」「古川にこびて芽を張る柳かな　芭蕉」。

柳の芽雨またしろきものまじへ　久保田万太郎　　芽柳を感じ深夜に米量る　平畑　静塔
芽柳に焦都やはらぎそめむとす　阿波野青畝　　あれも駄目これも駄目な日柳の芽　加藤　覚範
＊退屈なガソリンガール柳の芽　富安　風生　　芽柳のおのれを包みはじめたる　野見山朱鳥

## 山椒の芽《さんせうのめ》　芽山椒　きのめ

山椒はみかん科の落葉低木。二、三メートルの高さの木で、枝にとげがある。雌雄異株で、五月ごろ緑黄色の花をさかせ、九月頃実がなる。わか葉は香りがつよく食用に使い、実は薬用、香味料にする。春先芽ぶく山椒の芽は、木の芽田楽、木の芽あえ、木の芽みそなど、さまざまの木の芽料理に使い、また木の芽漬にする。〈本意〉芽山椒はやわらかく香りがよくて、日本料理に欠かせないものである。山野の春の息吹きの香気そのもののようである。

日もすがら機織る音の山椒の芽　長谷川素逝
芽山椒の舌刺す一茶の墓詣　野沢　節子
朝夕に摘む一本の山椒の芽　上村　占魚
＊柔ら芽の山椒摘めり紙の上　鈴木　元
山椒の芽少し摘みすぎ悔いにけり　佐藤ゆき子
芽山椒青年を摘む匂ひして　星野　明世

## 枸杞　くこ　枸杞の芽　枸杞摘む　枸杞茶

枸杞はなす科の落葉灌木。いたるところに自生している。根もとから叢生、高さは一、二メートル、つるのような枝にはとげのような小枝がある。枸杞を春季とするのは、春の新葉を食用とするからで、長楕円形のやわらかい葉である。花は夏に咲く。淡い紫色の花で小さい。花のあと楕円形の実ができ、赤く色づく。葉や実を枸杞飯、枸杞茶、枸杞酒などにするが、強精作用があるという。〈本意〉強い木でどこにでも育ち、ふえる、ありふれた木で、春の野の息吹きの一つとして食用にされてきた。薬用にされてきたので、体に活力を与える木という印象もある。

枸杞の芽の水にちかきは夥し　飛鳥田孋無公
枸杞垣やいっち芽ぐみし夕あかり　富田　木歩
枸杞青む日に日に利根のみなとかな　加藤　楸邨
＊くこの芽や海鳴りよりも松の音　田中午次郎
枸杞の芽やけふ薄着せし妻の胸　細川　加賀
枸杞摘まなこの楽章の終りなば　岡崎　光魚

## 楤の芽　たらのめ　多羅の芽　うどもどき　うどめ　たらめ　楤摘む

楤はたらの木のこと。たらの木は、うこぎ科の落葉木で、高さ一メートル半から三メートルくらい。幹は太くならず、直立している。茎にも葉にもとげがあり、鳥とまらずともいう。山野に自生している。春の新芽は香りよく、ゆでて、いろいろの料理につかわれる。みそあえ、からしあえ、ごまあえ、くるみあえ、浸しもの、煮つけ、汁の実など。秋に白黄色の花をさかせ、黒い小さな実となる。〈本意〉山野の春の息吹きを代表するものの一つで、山菜料理の一つとして尊重されるもの。素朴なにがみと香りが春の季節ものとして好ましい。

多羅の芽の十や二十や何峠　石田　波郷　　楤の芽や湖心を包むささら波　森　総彦
*楤の芽の仏に似たる瀬のひかり　角川　源義　　楤の芽や少年少女光り飛ぶ　栗林　ちづ
楤の芽をわかきけもののごとく嗅ぐ　能村登四郎　　楤の芽の葉のひろがりに月円か　大津　春洋

## 楓の芽《かへでのめ》

三月から五月にかけて、日本の南から楓の芽ぶきが北上してゆく。若芽は鮮紅色でやわらかく、噴き出すいのちの初々しさをもつ。この芽吹きの頃から、春の気象がうごき出し、春雨が降り出すようになる。庭木では、たかおかえでややまもみじが多く、その芽を賞される。〈本意〉燃えるような紅の、ういういしい芽吹きが、可憐でもあり、また激しい力にも見える。春を呼び出す印象的な色どりである。

*楓の芽もはらに燃えてしづかなり　加藤　楸邨　　楓の芽燃えたつ妻よ男の子生め　岡部六弥太
楓の芽紅するどしや手枕に　石田　波郷　　楓の芽艶なきはわが疲れかも　新井　英子
楓の芽ほぐるる一喜一憂に　馬場移公子　　いつまでも寒さほどけず楓の芽　岡村　閑月

## 五加木《うこぎ》　むこぎ　五加　五加垣　五加摘む

うこぎ科の落葉灌木。枝にとげがあり、いけ垣などに植えられる。雪解けのあと芽が出て若葉になる。掌状の複葉で、五つの小葉から出来ている。この若葉を摘み、ゆでて浸しものにしたり、飯にたきこみ、うこぎ飯にし、うこぎ茶にする。根の皮をほしたものは五加皮で、強壮薬にする。五加皮酒という薬酒をつくる。四月ごろ黄緑色の五弁花をひらく。〈本意〉うこというのは五加木の唐音、きは木のこと。日本、中国の原産で、東北に多い。「春月に生ずる嫩葉採りて菜となす」と『滑稽雑談』にあるが、地方色のある風味の季節料理になる。

*少しのびすぎしが五加木摘みに出つ　高野　素十
五加摘む一家一列水車鳴る　池上　樵人
五加木宿旅重ね来し頭の疲れ　佐藤　十雲
五加木摘む母の面影追ひて摘む　佐藤ふち子
五加木摘む廃銀山の墓径に　皆川　盤水
初摘みの五加木飯とて賜はりぬ　佐藤　さよ

## 柳《やなぎ》　風見草　枝垂柳（糸柳）　白楊（箱楊）　やまならし（瘤柳）　水楊　杞楊　春柳　青柳《あをやぎ》　嬌柳《たをやぎ》　玉柳　若柳　姥柳　遠柳　川柳　門《かど》柳　柳陰　柳の糸

やなぎ科の落葉喬木で、高さ十メートルをこえることもある。雌雄異株、水辺の地に育つ。やなぎには柳と楊があり、柳は枝の垂れる枝垂柳のこと、楊は下垂しないものをいう。柳の原産地は中国と考えられ、日本には中国から万葉集の頃までに渡来している。春には芽柳、秋には落葉の柳と季節のそれぞれに趣きがあるが、もっとも美しいのは春の柳で、緑の柳の色、風になびく姿の趣きが賞されている。それでさまざまの季題がうまれている。枝垂柳、白楊《はこやなぎ》、ねこやなぎ(水楊《かわやなぎ》)、こりやなぎ(杞楊)などの種類がある。また、古名に、はるすすき、ねみずぐさ、かぜなぐさ、かぜみぐさ、かわぞいぐさ、かわたぐさ、かわたかぐさなどがある。〈本意〉「柳は緑、花は紅」とうたわれ、「柳桜をこきまぜて」とうたわれているように、柳の緑は中国でも日本でも、春のもっとも美しい景物であった。日本では枝垂柳が好まれ、春風になびく景がそれにともなって賞されてきた。柳は川辺や門に多く、川柳、門柳などの語もうまれた。柳の糸、柳の眉、柳髪、柳腰などの語も、そうした柳の姿からうまれた美称である。現代より古典時代に作例が多い。

わか柳一とすぢのりて藁廂　阿波野青畝
雪どけの中にしだるる柳かな　芥川龍之介
＊卒然と風湧き出でし柳かな　松本たかし
思ひ子の柳は枯れてしまひけり　野上豊一郎
糸柳垂れて町並つくるかな　軽部烏頭子
ゆつくりと時計のうてる柳かな　久保田万太郎

## 桑《くは》　桑の芽　芽桑

くわ科の落葉喬木。高さ数メートルに達する。日本と台湾が原産地である。蚕の飼料に栽培されている。桑の芽吹きは、桑の種類や地方によって異なるが、仲春に青い芽の噴き出すのは新鮮ですばらしい眺めである。若芽から新葉のころが、やはりもっとも見事な時で、桑といっただけで春の季となるのも当然である。桑の芽は春蚕のころに出、若葉になると、次々に摘まれて、新しい葉を出し、夏蚕、秋蚕に与えられる。〈本意〉蚕が大切な産業なので、桑はその食料として大切にされてきた。その桑のもっとも目立つ時が、仲春の芽吹きの頃である。勢いよい青い芽のふき出すのがさわやかである。

＊桑の芽や雪嶺のぞく峡の奥　水原秋桜子
桑畑の闇がしたしく訪れし　木村　蕪城
邪魔なりし桑の一枝も芽をふける　高野　素十
桑畑に人の足音夜明星　飯田　龍太
村はまだひそりと桑の芽をほどく　長谷川素逝
桑の芽や旅人に凪たけだけし　上村　占魚
枝川も激つ天竜桑芽ぶく　皆吉　爽雨
信濃路の続く限りや桑芽晴　金井　三宝

## 金縷梅《まんさく》　銀縷梅《ぎんろばい》

まんさく科の落葉小喬木で、あまり高くも太くもならない。山地に自生するが、ときに庭に植えられることもある。三月ごろ、葉の出ないうちに、他の花にさきがけて咲く。花は黄色の細くちぢれた花で四弁。枝にむらがって咲く。〈本意〉まんさくは日本固有の植物で、漢名がない。金縷梅の文字を使うのは正しくない。この花のよく咲く年は豊年万作といわれ、また他の花にさきがけ、「まず咲く」というのがなまって、まんさくとなったとされる。美しい花だが、春のさきがけの花というところに、この花の特色がある。花色の淡黄色なのが銀縷梅、赤いのが錦金縷梅や赤花金縷梅である。

＊まんさくや春の寒さの別れ際　籾山　梓月
まんさくやかへりみて誰も居らぬ路　滝　春一
まんさくに滝のねむりのさめにけり　加藤　楸邨
まんさくやひたすら濡るる崖の傷　草間　時彦
まんさくの淡さ雪嶺にかざし見て　阿部みどり女
まんさくの一枝余さず山日和　宇佐美ふき子
まんさくに水激しくて村しづか　飯田　龍太
まんさくやまた雪となる吉野越　笹井　武志

## 櫨子の花《しどみのはな》　草木瓜《くさぼけ》　地梨

落葉小灌木で、高さは三十から六十センチほど。ぼけなどと同じぼけ科に属する。幹の下部が地に伏していて草の間にかくれている。ところどころに針のような枝が出ている。早春、新葉とともに赤い木瓜のような五弁の花が咲く。花に雌と雄があり、雌の花は夏、梅に似た緑の実をならせる。九月、黄色に熟するが、すっぱい。櫨子の漢名をあてるのはまちがいで、草木瓜と呼ぶのが正しいという。〈本意〉草の間にかくれ、木瓜に似た花を咲かせる。秋には食べられる地梨がつくところから、どこか、子供の頃の故郷を思わせる味わいのある花といえよう。

手を破りまだしどみ掘る子供かな　阿波野青畝
＊草木瓜や故郷のごとき療養所　石田　波郷
土ふかくしどみは花をちりばめぬ　軽部烏頭子
しどみもて庭おほひたしと誰か言ふ　殿村菟絲子
花しどみ老いしにあらず曇るなり　橋本多佳子
草木瓜や歩きつつ子は風邪癒やす　加藤知世子
草木瓜のひとひらとばす風の音　加藤　楸邨
草木瓜の真只中に夕日あり　広瀬　町子

## 松の花《まつのはな》　松の蕊　松の花粉　十《と》返《かへ》りの花

まつ科に属するが、松という植物はなく、あか松、くろ松、五葉の松などがあるわけである。松は一般的な通称である。松は一般に、四月ごろ新芽の先に二、三個の紫色の雌花をつけ、その芽の下のほうに雄花が薄茶色のかたまりになってつく。雌雄同株である。この雄花の花粉が風に吹かれて飛びちることが松の花散るといわれることになる。花のあと卵形の毬果ができ、秋に熟して種子を散らす。松の蕊ともいう。〈本意〉松のみどりは古くから賞されてきた。初みどり、若みどり、若松などだが、花については、十返りの花ということがいわれて、祝言とされた。百年に一度ずつ、十度《たび》咲くものと考えられたからである。常緑のめでたさと、百年に一度花咲くめでたさがかさなるのである。

松の花きのふはここに潦　山口　誓子
三鬼昇天松の花散る水の上　角川　源義
生きてまた松の花粉に身は塗る　同
松の花何せんと手をひらきたる　佐藤　鬼房
松の花チエホフ訳す山の中　秋元不死男
松の花みどり児の頭の重たしや　片山　傘人
*濤ならむまこと明るく松の花　加藤　楸邨
雨雲の去りては到る松の花　平井　照敏

## 杉の花《すぎのはな》

杉は日本の特産の常緑針葉喬木。すぎ科に属する。雌雄同株で、四月ごろ開花。雌花は緑色の小さな球状、雄花は枝端の小さな楕円状のもので、黄色い花粉を出す。この花粉が風によって飛び散る。三、四十メートルにも達する大木なので、花は見えにくい。〈本意〉杉は鑑賞用に栽培されもするが、一般に山地に結びつく木である。春の息吹きが、風にとぶ花粉によって、目に見えて感じられてくる。

一すぢの春の日さしぬ杉の花　前田　普羅
杉の花光り降りつつ滝ほそし　柴田白葉女
ただよへるものをふちどり杉の花　富安　風生
大滝をかくさう杉の花ざかり　谷口　南木
*峡空へ吹きぬけ杉の花けぶる　山口　草堂
雪の上に杉の花散り永平寺　田村　萱山
夕づくや見えねど杉の花粉散る　松村　蒼石
前山の杉の赤きは花ならむ　松尾いはほ

## 楓の花《かへでのはな》　花楓　もみぢ咲く

かえで科の植物はきわめて数多いが、普通かえでというと、たかおかえで（いろはもみじ、普通のもみじ）をさす。四月、新葉とともに花ひらく。紅い色の五弁の花である。この花はすぐ実になる。実は羽を拡げた形で、風に飛ぶ。〈本意〉楓は芽が美しいので、花は忘れられがちだが、小さなさびしげな花が咲く。ささやかだが、情趣のある花で、句のなかでひきたつ感じがある。

花楓紺紙金泥経くらきかも　水原秋桜子
＊雲のゐしあとか楓の花濡れつ　同
花楓新婚のふたり椅子に揺れ　山口　誓子
緑拭きて楓の花を塵とせず　及川　貞
花楓われを泉へいざなへり　星野麦丘人
あを空や楓そよげば花がある　伊藤　東吉

## 銀杏の花《いちやうのはな》　公孫樹の花　ぎんなんの花　花銀杏

銀杏はいちょう科の裸子植物。高さ三十メートル、幹の周囲は三メートルにも達する落葉喬木。四月ごろ、新葉とともに花が咲くが、別々の株に雌花、雄花が咲く雌雄異株である。雌花は花梗の先に二つずつ並び、雄花は短い穂の形にあつまる。花粉は白だが、精子を放出する。漢名、鴨脚子の宋音がいちょうとなったといい、詩文では漢名、公孫樹が使われることがある。秋になる実が銀杏《ぎんなん》である。〈本意〉銀杏は中国原産の下等植物で、精子を出すことで知られるが、日本では神社や寺院に巨木が多く、どこか特殊な雰囲気の樹木である。乳をたれた木もあり、精子を出すことなどから、動物くさいところも感じられる。句にエキゾティックな、懐古的な、幻想的な句が多いのも、そうしたところからくるのかもしれない。

銀杏の花や鎌倉右大臣　内藤　鳴雪　　銀杏咲く切支丹寺の化粧ひ妻　石原　八束
＊月けぶる銀杏の花の匂ふ夜は　大竹　孤悠　　花銀杏こぼれ離愁の肩おとす　小松崎爽青

## 樫の花《かしのはな》

樫はぶな科の常緑喬木で、あらかし、しらかし、あかがし、いちいがし、うらじろがし、つくばねがしなどの総称である。一般に山野に自生し、また庭木、いけがき、防風、防火などのために植えられている。四、五月ごろ、雌雄の花を同じ株に咲かせるが、雄花は黄褐色で糸のように枝からぶらさがり、雌花は葉のつけ根に上向きについている。花粉をちらすときは独特のかおりを放ち、そのあと雄花は落ちてあたりにちらかる。〈本意〉武蔵野にとくに多く、農家ではしらかし、あかがしを家の周囲に植えていることが多い。高さ二十メートルにもなる木で、その花の頃は、目立たないが、その香りで空気をみたす。道ゆく人の背に雄花の散りおちるのも風情がある。

樫の葉や花より移す目に青き　日野　草城　　樫の花散り敷く小径志木に出づ　椎木　一雨
夕おぼろ葉深く樫の花見たり　栗生　純夫　　花樫のにほひにひと夜つどひしぬ　木津　柳芽
＊小学校むかしも暗く樫の花　西尾　一　　樫の花散り敷く朝は樫仰ぐ　高野　梢

## 赤楊の花《はんのきのはな》　はりの木の花　榛《はん》の花

かばのき科の落葉喬木。十五メートルにも達する。林野に自生し、湿地を好む。雌雄同株。雄花の穂は前年秋にでき、早春、暗紫褐色の細長い円柱状に小枝から垂れ、黄色い花粉をちらす。雌花は楕円形で、同じ小枝の下につき、紅紫色をしている。古名をはりのきといい、それが転訛して、はんのきとなった。赤楊、あるいは榛の漢字をあてるのは正しくないとされる。榛の花は、「はしばみのはな」とも使われる。誤用としても、作例がともに多い。〈本意〉水田のあぜに植えて稲架に利用されている木で、この花が咲く頃から農事に忙しくなることから、農家に農事暦のようにも思われる花といえよう。

はんの木の花咲く窓や明日は発つ　高野　素十
＊空ふかく夜風わたして榛の花　飯田　龍太
榛の花どどと嶺渡る夜の雷　角川　源義
幹のぼる水かげろふや榛の花　山田みづえ
榛の花見る愉しさをとりもどす　宮下　翠舟
榛の花ゆれゐて風の下りて来ず　山崎　秋穂

## 猫柳《ねこやなぎ》　ゑのころやなぎ

一名かわやなぎというが、川辺に自生するからである。やなぎ科の落葉木で、高さ二メートルほどになる。雌雄異株。南国では二月から、雪国では雪解け頃から開花しはじめる。雄花は厚い皮をかぶっており、これが大きくなって、その皮が脱げ、開花する。長楕円形の花穂は苞の白い毛が密生する。これが銀色に輝いて美しく、猫に似た感じがある。雌花穂は実となりやがて柳絮となる。〈本意〉暖かさが感じられる頃に咲く猫柳は、はっとするほどかわゆく、うつくしい。銀色の光沢も、あたたかさのなかで、心をくつろがせる。のどかな情感がある。

猫柳高嶺は雪をあらたにす　山口　誓子
＊ときをりの水のささやき猫柳　中村　汀女

誰通りても猫柳光りけり　佐々木有風
風やみて日のやさしさよ猫やなぎ　成瀬桜桃子
猫柳叱咤は胸にかへるばかり　加藤楸邨
猫柳女の一生火のごとし　三橋鷹女
日をゆりて水よろこべり猫柳　石原舟月
猫柳母住む方へ川うごく　中村保典

## 柳絮《りうじょ》　柳の絮《わた》　柳の花　柳絮飛ぶ

やなぎには楊（枝が立つもの）と柳（枝が垂れるもの）があるが、どちらも雌雄異株である。早春、葉に先立って雌花が咲く。花穂は弓形に湾曲し、二、三センチ、暗紫色の目立たない花で、実となり、柳絮になる。絮とは綿のことで、風にのって飛ぶ。〈本意〉柳絮は実が種子をまきちらす方法だが、とくに中国に多く見られる晩春の風景で、李白も「其れ楊花の雪に似たるをいかんせん」とうたっている。雪片のように、綿毛がとぶ興趣が主眼である。

*柳絮軽し手より遁るる如くとぶ　久保ゐの吉
ふたゝびは帰り来ぬ日の柳絮飛ぶ　小谷伸子
なかぞらにほぐれわかれし柳絮かな　軽部烏頭子
柳絮とび野守の池と聞くあはれ　菅沼玲胡
槍見ゆる槍見河原に柳絮とぶ　福田蓼汀
日月は奔流に似て柳絮とぶ　梅本弥生
柳絮とぶマリア讃美の日なりけり　下村ひろし
君の訃のもたらせるかに柳絮飛ぶ　佐藤眉峰

## 枸橘の花《からたちのはな》　枸橘　からたちのはな　枳殻《きこく》

中国原産で、朝鮮経由で日本に伝来した。落葉低木でみかん科。いけ垣などにされる。枝が多く、とげが多いので泥棒よけに適している。晩春、白い五弁の花を葉の出る前に咲かせる。みかんの花に似ていて、よい香りがする。花のあと丸い実がなり、黄色になって熟するが食べられない。からたちを俗に枳殻と書くがこれは誤りで、枳殻は別の植物である。〈本意〉からたちの花の白い色と香気が、清新な抒情をかきたてることが多い。晩春のどこか詩的な情趣のただよう花である。

からたちの花のほそみち金魚売　後藤　夜半
からたちの花より白き月いづる　加藤かけい
*からたちの咲く頃は雲浮き易し　栗原　米作
花からたち岳《ち》父《ち》に夢二の切抜帳　小池　文子
からたちの花の鎌倉西御門　皆川　白陀
からたちの花咲く径の幾曲り　兼巻旦流子

## 木苺の花《きいちごのはな》　もみぢ苺　粟苺　下り苺

ばら科の落葉灌木で、山野のどこにでも見られる植物。茎にとげが多い。晩春、葉の間に、下向きに、白い五弁の花をひらく。目につきやすい花で、野生の清純なうつくしさがある。葉がもみじに似ているので、もみじ苺といい、また実の色や形から粟苺、花の咲き方から下り苺ともいう。初夏に黄色に熟する実となる。〈本意〉一、二メートルの高さのばら科の木だが、子どもが食べる実ができ、苺に似ているので木苺という。その花は野生だが、素朴で清らかな好ましさがあり、心にしみる白さをもつ。

*よく見れば木苺の花よかりけり　高浜　虚子
簗地裂け木苺の弁大いなり　殿村菟絲子
谷くらく木苺咲くよ蕗の上に　水原秋桜子
木苺の花を日照雨の濡らし過ぐ　金子伊昔紅
園廃れ木苺の咲くを見てすぎぬ　同
水の音木苺の花咲きにけり　笹岡　晴湖

## 桑の花《くはのはな》　やまぐはの花

桑はくわ科の落葉喬木で、高さ十メートルにも達するという。ただし、養蚕のために栽培されているので、毎年刈りこまれて大きなものは見られない。もともと山野に自生していたもので、いまも山林に自生する野生種がある。山桑がもっとも普通の種類である。四月下旬、若葉が出ると、枝や葉のつけ根に花梗が出来て、その先に小さな花穂が四十ほどたれさがってひらく。雌花と雄花が別々にあつまっていて、雌花は桑の実になる。濃紫色の実は甘い。雌花の色は薄い黄色、雄花の色は黒紫色である。〈本意〉桑は養蚕の大切な飼料なので人々の関心がつよくあつまる植物である。花はあまり目立たぬ色をしているが、桑の実の甘さを思い出すことが多い。

見上げたる老木に垂れし桑の花　水原秋桜子
桑の花信濃乙女のつつましく　平沢　桂二
*山桑の淡《あは》淡《あは》と花盛りなる　高野　素十
桑咲くや尾根を下りくる薬うり　金尾梅の門
山桑の花白ければ水応ふ　臼田　亜浪
城見えて桑はやさしき花を持ち　村井　草山
桑の花芽に先んじて咲きにけり　細木芒角星
桑の花そちらまはりて友覗く　八木林之助

## 接骨木の花《にはとこのはな》　たづの花　みやつこぎ

すいかずら科の落葉灌木。山野に自生する。早春、新芽と小枝が出て、枝の先に、白い花がたくさんむらがって咲く。それぞれの花には花冠が五つに裂けた中に、雌しべ一本、雄しべ五本がある。花のあとは赤い実となる。葉は民間薬になる。〈本意〉『滑稽雑談』に、「京都にて、には

とことい ふ、按ずるに、みやつこの訛言なるべし。たづとは、その葉陸英に似たり。陸英を草たづといふ」とある。古来、木を煎じて打撲傷を洗い効あるものとされてきた。ために接骨木の文字が使われている。また、接骨《たづ》の木に甘草を入れて煎じて飲むと、疝気の薬になるともされてきた。薬用に使われた木だが、花はそれほど目立たぬ貧しい花である。ただどこか身近かな感じのある花である。

*接骨木はもう葉になって気忙しや　富安　風生
接骨木の花咲けり何かにまぎれんと　加倉井秋を
接骨木の芽を見仁王の乳房見て　山口　青邨
法医学者にはとこの花を見て興ず　成瀬桜桃子
やらずの雨接骨木微塵の花こぼす　内田ゆたか
接骨木の花貧乏に飽きて主婦　潮原みつる

## 山椒の花《さんせうのはな》　はなざんせう　花山椒

山椒は山野に自生する落葉灌木で、みかん科に属する。新芽や実を食用にするので、畑や庭にも植えられている。四月ごろ、芽吹きだすと、葉のつけ根に、緑黄色の粟粒のような小花が咲き出す。山椒は雌雄異株である。〈本意〉山椒の花は小さく群がっていて可憐である。葉や実が香りよく主体のものだが、山野で見出して、情感の湧く花である。

山椒の摘みからされて咲きにけり　村上　鬼城
誰か知る山椒の花の見え隠れ　渡辺　桂子
*花山椒煮るや山家の奥の奥　松瀬　青々
ひそみ立つ毒婦の墓や花山椒　榑沼けい一
風立てば山椒の花も揺らぎたる　神津　杉人
昼酒の酔ほのぼのと花山椒　佐久間木耳郎

## 黄楊の花《つげのはな》　あさま黄楊の花　姫黄楊

黄楊はつげ科の常緑小喬木で、三メートルほどの高さになる。暖地の山などに自生するものだが、庭や垣根に植えられていることが多い。葉が革質で、光沢をもち、枝が多いので、樹形を整えて、庭や垣をひきたたせる。花は四月ごろ、小枝の葉のわきに、群がり咲き、淡黄色で小さい。黄楊の材は黄色で緻密、堅牢なので、印判、櫛、将棋の駒、算盤珠などに細工する。伊勢の朝熊《あさま》山の黄楊が有名で、あさま黄楊の名がある。〈本意〉地味な花だが、しずかに咲きこぼれているのは、晩春の大人の情感である。おちついた、ややさびしげな味わいである。

*閑かさにひとりこぼれぬ黄楊の花　阿波野青畝
花黄楊にまだ少しある夕明り　東　早苗
黄楊の花ふたつ寄りそひ流れくる　中村草田男
子等の世に我れは遅るる黄楊の花　幕内　千恵
晩節やひそけき黄楊の花愛し　宮下　翠舟
黄楊の花青春は貧とありしかな　金子　明彦
父の忌の夫も好める黄楊の花　小池　文子
風の日は裏路えらぶ黄楊の花　和田　賀代

## 篠懸の花《すずかけのはな》　鈴懸の花　プラタナスの花　釦の木

すずかけのき科の落葉喬木。十メートル、二十メートルにも達する。枝がひろがり、大型の葉がしげる。緑色を帯びた幹の色が特色。四月ごろ、葉腋から花枝を出し、別々に雄花と雌花をひらく。黄緑の細かい花である。花のあとの球のような実が目立つ。褐色で三、四個ぶらさがる。それが山伏の篠懸《すずかけ》に似ているので、すずかけの名がついた。釦の木は、アメリカすずかけの木のことで、実の形が釦のようなので、そう言う。〈本意〉鈴懸の属名はプラタナスで、本来ヨーロッパ、西部アジアの原産の木である。明治になって輸入し、街路樹としたもので、どことなく文明開化の感じのする木である。大型の木なので花は目につきにくい。

篠懸の花咲く下に珈琲店《カッフェ》かな　芥川龍之介
すゞかけの更けつつ薫れ寝にかへる　石田波郷
鈴懸の花に閉ざせしブラインド　潮原みつる
＊プラタナスの花咲き河岸に書肆ならぶ　加倉井秋を
鈴懸の花に月の澄む波止場街　鈴木昭夫
軽装の人鈴懸の花の下に　坂本吉雄

## 樒の花《しきみ（しきび）のはな》　莽草《しきさう》の花　かうしばの花　かうの木の花　はなしば　花しきみ

もくれん科、常緑小喬木。三、四月ごろ、葉のつけねに淡黄の花をつける。花弁が長く、茎と区別がつきにくい。雌しべ、雄しべの数が多い。有毒で、とくに実に毒がつよい。仏や墓に供える木で、墓場に植えてあることもある。〈本意〉仏事に関係のある木で、しずかな哀れな感じの花である。異名があり、また花樒とも使われる。

石山や石にさしたる花樒　松瀬青々
花活に樒の花の淋しいぞ　村上鬼城
村人の見ざる樒の花を見る　相生垣瓜人
花しきびあけぼのの水匂ひけり　大塚四十雀
＊門前の花屋の樒咲きにけり　星野麦人
言ひ知れぬ妖気を撒きて樒咲く　岡本差知子
樒咲くこの谷を出ず風と姥　山上樹実雄
閼伽水を分ちて注ぐ花樒　平亜子

## 郁子の花《むべのはな》　うべの花　野木瓜　常盤通草《ときはあけび》

あけび科、蔓性常緑樹。山野に自生、庭に植えられることもある。古名、うべ。常緑なのでときわあけびとも呼ばれる。晩春、雌雄同株の雌花雄花をひらく。白っぽい紫色の花で房状に咲く。実は暗紫色であけびに似て食べられる。〈本意〉なつかしい感じの郷愁をそそる花である。実を食べた記憶などがからみ、故郷、幼時を思わせる花。

罐詰を泉に囲ふ郁子の花　篠田悌二郎
女の瞳ひらきみつむる郁子の花　岸田稚魚
*郁子咲けり捨てゝ久しき家の門　鈴木　元
現なく日輪しろき郁子咲けり　角川源義
郁子の花散るべく咲いて夜も散れる　大谷碧雲居
郁子の花山のよごれは山で洗ふ　加藤正子
郁子咲くや聖母イエスを深く抱き　倉田素香
夕空へ拡がる風や郁子の花　高原しげ子

## 通草の花《あけびのはな》　木通《あけび》の花　山女《あけび》の花　丁翁《あけび》の花　三葉通草

通草は落葉灌木で蔓をのばして木にからみつく。山野に自生。長い柄に五枚の小葉が手のひらのようについている。四月ごろ、新葉とともに花をつける。紫色の雌花、雄花が房のように咲く。三枚の花弁がある。秋になる実は甘く食べられる。みつばあけびは小葉が三枚のもので、東北で蔓を細工ものにする。〈本意〉秋に実を食べたことのある人の郷愁をそそる花で、野趣に富む可憐な花である。

負ふた子や通草の花に手をのべる　松瀬青々
通草の花訛れる声音ききとれず　原田種茅
雲深し通草の花の雨ためて　安藤甦浪
*垣ひそと通草の花の曇りかな　大森桐明
海鳴れり通草も黒き花を垂れ　相生垣瓜人
通草咲きかなしき噴火ものがたり　勝又一透
細きみち人に遇はざり咲く通草　及川　貞
バスを待ちくたびれてをり花通草　飴山　実
梢みな光をつなぐ花あけび　古賀まり子
うすうすとかはたれ色の花通草　文挾夫佐恵

## 山帰来の花《さんきらいのはな》　がめの木の花　さるとりいばら　かから

日本でふつう山帰来と呼ぶのは、さるとりいばらのことで、山帰来は台湾、中国南部にある熱帯植物である。さるとりいばらは、蔓性の低木。山野に自生。高さ二メートルほど、とげがたくさんあり、猿もひっかかるということからその名が生じた。雌雄異株、晩春黄緑白色の小さい花をひらく。実は赤く美しい。〈本意〉山帰来とは産嫌いのことで堕胎薬に使ったというが、根が薬用に使われるもの。ただ日本の山帰来はさるとりいばらで、山野のとげの多い植物である。だがその花と実は印象的で、山野の何げない彩りになる。

＊山帰来石は鏡のごとくなり　川端　茅舎
紺青の海へかざして山帰来　太田　鴻村
やすらひてさるとりの花杖にあぐ　中村　若沙
歳月のささやき山帰来の花　鷹羽　狩行
ひと葉づつ花をつけたり山帰来　加賀谷凡秋
百穴へ径はくもでに山帰来　浜中　柑児
花つけて松に懸りぬ山帰来　伊藤　無門
田のひとのゆききや山帰来の花　染谷　杲径

## 竹の秋《たけのあき》　竹秋《ちくしう》

竹の秋は春四月ごろのこと。竹は他の植物とは逆に、この頃に葉が黄ばんで来る。他の植物が秋に紅葉、黄葉するのに似ているので、竹の秋という。秋には竹の葉はあおあおとするのでこれが竹の春。竹の秋は、地中の筍を育てるため葉が機能を休めるためにおこるといわれる。竹秋は陰暦三月の異名である。〈本意〉竹の葉の黄ばむ春を竹の秋と呼んだ昔の人の言語感覚を感じとるべきだろう。万物が甦生する春に逆に黄葉する竹の生態がおもしろいが、その逆の感じをとらえねばならない。

夕方や吹くともなしに竹の秋　永井　荷風
竹落葉ひらりと蝌蚪の水の上　山口　誓子
*竹の秋菜園繁りそめにけり　石田　波郷
一山の僧定に入る竹の秋　中川　宋淵
竹の秋竹の里歌皆淡し　相生垣瓜人
竹の秋歳月の地はやはらかし　矢吹　湖光
四五本の竹の秋なるあかるさよ　神保　愷作
身のうちを水行くごとし竹の秋　井上三千女
石棺の暗さをこめて竹落葉　福田甲子雄
顔老いし鞍馬の鳶や竹の秋　大峯あきら
竹の秋禽いくたびも沈む空　森村　奏介
丹波口より諏訪口親し竹の秋　志村さゝを

## 春の筍《はるのたけのこ》　春笋《しゅんじゅん》

筍だと初夏のものだが、とくに春の筍というと冬から春に出る筍をさす。孟宗竹、寒竹の筍が好まれる。とくに孟宗竹の筍はもっとも大きいもので、味もよい。皮に黒い斑があり細毛が生えている。〈本意〉春の筍はやわらかく、香りもよく、いかにも春の季節の味である。

芋頭ほどの春笋刻みけり　織田烏不関
春筍祖母の里より賜はりぬ　草間　時彦
*春筍の地下一尺にあらむとす　相生垣瓜人
病妻にみせて春笋の土こぼす　渡辺　鶴来
子を抱いて春の筍買ひに出づ　瀬戸口民帆
春笋の息しづめゐて后陵　秋山まさゆき

## 黄水仙《きずいせん》

地中海沿岸原産のすいせんで江戸時代末に渡来した。多年草で庭に植えられる。三、四月ごろ、細長い葉の間から花茎を伸ばし、その先に二、三個の花をひらく。花は黄色で芳香があり、横向きにひらく。花弁は六裂し、中央に芯がある。〈本意〉あざやかな黄色の花で、春の印象的な花色である。大きな花がゆれて咲くさまは春の到来をひときわ印象づける。明るい花である。

*黄水仙に尚霜除のありにけり　長谷川零余子
書き疲れつつ書きつづけ黄水仙　町　春草
病院一の弱虫患者黄水仙　石田　波郷
黄水仙ことばはがねのごとひびく　鈴木　詮子
黄水仙黄に描く他はなし哀し　大山　忠作
カーテンを引けば夜となる黄水仙　浅賀　渡洋
母にだけ言ふ悲しみや黄水仙　野島　禎子
若者に落日はなし黄水仙　工藤　紫蘇

## ねぢあやめ　馬藺《ばりん》　ばれん　ねぢばれん

朝鮮や満州に多く、そのあたりを原産地とする。あやめに似ているが、葉が二、三度ねじれている。丈はあまり高くない。四月ごろ開花、花弁はたれ、淡碧紫色。よい香りである。〈本意〉江戸時代から詠まれ、「よべの雨馬藺に殖えぬ蝸牛」（召波）のような句があるが、満州、朝鮮の花で、その地に旅したりその地に住んだりした人々によってうたわれることが多かった。

*氾濫の水たまりありねぢあやめ　高浜　虚子
ねぢあやめ主死してより荒れし庭　庄司　映三
松花江のここに見え初めねぢあやめ　吉田　週歩
指呼に塔一つあるのみねぢあやめ　林　周平

## 華鬘草《けまんさう》　けまん　瓔珞牡丹　藤牡丹　鯛釣草　黄華鬘　紫華鬘

中国産のけし科の多年草。日本に古く渡来した。庭に植えられる。高さは三十センチから六十センチほど。四月ごろ淡紅の花がたれて咲く。葉は牡丹より小さいが牡丹のように羽状に裂けている。道辺や畑辺にはえるむらさきけまん、海辺のきけまん、山地のやまきけまん、みやまきけまんなどはこの仲間だが野生のもの。〈本意〉花の形が、仏の頭飾りである華鬘に似ているので、名付けられた。藤牡丹は葉の形が牡丹に似ているため、鯛釣草というのは、花のたれた形を鯛釣と見たためについた。眼目は花の珍しい形のおもしろさにある。

藪ふかく甘藷竈古る華鬘草　富安　風生
*竹藪のむらさきけまん生ぐさし　八幡城太郎
けまん群れ墓石の如く壁炉冷ゆ　殿村菟絲子
和蘭塀干割れかなしく華鬘生ふ　下村ひろし
草たけて紫華鬘色うすし　川島彷徨子
けまん草風にはぢらふかに揺るる　上村　占魚

## 雛菊《ひなぎく》　デージー　延命菊　長命菊　ときしらず

原産地は西ヨーロッパ。鉢や花壇に植えられる花で、高さは十五センチぐらいだが、菊に似た大きな花をひらく。花期は二月から秋におよび、長いので、延命菊、長命菊、ときしらずの名がある。へら形のなめらかな葉の中から花梗を出し、花をつける。一重、八重のものがあり、淡紅色、赤、赤紫、絞りなどの色がある。今日ではデージーと呼ばれる。〈本意〉雛菊の名のように、可憐な感じの花で、花壇などに好んで植えられる。花期の長いことも特徴で、親しみやすい花である。

*デージーは星の雫に息づける　阿部みどり女
雛菊や亡き子に母乳滴りて　柴崎左田男
雛菊や子の作文に大志あり　大原　勉
雛菊や戸の内暗き百姓家　遠藤　梧逸
畝咲きのまま雛菊の売られけり　小島　淡嵩
仔雀や雛菊千が地を埋めて　草間　時彦
雛菊に遠嶺の虹のしばらくは　鷲見　鈴子
雛菊や庭の木椅子は隙だらけ　岡崎　光魚

## 金盞花《きんせんくわ》　常春花　長春花　ときしらず　金盞草　カレンジュラ

南ヨーロッパ原産の一年草。たけは三十センチほど。花期は三月から六月で長く、鉢や花壇に植えられ、切り花になる。花は菊に似て、黄金色の杯の形で、枝頭にひらく。八重咲きが好まれる。花色は、だいだい色、薄黄色など。〈本意〉花が大きく、黄金色で、切り花、花壇などによくひきたつ、印象的な花である。あたたかい所では冬から早春の切り花用に栽培する。

金盞花淡路一国晴れにけり　阿波野青畝
金盞花挿し体重計の傍へ置く　石井沙知子
*金盞花炎ゆる田水に安房の国　角川　源義
金盞花眼を病む人に歩をあはす　山田　文男
ぱらりと一村大粒に陽と金盞花　宮津　昭彦
金盞花咲く畦来るは弥撒の漁夫　古賀まり子
金盞花畑に海霧濃くなる夕　柴田白葉女
真鍮の什器かずかず金盞花　西村　晴子

## 勿忘草《わすれなぐさ》　ミヨソティス　わすれな草

ヨーロッパ原産の多年草。高さ三十センチほど。晩春から初夏に花穂を出し、先に藍色の小さな花をかためてひらく。花の色は白、桃色の品種もある。英名がフォーゲット・ミー・ノットで、これを訳したものが和名。属名はミヨソティスでこれはつかねずみの意。葉の形からつけられた。〈本意〉恋人のために岸辺の花をつんでいて水に落ち、沈んでいった花物語があり、英詩にもうたわれている。上田敏の訳した「わすれなぐさのひともとは、みそらのいろのみづあさぎ」の一節は愛誦された。可憐哀切な物語といかにもそれにふさわしい花の感じによって愛されている花。

*奏でる海へ音なく大河勿忘草　中村草田男
勿忘草霧に咳き人行けり　堀口 星眠
勿忘草わかものゝ墓標ばかりなり　石田 波郷
一面の勿忘草に日は淡し　轡田 進
忘れな草更けてゐし寺の夜風にも　中川 宋淵
血を喀けば勿忘草の瑠璃かすむ　古賀まり子

## 東菊《あづまぎく》　吾妻菊　野春《のしゅん》菊

多年草で山野に自生する。根から葉が叢生、その間から花茎が出て、先に菊のような花をひらく。葉はよめなに似て毛でおおわれている。花は直径三センチ、紅紫色の舌状花で、中心は黄色の管状花になっている。花屋であずまぎくとして売られているものは、みやこわすれ（野春菊）である。〈本意〉東国地方の菊として東菊と名づけられている。庭や鉢に植えられてその可憐さを観賞されている。

湯がへりを東菊買うて行く妓かな　長谷川かな女
東菊群れて天地斑の消ゆる　兵庫 池人
蜥蜴の子這入りたるまま東菊　松本たかし
岬行く母やしんがり東菊　梅津 昭子
*東菊関趾に遠き海見えて　大竹 孤悠
海へ出る一本道やあづま菊　小島 火山
兄妹の壺に頒ちし東菊　大星 明子
山の家に馬小屋ありて東菊　吉野 直子

## フリージア　香雪蘭　浅黄水仙

南アフリカ喜望峰原産。多年草。三十センチほどの丈で、細長い葉の間から花茎を出し、先に花をつける。花は分枝して穂の形に下から上に咲く。管状の花は六つに裂け、よい香りがする。花の色は白、赤、藍、紫、橙など。〈本意〉どことなく繊細でよわよわしい感じの花だが、色も香りも鮮麗で、清純なかぼそい乙女の印象をあたえる。

フリージアのあるかなきかの香に病みぬ　阿部みどり女
フリージヤに肌の香勁く人病めり　石原　舟月
＊熱高く睡るフリージヤの香の中に　古賀まり子
フリージヤ涙の様に光るもの　中山　玲子
フリジヤを窓に文学女中かな　高木　峡川
フリージア一筋の髪ひろはれる　中村　路子
フリージヤの赤しとねたみをみな老ゆ　山田津奈王
フリージア剪って海光ごと束ね　白田喜代子
フリージヤに秘めごと少し朝の卓　桜井　照子
フリージアに空の来ている枕許　永田耕一郎

## アネモネ　紅花翁草《べにばなおきなぐさ》　はないちげ　ぼたんいちげ

地中海沿岸原産。明治初めに渡来。球根から人蔘に似た葉を出し、花茎の伸びた先に一つ花が咲く。花はけしに似ているが、花弁はなく、がくが花弁化したもの。色は白、赤、紫、藍など。蛇の目入りもある。雄しべも多く、また雄しべも花弁化した八重咲きのものはアネモネ咲きと言われ、この種の花型の典型になっている。つぼみもふっくらとまるくうつくしい。〈本意〉南ヨーロッパの花で、花の形に特徴があり、花壇や鉢に植えて、造花のように観賞されている。名前の音感もおもしろい。

アネモネのむらさき濃くて揺《ゆら》ぐなし　水原秋桜子
手のアネモネ闇ばかりゆく灯の電車　中村草田男
アネモネのむらさき面会謝絶中　石田　波郷
蚊淡く飛びアネモネに日当れり　新井　声風
アネモネの花の崩るる昼の地震　塩谷はつ枝
＊アネモネや寡黙となりし俸給日　山田みづえ
アネモネの蕊黒し家追はれをり　岡田　貞峰
夜はねむい子にアネモネは睡い花　後藤比奈夫
アネモネを剪りたる後の荒畑　福永　耕二
アネモネ剪る鋏に匂ひうつしつつ　古賀まり子

## シネラリヤ　蕗菊　菊蕗　蕗桜　しゅんとう菊　富貴菊　サイネリア

サイネリアともいうが、シネラリヤが正しい。だがシネラリヤの名前をきらってサイネリアのほうが普通に使われる。アフリカ、カナリー島の原産。多年草。鉢植えにして温室などで育てる。丈は五十センチほど。早春茎がぬきんでて、晩春にその先に多くの頭状花をつける。花は菊に似て笠状にひらく。色は紫、赤、白、蛇の目入りなど。花びらがビロードのように光るのも美しい。

〈本意〉花が菊に、葉が蕗に似ているので、蕗菊、菊蕗のような異称があるが、富貴菊のような別称もある。園芸種として愛されている。

サイネリア花たけなはに事務倦みぬ　日野　草城
更けし夜の燈影あやしくシネラリア　五十崎古郷
*若き医師なればサイネリア嗅ぎて見る　大野　林火
船室の曇り鏡やサイネリア　福島　閑子
サイネリアの花紫に出揃ひし　室積波那女
シネラリヤ色濃き雨となりにけり　久川　有迷
サイネリヤ居間の狭さに馴れすぎて　巌寺シヅエ
サイネリヤ抱き命日と知らで来し　宮田登喜子

## チューリップ　鬱金香《うっこんかう》　牡丹百合

ヨーロッパ渡来の球根植物。丈は三十センチから九十センチ。先のとがった幅広の葉が生え、中央から茎がのび、その先に一つ、ときには二、三の花をつける。椀の形の花で六弁。赤、白、黄、紅紫などのあざやかな色の花で美しい。一重、八重、切れ咲きがある。北陸で栽培が盛ん。

〈本意〉日本でもっとも愛好される渡来花で、小学生の絵にもっともよく登場する花壇の花である。花の形、明るいはっきりした花色など、春の花壇の代表的な景物として愛されている。

ベルギーは山なき国やチューリップ　高浜　虚子
チューリップ喜びだけを持つてゐる　細見　綾子
＊チューリップ影もつくらず開きけり　長谷川かな女
チューリップの色溶け入りてねむき眼よ　草間　時彦
ものの芽の全きチューリップとなりぬ　松本たかし
歩く子の手に父母の手やチューリップ　嶋田　一歩
チューリップの花には侏儒が棲むと思ふ　星野　立子
編集の最後のカットチューリップ　出羽夫久子
それぞれにうかぶ宙ありチューリップ　皆吉　爽雨
吾子の絵の家より大きチューリップ　佐藤　半三

## ヘリオトロープ　香水木

南米ペルー原産。多年草。丈は七十センチまでになり、枝はひろがって伸び、葉は幅が広く先端がとがっている。花は五裂し、小さい合弁花で、枝の先に穂のようにつく。花色は紫、桃、白など。温室では冬から夏まで咲く。鉢に植え、切り花にするが、何よりも花からとられた香料は香水の原料として知られている。〈本意〉バニラに似た香りが有名で、香水木の異名もそこからつけられる。ややエキゾティックな花である。

ヘリオトロープ咲き極りて強き香を　古川　芋蔓
一鉢のヘリオトロウプ愛し嗅ぐ　上村　占魚
ヘリオトロープ船旅ははや倦む日日に　大津　希水
蝶惑ふヘリオトロープ低きあたり　木村　協子
＊ヘリオトロープ香籠めに千々の濃紫　文挾夫佐恵
花市のヘリオトロープ香を放つ　小高　憲司

## 泊夫蘭の花《さふらんのはな》　春咲きサフラン　花サフラン　クロッカス

アルプスの原産。サフランのギリシャ名がクロッカスである。クロッカスは球根植物で、早春に開花するのが花サフランである。葉は松葉に似て三、四枚出るが、その間から花茎がのび、先端に花が咲く。六弁花で、色は白、黄、紫、絞りなど、においがよく美しい。昼に咲き夕方しぼむ。秋咲くのは薬用サフランである。〈本意〉一般に秋咲くのをサフラン、春咲くのをクロッカスと呼ぶようであるが、九センチほどの丈の草花としては大きな花がひらく。どこかエキゾティックな美しさをもつ。

サフランや雪解雫の音戸樋に　星野　立子
＊サフランや読書少女の行追ふ目　石田　波郷
サフランの紫閉ぢぬ聖母像　河地　翠
サフラン咲く結婚の日は霜降りし　津田　翠女
髭に似ておどけ細葉のクロッカス　上村　占魚
クロッカス全き影の芝にあり　片桐　美江
クロッカス光を貯めて咲けりけり　草間　時彦
忘れゐし地より湧く花クロッカス　手島　靖一
クロッカス苑に咲き満つ朝の弥撒　羽田　岳水
サフランの花片言を置くごとし　細田　寿郎

## ヒヤシンス　風信子　夜香蘭　錦百合

小アジア原産。多年草。球根植物。水仙のような光沢ある厚い葉を数枚出し、その中から四月ごろ花茎をのばし、小花を総状にたくさんつける。花の色は白、紫、紅、黄などさまざまである。花壇や鉢に植え、切り花にされる観賞用の花である。〈本意〉チューリップより優艶な花で、小花のむらがりは可憐である。わが国には徳川時代に渡来し、風信子などと呼ばれた。

いたづらに葉を結びありヒヤシンス　高浜　虚子
＊敷く雪の中に春置くヒヤシンス　水原秋桜子
ヒヤシンス犬聞いてゐしわかるらし　中村　汀女
園丁や胸に抱き来しヒヤシンス　島村　元

入試地獄に水栽培のヒヤシンス　津田　翠女

ヒヤシンス紫は祖母眠る色　入口久弥女

ヒヤシンス空しか見えぬ窓なりし　麻生　玲子

みごもりてさびしき妻やヒヤシンス　滝　春一

## オキザリス　花酸漿草《かたばみ》

南アフリカ喜望峰原産、江戸時代に渡来した。野生のかたばみに似て、より大型の栽培種である。丈は十五センチ。花はこれにたいして直径一・五センチもある。葉は三角風の小葉で、根元から花茎をたくさん出す。花色は、白、桃色、薄紫などで、日がかげると花や葉がしぼむ。〈本意〉それほど知られていない花だが八丈島などの暖かいところでは雑草として生えているという。多く桃色の花を見る植物である。

*須磨寺へ松ある道のオキザリス　大竹　孤悠

オキザリス雨の茶房に人在らず　中谷　朔風

## シクラメン　篝火草　豚の饅頭

地中海沿岸が原産地の球根植物。明治二十四、五年にわが国で初めて栽培された。鉢植えにして、冬から春に観賞する。根から芋の葉のような葉を多く出し、花軸を出して、蝶のような形の花を一つずつつける。開花するにつれて花弁が反転してゆく。この花の形から篝火草ともいう。花色は赤だが、基部は紫を帯びる。時に白い色もある。豚の饅頭というのは、この球根をイタリーで豚が放牧中食べるからである。〈本意〉冬から春にたのしむ明るい花で、気品もある。焔のような感じもあり、瀟洒な感じもあって、生活のほとりに飾るにふさわしい花である。

咳入るや涙にくもるシクラメン　臼田　亜浪
*シクラメン雪のまどべにしづかなり　久保田万太郎
靴脱に主客の靴とシクラメン　富安　風生
シクラメンたばこを消して立つ女　京極　杞陽
部屋のことすべて鏡にシクラメン　中村　汀女
シクラメン虚飾のことば風に乗る　鷲谷七菜子
恋文は短かきがよしシクラメン　成瀬桜桃子
抜けてゆく風邪に豪華なシクラメン　安藤　恵子

## をだまきの花《をだまきのはな》　苧環《をだまき》　いとくり　糸繰草

きんぽうげ科の多年草。高さ三、四十センチ。晩春長い花梗を出し、青紫、赤紫、白などの五弁の花を咲かせる。葉は長い柄の先に切れ込みのある三枚の小葉をつけている。粉をつけたような感じがある。山おだまき、深山おだまきも俳句ではおだまきに含める。古名はいとくり。庭に植え、切り花にする。〈本意〉夏に分類している歳時記も多い。いとくりの古名のように、苧環に形が似ている。花の色があざやかで美しい。どこかさびしさのある花で、庭の日陰に植えられる。

*をだまきや乾きてしろき吉野紙　水原秋桜子
妻見入るをだまきに雨さかんなり　大野　林火
をだまきやどの子も誰も子を負ひて　橋本多佳子
曙の地にをだまきは晩く　青木よしを
をだまきの霧うすうすとまとひたる　木村　蕪城
ハイカー稀に旧道をだまきの花伏目　斎藤　春楓

## 菊の苗《きくのなへ》　菊の芽

菊の苗は根分け、あるいはさし芽で仕立てる。根分けは晩春で、花壇や鉢に移植する。さし芽は親株から出た新芽を切りはなし移植する。冬至ごろ、四月中旬ごろがそのときで、初夏までつづく。この新芽を菊の苗といい、花壇や鉢に植える。冬至に苗分けしたものは越年させて植える。〈本意〉菊の苗づくりは四月中旬ごろが中心で、古くから春の季のものとされている。嘯山に「菊苗に雨を占ふあるじかな」がある。

＊菊苗に水やる土の乾きかな　正岡　子規
癒ゆといふくすしの言葉菊は芽に　持田　旋花
菊の芽や老らの中の母若し　澄川　鉄男
菊の芽や読まず古りゆく書の多し　小野　宏文

## 菜の花《なのはな》　花菜　菜種の花　油菜　菜種菜　花菜雨　花菜風

十字花科の二年草で、菜種の花である。高さは一メートル半ほど。仲春から晩春に、茎の先に黄色の四弁十文字の花を総の形にひらく。切り花にすることもあるが、葉は食用にし、種からは油をとる。その粕は油粕で肥料にする。〈本意〉房総のような暖地では冬から菜の花が咲くが、一般に四月ごろの黄色に満開の菜の花は明るくたのしく、春の気分を満喫させる。宗因、芭蕉、蕪村以下多くうたわれてきた春の主要季題の一つ。黄色世界とも、黄金をのべたるがごとしとも言われてきた。

菜の花に汐さし上る小川かな　河東碧梧桐
菜の花や夕映えの顔物を言ふ　中村草田男
菜の花の黄のひろごるにまかせけり　久保田万太郎
菜が咲いて鴉も去りにき我も去る　加藤　楸邨
＊菜の花といふ平凡を愛しけり　富安　風生
雨の花菜寝がへりしてもつめたしや　大野　林火
べたべたに田も菜の花も照りみだる　水原秋桜子
菜の花に昔ながらの近江富士　山口波津女
菜の花の昼はたのしき事多し　長谷川かな女
菜の花のおもひのほかにつめたしや　甲田鐘一路

## 豆の花《まめのはな》　花豆

豆の種類の花の総称と考えてよい。すなわち、蚕豆《そらまめ》、豌豆《えんどう》、隠元豆、小豆、大豆、南京豆などの花の種類を区別せずに言う場合である。みな蝶形の花で、色も美しく、やさしい。〈本意〉蝶形の洒落たきれいな花なので、明るいたのしい句柄の句になってゆくようである。豆の花は蚕豆、豌豆などが春咲きで、夏に咲くものも多いので、歳時記によっては、夏に入れられている。

乳牛の斑《まだら》白うつくし豆の花　大野　林火
野の牛の露ふかくゐて豆の花　村岡　葉舟
豆咲けり鉄路にさらす家の裏　林　徹
婆死んでのこりし犬や豆の花　山崎　寥村
農の子の指やはらかし豆の花　中村　棹舟
豆の花生涯受身ばかりにて　大沢ひろし
*豆の花どこへもゆかぬ母に咲く　加畑　吉男
豆の花咲いて泥鰌のねむるかな　龍岡　晋

## 豌豆の花《ゑんどうのはな》　グリンピース　スヰートピー

豌豆には白花、赤花の種類があり、それぞれ白豌豆、赤豌豆（豌豆）という。ほかにヨーロッパ原産の麝香豌豆（スイートピー）がある。豆科の一年草で、花は蝶の羽をひろげた形。五枚の花弁は、二枚が旗弁で上にのび、二枚が翼弁で横にのびている。下にのびるのが竜骨弁で雌しべ、雄しべをつつむ。赤豌豆の花は紫紅色である。みなつるをからませて伸び、長い柄の花と葉が入りまじって現われ、花の順に莢となる。みな種子を食べるが、スイートピーは花が美しく切り花にもなる。〈本意〉蔓をはわせてひろがり咲くので広範囲に咲きみだれるのではなやかな花である。楚々とした趣きがある。

浅間晴れて豌豆の花真白なり　高浜　虚子
豌豆の咲く土ぬくく小雨やむ　飯田　蛇笏
眉描いて女給ら貧しスヰートピー　富安　風生
*鉄線にからみ豌豆花奢る　沢木　欣一
仮死の虫あたふたと這ふ花豌豆　足立原斗南郎
花えんどう教師は黒き他は着ず　中村　石秋

## 蚕豆の花《そらまめのはな》

豆科の越年草。晩春、葉の間に総状の花を咲かせる。白か薄紫の蝶形花で、翼弁に一つの黒斑がある。田の畦や畑に植えられるが、丈が短かく、目立たぬものである。〈本意〉莢が空に向かって伸びるので「そらまめ」という。目立たぬ植物だが、花の黒斑に特徴があって、特異な印象を与える。

*そら豆の花の黒き目数知れず　中村草田男
蚕豆の花の吹降り母来て居り　石田　波郷
そら豆の花の黒目にかげ日向　篠田悌二郎
真つ赤な魚が獲れ蚕豆の花ざかり　滝　春一
そら豆の花咲き空が青過ぎる　菖蒲　あや
そらまめの花のひとみのさかしげに　八木　絵馬
そら豆の花のかをりや当麻村　中田みづほ
太古の村そら豆の花咲き続く　有馬　朗人

## 大根の花《だいこんのはな》　花大根　種大根

大根といえば蔬菜の中心で冬季だが、四月ごろ菜の花のような十文字形の四弁花を咲かせる。紫をおびた白い花で、茎の先に総状に咲く。種子をとるためにも咲かせるので種大根ともいうが、これは収穫時、根の形の整ったものを選び、葉の一部を切ってふたたび植える。〈本意〉大根の花は明るいがさびしくひなびていて、野趣のあるものである。

大根の花紫野大徳寺　高浜　虚子
大学の庭に大根花咲けり　沢木　欣一
花大根黒猫鈴をもてあそぶ　川端　茅舎
大根の花のあとさき祖母をおもふ　長井　通保
*大根の花の雪白子は育つ　大野　林火
大根の花や青空色足らぬ　波多野爽波
雨にあふ恋もあるべし花大根　大竹　孤悠
花大根川の向うの醬油蔵　平井きい子

## 萵苣《ちしゃ》　苣《ちさ》　かきぢしや　玉ぢしや　レタス　立ぢしや

かきじしゃ、たまじしゃ（レタス）、ちりめんじしゃなどの種類がある。かきじしゃは中国から渡来したもので、古くからあり、三、四月ごろ卵形の葉が育つにつれて下からかきとる。なまで食べ、ゆでてあえ、油でいためる。茎は一メートルにも及び、夏花を咲かせる。たまじしゃはアメリカから輸入したもので、玉のように巻いている。緑あざやかなので、サラダにしたりする。ちりめんじしゃは葉のちぢんだもの。〈本意〉寛永、正保、寛文ごろから季題としてとりあげられてきたもので、生菜といわれた。香気のあるほろにがいもの。地中海沿岸の原産。近年にはレタスが多く使われて料理の必需品である。立じしゃは結実しないものだが、日本では作られていない。

*食べ食べて余りし萵苣は咲かせけり　林原　耒井
萵苣青し母なきあとは叔母たより　平松　竈馬
生魚すぐ飽き萵苣を所望かな　川端　茅舎
レタス噛む寝起き一枚のシャツ纏ひ　堀風　祭子
萵苣の芽が押し合ふ我利の徒に遠く　香西　照雄
蚤が家の出入りにまたぐ萵苣の畝　赤城小次郎

花鳥賊を買ふたびかきて萵苣の丈　清原　枴童
萵苣噛んで胸中のもの大切に　小林ほづを
布白くレタスのみどり玻璃に透く　小柳佐武郎
朝曇晴れかゝりては萵苣をかく　早船　白洗

## 葱坊主《ねぎばうず》　葱の花　葱の擬宝《ぎぼ》

葱は、ふつう花の咲くまえに掘りとって食用にするが、種子をとるものはそのまま畑にのこしておく。晩春に葉の間から丸い茎をのばし、白い小花をたくさん球状につける。花は目立たない花だが、ひらく前には花の全部が膜でおおわれ、その形が橋の欄干の擬宝珠《ぎぼし》に似ているので、擬宝ともいい、同様に葱坊主ともいう。〈本意〉半残という俳人に「蝶の来て一夜寝にけり葱のぎぼ」の句があるが、多くは葱坊主、葱の花として詠まれる。形がかわゆく、愛らしいので、愛誦されるテーマである。

葱の花ふと金色の仏かな　川端　茅舎
犬捕りの口笛巧し葱坊主　河村　昇
葱坊主雨降ればまたさむくなる　大野　林火
葱坊主さびしき故にわが愛す　吉川千代子
*葱坊主あるひは蝶のあがりけり　安住　敦
葱坊主いつしか意地を折りゐたり　三好　潤子
葱坊主子を憂ふればきりもなし　同
葱坊主蝶々ばかりに縋られて　貞弘　衛
葱坊主燈台に風鳴るところ　沢木　欣一
かなしくて笑ひたくなる葱坊主　山本　馬句

## 苺の花《いちごのはな》　花苺　阿蘭陀苺の花　西洋苺の花　草苺の花　蛇苺の花

苺は種類が多いが、草苺、蛇苺、五葉苺、蓮の葉苺、苗代苺などもみな苺として苺の花と詠む。晩春、緑の葉の間に白い花が咲き、実を赤くつけてゆくのは印象的である。苺の種類には黄色、紫紅色の花を咲かせるものもある。根から花茎がのび房になって花がつく。とげがあり、葉には鋸歯の辺があり、毛が生えている。〈本意〉苺の花は花そのものとしてはそれほど美しくはないが、葉や実の色との対照、実のなる楽しさがあって、楽しみをそそり、印象ぶかい花となる。

翅伏せ蝶がおほへり花苺　水原秋桜子
夕風にしきわらみだれ花いちご　久保より江
枕辺に苺咲かせてみごもりぬ　篠原　鳳作
満月のゆたかに近し花いちご　飯田　龍太
＊花の芯すでに苺のかたちなす　飴山　実
岬より帰路は岐れて花苺　古舘　曹人
花苺荒野の土も湿りたる　小川　敏子
花苺夜も咲きてをり月照らす　秋元草日居

## 鶯菜《うぐひすな》

小松菜の十センチほどのものをいう。三、四月頃まいた小松菜は十日ほどで十センチになるが、これをつまみ菜として市場に出す。色も鶯に似、また鶯の鳴く頃ということもあって鶯菜という。そのまま成長させたものが小松菜、茎立ちしたものを漬けたのがのぼり菜である。鶯菜はやわらかくせがないので好まれ、お浸し、胡麻和え、味噌汁などにする。〈本意〉幼い小松菜を鶯菜と呼ぶところに、呼びはじめた江戸時代の人々の季節感覚がにじみ出ている。

＊鶯菜洗ふや噴井あふれしめ　大竹　孤悠
行先や旅の日数の黄鳥菜　塩原　井月
井の水もけふ豊かなり鶯菜　石田あき子
まないたにのこる蕾や鶯菜　青木就一郎
分校の畑や花咲く鶯菜　豊田陰涼子
鶯菜花かかげたり妻病めば　三浦　歌郷
鶯菜摘めば子鳥の翔ちにけり　古川　芋蔓
病良き朝餉ちよつぴり鶯菜　森　総彦
鶯菜洗ふ夕日が山羊鳴かせ　米川　欣秀
鶯菜洗い上げたる浅みどり　木梨　皓一

## 菠薐草《はうれんさう》

もっとも普通に食卓にのぼる蔬菜。菠薐の名はペルシャの意味で、古くから食べられた野菜である。鉄分、ビタミンが多く含まれた栄養に富むもので、あえもの、浸しもの、煮物などにする。葉は長三角形、あるいは卵形で、根の部分が赤い。ふつう晩秋にまき、冬から早春にとる。四月ごろ茎を出し黄緑の花をつける。雌雄異株。雄株は茎の先に花をあつめ、雌株は葉の根元に花をつける。〈本意〉元禄のころから季題とされる古い野菜で、親しみがある。ポパイの漫画で有名だが、コーカサス原産、ペルシャ、イランで古くから栽培されたものである。日本種と西洋種があり、日本種が淡白な味で冬作によく、西洋種は泥くさく夏菠薐草として用いられる。

斎の膳ほうれん草の緑かな　高野　素十
作らねど句は妻もすき菠薐草　富安　風生
あを〳〵と菠薐草の雪間かな　増田手古奈
己が把を菠薐草の葉がいたはる　中村草田男
夫愛すほうれん草の紅愛す　岡本　眸
ジャズ唄ひ乍ら菠薐草洗ふ　樋口玉蹊子
＊ほうれん草乳首のごとき根を洗う　間宮　千江
巡視船菠薐草を茹でてをり　安川　摑雲

## 茎立《くくたち》　くきだち

三月、四月ごろ、菜、大根、蕪などの種類が茎をのばすことで、この茎を薹《とう》という。茎がのびはじめると葉はかたくなり、大根は鬆《す》ができて味が急落する。これを「とうがたつ」という。茎は花穂や花梗であることが多い。やがて花が咲き種をつけるので、種取りの目的で畑にのこされる。からしななどは茎立のころが味がよい。〈本意〉とうが立つといわれるように、茎立は、さかりが過ぎたわびしさ、さびしさをあらわすことが多い。短期間の現象だが、野菜の収穫期のあとのしばらくの間である。とぼけたおかしみもある。

茎立やきのふの雨の朝ぼらけ　阿波野青畝
＊雨降れば降るとてたのし茎立てる　星野立子
茎立や海へ出てゆく飛行雲　秋元不死男
茎立や土葬の穴の深さ決る　石川桂郎
茎立やおもはぬ方に月ありて　岸田稚魚
茎立や洗へば白きコック帽　大町糺
茎立ちの日蝕下国亡ぶるな　清水昇子
茎立やイヴンのばかの巨きな掌　龍岡晋

## 水菜《みづな》　京菜　壬生菜

京都近辺で作られた菜で、関東で京菜と呼ぶ。二月、三月ごろに出さかるが、白い細長い柄の葉がむらがって株をなしており、葉には切れこみがある。やわらかく淡白な味でかおりがよいので、漬け物として好まれる。京都にも京菜と呼ぶものがあるがこれは壬生菜のことで、葉に切れこみはなく、柄もふとく、葉もすくないが、漬け物にしたり、千枚漬に添えたりする。〈本意〉『本朝食鑑』に「洛の近郊、畦間に水を貯へてもつて滋養するものを水入し菜と号す」とあるが、水で栽培するので水菜というわけである。つづけて、「茎葉ははなはだ柔脆、味はひ美なり。以て洛の野珍となす」と同書はいい、その風味が賞された。

春雪の忽ち溶けぬ水菜畑　鈴鹿野風呂
＊京菜洗ふ青さ冷たさ歌うたふ　加藤知世子
葉を四方に京菜土より噴く形　納漠の夢
水菜採る畦の十字に朝日満ち　飯田龍太
水のみに育つ水菜よ浄き妻よ　柴田白葉女
京ことば水菜畑にただよひし　紅家いと子

京菜撰りて主婦に戻れり調律師　村上千鶴代
京菜にふる塩黎明の雪のやうに　岡崎ゆき子

## 三月菜《さんぐわつな》

早春に種をまき、陰暦三月のころに食べる菜を総称したもの。晩菜《おそな》であり、茎や葉がまだやわらかく、わかくて、風味もあり、ふつう、菜の出盛りすぎの端境期に利用された。薹の立つのもおそいので重宝であった。〈本意〉幾分味はおちるようだが、一般の菜の出たあとの晩菜として重宝されたもの。今はこの名称はなくなっているが、晩菜の名として利用してよい。春の野菜である。

*風よけの鳴く音にあをき三月菜　篠田悌二郎
嶽の秀に風が雲捲く三月菜　川合　尋
三月菜洗ふや水もうすみどり　谷　迪子
三月菜つむや朝雨光り降る　渡辺　蟹歩

## 芥菜《からしな》

芥子菜《からしな》　ながらし　高菜　青芥　菜芥　辛菜

中央アジア原産、油料としてインドで、蔬菜として中国で栽培された。日本でも古くから作られ、関東地方が中心。蕪のような葉をしていて、細かい切れ込みがある。四月ごろ茎がのび、黄の蕾がついた頃にとりいれて漬け物にする。苦み、甘み、かおりを持ち、好まれる。種は黄色でからい。粉にしたものが辛子で、調味料にもなり薬用にもする。西日本で作られることの多い高菜も芥菜の一種だが、葉が大きくなりからみもすくない。〈本意〉辛子を採る菜だが、葉を漬け物にして食べる。かおりや辛みが好まれる菜である。

からし菜を買うや福銭のこし置き　長谷川かな女
芥菜を好める齢子に弱し　沢木欣一
＊からし菜が濃緑に夜や明けぬらし　前田普羅
辛子菜の花は過ぎけり宿の裏　三溝沙美
からし菜の花に廃船よこたはる　阿波野青畝
からし菜の湯を通したる緑かな　中村青一路
芥菜や京は底冷えなほ残り　小沢游湖
潮どきの辛子菜もみに農婦どち　渡辺水鶏

## 三葉芹《みつばぜり》　みつば

柄の先に三枚の葉がついているのでみつばといい、せり科に属する。三十センチほどの丈で、夏には茎をのばし、白い花を咲かせる。芹よりも香りがよく、吸いもの、浸しものにその茎や葉を利用する。野生のものも山野にあるが、栽培もされていて、温室で、もやし栽培をおこない、茎の白くやわらかいものを作るようになった。軟化栽培、促成栽培は江戸時代からおこなわれ、根みつばは春にまき、畑で軟化したものをいう。〈本意〉香りがよく、吸いものなどに欠かせない蔬菜である。さわやかな香りだが、子供などが嫌うことがある。

母の忌の目の中にほふ三葉芹　秋元不死男
黒土に三つ葉とびとび分教場　佐野美智
根三つ葉の屑も香に立ち夕厨　石塚友二
三ツ葉洗ふ上をすぎたる何の鳥　小川千賀
＊三つ葉提げて帰る清しさ人も見る　殿村菟絲子
三葉嚙んで光源氏に逢ひたしや　長谷川秋子
三葉食べぬ子とあり吾もかくありき　原田種茅
傾けし笊に水切る三葉かな　鮫島野火
三葉芹摘みその白き根を揃ふ　加倉井秋を
いさゝかの三ツ葉うれしく厨事　横田綾子

## 春大根《はるだいこん》　三月大根　二年子大根

春福大根、二年子大根などは寒さにつよいので、普通の大根よりおそく、晩秋に種まきして、越冬、三、四月ごろに収穫する。普通の大根とちがって、鬆《す》ができにくい。これを春大根という。また三月大根ともいい、二年越しという意味で二年子大根ともいう。品不足の時期なので、細くて質もよくないが、重宝される。〈本意〉普通の大根は二百十日頃種をまき、初冬にとりいれるので冬のものだが、春大根はそれがなくなった時期のもので、大根おろし、漬け物になり、質や味はおとるが珍らしがられる。

＊しな〳〵として春大根買はれけり　秋元不死男
妻病んで春大根をすればかたし　田室　澄江
妻病むと春大根の萎えて幾日　原田　種茅
山畑や引かで腐りし春大根　斎藤俳小星
武蔵野の雲照りそめつ春大根　秋山三之助
水やはらか春大根を洗ふとき　草間　時彦
頭陀袋とり出す太き春大根　水内　鬼灯
春大根洗ふ明るさ野の明るさ　栗原　米作
朝市に春大根も出で初めし　打保　好子
鉱山に朝市が立ち春大根　大熊　太朗

## 独活《うど》　芽独活　山独活　もやし独活　独活掘る

「土当帰《うど》」とも書く。山や野に生える山独活は香りがよいので、三月ごろに出る若い芽を掘って食べる。あえもの、煮物、汁の菜になる。促成栽培もおこなわれる。根株を溝に入れ籾ぬかや土をかぶせ、日をさえぎっておくと二か月ほどでやわらかい独活が得られる。これがもやし独活で、野菜の乏しい折の食用となる。成長すると、一メートルから二メートルにもおよび、羽のような複葉をつけ、夏から秋に白い花を咲かせる。このように大きくなったものは、ししうど、いぬうどと呼ばれ、食べられない。大きいだけで役に立たぬものをうどの大木というが、このことである。松葉独活はアスパラガスのことでヨーロッパ原産である。〈本意〉春の野性的な味覚で、山野の春の息吹きを食べるような食物。ゆたかな連想をそそる。「香をもちて掘り起さるる芽うどかな　来山」「雪間より薄紫の芽独活かな　芭蕉」。

＊独活戻りて俄かにさむし谷のさま　原　石鼎
和へくれぬ泉に浸し置きし独活を　大野　林火
独活掘りの下り来て時刻をたづねけり　前田　普羅
独活置きし白きタイルのうすきくもり　加倉井秋を

## 春菊《しゅんぎく》　茼蒿《しゅんぎく》　しんぎく　菊菜　高麗菊

原産地は南ヨーロッパ。一年生で食用になる。菊に似た葉だが、切れ込みがこまかい。野菊のような花が咲く。葉が香りを持ち、やわらかいので、おひたし、煮物、あえ物にする。鍋物の材料によい。秋にまくと早春に、春にまくと一、二か月で食用になるが、成長すると四、五十センチになる。〈本意〉独特の香りで鍋（とくに関西、九州）に欠かせない味覚だが、なじめない舌もあるようである。小豆島では灌仏会の花御堂の屋根をこの花で葺き、また観賞用に庭に植えて花春菊ともいうが、一般に食用としての春菊が主眼である。

囀や春菊一花珠光る　河東碧梧桐
しゅんぎくや婢に書き継がす支出帳　殿村菟絲子
日永さに春菊摘まんなど思ふ　原　石鼎
＊夕支度春菊摘んで胡麻摺って　草間　時彦
春菊の大きな花は黄が褪めし　高野　素十
乱れずにある春菊を縛る藁　神尾久美子
落花せで春菊白化黄蝶放つ　香西　照雄
春菊の香や癒えてゆく朝すがし　古賀まり子

**韮**《にら》　かみら　みら　ふたもじ

山野に自生し、栽培もされる。地下に鱗茎がほそながくあり、下に円柱状の根茎がある。そこから葉が叢生する。葉は細い形だが、丸韮は葉が丸く、平韮は偏平。葉を摘んで食べるが、強い香りがあり、敬遠する人も多い。雑煮、汁の実、あえ物にする。夏に茎をのばし白い花をつける。温床で二月、畑で四月まで収穫する。体があたたまり、整腸になるという。〈本意〉香りを好む人、臭気と感ずる人とさまざまだが、寒地、東北地方などでは、保温食にされる。若葉はとくに美味とされる。ふたもじというのは、葱をひともじというのにたいしての名称。

韮生えて枯木がもとの古畑　村上　鬼城
貧農は弥陀にすがりて韮摘める　飯田　蛇笏
柿の木の幹の黒さや韮の雨　原　石鼎
韮粥に頬燃ゆる平和論果てず　和田　新吾
筵編む駒をどりをり韮の雨　町田　勝彦
韮汁や体臭を売る私小説　花田　春兆
韮汁や母にはむごきことを云ふ　森　総彦
韮芽ぶく茶碗のかけら光りゐて　上村　占魚
落第の始末にゆくや韮の雨　飴山　実
*熱出れば熱と闘ふ韮を食ふ　鹿山　隆濤
古妻の即ち韮の卵とぢ　長尾　閑
韮粥や雀にのこる冬のいろ　酒井　鱒吉

**蒜**《にんにく》　葫《にんにく》　ひる　大蒜《おほびる》　独子蒜《ひとつびる》

畑で栽培する多年草。古代西域から中国に入り、中国、朝鮮の料理の必需品。日本でもぎょうざやじんぎすかん料理などのひろがりとともに用いられるようになった。鱗茎が土中にあり、これが用いられる。秋に鱗茎を植えると白っぽい緑の葉を出す。幅びろの平らな葉である。鱗茎はふえて、五月頃とるが、これが生にんにくで、小鱗茎が幾つかあつまって褐色の膜のような葉につつまれている。初夏に花茎をのばし、薄紫の小さな花をつける。若葉や鱗茎を調味料にするが、強烈な臭気があって嫌う人も多い。強壮薬になり、薬の原料になる。〈本意〉「にんにくのには、にほひなり。にくは、にくむの下略。その臭、にくみつべし」という古説があるように、臭いで知られる。「忍辱《にんにく》」と宛てることがあるのは、僧侶が臭いをこらえて食べたためという。強壮作用も古くから知られていた。夏に分類することもある。

にんにくの芽の黄のふかくかげろひぬ　小山空々洞
山畑や蒜植うる微雨の中　斎藤　雨意
恋の日は愛し蒜の芽根をふとく　赤尾　兜子
＊雑草を抽きて大蒜畑強し　石川　桂郎
にんにくの臭《かざ》みなぎらし土掘れり　中川　子桜
大蒜の花咲き寺の隠し畑　小川斉東語
蒜をかけつらねたる泥家かな　長谷川　巌
隠亡が息捨てにくる花にんにく　高井　北杜
蒜の臭さに馴れて夜店見る　木下いさむ
にんにくの芽に親しめば日差し来ぬ　小池　一覚

## 胡葱《あさつき》　浅葱《あさつき》　糸葱《いとねぎ》　千本分葱《わけぎ》　きんぶき

山野に自生もするが栽培もされる。多年草。三十センチほどの丈の細い葱のような葉を出し、地中に七、八個の鱗茎をつくる。四月頃花茎をのばし赤紫の花をつける。九月に鱗茎を植え、一月以後に収穫する。葉を汁の実やあえものにし、鱗茎も食用や薬用にする。〈本意〉酢味噌にしたり、雛祭の胡葱膾（浅蜊のむき身と酢味噌であえたもの）にしたり、甘く淡泊な味が好まれる植物である。

胡葱や串の手長はつけ焼に　松根東洋城
あさつきの葉を吹き鳴らし奉公す　高野素十
浅葱を洗ふ温泉《ゆ》川のけむりあげ　大竹孤悠
＊眼下怒濤の岩浅葱は静かに掘る　加藤知世子
黄昏の灯の浅葱に味噌そえて　舟木令風
朝市の胡葱折れ菜つゆも萌黄　文挾夫佐恵
庭に出て浅葱を引く薄月夜　島田とし子
胡葱の辛さ己が意をとほさんか　須原早苗

## 防風《ばうふう》　浜防風　はまにがな　防風の花　防風摘み　防風掘る

海岸の砂に自生する浜防風のことで、明治からは栽培されている。さしみのつまとして知られる。地下茎は短いが、根が砂に深くのび、薄緑の光沢ある葉を叢生させる。葉は丸みがあり、切れ込んでおり、柄は黄色がかった薄緑。夏に花茎を出し、白い小花をつける。栽培は温床でおこない、こもをかけやわらかくし、光をあてて色をつけてとりいれる。さしみのつまのほか、ゆで酢のもの、吸いものにし、根をみそづけにする。香りと辛みがある。〈本意〉海岸の砂に埋まっているので防風掘るというが、若芽は芳潔にして味辛く甘くして美しとも、口に爽やかともいわれてきた。料理の主役ではないが、独特の風味のものである。

風強し防風摘まんと浜に出る　高浜虚子
美しき砂をこぼしぬ防風籠　富安風生
麗かな砂中のぼうふう掘りにけり　室生犀星
＊あたたかや砂に黄色き防風の芽　松本たかし
潮の香のをり／＼強し防風摘む　大橋越央子
暖き砂を掌に浴び防風つむ　嶋田みつ子
防風を掘り限りなく濤湧かす　岡野風痕子
防風とり怒濤の前にみな黙す　古館曹人
砂の上を走る砂あり防風摘　丸島弓人
朝の雨海へ走りたる防風摘む　御園生岬風

## 山葵《わさび》　土山葵　葉山葵　畑山葵　白山葵　山葵沢　山葵田

水のきれいな山の渓流に自生し、またきれいな水を流す田に栽培する多年草で、水生植物である。根茎は緑色の円柱状で、大きな丸い葉をのばす。葉にはふぞろいの切れ込みがある。四月ごろ茎の先に白い四弁の花を咲かす。根茎は新芽を出し小根茎をつくる。水の流れるわさび田のものをやま山葵、みず山葵といい、畑のものをはた山葵、おか山葵という。山葵はかおりよく辛みをもち、わさびづけにしたり、すしやさしみにつけたりする。〈本意〉からくて鼻につんときたことのない人はいないだろうが、それでいてまた口にしたくなる独特の珍味である。山葵田、山葵沢を天城山や穂高のふもとで見ると、清らかで珍らしい眺めである。清冽な水に育つ印象がさわやかである。

*雪いくたび降りし山葵ぞ抜かれたる　渡辺　水巴
山葵の芽砂に暦日ありやなしや　川端　茅舎
沢水は春も澄みつつ山葵生ふ　松本たかし
言もなし臀向けあひて山葵掘　石田　波郷
山葵見の遠く来て遠く帰るなり　溝口　青男
わさび田の梭織るごとく水走り　田村　木国
山葵田の水音といふ音のあり　後藤比奈夫
山葵田のわさびを買ふや濡れ手より　稲垣きくの
わさび田の畦の沢蟹みづみづし　石井　青歩
山葵田に一晩の雪沁み通る　丸山　芒水

## 茗荷竹《めうがだけ》

茗荷は山の木蔭や家裏などに生え、栽培もされる多年草で、その若芽を茗荷竹という。温床に親株をうえて栽培したものより、四月ごろ天然にとれるもののほうが香りよく味もよい。白、赤、薄緑の色の芽は、竹やしょうがの芽に似ていてとがっている。吸いものやさしみのつまにする。〈本意〉茗荷の芽といわず茗荷竹というのがおもしろい。竹の芽に似ているからだが、香りのよい食べもので色どりもきれいである。日本特有の野菜。

＊茗荷竹百姓の目のいつまでも　石田　波郷
茗荷竹普請も今や音こまか　中村　汀女
茗荷竹百姓垣根つくろはず　小林　籟
その笊も妻の身のうち茗荷竹　飴山　実
疎まれている気安さに茗荷竹　清田三和子
壁おちし寺の広さや茗荷竹　上村　占魚

## 慈姑《くわゐ》　白ぐわゐ　青ぐわゐ　慈姑掘る

池や沼で自生し、水田で栽培する。中国より渡来した野菜で、塊茎を食べる。根茎からひげ根と葉を出し、高さ一メートルほど。矢じりの形のかたい葉が独特である。水中で枝わかれして、先に塊茎をつける。藍色で球の形をしていて、くちばしのようにまがった芽が出ている。これを食べるが、ほろにがく、ぽくぽくして、風味がある。青ぐわいは日本種で丈が低いが質がよく、白ぐわいは中国種とされる。ほかにくろぐわい（烏芋）があり地下茎はくわいに似ているが、色が黒く、別種のものである。くわいは秋白い花を咲かせる。花茎の上部に雄花、下部に雌花をつける。〈本意〉春の味覚に欠かせぬものだが、人によって好ききらいがある。かおりとにがみは珍味で、古くから、慈姑ひろう、慈姑掘るなどと言われて、春の季題になってきた。

「年とつたね」は言はぬ約束慈姑出る　秋元不死男
慈姑煮て寒き暇を思ひけり　百合山羽公
朝の灯の消すには早し慈姑糶る　為成菖蒲園
＊吾ひとり好む慈姑はわれが剝く　富岡掬池路
くわいの芽しばし呟く神の声　関根黄鶴亭
戻り来て土間にころがす慈姑かな　大島　蘭子

## 青麦《あをむぎ》　麦青む

冬に芽を出していた麦は春になると、急に育ちはじめ、若葉から青葉へとたくましく成長してゆく。やがて穂が出て、黄熟するのは夏。〈本意〉青々と成長する麦畑はまさしく生命力の象徴のようで、春の活力が目に見えるようである。

なきひとのおもかげにたつ麦青し　飯田　蛇笏
百姓の血筋の吾に麦青む　高野　素十
青麦や路面に落ちて無垢の麺麭　中村草田男
朝目には青麦あらし八ヶ嶽　加藤　楸邨
青麦の汀に燃ゆる鉋屑　沢木　欣一
浅間全貌青麦の波裾洗ふ　西村　公鳳
青麦の青い殺到黒い轆轤　谷野　予志
青麦の穂には疲れといふことなし　波止　影夫
＊青麦を来る朝風のはやさ見ゆ　広瀬　直人
息づまる麦の青さの中に立ち　新庄　野麦

## 春の草《はるのくさ》　春草　芳草　草芳《かくは》し

若草が萌え出たばかりのういういしい草であるのに対して、春の草は春に萌え出て春のさかりに成長をつづける生き生きした感じの草である。緑も濃くなり匂いも高く伸びたった草で、うるわしく、やさしげな草である。〈本意〉古来、「萌え出づる草のかんばしく香あるをいふ」、「なつかしきといふ心こもれり」といわれてきた。蕪村の「我帰る道いく筋ぞ春の草」もそのこころの句であろう。

芳草にこぼるる梅も鞠子みち　富安　風生
春草に野はまろし白き道を載せ　池内友次郎

＊春草や光りふくるる鳩の胸　松本たかし
春草を踏みゆきつつや未来あり　星野　立子
春草は足の短き犬に萌ゆ　中村草田男
春草に土器はしづかな色持てる　吐合すみえ
芳草に舟かぎりなく遡る　中村　汀女
挽く薪のおが屑捧げ春の草　石黒　哲夫

## 下萌《したもえ》　萌　草萌　草青む　畦青む　土手青む　若返る草　駒返る草

下萌は草萌と同じことで、早春、草の芽がもえ出ることである。季節的に春の到来をあらわすことばで、「今よりは春になりぬとかげろふの下萌いそぐのべの若草」（『続拾遺集』）という歌を見てもわかる。あたり一面緑となる前の、いかにも春の訪れたばかりといわんばかりの、草の芽の点々をいうのである。〈本意〉雪の下から、道ばたから、岩のはざまから、古むしろの下から、萌え出してくる草の芽である。春になったという心をあらわす季題で、場所はどこでもよい。駒返るは若返ることで、枯れた草がまたもえ出すことをいう。草駒返るともいう。

＊下萌の大磐石をもたげたる　高浜　虚子
祈るとは願ふにあらず下萌ゆる　京極　杜藻
下萌や鶏追ふ人の躍る如し　原　石鼎
下萌や君病む大事ふと忘る　殿村菟絲子
萌え出でて吾亦紅なるかなしさよ　富安　風生
憂愁のみなもと知らず草青む　相馬　遷子
みこまれて癌と暮しぬ草萌ゆる　石川　桂郎
しんしんと萌えしんしんと土賊冷ゆ　千代田葛彦
下萌に濡れ青竹の節の数　沢木　欣一
一面萌ゆる野に出て仕草大きくなる　平沢美佐子

## 種芋《たねいも》　芋種　種藷　芋の芽　藷苗

春に植えるため種として冬に貯蔵してあった里芋、馬鈴薯、長芋、甘藷などのこと。もとは里芋について言ったが、今は、すべての芋について言う。畑に穴を掘って中に入れ、藁をかぶせたり、土をかぶせたりして越冬させる。それを掘り出し、里芋では親芋から子芋を切りとり、日にさらし消毒して植え、馬鈴薯では縦に切り、切り口に木灰をつけて植え、甘藷では芽を出した藷苗を植え、長芋や自然薯は短く切り木灰をつけて植える。〈本意〉四月ごろの農家の大切な農作業の一つである芋植えのための種である。もとは里芋についてのことばだった。種にはどこか春らしい再生、繁殖の期待感がある。

種芋を栽ゑて二月の月細し　正岡　子規
種芋や朧月夜のまろきもの　岡本癖三酔
＊雨の日の芋種選ぶ芽の白さ　市村究一郎
種芋を日向にならべ居なくなる　岡本　信男
爆音や種芋は地にころがされ　金子　晃典
種芋を割るや癩者は子を持てず　山村よし子

## 草の芽　くさのめ

名草《なのくさ》の芽　菖蒲の芽　紫陽花の芽　渓蓀《あやめ》の芽　山葵の芽　菊の芽　萩の芽
百合の芽　紫苑の芽　芍薬の芽

春に萌え出す草の芽のこと。それを総称するのである。名草の芽は、名前の知れた草の芽のことで、具体的に名前をよみこむことが多い。〈本意〉春の大地からさまざまな草の芽が緑の芽ぶきを見せるのは楽しくもあり、喜び、驚きでもある。春のいのちの息吹きのあかしのように見える。

大風や名《なの》草《くさ》の芽の不言《ものいはず》　阿波野青畝
青みどろもたげてかなし菖蒲の芽　高野　素十
＊草の芽の露おくことをはや知れる　山口　青邨
をだまきの芽は紫の渦巻を　同
萱の芽を見たり地獄の鳴るほとり　加藤　楸邨
萩芽ぶく巌のごとき株よりも　皆吉　爽雨

萩の芽にふるればしなふやはらかに　星野　立子
草の芽の大方正し貧去らず　小林　康治
さざ波にただよふ蓮の芽なりけり　川上　梨屋
被きゐし土塊抱きて百合芽伸ぶ　米沢　徳子

## ものの芽《もののめ》　芽　物芽《ものめ》

春には、木の芽、草の芽、植物の名前をつけたいろいろの芽の季題があるが、ものの芽というと、春のいろいろの芽を総称するのである。草花や野菜などの芽をさす場合が多い。芽立ちの時には、何の芽かはっきりしないことが多いので、そうした気持をこめて漠然とものの芽というのである。木の芽だと木によって種類がわかりやすいので、草花や野菜についていうことが多いのである。西山泊雲の「花園日記図でものの芽をたどりけり」（大正二年）をはじめとするといわれる。〈本意〉芽立ちの懸命さ、戻る春の具体的あらわれへの新鮮な気持が中心である。

*ものの芽のあらはれ出でし大事かな　高浜　虚子
ほぐれんとして傾ける物芽かな　中村　汀女
青もかち紫も勝つ物芽かな　中村草田男
ものの芽を風雨は育て且つ傷め　阿波野青畝
もの芽出て指したる天の真中かな　松本たかし
靴音は女が高しものの芽に　古舘　曹人

## 菖蒲の芽《しやうぶのめ》

名草《なのくさ》の芽の一つ。花菖蒲の芽で、水中、水辺の湿地に長短不揃いの鮮緑の芽がのびてくる。芽菖蒲ともいう。〈本意〉菖蒲は夏の季題だが、水辺の菖蒲の芽の出現は楽しい期待感を抱かせ、春のいのちの活力を実感させる。

水を出し菖蒲の芽あり映り居り　高浜　虚子
池さびし菖蒲の少し生ひたれど　水原秋桜子
*藍水に染まりてそだつ菖蒲の芽　岡安　迷子
菖蒲の芽土橋のふちも青みたる　滝　春一
水の面の日はうつりつつ菖蒲の芽　長谷川素逝
金堂のほとりの水に菖蒲の芽　星野　立子
菖蒲の芽流るる水の柔らぎて　本田　青棗
水濁し去りたる蟇や菖蒲の芽　近本　雪枝

## 芍薬の芽《しやくやくのめ》

芍薬の芽は細いたけのこのような形でむらがり出る。色は薄紅で愛らしくうつくしい。〈本意〉芍薬は中国渡来の多年草で、牡丹と並び称せられる花宰相である。その夏の開花へのはるかな期待と、その芽の愛らしさへの喜びがある。

*芍薬の今かも出でし芽に踞む　皆吉　爽雨
芍薬の芽の色濃くて風邪引きぬ　林原　耒井
芍薬の芽のほぐれたる明るさよ　星野　立子
朝の妻芍薬の芽をかぞへそむ　神生　彩史
逞ましく花宰相の芽なるかな　酒井　且味
わが愁凝り芍薬の芽となりぬ　松永　静雨

## 末黒の芒《すぐろのすすき》　黒生の芒　焼野の芒　芒の芽

末黒野は早春、山焼きや草焼きをしたあとの黒々とした野原のことで、末黒の芒は末黒野の先が焦げて黒く残っている芒、あるいは早くも芽を出していた若い芒の黒く焼かれた姿をさす。焼けた古株からあおあおと芽を出す芒もある。〈本意〉山焼きや野焼きは草の芽ばえを助けるためにおこなう早春の行事だが、火に焼かれたあとの芒の株の状態や芽の姿をいう。だが末黒は芒だけにいうものではなく、荻の末黒、末黒小笹などとも古歌には使われている。黒と緑の対照がいのち。

古株の底やもやもや薄の芽　正岡　子規
すぐろなる淀の芦みち芒みち　粟津松彩子
日の涯より風となる末黒葦　千代田葛彦
旅人に山の末黒はまださめず　伊藤　東吉
戒壇の末黒の芒萌えにけり　岩崎　照子
並び立つ末黒芒やむちのごとし　佐田　光王
＊土塊をはさみて末黒野の芒　浦野　哲嗣
雨晴れて末黒芒に瑠璃もどる　立野　丘秋

## 蔦の芽《つたのめ》

蔦（夏蔦ともいう）は冬の間は葉が枯れ落ちて黒い蔓だけになっているが、春になると赤い芽や白い芽がふき出て、たくましく伸びてゆく。普通の芽よりおそいが、芽が出はじめると急速に青蔦になってゆく。〈本意〉蔦は中国、日本産の植物で、木や壁面にからみついてのびるが、芽の成長はたくましく、活力がある。

蔦の芽の風日にきざす地温かな　飯田　蛇笏
蔦の芽やいらへなきベル押しつゞけ　渋沢　渋亭
＊松を巻く蔦の芽立のこの蒼き　加藤　楸邨
枯れし幹をめぐりて蔦の芽生えかな　大橋桜坡子
仏蘭西船白きが泊り蔦芽吹く　堀口　星眠
蔦の芽の一番駈けを児に持たす　高松香地子

## 若草《わかくさ》

嫩草《わかくさ》　初草　新草《にひくさ》　若草野　草若し

春の萌え草のことだが、草若葉になると、若草より春たけた感じになる。若草は春の草でも春まだ浅い、新鮮な萌え草で、若々しい色とかおりの印象をあたえる。やわらかな、みずみずしい感じの草である。〈本意〉「春日野はけふはな焼きそ若草の妻もこもれりわれもこもれり」（『古今集』）が知られるが、若々しさを草と妻とにかけている。「若草」は「つま」「にひ」「あゆひ」「つく」「わか」などの枕詞に使われたが、若々しい、うぶな、やわらかな感じの草のイメージが愛する女性と結ばれていた。若草、新草の主眼点である。

若草や水の滴たる蜆籠　夏目　漱石
若草や人よりも先き歩るく癖　高木　晴子
＊若草の土手や家鴨を追ひ下す　中山　稲青
若草に麒麟の首が下りてくる　神品　九品
をどれ〳〵若草に風到れり　萩原　蘿月
若草に拡げし伊勢の案内図　伊藤　式郎
若草にやうやく午後の蔭多く　山口　誓子
若草に醜草の名の悲しけれ　田中　菊坡
若草にすこし見えをる高い波　佐野　良太
流鏑馬の嫩草にほふ馬溜り　吉田　亜司

## 古草《ふるくさ》　こまがへる草　草こまがへる

新しく萌え出た若草にまじって、冬を越した前年の草がのこっているのをさしていう。枯れ色の冬草の様子をしている。これをこまがえる草ともいうのは、若返る草の意味である。〈本意〉正月を春とした昔には「去年《こぞ》の草」と呼んだが、今日ではそうした区別はいらない。若草と比べて、古草には懐古的な思いがこもる。

古草と石人とある世界かな　阿波野青畝
掃けば減るけふこの頃の古草よ　上村　占魚
古草や街裏なれば女走る　中村草田男
古草の金を金堂跡に踏む　井沢　正江
＊古草の芽や古草の芽なりけり　石塚　友二
古草に一人の影の濃かりけり　戸川　稲村
古草や跫音もなく人過ぐる　勝又　一透
古草を踏みたしかめて今を癒ゆ　岩田　幸子

## 草若葉《くさわかば》

草の若芽が若葉になったもので、時期は四月上旬から晩春、茂り出す前の萌黄色、深緑色、浅緑色の若葉はみずみずしくやさしく美しい。菊若葉、萩若葉、芭蕉の若葉、罌粟の若葉、荻の若葉、芦の若葉、菰の若葉、芒の若葉などと、名草を上につけて使う。〈本意〉木々の若葉は夏の季題だが、草若葉は春である。「夏の季を持つ草も、若葉とすれば、みな春になるなり」と『御傘』にある。草の若葉のみずみずしさを賞でるこころである。

*猫の子の爪硬からず草若葉　富安　風生
萩若葉霖雨の中の晴一日　青木　月斗
草若葉暮方の冷えにゐて匂ふ　猿山　木魂
養魚池へ湖の水引荻若葉　大竹　孤悠
草若葉馬が土挽き河埋めに　秋元不死男
原宿を雨過ぎにけり蔦若葉　芹沢統一郎

## 若芝《わかしば》　春の芝　芝萌ゆる　芝の芽　芝青む

枯れていた芝が春になって萌えだし、一面にうす緑となった時をいう。冬に芝を焼いておくと新芽がむれ出て、緑がより美しくなる。芝生には高麗芝、ビロード芝、西洋芝などが植えられるが、茎が地をはい、節のところでひげ根を出し、春若芽が出ると、一面の緑のじゅうたんとなる。青芝といえば夏になる。〈本意〉若芝はわかわかしく、ういういしい緑で、新鮮な印象を芝生にあたえる。春らしい庭の景である。

ハンドバック寄せ集めあり春の芝　高浜　虚子
青芝に犬の舌桃色に垂れ　池内友次郎

若芝にノートを置けばひるがへる　加藤　楸邨

芝萌てゴルフボールと色分つ　石塚　友二

煉瓦館出て若芝に垂らす鼻血　谷野　予志

＊芝の芽のむらさきふかし妻とゐて　大野　林火

若芝を流るゝほどの雨となる　高浜　年尾

芝青む朝の鞦韆雨に濡る　西島　麦南

## 菫《すみれ》　紫花地丁《すみれ》　菫草　相撲取草　相撲花　一夜《ひとよ》草　一葉草　ふたば草

菫科の植物は日本に約八十種自生し、変種なども含めて二百種以上もあるが、俳句では菫と称する。一種の総称と考えてよい。だが植物学上、菫と呼ぶ特定種があり、これが本来の菫である。これは日のあたる野や丘や畑に自生し、春に花茎をのばし、濃い紫の花を一つ横向きに咲かせる。茎がなく、葉は根もとから出て柄をのばし細長い形である。菫科の中には、ほかに、つぼすみれ、たちつぼすみれ、さくらすみれ、きばなのこまのつめ、たかねすみれ、みやますみれ、こすみれ、まるばすみれ、ひめすみれ、あかねすみれ、しろすみれ、おかすみれ、のじすみれ、ふじすみれ、えいざんすみれ、すみれさいしん、しはいすみれ、ひかげすみれなどがある。墨つぼと形が似ているため、すみいれが語源という。つぼすみれは、坪《つぼ》の内のすみれから来たとされる。相撲取草というのは、子供たちが花をひっかけて引き合って遊ぶからである。色は濃紫が多いが、淡紅紫色、鮮黄色、白色のものなどさまざまである。三色菫はパンジー、遊蝶花、胡蝶花ともいい、北ヨーロッパの原産。徳川時代に日本に渡来。紫、黄、白の花弁を一花にそなえる。花は大きくつやがあり、蝶の羽をひろげた形である。四月ごろが花の盛時。花壇や鉢に植える栽培種。香菫はバイオレットとも呼び、ヨーロッパ原産。小型の多年草で木のような形。枝をはわせてふえ、早春濃紫色の花をさかせる。一重、八重がある。においがよい。〈本意〉万葉集からうたわれている花で、俳句でも芭蕉の「山路来て何やらゆかしすみれ草」、蕪村の「骨拾ふ人にしたしき菫かな」など、春の代表的な句材の一つ。野の可憐な花で、目立たぬが、心にしみてくる、なつかしい花である。

菫程小さき人に生れたし　夏目　漱石
*かたまつて薄き光の菫かな　渡辺　水巴
遊蝶花春は素朴に始まれり　水原秋桜子
黒土にまぎるるばかり菫濃し　山口　誓子
青年と腹這ふ前に菫濃し　同
手にありし菫の花のいつか失し　松本たかし
菫束ぬ寄りあひ易き花にして　中村草田男
わが肺も三色菫の鉢も寧し　石田　波郷
鉢に乱れし三色菫地にかへす　軽部烏頭子
すみれ踏みしなやかに行く牛の足　秋元不死男
菫咲いてしづかな丘となりにけり　中川　宋淵
すみれ植う父子や髪をふれ合はし　細見　綾子
旅はまだつづくすみれは摘まざりき　山口波津女
三色菫買はしめおのれやさしむも　森　澄雄
墓に倦む児の両眼の菫草　飯田　龍太
パンジーを植ゑをはりしが夜風かな　八木林之助
遊蝶花蝶を残して舞ひ出でし　相生垣瓜人
遊蝶花風たつときの思ひかな　森本　芳枝

## 蔦若葉《つたわかば》

蔦には二種あり、ふゆづた（常春藤）となつづたである。ふゆづたは落葉せず、なつづたは落葉する。蔦若葉はなつづたに言い、晩春赤い芽を出し、やがて青く葉を掌のようにひろげる。なめらかな葉がつやつやとして美しい。〈本意〉蔦の紅葉も美しいが、蔦の若葉もそれに劣らず美しい。岩壁や建築の壁、石垣を這い上っているので、立体的な美しさがある。

蔦若葉伸びて螺階の錆泛ける　堀　青爽
蔦若葉啄木鳥の洞かくれなし　沢田幻詩朗

＊蔦若葉干潟の空の目にいたし　深尾　正夫　　蔦若葉ピアノショパンを弾き止みぬ　神谷　勝美

## 葎若葉《むぐらわかば》

八重葎、四つ葉葎、姫葎、花葎、菊葎、深山葎などたくさんの種類があるが、八重葎が代表的なもの。葎草、略して葎と言ったり、かなむぐらと言ったのは、この種の草が、群がりはえ、また茎が金《かね》のように強いためである。つる性の草で、山林、荒地、道ばたなどどこでもたくましく生え、荒れたイメージを与える。しかしその鮮緑の若葉はみずみずしい。〈本意〉葎の葉はホップの葉のようで、対生。掌の形に裂けている。葉の表面はざらざらしており、葉の柄にはとげがあるが、若葉には、野性をひめた新鮮さが感ぜられる。芭蕉も「芋植ゑて門は葎の若葉かな」「むぐらさへ若葉はやさし破れ家」とうたう。

葎茂る港埠の貨車は扉を閉さず　秋元不死男　＊葎若葉都を離れ住み馴れし　内藤　一進

## 荻の若葉《をぎのわかば》　若荻　荻の二葉

荻の芽ばえを角組むといい、荻の角というが、晩春になると伸びて芦のような若葉となり、新鮮でさわやかである。背丈は芦より大きい。芦と同じところに生えるので芦荻といわれる。〈本意〉荻の若葉は薄に似て長大だが、薄のような鋭歯はもたない。角がのびて、葉の形がわかるようになった頃の荻で、さわやかな感じのもの。芭蕉も「物の名を先とふ荻の若葉哉」と詠んでいる。

＊養魚池へ湖の水引く菰若葉　大竹　孤悠　　菰若葉乙女よびつつ母に似ぬ　多賀九江路

## 紫雲英《げんげ》　げんげん　五形花《げげばな》　蓮華草　げんげ田　げんげ摘む

越年草で中国の原産。稲が収穫されたあとの水田に作り、翌年の春にすきこんで肥料にする。茎が地面をはい、葉や花が田をおおう。四月ごろに花梗をのばし、蝶の形の花を八、九個つける。中に黒い種がある。〈本意〉根に根粒バクテリアが共生し、空気中の窒素をとらえてたくわえるので、雑草だったものが重要な水田の肥料として利用されている。春の田を一面に埋めるその花はなつかしい情景であり、花束を作って遊んだことも忘れられない思い出になる。

＊或夜月にげん〳〵見たる山田かな　原　石鼎
げんげんを見てむらさきの遠雪嶺　大野　林火
とぶ鮒を紫雲英の中に押へけり　水原秋桜子
紫雲英野をまぶしみ神を疑はず　片山　桃史
風に揺るゝげんげの花の畦づたひ　星野　立子
げんげ野に枯れてげんげの首飾り　諸岡　直子
切岸へ出ねば紫雲英の大地かな　中村草田男
地は暮れて紫雲英田一枚微光せり　相馬　遷子
おほらかに山臥す紫雲英田の牛も　石田　波郷
恍惚とあるれんげ田の乳母車　吉岡　泰
頭悪き日やげんげ田に牛暴れ　西東　三鬼
げんげ田にくれなゐ暗き彼方あり　赤松　蕙子
白帆にもげんげ明りのあるごとし　福田　蓼汀
胎内へげんげ巻き込む牛の舌　天野莫秋子

## 苜蓿の花《うまごやしのはな》　うまごやし　苜蓿《もくしゅく》　クローバー

越年草で南ヨーロッパが原産。野生のものもあり栽培もされている。栽培種はもくしゅくと音読し、田畑にすきこんで肥料にしたり、うまごやしの名のとおり家畜のえさにする。豆科植物で湿地につよく、水はけのよくない田に作られる。枝を出して這い、田をおおう。萩のような葉三枚があつまり一枚の葉になり、初夏に葉の根元から花軸をのばして、五つの黄色い蝶形の花をつける。花はさやの形の実になる。俳句では、うまごやしとクローバーを混同し、クローバーとして詠むが、クローバーは別種の白つめくさのことである。四つ葉のクローバーを幸運のしるしとして探し、つむ。白つめくさはオランダゲンゲともいう。〈本意〉帰化植物で、肥料・牧草になるが、その緑の上に腰をおろすのは気持よい思い出となる。春の自然の中にいるという思いにかられる。

*蝶去るや葉とぢて眠るうまごやし　杉田　久女
苜蓿の焼跡蔽ふことをせず　石田　波郷
苜蓿のそよぐ真上や新空路　平畑　静塔
うまごやし病院のにほひここになく　及川　貞
男女たることにすなほにクローバー　細見　綾子
マラソンのあとクローバーに伏し息す　草間　時彦
ヒール捨てて足指ひらくうまごやし　伊丹三樹彦
海遠し匂はぬ花のうまごやし　河北　斜陽
北へ暖流北へ苜蓿ひろがれり　岡本　絢子
クローバや制服に夢ありし頃　藤崎美枝子

## 蒲公英《たんぽぽ》

たんぽぽ　鼓草《つづみぐさ》　藤菜　桃色たんぽぽ　蒲公英の絮《わた》

三角のぎざぎざのある葉を地面に這わせ、その中央から茎をのばし、菊のような花を咲かせる（菊科の多年草）。黄色い花と考えられているが、四国・九州では白い花が普通。鼓に形が似ているので、むかし鼓草と呼ばれ、たんぽぽの名も、鼓を打つ音、かんぽこかんぽこから来たとも、たんぽ穂（たんぽは拓本などをとるのに使う、布で綿をつつんだもの）から来たともいわれる。

ありふれた草だが、日本だけで二十種以上の仲間がある。これに帰化植物の西洋たんぽぽが加わり、それらの総称としてたんぽぽといわれるようになった。早春から初夏が花どきだが、花がおわると白い絮となって風にのって四方に散る。晩春にふさわしい情景である。〈本意〉くだけた明るい手近かな花でたのしい印象。庶民的・童話的である。「たんぽぽや折折さます蝶の夢　千代女」「たんぽぽに東近江の日和かな　白雄」。

蒲公英や鮫あげられて横たはる　水原秋桜子　　たんぽぽを女見て居り男折る　佐々木有風
＊たんぽぽや長江濁るとこしなへ　山口　青邨　　校長に蒲公英絮をとばす日ぞ　加藤　楸邨
蒲公英のかたさや海の日も一輪　中村草田男　　しあはせに短かたんぽぽ昼になる　細見　綾子

## 薺の花《なづなのはな》　花薺　三味線草　ぺんぺん草　庭薺

春の七草の一つ。どこにでも生えている草で、あぶらな科の二年草。ぺんぺん草の名がよく知られるのは、実が三角の三味線の撥《ばち》の形をしているからである。薺の花はひっそりと咲く。三、四月ごろ、白い四弁の十字形の小花を総状に咲かせる。〈本意〉可憐な花で、ひそやかに咲くが、目にとまると心ひかれる。芭蕉の「よく見れば薺花咲く垣根かな」、蕪村の「妹が垣根三味線草の花咲きぬ」、一茶の「行灯やぺんぺん草の影法師」などがよまれている。雑草の代表のようで、「屋根の上にぺんぺんぐさをはやしてみせる」などとも言われるが、俳句では可憐なところがうたわれている。

＊旅淋し薺咲く田の涯しらず　阿波野青畝　　黒髪に挿すはしやみせんぐさの花　横山　白虹
歩くこと愉しからずや薺咲き　和地　清　　パン買ひに三味線草の近道を　細見　綾子

薺咲いて足音ひそめざるを得ず　岸田　稚魚
外人墓地風の三味線ぐさの撥　中尾寿美子
ペンペン草孤独あつまる山羊の額　岡崎ゆき子
寝重りの児に家近し花なづな　中村　葉子

## 土筆《つくし》　つくづくし　つくしんぼ　筆の花　土筆摘む　土筆和《あへ》　土筆飯

とくさ科、多年生常緑草本。地中に長い根茎があって、早春に地上茎を出す。この地上茎の筆状のものがつくしであり、このあと、杉の葉のような草状に生えるものが杉菜である。つくしは植物学的には胞子茎で、胞子茎はつくしの場合では芽をつくる茎であり、はかまは葉にあたる。若いうちに摘み、酢のもの、つくだ煮、つくし飯にする。むかし子供たちは「どこ摘いだ」という遊びをした。つくしはほろにがく風味がよい。〈本意〉筆によくにたつくしはかわいい形で、春の野遊びの風物詩である。味も野趣があり、野のかおりがある。丈草の「見送りの先に立ちけりつくづくし」が知られている。かわゆさと、さびしさがうたわれている。

ほうけたる土筆陽炎になりもせん　正岡　子規
土筆の路一人がかくす通信簿　加藤知世子
土筆生ひ山田は畦の短かさよ　水原秋桜子
病子規の摘みたかりけむ土筆摘む　相生垣瓜人
＊まま事の飯もおさいも土筆かな　星野　立子
馬の瞳に土筆ポキポキ摘まるるよ　加藤　憲曠
土筆土割り小学生の浄き脚　大野　林火
つくし野に明けつ放しの耳二つ　樋口みよ子
疾風の竹の下なる土筆群　石塚　友二
土筆汁一ひらの湯気あげにけり　植原　抱芽

## 杉菜《すぎな》　接ぎ松　犬杉菜

土筆の次の成長段階が杉菜で、地下茎から出た胞子茎が土筆であるのにたいし、栄養茎の出たものが杉菜である。栄養茎はその名のとおり栄養をつかさどり、雨があがったあとなどにはさかんに生い立つ。栄養茎から枝が輪生する形が杉に似ているので杉菜という。やわらかいうちは食用になる。接ぎ松というのは子供が枝を鞘から抜いたり入れたりして遊ぶところからきている。〈本意〉雨後の筍のように一面に生え立つ杉菜は小さな杉の林のようで、田畑には迷惑な代物だが、春の情感のある野のいのちさかんな一景物である。

*すさまじや杉菜ばかりの丘一つ　正岡　子規
蓬々と杉菜生ふるは地の果か　三橋　鷹女
杉菜の下無為やはらかき真黒土　中村草田男
杉菜噴き出すコンクリートの不覚　稲垣暁星子
古池へ下りる道なき杉菜かな　五十崎古郷
窯出しの瓦積みをり杉菜の芽　北浦　幸子
子の墓に杉菜の緑滲む如く　平松　措大
戦後飢えし記憶の中の杉菜道　田中　鬼骨

## 蘩蔞《はこべ》　鶏腸《はこべ》　百磁草《はこべくさ》　はこべら　みきくさ　あさしらげ

春の七草の一つ。なでしこ科の二年草。山野、田畑の随処に見られる。茎は五、六十センチ。地に伏し蔓のようである。緑色でよわよわしい。側面に白い毛が並ぶ。葉は対生。花は白く五弁。花弁は二裂している。雌しべの先が白く三つに分れている。いろいろの方言があり、あさしらげというのは、朝開けがなまったものとされている。〈本意〉春の七草では、はこべらと呼ばれ、ありふれた草である。どことなくよわよわしくやさしい印象の花。茎や葉は金糸雀、雲雀、兎、鶏などの餌にし、催乳剤になるという。

はこべ見るからだのひまをさびしみぬ　森川　暁水
はこべ花を抱くといへど他郷なり　浅井　周策
*はこべらや焦土の色の雀ども　石田　波郷
はこべらや雲より白き鶏駈けし　泉　春花

蘩蔞萌え尼子の山河古りにけり　栗間　耿史
てのひらにのるほどの夢花はこべ　村瀬つとむ

## 桜草《さくらさう》　プリムラ　常盤桜　乙女桜　雛桜　化粧桜　一花《いちげ》桜

さくらそう科の多年草。日本全国の山川、高原の湿地に自生する。四、五月ごろ、花茎の先に紅紫の花を数個咲かせる。細長い筒の先が五つに裂け、花弁の先が二つに裂ける。葉は根から出て、楕円形、毛がついている。さまざまな栽培種がつくられ、色もさまざまだが、野生種が清純可憐である。西洋種のプリムラも桜草とよばれるが、桜草は本来東アジア産のものである。〈本意〉湿地に群落をなす花で、今は浦和、田島が原に自生するものが有名。埼玉県の郷土の花になっている。一茶の句に「我国は草もさくらを咲きにけり」とあるが、山桜の花に似て、清純な美しい花である。

葡萄酒の色にさきけりさくら艸　永井　荷風
花の奥より蕾駈け出づ桜草　加藤　楸邨
わがまへにわが日記且桜草　久保田万太郎
起立する身の浮上感桜草　高島　筍雄
*まのあたり天降《あも》りし蝶や桜草　芝　不器男
ぬすみ見る女医の横顔さくら草　浜田　冬歩

## 雪割草《ゆきわりさう》　洲浜草《すはまさう》　三角草《みすみさう》

雪割草と呼ばれる草は三種ある。一つは本来雪割草と呼ばれるもので、さくらそう科の多年草。中部以北の高山に自生する。栽培もされている。根からへらの形のぎざぎざのある葉が数枚出ている。晩春、葉の間から十センチほどの花茎を出し、紅紫色の小さな花をひらく。桜草に似ている。この変種が北海道高山の雪割小桜である。山地の花なので残雪の間に咲くのが趣きがある。

二つ目は、洲浜草で、残雪のなかから花をひらくので雪割草と呼ばれるが、これはきんぽうげ科の多年草である。山地の木の下に自生。花はつぼみのうち下をむき、ひらくと上にむく。花弁はなく、花弁と見えるのは萼片である。白、淡紅、薄紫などがある。葉が三つにわかれ、洲浜のように見えるので洲浜草という。三つ目は三角草で、これは、洲浜草に似て、葉がとがったもの。これも雪割草とよばれる。〈本意〉三種のものをみな雪割草と呼ぶが、何れも山地の花で、残雪の間に可憐な花を見せるところがポイントになる。新鮮なおどろきとけなげさへの感銘がある。

まだ萼に隠れし花や雪割草　石田　波郷
花終へし雪割草を地にかへす　軽部烏頭子
みんな夢雪割草が咲いたのね　三橋　鷹女
死後のことかりそめならず雪割草　花谷　和子
*息止め見る雪割草に雪降るを　加藤知世子

## 一輪草《いちりんさう》　裏紅いちげ　いちげさう　二輪草

きんぽうげ科の多年草。林のまわり、山すその流れのそばなどに自生。二、三十センチの高さ。葉は菊のようでぎざぎざしており、四月ごろ総苞を出し、中央から花柄がのびて白い五弁花を一つひらく。これは花弁でなく萼片である。一つ咲くので一花《いちげ》草ともいい、また萼片の裏が紅紫をおびるので、裏紅一花《いちげ》ともいう。別種に二輪草（鵝掌《がしよう》草）がある。これもきんぽうげ科の多年草だが、一輪草より背が低い。四月ごろ、葉の上から花茎を出し、二、三輪の白い花をひらく。花弁は五枚から六、七枚にもおよぶ。これも萼片が形をかえたもの。葉の形から鵝掌草ともいう。いずれもアネモネの一種。〈本意〉山歩きなどで目につく花で、どことなくさびしい感じがある。

二輪草はもうすこしにぎやかだが、林のへり、流れのわきの可憐な花という感じがある。

＊道なき谿一輪草の寂しさよ　加藤知世子　　二輪草の二輪はかなし相触れで　飯沼　水禽
手にのせて風も小さく一輪草　きくちつねこ　　森の奥に日ざしうつらふ二輪草　奥田とみ子
一輪草木橇をつかひすてゝあり　木津　柳芽　　瀬の霧にふれて花了ふ二輪草　亀山　恒子

## 虎杖《いたどり》　さいたづま　深山いたどり

たで科の多年草。山野に自生する。高さは一メートルほど。大きな葉を互生、夏、葉のつけ根に白い小花をむらがりつける。蕚の白変したもので、花びらはない。雌雄異株。早春に若い茎が出るが、紅色でたけのこのようなこの茎は食べられる。古名、さいたづま。深山いたどりは、高山に自生するいたどりで、小さいが、その種のものがあるわけではない。〈本意〉虎杖の花は夏だが、若い茎の美しさをめでて春とするわけで、塩をつけて生で食べることができる。旅につながるイメージがある。

苅籠やわけて虎杖いさぎよし　飯田　蛇笏　　いたどりや海のぞく貌はやて打つ　角川　源義
虎杖一本立つ滑走路のほとり　横山　白虹　　虎杖がかぶさり青き水ねぢれ　細見　綾子
＊いづこにもいたどりの紅木曾に泊つ　橋本多佳子　　虎杖を嚙みつゝ地図をしらべけり　岸本　白霧

## 酸葉《すいば》　酸模《すいば》　すかんぽ　すいすい　あかぎしぎし　すし

たで科の多年草。路ばた、野原、田のあぜなどに多い。六十センチほどの高さで、楕円形の葉を互生する。葉のもとが茎を抱いている。春、若い茎が出、子どもたちがとって食べる。四月ごろ、茎の上方が枝分れして紅い小さな花を穂の形につける。葉や茎がすっぱいので、すいば、すかんぽという。〈本意〉春の野の野趣のある季節の息吹きの一つ。若い茎を嚙んだ子どもの頃の味を忘れぬ人が多い。

*牛通りすぎてすかんぽ真赤なり　内藤　吐天
すかんぽをかんでまぶしき雲とあり　吉岡禅寺洞
すかんぽを皆くはへて草摘めり　松本たかし
すかんぽや死ぬまでまとふからび声　角川　源義
酸葉嚙んで故山悉くはるかなる　石塚　友二
すかんぽを嚙んでくやしき少女の眼　阿部　登世

**蕨**《わらび》　岩根草　山根草　蕨手　早蕨　老蕨　蕨汁　煮蕨　蕨飯

うらぼし科の多年草。しだの類で、わらび、ぜんまいと併称される。山野の日当りのよいところに多い。地下茎から春に芽が出て、こぶしをまるめたような形をしている。白茶色の綿毛がおおっている。この頃が食べごろである。やがてこぶしがひらき、夏には成葉となって、羽状にわかれてゆく。〈本意〉『万葉集』志貴皇子の「石ばしる垂水の上のさ蕨の萌え出づる春になりにけるかも」以来、春の山野を告げしらせるものとしてうたわれてきた。その形がかわゆく、蕨手などともいわれる。暁台の「負ふた子に蕨をりては持たせける」などはそのかわゆさをよくあらわす。

*金色の仏ぞおはす蕨かな　水原秋桜子
早蕨は愛《かな》しむゆゑに手折らざる　富安　風生
道ばたに早蕨売るや御室道　高野　素十
初蕨雨細ければさみどりに　内藤　吐天
蕨干す山国の日のうつくしや　大場白水郎
バスを待つ四五人の目の蕨かな　加藤　楸邨

丘にきて風のうごかす蕨摘む　秋元不死男
みちのくのわらび真青に箸に沁む　島　みえ
子とゆくや崖跳び降りて初わらび　沢木欣一
八ヶ岳仰ぐやわらび手にあまり　及川　貞

## 薇《ぜんまい》　狗背《ぜんまい》　紫蕨　おに蕨　いぬ蕨　ぜんまい蕨　干薇《ほしわらび》

ぜんまい科の多年草。山野の湿ったところに自生するしだ類。太いかたまりの地下茎から、春、渦巻き形の若葉を出す。白い毛でおおわれている。この頃が食用になる。やがて渦巻きがほぐれ、葉は三角状の卵形になり、羽状にひろがる。胞子は別の胞子葉につく。夏、普通の葉は大きく青くひろがり美しい。〈本意〉時計のぜんまいはこれから付けられたというが、渦を巻いた形は独特で、春の山野の息吹きをよく示す。

*ぜんまいは仲よく拗ねて相反き　富安風生
ぜんまいのほぐれて遠き海愛す　島　みえ
ぜんまいののの字ばかりの寂光土　川端茅舎
ぜんまいの渦の明るさ地をはなれ　岸　霜蔭
ぜんまいの渦巻きて森ねむくなる　野見山朱鳥
ぜんまいを浸け野の色にもどしけり　高野寒甫

## 芹《せり》　根白草　つみまし草　根芹　田芹　畑芹　水芹　沢芹　沼芹

春の七草の一つ。根白草、つみまし草、根芹は古称。生える場所により、田芹、畑芹などと呼ぶ。湿地や水中に生えることが多く、食用のため栽培することもある。白い根、緑色の葉は香りがよい。春の若葉を摘む芹摘は野遊びとして楽しい。「せり」とは、せりあう、せりだす、せりあがるなどのせりで、むらがり生い、摘んだあとから競って生えるのでつけられたという。おひたし、せり御飯、つくだ煮、吸いものなどに香りとして使われ、鳥料理には、なまぐささを消すのに欠かせない。芹焼きというなべ料理もある。毒芹、婆《おば》芹、益斎《えきさい》芹などという種類もある。
〈本意〉情感あふれた季節感のある植物。身近かで親しみやすく、郷愁につながる。「これきりに径《こみち》尽きたり芹の中　蕪村」。

機窓に芹籠置いて話しけり　長谷川零余子
＊曇天の水動かずよ芹の中　芥川龍之介
芹の根を洗ひし溝に剃刀も　川端　茅舎
左右には芹の流れや化粧坂　松本たかし
水しぼる根芹一握にあまるなり　滝井　孝作
水嵩の増しくる如く芹洗ふ　石川　桂郎
女より男わびしく芹に箸　野沢　節子
摘みかさねても一握の母の芹　福永　耕二

## 野蒜《のびる》

山蒜　根蒜　沢蒜　小蒜　野蒜摘む

ねぎ科の多年草。山野のどこにでもある。にんにくのようで、地中に白い球の形の鱗茎がある。春、地上に芽が出る。葉は管の形で細長い。葉が若いうち鱗茎ごと掘りとって食べる。鱗茎を洗い、生みそをつけて食べたり、味噌に酒を入れて二日漬けて食べたり、ゆでて貝柱と酢みそあえにして食べたりする。初夏には花茎が出て白紫の花が咲く。〈本意〉古事記の頃から野蒜摘みは春の野遊びの一つになってきた。白い球根がころっと光る野蒜摘みはたのしい。

野蒜掘れば強きにほひや暮の春　松本たかし
野蒜つむ擬宝珠つむただ生きむため　加藤　楸邨
＊摘みたきもの空にもありて野蒜摘　能村登四郎
一と鍬に野蒜の白き球無数　川島彷徨子
さりげなき別れの野蒜摘みゐたり　木村　蕪城
野蒜掘る今宵の酒をたのしみて　上村　占魚
誰かすでに抜きし野蒜のこぼれをり　石井よしを
野蒜味噌畑かはり田が変りても　遠藤　正年

## 山吹草《やまぶきさう》　草山吹

けし科の多年草。山野の陰に自生する。高さは三十センチ。茎や葉の汁は毒である。四月ごろ黄色の四弁花をひらくが、山吹と似ているので山吹草という。草山吹は別称。〈本意〉草の丈に比して花は大きな感じで、黄色が鮮やかである。山吹と花弁の数はちがうが感じの似た花である。藪の中なので目立つ。

*藪中や日の斑とゆらぐ山吹草　金尾梅の門　　草山吹登山電車の冬寒く　岩田　桐花
歩をとどむ藪かげ山吹草の黄に　瀬戸口民帆　　夕日消ゆ山吹草の黄を溶かし　木村　協子

## いぬふぐり　ひやうたんぐさ　いぬのふぐり

ごまのはぐさ科に属する二年草。日本自生のいぬふぐりと、ヨーロッパ原産のおおいぬふぐりがあり、後者が圧倒的に優勢となった。日本自生種の花は淡紅色、帰化種の花は空色で、後者の方が大きい。日のあたるところに春、他の草にさきがけて、びっしりと咲く。名前は果実の形が犬の睾丸に似ているところからつけられた。ひょうたんぐさともいう。〈本意〉春、さきがけて咲く地表をおおう花で、小さいがびっしりと、空の星をちりばめたようである。メルヘン的な想像をさそう。

いぬふぐり星のまたたく如くなり　高浜　虚子　　犬ふぐり咲けりと棺に従ひて　京極　杞陽
古利根の春は遅々たり犬ふぐり　富安　風生　　いぬふぐり踏む畦土は壊え易し　石塚　友二

犬ふぐり素直な心誰も持つ　阿部みどり女
ちりばめて必死の花の犬ふぐり　戸梶　一花
犬ふぐりさびしきときは風起こす　渡辺　桂子
＊犬ふぐり野川かがやきついて来る　米谷　静二
小名木川水の高さにいぬふぐり　石川　桂郎
扉なき森の入口犬ふぐり　安田汀四郎

## 春蘭《しゅんらん》　ほくり　ほくろ　えくり　はくり

らん科の多年草。山野の疎林などに多く、日当りのよい所にある。ひげのような根から細長いかたい葉を四方に出す。早春、花茎を出し、花が一つ咲く。肉厚の五弁花で黄緑色に紅紫の斑点がある。別名が多い。花を塩漬にして茶とし、つぼみを吸い物のたねにする。〈本意〉香りが清らかな花で、風格のある花である。葉にも趣きがあり、盆栽にもなる。

春蘭の花とりすつる雲の中　飯田　蛇笏
＊春蘭の風をいとひてひらきけり　安住　敦
春蘭や雨雲かむる桜島　水原秋桜子
雲深くして春蘭の濡れゐたり　池上浩山人
春蘭にくちづけ去りぬ人居ぬま　杉田　久女
春蘭の櫟の丘は伐られけり　和地　清
夜ならでは人を訪ひ得ず夜の春蘭　中村草田男
春蘭を今朝の新聞紙に包む　内山　忍冬

## 金鳳花《きんぽうげ》　毛莨《きんぽうげ》　うまのあしがた

金鳳華と書くこともある。きんぽうげ科の多年草で、日当りのよい山野に多い。茎の高さ五十センチほど。根もとから長い柄のぎざぎざのある掌形の葉が出ている。四月頃から枝ごとに花茎が出て、黄色の五弁花をつける。毛莨とも書くが、これはきつねのぼたんのことで正しくない。茎も葉も毛が多い。有毒な植物だが、瘧をなおすので、瘧落としともいう。〈本意〉日あたりのよいところに咲く金鳳花の黄色の花はいかにも明るく、春の楽しさを感じさせる。

＊山羊の子がしきりにはねる金ぽうげ　高浜　虚子
ふらここのきりこきりこときんぽうげ　鈴木　詮子
水ひいて畦縦横や金鳳華　原　石鼎
天国の時計鳴りゐるきんぽうげ　堀内　薫
金鳳華子らの遊びは野にはずむ　橋本多佳子
きんぽうげ酒買ひ童子つまづくな　林　薫
湖見えて湖畔は遠し金鳳華　及川　貞
百姓の早も跣足や金鳳華　古内　仰子

## 一人静《ひとりしづか》　吉野静　眉掃草

せんりょう科の多年草。四月ごろ林のなかに咲く。四枚の葉の間から柄が出て咲くが、花は裸花で雌しべ一つと白い花糸三本があるだけである。花穂が一本だけなのでこの名前がついた。花のあと、葉が輪のようにひらき、果実は葉のかげにかくれる。〈本意〉義経の愛妾静を連想してその名前がうつくしく、また花にふさわしい。吉野で静が歌舞を演じたのにちなみ吉野静ともいうが、花とともにその名に興ずる句が作られる。

一人静咲きいで旅のこときまる　水原秋桜子
けふの日も一人静もかたぶきぬ　木津　柳芽
いつの日のひとりしづかの栞ぐさ　木村　蕪城
＊花了へてひとしほ一人静かな　後藤比奈夫
一人静二人静も裏山に　長谷川かな女
聖処女の一人静の姿かな　平井　照敏

## 二人静《ふたりしづか》

せんりょう科の多年草で、一人静の仲間だが、四枚の葉を二、三層に対生する。花穂は二、三本で、花は白く見える。小さい花だが、花びらも蕚もない裸花で、雄しべの変った花糸が白く見えるのである。花季がおそく、晩春、初夏の頃なので、夏に入れられることもある。〈本意〉目立たぬ花だが、その姿が謡曲「二人静」の静の霊と霊に憑かれた菜摘女が二人で舞った様子を連想させるものとしてこの名がついた。

二人静いやがうへにも雨ぐもり　木津　柳芽
二人静しづかに髪を愛されて　北川　瑩子
二人静墓所に寄るのもえにしかな　田中　螺石
*花白き二人静が夜明け待つ　小沢満佐子
雨の粒光れり二人静にも　加田とし女
二人静いつまで母と暮せるか　白川　京子

## 母子草《ははこぐさ》　鼠麴草《はうこぐさ》　ははこ　はうこ　御形《ごぎやう》蓬　おぎやう

春の七草のおぎょうのこと。きく科の二年草である。どこにでも見られ、葉や茎に白い綿毛があるのが目立つ。四月ごろから、二十センチほどの茎を立て、細長い葉を互生させた上に、黄色い頭状花をむらがり咲かせる。若葉をつきまぜた餅が母子餅である。〈本意〉ほうこ草の名が正しいが、古くから母子草の名で親しまれてきた。名によく合った花で、ほのぼのとした情感があり、可憐である。

*老いて尚なつかしき名の母子草　高浜　虚子
父子草母子草その話せん　高野　素十
母子草やさしき名なり莟もち　山口　青邨
鶏の目には鶏の世あらむ母子草　加藤　楸邨
母子草花あはれなり母と来て　相生垣瓜人
母子草咲く登呂人の炉址かも　岡田　貞峰
いつまでも子なき妻かや母子草　遠藤　緑雨
母子草かなしき穂綿あげにけり　山崎　保翠

## 薊《あざみ》　薊の花　花薊　眉つくり　眉はき　鬼薊　山薊　浜牛蒡

薊は種類が多く、大部分は夏か秋に咲き、秋薊ともいうが、きつねあざみ、のあざみなどは春から咲く。薊の特色は葉や茎に刺があることで、花の姿についだまされて手をさされる。野薊は野に多く、葉は羽状、晩春から夏に紅紫色の頭状花を咲かせる。眉刷毛に似た花なので、眉作り、眉はきともいう。花のあとには白い冠毛のついた種子になる。山薊、車薊、藤薊、姫薊（南部薊、菜薊――葉を食べる）、浜薊（浜牛蒡――根が食用になる）、沢薊（水薊、煙管薊）、鬼薊（大型のもの）などいろいろである。〈本意〉野に咲くうつくしい花だが、どこか野性味のあるたくましい力をもっている。

川鼠顔を干し居る薊かな　内田　百閒
水かへて薊やいのち長かりし　久保より江
*妻が持つ薊の棘を手に感ず　日野　草城
双眼鏡遠き薊の花賜る　山口　誓子
濃薊に足拵へをかためけり　岡崎莉花女
薊見る実相院のまひるかな　波多野爽波
暁の風薊を摘みて細る妻　池上　樵人
鎌腰に老のいでたち花あざみ　米田　一穂

## 蕗の薹《ふきのたう》　蕗の芽　蕗の花　蕗のしうとめ　蕗味噌

蕗はきく科の多年草。山野に自生する。早春、雪がのこる頃、土手や林で思いもかけず発見するのがふきのとうで、まだ葉が出る前、根茎から緑色の花茎を出したもの。卵形で、うろこのような葉で包まれている。雌雄異株なので、雌雄のふきのとうがある。雌のふきのとうの雌花、雄のふきのとうの雄花、両性花とも色は白か黄白、雌花は白い冠毛のある実になる。この頃を蕗のしゅうとめといい、花のほおけた状態である。食用になるが、ほろにがく、春の自然の味がする。〈本意〉まだあたりが冬の感じをとどめているなか、土をもたげて現れているふきのとうは新鮮なおどろきである。食べたときの味も忘れがたい。俳諧のはじめからよまれてきた句材。

蕗の薹やゝ長け水に映れるも　田村　木国
蕗の薹傾く南部富士もまた　山口　青邨
蕗の薹おもひおもひの夕汽笛　中村　汀女
雪国の春こそきつれ蕗の薹　西島　麦南
蕗の薹出て荒れにけり牡丹園　加藤　楸邨
蕗の薹噛むや人の死西東　渡辺　桂子
蕗の薹千々に刻まれ匂ひけり　川本　臥風
*蕗の薹食べる空気を汚さずに　細見　綾子
水ぐるまひかりやまずよ蕗の薹　木下　夕爾
夫に見すべく摘む蕗の薹夫癒えよ　川辺きぬ子

## 蓬《よもぎ》　艾草《がいさう》　餅草　もぐさ　やき草　さしも草　蓬生《よもぎふ》　蓬萌ゆ

きく科の多年草。山野のどこにでもある。早春、新苗が出る。香りがよく、草餅の材料になり、餅草の名で知られる。葉は羽状に裂け互生。葉の裏に白い綿毛があるが、これを集めたものが灸のもぐさの材料である。夏から秋に大きくなり、褐色の頭状花をつける。〈本意〉蓬は花の時もあるが、草餅の材料になる若苗の頃が季節を決めるポイントになる。生い茂った蓬は蓬生といい、家の荒廃のさまの形容になる。

蓬萌ゆ憶良旅人に亦吾に　竹下しづの女
蓬萌ゆ春来われにも女の子ある　森川　暁水
*爼の蓬を刻みたるみどり　山口　誓子
さながらに河原蓬は木となりぬ　中村草田男
草蓬あまりにかろく骨置かる　加藤　楸邨
蓬生にねむたく閑雅なる昼餐　横山　白虹
巻き舌のつい出て青し蓬餅　石川　桂郎
帆に遠く赤子をおろす蓬かな　飴山　実

## 嫁菜《よめな》　莵芽木《うはぎ》　薺蒿《をはぎ》　よめがはぎ　萩菜　野菊　嫁菜飯

きく科の多年草。野原、田のあぜなどにそだつ。うはぎ、おはぎ、よめがはぎは古名。日本特産で、南の地方に多い。三十から六十センチほどで、葉はうすく緑でぎざぎざがある。茎から枝を出し、青い花をひらく。花のあと実がなるが冠毛がない。花のときもうつくしいが、春の摘み草の代表的なものである。〈本意〉若い茎と葉を摘み、おひたしや飯に炊きこんで食べるが、菊のような香りがあってよい。摘み草の眼目になる草である。

七種に更に嫁菜を加へけり　高浜　虚子　炊きあげてうすきみどりや嫁菜飯　杉田　久女
紫を俤にして嫁菜かな　松根東洋城　犬見せて五六の乳房嫁菜萌ゆ　秋元不死男
＊市振やはらはら雨の嫁菜菊　福島　小蕾　懐石の萌黄色なる嫁菜和　高垣　菊枝

## 都忘れ《みやこわすれ》

晩春から初夏に紫色か白の頭状花を咲かせる。菊に似ているが、正しい名は野春菊で、みやまよめなが培養されたものである。高さは三十センチぐらいで、枝を多くわかち、花も数多く咲く。〈本意〉昭和になって栽培された歴史のあさい花だが、もとはみやまよめなで、野菊の中に含まれる山地の自生種であった。可憐で美しいので、都忘れという趣きのある名で呼ばれ、人気のある花である。

紫の厚きを都忘とて　後藤　夜半　＊都忘れふるさと捨ててより久し　志摩芳次郎
人恋し都忘れが庭に咲き　高橋淡路女　都忘れ夜はむらさきの沈みけり　鈴木　桜子

## 茅花《つばな》　針茅《つばな》　あさぢがはな　茅花野　茅萱《ちがや》の花　ちばな　しらはぐさ

いね科の多年草ちがやの若い花穂のことで、さやにつつまれ、槍の先のような形をしている。ちがやは野や路、堤、浜辺などに多く、地下茎を長くはり群落をつくる。地下茎は嚙むと甘く甘根という。つばなをひき抜くと音を立てて抜ける。さやの中から銀白色の穂が出て、これも嚙むと甘い。初夏にひとりでにさやが破れ、白い毛の花穂を出し、黄褐色の雄しべがのぞく。ほおけると穂絮がとぶ。〈本意〉古書に、「花の形、白刃を抜きつらねたるがごとし」などといわれ、嚙むと甘いこともあって、春の野遊びのたのしい焦点の一つである。

旅鞄おけばつういと茅花かな　富安　風生
狂ひても女茅花を髪に挿し　三橋　鷹女
まながひに青空落つる茅花かな　芝　不器男
地の果のごとき空港茅花照る　横山　白虹
*乞へば茅花すべて与へて去にし子よ　中村　汀女
暮るる野や先へ先へと茅花光る　加藤知世子

## 髢草《かもじぐさ》　雛草　鬘《かつら》草

いね科の二年草。路傍、田のあぜに多い。五十センチから九十センチの草で葉は細長く先が垂れている。春から初夏に二十センチほどの穂を出し、小穂には数個の花があり、紫紅色の芒《のげ》がある。穂の赤紫のものをかもじ草、緑のものをおかもじ草という。〈本意〉『滑稽雑談』に、「女児、春月これを採り、髪に結び髢を組みてこれを賞す。ゆゑに名づく」とされている。草の茎がやわらかなので、雛人形の髪結い遊びができるのである。

結ひありて足とられたりかもじ草　斎藤俳小星
*思ひ出の道みな細しかもじ草　秋元不死男
萌え出でて雪間〳〵の髢草　片岡　奈王
かもじ草童女に紅き未来あれ　由利ゆきえ
かもじ草道もせに春深みたり　桑尾黒潮子
母の櫛折りし憶ひ出かもじ草　若林いち子

## 片栗の花《かたくりのはな》　かたかごの花　ぶんだいゆり　かたばな　うばゆり

ゆり科の多年草。かたかご、かたごが古名で、『万葉集』にもあらわれる。日本の特産で、山の傾斜面などに多い。地下に白い棒状の鱗茎があり、早春二枚の葉を出す。長い楕円形の葉で、紫の斑点がある。三、四月ごろ、花梗を出し六弁の姫百合のような紫の花をひらく。鱗茎から片栗粉をとり、若葉は料理の材料になる。〈本意〉百合に似た美しい花なので、初百合、花のとき葉がないので姥百合というが、むしろ山菜の代表的なものの一つである。

片栗の一つの花の花盛り　高野　素十
*片栗や自づとひらく空の青　加藤知世子
足のべて休む片栗の花あれば　細見　綾子
かたくりの咲きひろごるに霧あはし　新井　英子
片栗の花とは知らず見つゝ来し　高橋　秀亭
かたかごの花咲き雪はもう降らぬ　橋本　花風
雪淡し片栗の花なほ淡し　古賀まり子
片栗の花裏山を淋しくす　村上しゆら

## 春竜胆《はるりんだう》　筆竜胆　苔竜胆

竜胆科には晩夏から秋にかけて咲くものが多いが、春咲くものもあって、春竜胆、筆竜胆、苔竜胆がそれである。秋のものより小型で、桔梗色の花をひらく。春竜胆は、青紫色の花で、漏斗状の鐘の形、下部は筒になり、上部は五つに裂けている。筆竜胆は花が筆の穂先の形をしている。

苔竜胆は、花が小さく、葉も小さく地表に接するように密生している。晩春から咲き、山や丘にある。〈本意〉春の竜胆は三種類あるが、みな小さい。日の光の中に咲き、夜や雨のときにはしぼむ。だがみな青紫の花が可憐にさびしげにうつくしい。

わらんべの寿詞《よごと》はかなし筆竜胆　富安　風生
倒れ木の臥す林あり筆竜胆　石田　波郷
岩山の岩より咲きぬ筆竜胆　中島いはほ
*春りんだう夕日はなやぎてもさみし　安住　敦
こけりんだう櫨子《しどみ》の花もこゝに濃し　木津　柳芽
裾野路や薄紫の春りんだう　瀬戸口民帆
蚕飼村夕風見えて春竜胆　柴田白葉女
春りんだう咲く草むらの空高し　石原　八束
野の病舎春りんだうの瑠璃そよぐ　古賀まり子
筆りんだう摘んで東京遙かなり　栗原　米作

## 水草生ふ《みづくさおふ》　水草《みくさ》生ふ　藻草生ふ

三月、四月になって、水ぬるむ頃になると、池や沼、湖の水底、水中、水上にさまざまな水草が生《お》いはじめる。水底に根をおろすものはひし、じゅんさい、ひつじぐさなど、水中に沈んでいるものは、くろも、ひるむしろなど、水面に浮ぶものは、あおうきくさ、さんしょうもなど、水上に出るものは、こうほね、はす、くわいなど、花をつけるものは、きんぎょも、うきくさなどである。〈本意〉水ぬるむ水辺の変化で、緑がうごきはじめるという印象である。明るく春らしい感じである。

水草生ひぬ流れ去らしむること勿れ　村上　鬼城
*生ひいでてきのふけふなる水草かな　水原秋桜子
水草生ふ驚くばかり月日過ぐ　星野　立子
春藻匂ふしばらくたちてかなしかり　加藤　楸邨
子の世帯まだ見に行かず水草生ふ　安住　敦
跳ぶ妻のどこ受けとめむ水草生ふ　秋元不死男

城ある町亡き友の町水草生ふ　大野　林火
水草生ふ月夜は水も匂ひけり　島田　梢葉
水草生ふながるる泛子のつまづくは　篠田悌二郎
水草生ふ放浪の画架組むところ　上田五千石

## 萍《うきくさ》生ひ初む《おひそむ》　萍生ふ

「水草生ふ」という季題もあり、その中に含められることも多いが、水草の代表的なものが萍である。三、四月に生えはじめる。池や沼にうかび、分裂してふえる。水面の部分は葉ではなく茎で、根が糸状にさがる。夏に緑白色の花を咲かせることもある。秋に裏側に冬芽ができ沈んで越冬、母体は枯れる。裏側の色は紫。緑色のものはあおうきくさという。〈本意〉水がぬるみ、萍が水面を緑にするさまは明るくたのしい。春の音楽という印象がある。

萍や池の真中に生ひ初むる　正岡　子規
萍の水をつたひて韓の唄　清水　径子
*萍の生ひそめしより紅なりし　堀　喬人
萍生ふ湖畔さらなみ夜を濃くす　高橋　静葩
孤独なれば浮草浮くを見にいづる　細見　綾子
萍の生ひて天心そのあたり　平井　照敏

## 蓴《ぬなは》生ふ《おふ》　蓴菜《じゅんさい》生ふ

ぬなわは蓴菜のこと。日本の北部、中部で採れる。湖や沼、池などに浮いている。水底の茎から春に芽を出し、若葉になって水面にうかぶ。葉は楕円形だが、特徴は葉と茎がぬらぬらした粘液につつまれていることで、これをとって、あつもの、三杯酢にして食べる。夏に花が咲く。紅紫の色である。〈本意〉汁にうく蓴菜のぷりぷりした風味を好む人が多い。日本の山野の春の珍味の一つであろう。

蓴生ふる水の高さや山の池　高浜　虚子
＊蓴生ふ沼のひかりに漕ぎにけり　西島　麦南
蓴菜の煙のごとく岸に生ふ　柳　楚城
蓴生ふ月にうるみて河童の碑　岡崎　真也
碧き星一つ蓴の生ひゆるる　堀　朱雀門
両脚の見えで水輪や蓴生ふ　徳永山冬子

## 蘆の角《あしのつの》　蘆の芽　角組む蘆　蘆の錐《きり》

芦はいね科の多年草で、沼や川辺に大群落をなしている。早春、泥中の根から芽を出すが、牛の角のような形をしている。芦若芽《あしかび》ともいわれ、『万葉集』にも使われている。〈本意〉角とは、芦の芽に対する古代人の感受で、おもしろい。角組むは芽ぐむということである。芦の角は若芦となり青芦となってたけだけしいが、角の頃はまだするどいが可愛い感じである。

日の当る水底にして芦の角　高浜　虚子
芦の芽や浪明りする船障子　村上　鬼城
＊柔かに岸踏みしなふ芦の角　中村　汀女
芦の芽や志賀のさゞなみ靴ぬらす　田村　木国
芦の芽の薄氷解くる日のまぶし　内藤　吐天
芦芽ぐむしづけさに水めぐるかな　鷲谷七菜子
子蛙の目ばかり育ち芦の角　佐藤よしい
夕ぐれは水やはらかし芦の角　佐藤　君子

## 真菰の芽《まこものめ》　かつみの芽　若菰　菰筍《こじゅん》　菰角《づの》　莢白《こもづの》　菰菜

まこもは古くかつみとも言い、沼や小川にそだつ多年草。春、根から新芽を出し、のびてゆく。淡紅色をおびた緑色の芽で、ややのびた新苗が若菰である。若芽が菌類におかされふくらんだものが筍状の菰筍、菰角、莢白である。菰筍、菰菜というのは中国で食用にするため。〈本意〉あかみをおびた緑の芽はうつくしい。若い新苗の頃まで新鮮なういういしさを感じさせる。

*さゞなみをわづかに凌ぎ真菰生ふ　篠田悌二郎　枯真菰漂うてゐて芽吹きけり　伊東　岸朗
真菰の芽おびただしはや白蛾ゐつ　川島彷徨子　真菰の芽慈風は湖を来て光り　野竹　雨城
雑魚目高水脈つくりをり真菰の芽　水橋　白岩　菰の芽に住み古したる館かな　金子せん女

## 蘆の若葉《あしのわかば》　若蘆

芦の芽ののびて若葉になったもので、あおあおと茂る。水辺のものなので、若緑が水に映えて、爽新な印象をあたえる。〈本意〉「若芦に散るか玉蟹のそばへ草」（杉風）「若芦に蛙折ふす流れ哉」（蕉雫）などと江戸時代からよまれ、晩春の水辺の景のかなめとなっている。

若芦や夕汐満つる舟溜り　村上　鬼城　若芦や入江は雨の光り降る　吉成　公一
若芦にうたかた堰を逆ながれ　杉田　久女　若芦の一尺ばかり風生る　平本　菽水
豊流の余波が揺り役芦若葉　香西　照雄　若芦や空に従ふ湖の色　沢田弦四郎
*塩田や水路の若き芦そよぐ　森田　峠　若芦やながされている鵜の一つ　小川　鴻翔

## 若布《わかめ》　和布《わかめ》　にぎめ　石蓴　若布汁　和布売り　めのは　布《め》株

日本特産の海草。北海道東海岸以外どこの海岸でもとれる。長さは七、八十センチ。三月から五月まで、舟で海に出て、箱眼鏡で海底を見ながら、鎌のついた竹竿で刈りとりとりいれ、海岸で干す。太平洋岸のものは肉厚、日本海岸のものはうすい。三陸沿岸の南部わかめは長いことで知られ、また鳴門わかめが有名である。〈本意〉春のわかめは色がよく新鮮で、みそ汁、酢のもの、ぬたなどに風味をあたえる食品である。『万葉集』の頃から、にぎめ、めなどとして用いられてきた。蕪村の「草の戸や二見の若和布貰ひけり」など、俳諧にもよい句材となっている。

うしほ今和布《め》を東《ひんがし》に流しをり　高浜　虚子
大阪の煙おそろし和布売　阿波野青畝
魚は今鳥に似て和布を過ぎゆきし　同
*みちのくの淋代の浜若布寄す　山口　青邨
蛸提げて襤褸の如く若布負ひ　福田　蓼汀
若布を洗ふ老婆が海を打擲して　宮沢富士男
若布売雲美しき坂急ぐ　加藤　夕雨
若布負ひ歩く青空幾尋ぞ　友岡　子郷

## **鹿角菜**《ひじき》　鹿尾菜《ひじき》　羊栖菜《ひじき》　ひじき藻　ふくろひじき　ひじき刈

ほんだわら科の褐藻類。海岸の岩に付いている。はじめ黄褐色、のち黒褐色になる。海中では褐色だが、かわくと黒くなる。茎は円柱状で周囲に棒状の葉ができる。幼時、葉は中に空気が入っていて浮き、ふくろひじきという。成長すると棒状の葉になる。最大一メートルぐらいにまで成長するが、三十センチ以下のことが多い。油いため、ひじき飯などにする。〈本意〉鹿の角や尾に似た形なので、鹿角菜、鹿尾菜と書くが、波の荒い岩礁などの春の海産物になる。

加太の海の底ひの鹿尾菜花咲くと　阿波野青畝
生鹿尾菜干して巌を濡れしむる　富安　風生
日当れるひじき林をよぎる魚　五十嵐播水
ひじきうまし遠い目でみる昼の湾　佐藤　鬼房
潮去れば鹿尾菜は礁にあらあらし　倉橋　羊村
鹿尾菜刈岩の天辺昏れて来る　大沢ひろし
ひじき刈凪の挨拶かはしけり　浜口　今夜
*波来れば鹿尾菜に縋り鹿尾菜刈る　土屋　海村

## **荒布**《あらめ》　皺かじめ　皺あらめ　二叉かじめ　かじめ　塩干荒布　塩抜荒布　煮乾荒布　刻《きざみ》荒布　さがらめ　ひとつばね

太平洋側では岩手県以南、日本海側では、中部南部沿岸、また瀬戸内海、九州の荒磯でとれる。大型の藻で、一、二メートルにも達する。円柱形の茎から左右に褐色羽状の葉が出て、葉には皺がある。皺かじめ、皺あらめという。茎の上部は二叉になり、たくさん葉をつける。二叉かじめ、またかじめという。遠州相良のものをさがらめといい有名。これは羽状の葉のへりに葉片を出さず突起が出るだけなのでひとつばねともいう。佐渡では別種のつるあらめから板あらめをつくる。塩乾荒布、塩抜荒布、煮乾荒布、刻荒布などにつくられるが、食料になり、またヨードの原料になる。〈本意〉波の荒い岩礁に育つ、若布と比べると大きく荒っぽい海草で、春の荒れた漁村が連想される。

沖かけてものものしきぞかじめ舟　石塚　友二
濡れ荒布まとひ流人の裔ならず　勝亦　年男
かじめ切る背へ着膨れ子どっと泣く　柏　禎
夕東風や荒布たゞよふ濤の色　吉川　漁子
*荒布干す一郭天に炷する香　古屋　秀雄
月のぼり搗布《かじめ》の山の並ぶかな　大谷　三笑

## 海雲《もづく》

水雲《もつく》　海蘊《もつく》　もぞく　もくづ　ものはな　くさもづく

もずく科の海草で褐藻類。全国の海でとれるが、東北地方だけが例外である。他の海藻について育ち、春、夏に成長。細長く、枝分れしており、やわらかく、ぬるぬるしている。濃い茶褐色。塩漬けにして保存、三杯酢にして食べる。〈本意〉海中に雲のようにあるので、この名がある。酢に合い、ぬるぬるのところが特徴の春の特別の風味になっている。このわたに似た味で酒酔をさまし、味噌汁にすれば、やまのいもの汁に似ると言われる。

かくれがほに蟹せゝりをる海雲かな　阿波野青畝
汐鳴のこひしさに買ふ水雲かな　同
那覇海雲酢の甘ければ闇うづく　角川　源義
＊波立てば逆立ちもする海雲かな　岡田　耿陽
舷に両手泳がせ海雲採り　野村　五松
水面のなきがごと透きもづく咲く　轡田　進
皿の藍に夜色沈める海雲かな　長谷川春草
酢水雲や無視されてゐる父の問　高野　寒甫

## 角又《つのまた》　鹿角菜《つのまた》　おほばつのまた　こまた　角又干す

紅藻類の一つで十センチほどである。太平洋沿岸で産し、高潮線と干潮線の間の波のあらい岩礁にかたくついている。色は紫紅色、形は扁平、鹿の角のような形をしている。乾燥してたくわえ、壁土の糊に使い、銚子では海蒟蒻をつくる。三十センチ以上になる大型のものをおおばつのまた、さらに小型の分岐の少ないものをこまたという。〈本意〉春、房総、伊豆の漁村でこれをほしていることがある。赤紫、青紫などの色がうつくしい。

ふはふはと角又踏みて紀に遊ぶ　阿波野青畝
＊継ぎ当てて角又採の袋かな　橋本　鶏二
突出して見ゆ角又の岩踵　萩原　麦草
蜑《あま》の家角又干せる一筵　岡安　迷子

## 海髪《うご》　おご　江籬《おごのり》　うごのり　なごや

紅藻類の一つ。うご、うごのり、おご、おごのりなどという。湾内の海水、淡水のまじりあう、波のしずかなところの海底にあるもので、岩、貝殻などに付く。二十センチくらいの大きさである。軟骨のようなもので円柱形に生えている。紫褐色。春に採り、石灰を入れた湯で緑色にして、刺身のつまにし、漂白して天草とまぜ寒天をつくるのに使う。織物にも、渋紙を張るのにも、糊として利用する。〈本意〉先にゆくほど細く枝分れして波にゆられるさまは、女性の髪の毛を思わせる。海髪といふゆえんである。紫褐色の髪の毛が海中に揺れているのは独特の景である。

海髪生きて海がうがうの音をやめず　森川　暁水
雨けぶる音戸は海髪を刈つてをり　萩原　麦草
負ひ帰る海髪の滴り濡れついで　橋本多佳子
女の童海髪よるのみの日を送る　加藤かけい
海髪を干し岸を貧しくして去れり　大野　林火
与謝の海恋ひくれば海髪流れ寄る　目迫　秩父
＊海髪抱くその貝殻も数知れず　中村　汀女
箸すべる海髪や霧笛の遠吠ゆる　三村太虚洞

## 海苔　のり

篊菜《のり》　甘海苔　岩海苔　篊《ひび》海苔　浅草海苔　品川海苔　葛西海苔

海苔は製品名で、材料となるものは、あさくさのり、別名あまのりである。これは紅藻類の一つで、日本のどの沿岸でもとれる。暗紫色、あるいは紅紫色。海に粗朶を立て、海苔の胞子をつけて生長させる。海苔船（ベカ舟）を粗朶（篊《ひび》）の間に入れ、篊につく海苔をとる。とった海苔は海水、淡水で洗い、細かく刻み、淡水でうすめ、海苔簀に流しこみ、干場で裏表をよくかわかして取る。この作業は十二月から四月頃おこなわれ、寒海苔、春海苔、新海苔がとれる。色つやもよく、香りもよい。東京湾の品川、大森、穴守、木更津、また和歌の浦、有明湾などが有名な海苔の産地だったが、埋め立てや水の汚れで次々に不適当となってきた。海苔採の情景も昔語りにかわっている。青海苔は緑藻類の一つで、河口、湾内でとれる。管の形の海藻で、干して、火にあぶり、ふりかけ、薬味、煎餅の材料にする。緑色できれいな海藻である。うすばあおのり、あおさ、ひとえぐさも青海苔の一種。〈本意〉海苔のよい風味は外国人にはわからないもののようだが、日本人には欠かせない食事のひき立て役である。その新海苔を採りつくる作業はなつかしい春の情景であった。芭蕉「衰ひや歯に喰いあてし海苔の砂」、二柳「わりなしや海苔にまつはるうつせ貝」、青蘿「あまのりは江戸紫の匂ひかな」など、江戸時代にもよい句材であった。

青海苔や水にさしこむ日の光　正岡　子規
沖の月光さざなみは海苔育つらし　川辺きぬ子
日をのせて浪たゆたへり海苔の海　高浜　虚子
海苔干すや町の中なる東海道　百合山羽公
*海苔あぶる手もとも袖も美しき　滝井　孝作
青海苔の岩わたる手をつなぎけり　長橋ふみ子
六代目の話など海苔あぶりつつ　室積　徂春
磯わらべ青海苔きざみ遊ぶなり　岡本　松浜
海苔掻きて森より帰り来るごとし　山口　誓子
万葉の珠洲の海女びと海苔とれり　父母島路幸

## 松露《しようろ》　松露掻く　松露掘る

晩春から初夏に、海岸の松に出来るきのこの一種で、砂をかぶっているのを掘り出す。直径が二センチくらいの丸い球状のもので、膜につつまれ白いが、掘り出すと紅くなる。若いものを汁の実にすると、うっすらとよいかおりがある。〈本意〉かおりよき春の珍味である。海岸のあたたかい松林の中で掘りとるものなので、よけいにのどやかな行楽になる。

小さなる熊手にてかく松露かな　村上　鬼城
万葉の有磯の浜松露掻く　大橋越央子
松原の事よく知れり松露掻　池内たけし
よべの雨松露の砂はやゝかたく　安宅　信一
*砂殊につけて大きな松露かな　原田　浜人
硯にも昼のさびしさ松露かき　宇佐美魚目
松露掘り先に不毛の大砂丘　百合山羽公
波音のせぬ不思議さや松露掻く　森田　峠

# 解説

たくさんの歳時記が作られ、利用されているが、歳時記の理想は、やはり一人の編者の手によって、一つの秩序ある調和のとれた季題宇宙をつくり出すことにあるのではないか。高浜虚子の、山本健吉の、中村汀女の、村山古郷の歳時記がすぐに頭にうかぶ。生活の中から生まれた歳時記をめざし、風雨や生活に特色を示した山本氏の歳時記などは、歳時記の一つの典型として、輝かしい存在感をもって私の裡《うち》にある。歳時記は、自然と生活にかかわる文化の総体なので、あとから作られるものは前のものを十分にとりこんで、しかも前のものになかった何かをつけ加えてゆくものであろう。山本氏の言われる季題・季語ピラミッド説を思い出せば、五つほどにすぎなかった季の詞が、和歌時代、連歌時代、俳諧時代、俳句時代と次第に数を増し、ピラミッド状につみあがってゆくのである。山本氏はそれらの季節をあらわす語のうち、美と公認されたものを季題と呼び、まだ公認されるまでにいたっていないものを季語と呼ばれた。このように幾時代もかけて、日本人が総がかりではぐくみ育ててきたものが季題の総体なのであり、その作業の進行は、今日でも明らかに眺められるのである。昭和時代、たとえば山口誓子の句集『凍港』の数々の新季題、「鰊群来」や「スケート場」など、中村草田男の「万緑」、加藤楸邨の「寒雷」を思い出してもそれはわかるし、また最近急に歳時記にとり入れられはじめた「牡丹焚火」などの季題もその例になる。『去来抄』に「古来の季ならずとも、季に然るべきものあらば撰み用ふべし」と言い、「季節のひとつも探し出したらんは、後世によき賜」という芭蕉のことばを紹介しているのも、そのことにつながる考え方であろう。新しい季題が見出されては、それが、大きな季題の伝統の中に組み込まれてゆく、それが歳時記に反映されるわけであり、歳時記は季題の不易流行の記録となるわけである。

　私達は歳時記の季題を用いて、季節の事物をあらわしてゆく。そのことばを勝手気ままに作り出すことは許されていない。季題とその傍題の範囲の中から、ふさわしいことばを選んで一句をなしてゆくべきなのである。さらにその上で注意しなければならないことは、それぞれの季題には、歴史的に熟成されてきた本意《ほい》があることである。本意は本情、本性ともいうが、季題のことばの歴史的に定まってきた内容の領域をいうのである。よく言われることだが、「春雨」ということばを使ったときには、「をやみなく、いつまでも降りつづくやうにする」（『三冊子』）のが本意なのである。春雨といっても、現実には、大降りの激しい雨も、すぐやむ雨もあるだろう。しかしこのことばを用いたら、しとしと降りつづく雨をイメージしなければ本意にそむくことになるわけである。ことばの真実ということである。近代以後、写実的な態度が万能で、この点誤る危険があるので、本歳時記では、可能なかぎり各季題の本意をさがし求め、それを記すことにした。この点がこれまでの歳時記にない、一つの大きな特色となっているわけである。

　本歳時記は私が一人で描き出した季題宇宙になるわけだが、そのとき私が求めた一つの構想があった。それは各季題に一句ずつの理想的な例句を選び出したいというものであった。一つの季題に対してさまざまな句が作られる。雪月花のような代表的な季題の場合には、句の数は無数といってよい。だから、その季題をもっともよくあらわす句は一つとは限るまい。だがそれをつきつめて一句にしぼってゆけば、その例句はその季題のぎりぎり絶対の一句ということになろう。私は、俳句を作る者が何よりも心がけねばならぬことは、新しい季題ばかりを求めすぎて、おちつきのない句におもむくより、古くより使われ、使いふるびた季題に新しい活力を与えてよみがえらせることだと思うのである。かつて安東次男氏は、季題は雪月花の三つぐらいで十分だ、それで千変万化、いかなる境地でも詠えねばと述べた。私のこの試みはそのこころにそそのかされ、動かされたものといってもよく、一季題一句の絶対的例句を求める志向を示している。その例句は、俳人たちがのりこえるべき、高度の目標だといえるであろう。

一人で作る歳時記の長所を述べ、また歳時記が時代から時代への蓄積の上に成り立つものであることをも述べた。その上に私が加えるべき小さな工夫のことも述べた。こうしたささやかな、しかし、私の体温のこもる仕事も、個人のものであってみれば、まことに貧しく、弱々しい。そうした点からいえば、やはり衆知を聚めた大歳時記の力はすばらしいものである。たとえ、統一感の上で欠けるところがあっても、その蓄積した情報量は抜群で、並の歳時記の及ぶところではない。そのような意味で、私は角川書店版の『大歳時記』五冊に、鬱然たる大宝庫を見出すのである。講談社版の『日本大歳時記』などは、整理されすぎて、この角川大歳時記には及ばないと思う。その専門家による雑多な解説、考証、数多い例句は、まことに貴重な宝の山であった。このおびただしい資料は大いに役立ったことを銘記しておきたい。平凡社版『俳句歳時記』もくわしく、文藝春秋版『最新俳句歳時記』とともに蒙をひらくに役立った。番町書房版『現代俳句歳時記』、講談社版『新編俳句歳時記』、明治書院版『新撰俳句歳時記』、実業之日本社版『現代俳句歳時記』、新潮文庫版『俳諧歳時記』、角川書店版『合本俳句歳時記』なども、つねに座右にあって、参照をおしまなかったよい仕事であった。これらの業績の上に立って、一項一項筆を進めるとき、私はいつも、伝統の先端に立って、それを一かじり、一かじり進めてゆく、栗鼠か何かのような気持をおぼえていた。

一九八九年一月六日

# 索引

順序は新かなづかいによる。
(＊は本見出しを示す)

## あ



## い

編者
平井照敏（ひらい・しょうびん）
一九三二―二〇〇三年。東京生まれ。俳人、詩人、評論家、フランス文学者。青山学院女子短期大学名誉教授。句集に『猫町』『天上大風』『枯野』『牡丹焚火』『多磨』、評論集に『かな書きの詩』『虚子入門』、詩集に『エヴァの家族』など。

本書は、『改訂版　新歳時記　春』（一九九六年一二月刊、河出文庫）を新装したものです。

新歳時記　春　ポケット版

一九八九年　三月　四日　初版発行
一九九六年一二月一六日　改訂版初版発行
二〇一五年　二月二八日　復刻新版初版発行
二〇二一年　九月三〇日　軽装版初版発行
二〇二四年　二月一八日　ポケット版初版印刷
二〇二四年　二月二八日　ポケット版初版発行

編　者――平井照敏
装　丁――松田行正
発行者――小野寺優
発行所――株式会社河出書房新社
〒一五一-〇〇五一
東京都渋谷区千駄ヶ谷二-三二-二
電話〇三-三四〇四-八六一一（編集）
〇三-三四〇四-一二〇一（営業）
https://www.kawade.co.jp/

印刷・製本――中央精版印刷株式会社

Printed in Japan
ISBN978-4-309-03171-2